AF345746

DU MEME AUTEUR

A toi au jour le jour : Chronique d'une soumission *Journal*
Sous le fouet du Plaisir *Nouvelles*
Invitation chez Mr C *Nouvelles*
L'initiation de Sophie *Roman*
Maître et soumise *Roman*
Fessée et châtiment *Nouvelle*
Cri : fragments d'une soumission *Nouvelles*
Le donjon *Nouvelle*
Un Lion et une marquise *Nouvelles*
Femmes, je nous aime *Nouvelles*

ISBN : 978-2918070047

Christine ARVEN

L'INITIATION DE SOPHIE

Roman

Prologue

Pascal

Un matin, mon maître d'hôtel m'apporte, comme tous les jours, mon courrier, alors que je suis attablé pour mon petit déjeuner.

Parcourant distraitement les habituels prospectus et autres factures, mon œil est attiré par une enveloppe de papier vélin gris sur laquelle mon nom et mon adresse ont été calligraphiés. Je l'ouvre rapidement et en sors un feuillet noirci d'une écriture élégante :

« Cher Monsieur,

Nous n'avons pas le plaisir de nous connaître, mais je vous suggère que nous y remédiions dès que possible.

Je viens vers vous sur les conseils d'un ami commun, l'éditeur Pierre de Fleurac qui, vous ne l'ignorez sans doute pas, est marié depuis peu à une charmante jeune femme.

Il m'a confié, pardonnez-le, qu'avant de le rencontrer, son adorable épouse a eu une liaison avec vous. Vous connaissez les qualités légendaires en matière de discrétion chez ces ravissantes créatures. Elle lui a raconté par le détail l'intimité de votre relation.

Pierre m'a avoué qu'elle fut agitée de tremblements nerveux et étouffa même quelques sanglots à l'évocation de certains souvenirs à l'évidence fort douloureux pour elle.

Mais laissons là ce gentil couple désormais si loin de l'univers sensuel que, d'évidence, nous apprécions tous deux. Ils auront eu le mérite de me mettre en contact avec vous, qu'ils en soient remerciés.

Voici les faits qui m'amènent vers vous :

J'ai le rare plaisir de partager ma vie depuis plusieurs années avec une charmante jeune femme. Cette adorable personne m'a fait l'honneur de se donner à moi, puis de m'épouser. Pour l'initier aux jeux que j'affectionne, je procède avec elle de manière très progressive. Cependant, j'ai eu l'immense privilège de conquérir son cœur. Aussi, cet amour aveugle, que la modestie m'interdit de prétendre mériter, m'a-t-il permis de la modeler plus rapidement que je ne le pensais à mes désirs. Elle s'est jusqu'à présent pliée à toutes mes volontés sans se rebeller le moins du monde. Jugez plutôt : elle a déjà subi le martinet et les liens, elle a appris à s'offrir docilement à mes caresses dans les jeux les plus inattendus et à poser devant moi pour des séances photos de plus en plus osées. J'en ai même publié quelques-unes d'elle sur un site sur le web. Aussi ai-je récemment décidé d'aller plus loin et de lui faire franchir une barrière irréversible.

Je lui ai promis, évasivement, je dois l'avouer, l'imminence d'une soirée où elle découvrira ce qu'elle n'avait jusque-là fait qu'effleurer et connaître dans l'intimité de notre couple. Je sais qu'elle est inquiète. Elle n'arrive pas à savoir si je suis sérieux. Mais je lis dans son regard que, quoi que je lui demande, elle l'acceptera comme un moyen de me payer en retour pour l'amour que je lui porte. Même si, je le sais, elle appréhende que ces jeux ne dépassent le cadre de *notre vie privée.*

Ne m'a-t-elle pas dit, un soir après une séance de martinet, en levant vers moi ses yeux humides que m'entendre jouir la rendait heureuse ?

Vous avez deviné, cher Monsieur, ce que je sollicite de vous ?

J'aimerais que durant une soirée (ou un week-end ?) vous acceptiez de prendre en charge ma douce compagne. J'ai conquis son âme et son corps. Je souhaiterais vous la livrer, pour me délecter de vous voir modeler et travailler sa chair. Je m'en remets totalement à vous. Elle sera vôtre comme elle a été mienne. Il me plairait que vous lui arrachiez les cris que je n'ai jamais pu faire sortir de sa gorge, que ses yeux s'assèchent à court de larmes, que son corps se torde. Que vous l'ameniez franchir la barrière au-delà de laquelle plaisir et douleur se confondent. Lui faire découvrir que ces pratiques qu'elle connaît et subit seulement avec moi et pour moi peuvent lui apporter une jouissance insensée, parce qu'inattendue, car elle devra se livrer à un inconnu.

Je sais que cette épreuve, vécue en ma présence, pourra lui permettre d'exprimer au mieux devant moi, sous vos ordres et vos mains expertes, sa vraie nature.

Elle est prête, je vous l'offre.

Voilà, j'espère ne pas avoir abusé de votre temps que je sais précieux.

Dites-moi par retour de courrier si vous acceptez. Et le cas échéant, quand vous souhaitez nous accueillir, elle et moi.

Si vous désirez en savoir plus sur elle, pour mieux cerner son profil, n'hésitez pas à me questionner à son sujet.

Votre dévoué,
Fabien

Je repose la lettre au milieu des reliefs de ma collation, pensif.

Quelques jours plus tard, je profite d'un moment de répit dans mon travail pour répondre à mon étrange correspondant, non sans avoir vérifié auprès de Pierre de Fleurac, qui était ce monsieur. Rassuré par ce dernier, je prends donc ma plume.

Voici la copie de cette lettre :

Cher Monsieur,

Pardonnez le retard avec lequel je vous réponds. N'y voyez pas un quelconque désintérêt pour votre offre, bien au contraire. Très pris par mes affaires, j'ai attendu ce moment de liberté pour prendre le temps nécessaire à ma réponse.

Sachez tout d'abord que monsieur de Fleurac m'a dit le plus grand bien de vous. J'ai effectivement eu le plaisir de connaître assez intimement Nadège avant qu'elle ne porte le nom des de Fleurac.

Je ne cesserai jamais de m'étonner de l'ambiguïté de la pensée féminine. En effet, cette charmante jeune femme a découvert en ma compagnie certaines pratiques qui semblent vous plaire. Quand je l'ai connue, elle avait 27 ans, jeune bourgeoise distinguée, issue d'une famille de notables du Nivernais. Elle était très belle et savait se mettre en valeur. Dans l'intimité, elle s'est révélée être très douée pour les choses du sexe, qu'elle avait exploré bien avant de croiser ma route. Je n'ai eu la primeur que de ses reins, après maints refus, cela va sans dire. Après quelques douces sodomies, elle a connu son premier orgasme anal, et ne m'a plus jamais interdit ses fesses. C'est à partir de ce moment que je l'ai lentement fait dériver vers d'autres pratiques, qu'elle qualifiait d'ignobles avant de les expérimenter.

En vrac, un premier trio à la va-vite, avec un ami un

soir où elle avait bu plus que de coutume. Un deuxième trio, organisé celui-là, avec exhibition dirigée et commentée au préalable, durant lequel, les yeux remplis de larmes, elle a joui analement tout en recevant la semence de notre partenaire dans sa gorge.

Puis de trio en quatuor, nous sommes passées aux soirées plus axées sur la soumission, avec pinces, liens, martinet, cravache, dilatateurs et autres tables d'exposition.

C'est au cours d'une de ces soirées que Pierre de Fleurac l'a rencontrée et possédée pour la première fois. Détail cocasse, elle avait les yeux bandés, et ce n'est que plusieurs mois après leur mariage que Pierre lui a avoué la vérité sur leur « vraie » première rencontre. Elle en perdit l'appétit, selon Pierre de Fleurac, et se répandit en ignominies sur mon compte oubliant un peu vite ses orgasmes sous le fouet, les pinces ou les dilatateurs sans parler des doubles ou triples pénétrations qui la laissaient pantelante.

Mais je ne lui en veux pas : elle a trouvé amour, bonheur et sécurité auprès de ce bon Pierre de Fleurac qui lui a fait croire être venu par hasard à cette fameuse soirée où il a fait sa « connaissance » et avoir peu apprécié ces pratiques, alors qu'il se joint régulièrement à moi et certains de mes amis quand nous avons à notre disposition une jolie jeune femme docile. Le mensonge n'est pas l'apanage des dames, loin de là !

Voilà, pardonnez-moi si je vous raconte ces détails, mais ils ont leur importance pour situer mes goûts et ma façon de faire pour amener une femme à la soumission et me laisser user de son corps comme bon me semble.

En ce qui concerne votre compagne, la manière dont vous en parlez me paraît être un sujet idéal pour nos pratiques, et c'est avec plaisir que je vous recevrai, une soirée ou un week-end à votre convenance.

Pour que ce moment soit un délice, je vais vous donner quelques conseils vestimentaires qui vous permettront de l'orienter dans ses choix.

Première chose, faites-lui choisir ses escarpins aux plus hauts talons. D'abord, bien sûr, parce qu'ils galbent le mollet et affinent la jambe. D'ailleurs, elle les conservera tout au long de la soirée. La cambrure de ses reins n'en sera que plus belle. Mais, il y a une autre raison : dans mon salon, autour de la table basse, il n'y a que des poufs. Talons hauts, assise basse. Vous avez saisi ?

Le plaisir des yeux est toujours le premier et pas le moins intense.

Bien évidemment, vous bannirez les collants, je vous laisse le choix en revanche sur le type de bas, autofixant ou avec un porte-jarretelles.

Pour les dessous, je préfère le raffinement à la vulgarité. Choisissez une culotte et un soutien-gorge qui seront comme un écrin pour mettre en valeur son corps, car elle ne sera que très progressivement dénudée. Pour le reste, elle devra pouvoir être troussée facilement, et son buste dévoilé rapidement. Favorisez les matières légères et fluides.

Enfin, un long manteau complétera parfaitement sa tenue et le contraste avec ses jambes découvertes au-dessus des genoux n'en sera que plus sensuel.

Voilà, j'espère que ces conseils vous aideront. Dites-moi par retour de courrier de quoi se composera sa tenue par rapport à ces quelques indications.

Et surtout, soyez très précis dans vos descriptions. La suite en dépend...

Il faudrait également que vous m'en disiez un peu plus sur l'anatomie de votre charmante compagne, que je prévoie des jeux adaptés à ses atouts physiques.

Décrivez-moi sa silhouette, en vous attardant plus particulièrement sur son buste, ses fesses et son sexe. Ne négligez aucun détail. L'orientation de nos jeux et le plaisir que nous y prendrons ne seront pas les mêmes selon la forme et la tenue de sa poitrine ou la finesse et la cambrure de sa taille. De la même manière, la texture et le grain de sa peau, notamment sur ses globes fessiers et ses seins, dirigeront l'attention et le traitement auxquels ils seront soumis. J'aime autant les descriptions épistolaires que les photos, ne me privez pas des premières... mais vos mots n'appartiennent qu'à vous...

Enfin, parlez-moi de ses qualités sexuelles, de ses goûts et de ses dégoûts. En effet, le fait de découvrir que je n'ignore rien d'elle la déstabilisera et lui fera perdre pied plus vite. Le maximum de détails sera le bienvenu, pour orienter nos jeux...

Au plaisir de vous lire,

Bien à vous,

Pascal

Sophie

Monsieur,

Mon époux vient de me faire lire quelques passages de la correspondance que vous avez échangée.

Que dire de mes sentiments à cette lecture ? Stupeur devant l'énormité de la chose, bien sûr. Comment cet homme qui partage ma vie et à qui j'ai fait le don de ma totale confiance peut-il, aussi impudemment, user de mon corps et m'offrir à vous, un parfait inconnu ? Je dois vous avouer (serait-ce là mon premier aveu ?) que j'ai été blessée et, pire, très en colère contre lui. Je regrette aujourd'hui ce mouvement d'humeur qui m'a fait, pendant près d'une semaine, lui refuser la jouissance de mon corps. Je reconnais que cette attitude est impardonnable. Ne lui ai-je pas fait le don de ma soumission et de ma docilité ?

Pour la première fois depuis que nous partageons notre vie, je l'ai mis dans l'obligation de me punir. Pour que cette sanction, méritée, soit totale, mon époux a exigé que je vous la raconte en détail.

Depuis cinq jours, mon mari et moi n'échangions que les mots et les gestes absolument indispensables à une vie de couple et je m'étais retranchée, comble de la rébellion, dans ma chambre dont je lui refusais l'accès. Réaction puérile qui me fait aujourd'hui particulièrement honte et que je voudrais effacer de ma mémoire. Notre belle complicité avait complètement disparu et chaque jour qui passait me rendait plus malheureuse. Il est un fait que je ne puis être parfaitement contente que lorsque mon époux me permet de le satisfaire et que je le sais heureux. Ce jour-là, la situation m'était devenue insupportable et je ressentais en moi un vide énorme assorti d'une grande tristesse. Aussi, lorsqu'il rentra ce soir-là à la maison, oubliant ma rancœur dont, à vrai dire, je ne comprenais plus vraiment la raison, je me précipitai dans ses bras et lui demandai de me pardonner. Mais, loin de m'étreindre ainsi que je m'y attendais, il me repoussa brutalement. Son geste fut si violent que je me retrouvai, ayant perdu l'équilibre, à terre à ses pieds. Je le regardais, incrédule. Jamais encore il n'avait usé de brutalité à mon égard même si nos rapports sont parfois empreints d'une certaine violence due à notre désir réciproque de transgresser certaines limites et d'atteindre un plaisir qui ne peut s'épanouir que dans l'excès de réactions physiques poussées à l'extrême. Son regard était fixé sur moi et il m'observait durement. Dans ses yeux brillait un éclat métallique et glacial que je n'y avais encore jamais vu. Je me sentis soudain pétrifiée d'angoisse et de culpabilité.

– Que veux-tu ? me dit-il d'un ton sec.

Je restai un moment muette, médusée par la froideur inhabituelle de sa voix.

– M.... mais... que nous faisions la paix. Je regrette tellement.... si tu savais.... je...

– Et tu crois qu'il te suffit de m'embrasser pour te faire pardonner, me coupa-t-il abruptement

– Non... évidemment.... mais... que dois-je faire alors ?

– Tu t'es montrée indocile et tu dois être punie. Tu comprends ça ?

Je comprenais bien sûr bien que tout en moi refuse cette évidence. Il était si difficile d'envisager qu'un homme qui dit m'aimer puisse aussi estimer devoir me punir pour une réaction qui me semblait, somme toute, normale. Je m'apprêtais donc à lui répondre en ces termes lorsque, stupéfaite, je m'entendis dire en baissant piteusement la tête que «oui, bien sûr je comprenais». Cet aveu sorti du plus profond de moi fit naître en moi un sentiment étrange qui mêlait à la fois appréhension, humiliation et, surtout, une étonnante *exaltation. Comme si je venais, à cet instant précis, de franchir une nouvelle étape.*

Il m'ordonna alors de ne pas bouger. Je l'entendis sortir de la pièce. Lorsqu'il revint dans le salon où j'étais restée accroupie à terre n'osant esquisser le moindre geste, il tenait dans ses mains de lourdes chaînes terminées par d'épais bracelets de cuir que je n'avais encore jamais vues. Il m'ordonna alors de me dévêtir complètement et de me mettre à genoux. Sans un mot, je m'exécutais mon cœur tambourinant à tout rompre dans ma poitrine et le ventre étreint d'une chape de plomb. Prestement, il referma alors étroitement autour de mes poignets et de mes chevilles les bracelets de cuir et les attacha ensuite ensemble. La position était extrêmement inconfortable m'obligeant à me cambrer en arrière les seins tendus, mon poids reposant sur mes genoux. Trois autres chaînes reliées aux bracelets étaient terminées, elles, pas des pinces qu'il referma, sans ménagement, sur mes tétons et, la troisième, sur mon clitoris. Je ne pus, malgré mes efforts, retenir un gémissement de douleur lorsque les pinces mordirent la chair tendre et fine de mes tétons et de mon bouton.

– Bien, dit-il alors en me contemplant ainsi immobilisée et offerte, maintenant tu peux me demander pardon.

– Je te demande pardon, dis-je d'une voix faible.

– Non, me rétorqua-t-il, mieux que ça

Je le regardais un moment, indécise....

– S'il te plait, je.... te..... supplie de me pardonner.

Les mots eurent de la peine à franchir la barrière de mes lèvres. Jamais je ne m'étais sentie aussi humiliée et dans un tel état d'infériorité. Mais je savais au plus profond que je n'avais pas d'autre alternative.

– Dis que dorénavant tu m'obéiras en tout

– Oui, je t'obéirai en tout

– Continue....

– Je...... je ferai tout ce que tu m'ordonneras

– Oui....

– Et...... tu as le droit...... de...m'offrir à qui tu veux... aussi souvent que tu le souhaites.

Alors que je disais ces mots qui scellaient de façon définitive ma servitude, un flot de larmes jaillit de mes yeux. Je me sentais si misérable. Si vulnérable. Comme si une de mes défenses venait d'être irrémédiablement anéantie me laissant démunie. Comme s'il n'y avait plus de retour en arrière possible. En même temps, mon cœur débordait d'amour pour mon époux. Un amour exempt de toute hypocrisie. En disant ces mots qui me livraient à lui, je m'abandonnais complètement à son désir qui devenait ainsi le mien.

– Bien.... voilà qui est mieux. Et pourquoi dois-je faire cela ?

– Je... je... ne sais pas

– Si... tu sais. Dis-moi...

– P.... pour être..... dressée et... éduquée

– Oui... mais encore...

– Parce que.... je t'appartiens et.... que tu peux faire ce que tu veux de moi.

Alors que je faisais ces aveux qui me crucifiaient, je dois vous avouer (mon second aveu...) que j'ai senti mon corps s'émouvoir. Je ne peux nier l'excitation qui m'a alors envahi et qui s'est concrétisée par une humidité sans équivoque qui a soudain suinté au creux de mon sexe. A cet instant mon époux chéri aurait pu me demander ce qu'il voulait, j'aurais été dans l'incapacité totale de lui refuser quoi que ce soit. Ma poitrine se soulevait de plus en plus vite et mon souffle s'accéléra soudain. Un flot irrépressible de désir me transperça le ventre, telle une lance de feu, me faisant presque défaillir. Je sentais, malgré la douleur infligée par les pinces, la pointe de mes seins s'ériger et durcir et mon sexe se mettre à palpiter en une pulsation de plus en plus rapide. Mon époux me regardait attentivement, un léger sourire flottant sur ses lèvres. A mon tour, je lui souris à travers mes larmes, heureuse de notre complicité retrouvée. Mais, aussi et surtout, contente de l'avoir satisfait comme j'espère, sous peu, avoir le privilège vous satisfaire.

Ne trouvez-vous pas étrange de ressentir du bonheur dans cette soumission qui m'est imposée mais que j'accepte comme quelque chose d'inéluctable ? Qui plus est ne trouvez-vous pas étrange que je puisse me sentir libre en étant asservie et humiliée ? Mais, aussi bizarre que cela puisse paraître, c'est ainsi et aujourd'hui j'ai hâte de vous rencontrer afin de prouver à mon mari, vous prouver à vous, ma docilité et ma joie à vous satisfaire en tout. Je suis impatiente d'apprendre et de grandir dans ma soumission que je vous offre. Ne trouvez-vous pas étrange d'aimer être contrôlée de la sorte et de n'avoir plus aucun choix possible que celui de me soumettre et de n'éprouver de plaisir qu'à travers le plaisir de celui que je reconnais comme mon maître ?

Je suis restée ainsi attachée un long moment agenouillée devant mon mari, lui confortablement installé dans notre canapé en train de siroter un whisky. Mais, malgré la souffrance qu'instillaient les pinces sur mes seins et mon clitoris, le feu qui embrasait mes reins et mes épaules malmenées par la position cambrée à l'extrême que j'étais obligée de tenir, la douleur de mes genoux martyrisés par la dureté du parquet, jamais je ne m'étais sentie aussi bien. Aussi emplie d'un sentiment de plénitude et sûre de moi et de mes désirs. Lorsqu'enfin, au bout d'une longue heure me semble-t-il, mais j'avais perdu la notion du temps, mon mari m'a libérée, je suis tombée sans force entre ses bras ouverts pour m'accueillir. Inutile de vous dire que la récompense a été à la mesure de sa sanction et j'ai connu alors la jouissance la plus exquise.

Mon mari a exigé de moi de vous faire savoir que vous êtes, bien sûr, également en droit de m'infliger, si bon vous semble, la punition qui vous apparaîtrez appropriée pour avoir osé refuser de vous rencontrer. Je me soumettrai sans protester à toutes vos exigences et saurai me montrer digne de vous.

J'en termine avec cette première lettre qui, je l'espère, vous aura satisfait et qu'il m'a été si difficile d'écrire. Je n'avais, en effet, jusqu'à aujourd'hui, jamais partagé ces secrets avec quiconque. Vous les confier est déjà vous appartenir.

A vous lire
Votre (déjà) soumise
Sophie

PS Je ne sais pas comment vous nommer. Monsieur ? Pascal ? Ou quoi d'autre ? Dites-moi....

Pascal

Cher Ami,

Je viens juste de recevoir le courrier que votre charmante épouse m'a adressé, sur vos injonctions, me dit-elle...

Je ne doute pas un instant de sa sincérité... Et sa démarche ne fait que confirmer ses excellentes dispositions pour les jeux que nous aimons, vous et moi.

Sa lettre m'inspire cependant certains commentaires :

Tout d'abord, elle est manifestement prête, par amour pour vous, à subir ce que bon vous semblera, même si elle ne me paraît pas pleinement consciente de ce que la voie qu'elle accepte d'emprunter va changer dans sa vie. Cela lui tirera vraisemblablement des larmes de honte et de douleur, des frissons et des raidissements de retenue et, sans aucun doute, des murmures et des tentatives de refus... Mais elle n'en sera que plus agréable à manipuler et à faire défaillir... (car elle en jouira... A son corps défendant, mais elle en jouira...)

Ensuite, elle a accepté de se mettre entièrement nue devant vous dans un autre but qu'un rapport sexuel classique.

Cela lui donne d'une certaine manière l'impression que faire de même devant moi lui sera aisé. Or, la mise à nu partielle et progressive de ses différents atouts, seins, fesses et sexe, qu'elle devra subir debout devant un inconnu (certes, en votre présence), lui apportera un cruel démenti... Surtout que tout cela se déroulera dans une tout autre ambiance que l'atmosphère de conflit et de complicité mêlés qui a précédé ce déshabillage dans l'intimité.

Enfin, elle a subi le triptyque de pinces (les deux tétons et le clitoris) et les chaînes... Pour une jeune femme telle que je les aime, c'est-à-dire débutante, c'est encourageant... car elle en a joui... Malgré tout, j'ai l'impression que cela fausse quelque peu sa perception de ces pratiques et la rend trop confiante :

Outre le fait que cela se soit déroulé dans l'intimité de votre couple, elle a été entravée et appareillée trop rapidement, sur sa seule exaltation du moment et simultanément sur les seins et le sexe... ce qui a occasionné un flou de sensations très préjudiciable... Pour preuve : Elle a senti la douleur sur ses tétons, puis la douleur sur son clitoris, le tout sublimé par sa tension et son envie de vous être agréable... elle a joui dans la confusion.

Donc, si nous avons là, la confirmation de sa soumission innée, il est probable que ma présence rende plus lente la montée de son excitation. Son esprit se refusant à ces pratiques, il faudra sans doute la stimuler manuellement assez longtemps afin de la préparer. Quand je jugerai qu'elle est prête (j'aurais besoin de votre connaissance de ses réactions physiologiques aux stimulations...), quand ses tétons seront suffisamment érigés, ses aréoles bien gonflées, et que les grandes lèvres de son sexe seront bien ouvertes et permettront de déplisser ses petites lèvres et de bien dégager son clitoris, nous pourrons commencer.

Il conviendra de lui faire connaître séparément les sensations des pinces sur ses seins, puis sur les lèvres de son sexe avant de pouvoir appareiller dans les meilleures conditions, son clitoris (qui devra au préalable, avoir été longuement stimulé pour offrir plus de prise et de sensibilité...)

Vous verrez d'ailleurs que, soumise aux sensations

savamment conjuguées de ses seins, de ses lèvres et de son clitoris, et maintenue constamment entre douleur et jouissance, elle perdra pied et sera beaucoup plus agréable à manipuler, puisque submergée par ses sens... Son corps prendra complètement le pas sur son esprit, sa conscience et ses éventuels tabous... Tous ses orifices seront alors accessibles à toutes nos fantaisies...

Je comprends votre désir de symbole que vous avez matérialisé avec les chaînes... Je ne suis pas, pour ma part, fanatique des liens, si ce n'est pour des pratiques qui peuvent être légèrement douloureuses et qui occasionnent des refus et des reculs. Dans ce cas, en effet, les mains liées au dos et une barre d'écartement pour maintenir les jambes ouvertes permettent d'être parfaitement à l'aise pour accéder aux seins et aux zones vaginales et anales.

Dernière constatation : Je suis désormais certain qu'elle acceptera la soirée que nous lui préparons... sur la base de l'expérience qu'elle vient de vivre. Celle-ci est cependant fort éloignée des sensations que lui réserve cette séance (des doigts inconnus qui la palperont et s'insinueront en elle auront une autre signification que les vôtres qu'elle connaît si bien...).

Pour cette raison, il est primordial qu'elle ignore le plus possible les tenants et les aboutissants de cette soirée... Qu'elle arrive en quelque sorte « vierge » de tous préjugés... L'avant-goût que vous lui avez fait vivre ne sera que de peu de conséquences sur notre soirée... Somme toute, cela nous facilitera la tâche, car quand elle comprendra que le jeu n'est pas ce qu'elle pensait, je ne la crois pas capable de refuser... Tétanisée par sa promesse et en proie aux contradictions de sa conscience et de son corps, elle s'abandonnera...

Vous tâcherez d'expliquer à votre épouse que ne je ne souhaite pas répondre à sa lettre, et que les réponses à toutes les questions qu'elle se pose, lui *seront données au cours de la soirée...*

En effet, je ne désire pas avoir de contact préalable avec votre délicieuse épouse. Pour le bon déroulement de la soirée, et pour que l'ambiance s'impose à elle, voici la manière dont je souhaite procéder :

Le début de la soirée se déroulera comme un apéritif entre gens du monde. Nous ferons connaissance autour d'une bouteille de champagne. Cette entrée en matière anodine me permettra de prendre la mesure de votre épouse. De la voir aussi évoluer dans un contexte « normal ». Je pourrai apprécier sa plastique (même les tenues les plus sages deviennent parfois indiscrètes sous les effets conjugués de mes profonds poufs et de talons... de même que la lumière des éclairages halogènes astucieusement orientés...) tout en faisant monter quelque peu son stress, sans que rien d'équivoque se passe...

Je ferai ensuite lentement dériver la conversation vers le thème qui nous intéresse et la soirée commencera réellement sans que votre épouse en soit vraiment consciente.

Je m'adresserai alors moins à elle qu'à vous, y compris sur des sujets qui la concernent très intimement.

Je vous expliquerais les changements que votre épouse devra accepter dans sa vie quotidienne, dans sa façon de vivre.

J'aborderai tout d'abord l'aspect vestimentaire en prenant pour exemple les vêtements qu'elle portera ce soir-là. Je vous exposerais, sans grossièreté, les raisons pratiques qui motiveront telle ou telle modification dans ses habitudes vestimentaires. (C'est pourquoi, vous l'aurez compris, je souhaite connaître dans les moindres détails, son anatomie, la façon dont elle sera vêtue ce soir-là et comment ses vêtements la mettent en valeur...)

Ensuite, j'aborderai la nouvelle organisation de sa vie sexuelle. Je lui exposerai les prérogatives que vous avez (et que vous m'avez fait l'honneur de me conférer) sur son corps. Je détaillerai alors les nouvelles règles auxquelles elle devra se plier, ses droits et ses devoirs...

J'évoquerai ensuite les différentes activités sexuelles pour lesquelles elle pourra être sollicitée, et la façon dont elle devra constamment y être préparée. Je préciserai avec force détails, pour chaque pratique, comment elle devra y être continuellement prête. (Un exemple : Les lèvres toujours maquillées avec un rouge à lèvres dont elle gardera la liberté de choisir le ton, mais qui devra être légèrement gras, afin que ses lèvres soient douces et onctueuses, pour rendre la sensation plus agréable au cours des fellations qu'elle sera amenée à pratiquer. Elle devra toujours avoir dans son sac, une fiole d'alcool de menthe pour se rafraîchir l'haleine après que quelqu'un aura éjaculé dans sa bouche et des serviettes rafraîchissantes pour s'essuyer si celui qui utilise sa bouche décide de jouir ailleurs que dans sa gorge ; elle pourra en effet être sollicitée à l'improviste, avant un dîner au restaurant, par exemple. Il sera alors de bon ton de dissimuler les tâches et l'odeur du sperme répandu...)

J'insisterai le cas échéant, sur le fait que, désormais, sa vocation principale, en votre présence ou en la mienne, sera le plaisir que son corps peut nous procurer, où et quand nous le souhaitons, avec qui nous le décidons.

Je pense qu'à ce stade, son trouble et sa tension nerveuse seront à leur paroxysme. Nous passerons alors à l'étape suivante...

Imaginez qu'il s'agisse d'une superbe voiture de sport dont vous auriez plaisir à vanter la carrosserie, la sellerie, l'aménagement intérieur, avant d'ouvrir le capot pour exhiber les organes cachés de votre bijou...

*et que pour finir nous en testions les performances...
L'image est osée, mais proche de ce que je souhaite...*

Sa mise à nu progressive se fera sur le mode badin, sans que jamais nous ne nous adressions à elle, sinon pour lui faire prendre des postures plus commodes à l'examen de son anatomie. Les commentaires accompagnant cet examen se feront sur un plan technique et pratique, sans aucune passion, animosité ou grossièreté... (Le gras d'une hanche ou la finesse de la taille seront considérés, par exemple, comme autant de points d'appui ou de prise pour les mains lors d'une pénétration en levrette... La texture d'un sein permettra d'évoquer, en fonction de son élasticité, de sa forme et de son implantation, les différentes fantaisies auxquelles on pourra le livrer... Une cambrure prononcée amènera des commentaires esthétiques liés aux diverses positions ou pratiques qu'elle évoque...)

Toute son anatomie sera ainsi disséquée et ramenée aux plaisirs qu'on peut en tirer (et sur les qualités que vous avez découvertes et développées depuis que vous vivez avec elle...)

A partir de ce moment, le seul contact direct qu'elle aura avec moi se fera par l'intermédiaire de mes mains, de ma bouche ou de ma verge...

Prenez donc soin de la préparer selon les indications que je vous ai confiées l'autre jour. Orientez ses choix vestimentaires de façon qu'elle soit à son avantage, sexy et raffinée... et parlez-moi d'elle en me donnant tous les détails que je vous réclamai dans mon précédent courrier... :

Une totale connaissance de votre épouse, tant physique et sexuelle que psychologique ou sociale, contribuera à la déstabiliser et à la plier plus aisément à nos volontés... (M'entendre évoquer son intimité la plus secrète, constater que je n'ignore rien de ses charmes et de ses qualités sexuelles ainsi que de ses goûts et dégoûts en la matière ne peut que la troubler dans le sens où nous souhaitons la conduire...)

Au plaisir de vous lire (avant d'avoir le plaisir de vous recevoir...),

Pascal

Sophie

Monsieur,

Puisque c'est ainsi que vous voulez que je vous nomme ce qui me convient tout à fait. Vous appeler par votre prénom eût été, me semble-t-il, beaucoup trop familier et non respectueux de ma part.

Monsieur, donc, mon mari a exigé de moi que je vous réponde selon vos souhaits et que je me mette à nue devant vous. Je vais tenter de vous dire sans détour qui je suis. L'exercice est difficile car bien entendu mon époux qui me connaît si bien, lira ma réponse et il m'a prévenu que tout manquement de ma part ou pudeur mal placée seraient lourdement sanctionnés.

Je me prénomme Sophie et suis âgée de 29 ans. Je mesure 1m70, mes cheveux mi-longs sont châtain doré et, généralement, je les porte libre de toute attache sur mes épaules. Sans être le moins du monde obèse, mon corps n'est pas non plus filiforme. Si ma taille est fine et mon ventre plat et musclé, mes hanches sont bien marquées, mes seins, haut placés et aux larges aréoles beige rosé, souples et opulents, mes jambes et mes cuisses fuselées mais robustes, mes fesses rondes et bien cambrées. On me dit jolie. Cela provient essentiellement, je crois, de mes yeux noisette pailletés de vert qui s'illuminent quand je suis heureuse et de mon sourire que d'aucuns trouvent coquin et empli de promesses. Mes mains et mes pieds, aux ongles toujours impeccablement laqués de rouge, sont petits. Je dois dire que, ayant l'immense privilège de ne pas être obligée de travailler, la situation de mon époux me permet ce luxe, j'ai le loisir de passer beaucoup de temps à ma toilette et à différents soins esthétiques.

Mon corps est donc, ce qu'exige mon compagnon, lisse et doux exempt de toute pilosité disgracieuse et mon sexe, bien évidemment, toujours soigneusement épilé, dégage bien mes lèvres charnues et doucement renflées, berceau de mon clitoris, bouton qui s'éclot au moindre souffle qui le frôle.

Sur un plan vestimentaire, je ne porte que des jupes ou des robes au tissu fluide et soyeux suffisamment amples ou fendues pour laisser mon corps disponible. Tout vêtement qui pourrait constituer une entrave quelconque, comme les pantalons, est sévèrement prohibé de ma garde-robe par mon mari. Il en va de même pour ces horribles choses que trop de femmes utilisent encore et que l'on nomme collant. Si mon époux m'autorise à porter des bas autocollants, il préfère néanmoins les bas avec porte-jarretelles. Il est d'ailleurs d'une extrême exigence en ce qui concerne mes sous-vêtements qu'il veut à la fois excitants et raffinés. Là également je me plie sans aucune difficulté à sa demande aimant autant que lui les matières douces aux reflets chatoyants comme la soie qui mettent si bien en valeur le grain fin et satiné de ma peau qui, été oblige, est actuellement intégralement dorée par le soleil.

Mon mari qui se prénomme Fabien et moi partageons notre vie depuis maintenant 3 ans. Que vous dire de ces trois années si ce n'est qu'elles m'ont comblée à tout point de vue et, surtout, permis, de me connaître pour ce que je suis réellement. Pour vous situer les choses, je dois vous raconter la manière dont mon mari et moi avons fait connaissance. C'était lors d'une de ces soirées où l'on va plus par obligation que par réel plaisir. Je m'ennuyais ferme comme cela m'arrivait souvent, au milieu de cette assemblée un peu terne au discours si convenu lorsque Fabien s'est approché de moi. Bien sûr, plus avant dans la soirée, je l'avais déjà remarqué et nos regards s'étaient à plusieurs reprises accrochés. Mon mari est d'un charme indéniable, grand, mince, œil et cheveux noir de jais. Mais je crois que ce qui m'a le plus attiré a été le regard conquérant et sûr de lui qu'il portait autour de lui et plus particulièrement, je l'avais remarqué, sur les femmes semblant les jauger à l'aune de leur séduction. Mais, étant de nature assez pondérée sans être toutefois timide je n'avais pas osé l'aborder. Fabien m'a alors demandé de manière abrupte et peu conventionnelle si j'avais quelque chose de prévu le lendemain après-midi. Prise de court devant la soudaineté de l'attaque, et je dois dire extrêmement troublée, je n'ai pu que souffler que non je n'avais de programmé. Il m'a alors glissé, sur un ton qui ne laissait place à aucune objection : « Alors, demain 14 h 30 café les Danaïdes. Je compte sur vous. » Et il s'est éloigné sans ajouter un mot de plus. Vous imaginez ma stupéfaction devant tant d'outrecuidance mais aussi ma fascination. Je dois vous avouer que le lendemain à 15 h, et cela en contradiction profonde avec tous mes principes, j'étais déjà pelotonnée dans ses bras et j'avais déjà connu ma première jouissance. J'avais, bien sûr, avant Fabien vécu d'autres aventures plus ou moins sérieuses mais jamais, par souci des convenances et dérisoire orgueil de femme qui pense nécessaire de se laisser désirer, je n'avais cédé aussi vite à un homme. Depuis nous ne nous sommes plus quittés et un amour intense et passionné nous unit.

D'aucuns, peu subtils et somme toute assez primaires, pourraient bêtement qualifier Fabien de machiste compte tenu de la manière dont il s'occupe de moi et exige ma disponibilité totale à son égard. Mais j'adore cela. Cette manière qu'il a de me traiter, mélange de douce tendresse et d'autorité intransigeante mais jamais brutale ou humiliante, pensant comme aller de soi que je me soumette à ses *désirs. Depuis que nous nous connaissons, je n'ai plus eu d'autres amants que lui et trouve intolérable que d'autres mains que les siennes me touchent, que d'autres lèvres que les siennes se posent sur moi, qu'un autre sexe que le sien me pénètre. Vous comprendrez combien ce qu'il me demande aujourd'hui peut me sembler difficile. Appartenir à un autre, laisser un autre que lui oser les gestes qu'il a sur moi, et peut-être davantage, cela me paraît inimaginable et m'emplit d'angoisse.*

Si, tout au début, nos rapports ont été ce qu'il est convenu d'appeler « normaux » mais qui, à mon avis, ne sont que « normalisés », peu à peu Fabien m'a entraînée, pour ma plus grande joie, vers des rivages moins fréquentés. Avec lui, j'ai découvert le plaisir délicieusement pervers de me soumettre et de m'abandonner. Je dois vous dire que j'ai toujours porté en moi, sans oser vraiment me l'avouer et encore moins l'expérimenter, ce fantasme d'appartenance totale à un homme. Je remercie Fabien de m'avoir permis de mettre enfin à jour cette inclinaison vers laquelle ma nature charnelle et sensuelle me pousse depuis fort longtemps. J'aime par-dessus tout ce vertige qui me saisit lorsqu'il me contraint, toujours en douceur, à dépasser mes limites et fait fi de mes craintes et de toute pudeur mal placée. Ainsi j'apprécie particulièrement lorsqu'il m'attache, yeux bandés, aux montants de notre lit et que mon corps ouvert et offert devient le réceptacle de toutes ses fantaisies mêmes les plus folles, les plus incongrues. J'aime sentir ses mains prendre possession de moi, s'immiscer sans que je puisse lui opposer la moindre résistance dans tous mes recoins mêmes les plus secrets et les plus étroits et qu'elles m'écartèlent gémissante et consentante. J'aime sentir la lanière du martinet s'enrouler souplement autour de mes reins ou de mes seins et que je lui fais ainsi le don de ma souffrance. J'aime les larmes que je verse alors et je chéris les zébrures que laissent parfois sur mon corps les courroies de cuir. J'aime la brûlure fugitive de la cire qui coule sur mon pubis et vient se perdre dans les replis humides de mes lèvres. J'aime quand il orne mon corps de bijoux plus ou moins sauvages et sentir se refermer sur mes tétons ou mon clitoris le clip d'une pince. J'aime quand il lie autour de mon torse des cordes qui m'enserrent à m'étouffer. J'aime par-dessus tout lui donner ce plaisir qu'il est en droit d'exiger de moi et que je lui offre comme une offrande.

Jusqu'à aujourd'hui, nous n'avons partagé ces jeux d'amour et de délices avec personne et avons gardé jalousement le secret sur la nature véritable du lien qui nous unit si intimement et si profondément. Je sais que Fabien souhaite m'amener à franchir une nouvelle étape dans mon apprentissage de la volupté et faire ainsi tomber les dernières barrières qui me séparent de l'extase des sens et oublier mes réticences. Je sais que je dois me donner à vous et vous octroyer toute licence sur mon corps non plus par amour mais par seul désir de vous satisfaire. Je l'appréhende mais comment refuser à Fabien quoi que ce soit d'autant que, malgré mes craintes ou à cause d'elles, j'y aspire également ? La pire des punitions qu'il puisse m'infliger ne serait-elle pas de lire la désapprobation ou la déception dans ses yeux ? J'ai à cœur de le satisfaire toujours plus. De vous satisfaire aussi.

Je me remets donc entièrement entre vos mains pour m'initier et m'accompagner sur ce chemin. Je vous demande humblement de m'accepter comme votre soumise. Je sais bien que je suis imparfaite et j'ai beaucoup de choses à apprendre et à surmonter. Mais sachez que je m'efforcerai d'être à la hauteur de vos espérances.

J'espère avoir répondu à vos questions.
A Vous
Sophie

Chapitre 1
Sophie telle qu'elle est

Sophie

Sophie est ce qu'il est convenu d'appeler, bien que cela n'ait à vrai dire que peu de sens, une jeune femme moderne et libérée. Par moderne, on entendra active, sûre d'elle, consciente de ses atouts tant physiques qu'intellectuels et sachant les mettre en valeur et, surtout, en tirer profit. Par libérée, désireuse d'assumer et d'expérimenter ses désirs, y compris ceux que, généralement, la morale réprouve et qu'il est de bon ton sinon de nier au moins de cacher.

Sophie est issue d'une famille bourgeoise, père directeur d'une petite entreprise, mère professeur de lettres. Elle a donc baigné toute son enfance dans une certaine opulence qui sans être luxueuse n'en était pas moins très confortable. Situation qui a eu le mérite, outre de lui inculquer confiance en elle et en l'avenir, de lui donner le goût des belles choses et des matières nobles et lui a permis de développer cet éclat qu'offre la cohabitation avec une certaine culture. Fille unique, elle a connu une enfance choyée. Elle n'a jamais eu besoin de partager quoique ce soit avec une sœur ou un frère et a très vite pensé que tout lui était naturellement acquis et, surtout, dû. Ses excellentes dispositions tant physiques qu'intellectuelles l'ont par ailleurs confortée dans cette idée.

Mais qui dit bourgeoisie, sous-entend également,

sous le lustre apparent d'une attitude qui se veut libertaire, rigueur et discipline. Sophie a donc connu une éducation qui sans être répressive ou pudibonde a néanmoins été relativement rigide notamment en ce qui concerne ses relations avec les hommes et du comportement qu'une adolescente puis une jeune femme se doivent d'avoir en société. Il faut bien avouer que Sophie s'est difficilement pliée à cette discipline. D'un tempérament plutôt rebelle à toute forme d'autorité, elle n'a jamais vraiment compris pourquoi il était si nécessaire de réfréner ses désirs et de les cacher. Sophie est, en effet, un être de chair, sensuelle et sensible aux sollicitations physiques auxquelles elle a eu, dès l'adolescence, beaucoup de difficulté à résister. Néanmoins, le joug de l'éducation étant difficile à outrepasser, elle a toujours refusé d'admettre son désir profond et secret de soumission, si contraire à l'idée qu'elle se fait d'une femme digne de ce nom. Ce désir est donc longtemps resté latent en elle, relégué au rang de simple fantasme inavouable.

Après de brillantes études, elle a décroché un diplôme en sciences économiques. Dans la foulée, elle a rapidement trouvé un emploi dans une banque ce qui lui a, enfin, permis, de s'échapper du carcan familial et de vivre sa vie ainsi qu'elle l'entendait : indépendante, parfaitement autonome, fière de ne dépendre de personnes et surtout pas d'un homme. A partir de cette époque, la véritable Sophie est apparue. Charmante, charnelle, multipliant les conquêtes masculines, papillonnant d'un homme à l'autre, s'amusant de la déconvenue de ses compagnons de passage lorsqu'elle se lassait d'eux. Quelques histoires d'amour aussi, bien sûr, pour pimenter le tout. Une vie plaisante mais qui néanmoins recelait en elle, quoi qu'elle y fasse, un regret diffus, une absence dont elle avait vaguement conscience sans vraiment oser se l'avouer. Mais il est parfois difficile de mettre des mots sur des sentiments surtout quand ceux-ci sont à l'opposé de ce que l'on a décidé d'être.

Jusqu'au jour où Sophie a rencontré Fabien. Ce jour-là, la vie de Sophie a basculé. Fabien était l'Homme, celui qu'elle attendait, qu'elle voulait. Celui à qui elle s'est donnée complètement abdiquant toute volonté propre pour se plier à son vouloir. Celui qui lui a enfin permis d'être ce qu'elle était vraiment, une femme au corps docile fait pour l'amour et les caresses. Fabien dominateur, autoritaire, amateur de femmes et de plaisir sophistiqué. Si loin, au premier abord, du type d'homme qui lui plaisait habituellement. Si loin de ses idées convenues sur le couple basées sur un principe illusoire et trompeur de parfaite égalité. Fabien, lentement, progressivement l'avait amenée, faisant fi de ses résistances, à découvrir et mettre à jour ses désirs secrets et l'avait guidée tendrement mais sûrement vers des plaisirs moins courants mais porteurs de délices infinis. Fabien à qui elle ne pouvait, étonnement constant pour elle, rien refuser même cette ultime exigence, à laquelle il lui avait été si difficile d'adhérer, de l'offrir à un inconnu pour parfaire, avait-il dit, son éducation.

Sophie frissonne lorsqu'elle repense à ces derniers jours. L'orage que leur couple, pour la première fois, a traversé quand de façon véhémente, elle avait rejeté tout net de se plier à cette injonction. (Comment osait-il faire entrer dans leur couple un tiers? Comment admettre qu'un autre que lui la caresse de manière aussi intime?) Elle repense à son renoncement et son abdication au bout de cinq jours interminables ne pouvant plus supporter le reproche et la déception dans les yeux de Fabien. Elle repense aux lettres que Fabien lui a demandé d'écrire la mettant à nue devant un inconnu. Cela, finalement, ne lui a pas semblé si difficile. Mais pour l'instant, ce ne sont que des mots. Elle a de la difficulté à imaginer que Fabien aille vraiment au bout de cette aventure. Peut-il réellement supporter que d'autres mains que les siennes se posent sur ce corps qu'il a façonné ? Pour l'instant, cela ne lui semble qu'un simple jeu verbal et elle a de la peine à croire que tout cela aille vraiment plus loin. Fabien va se ressaisir, c'est sûr et comprendre, lui qui est si farouchement jaloux de ses jouissances, l'énormité de ce qu'il lui demande.

Elle s'observe dans le miroir. Belle femme au corps svelte et élancé à l'orée de la maturité et au charme singulier. Un visage fin encadré par la masse ondoyante de ses cheveux au reflet doré. De grands yeux en amande irisés d'émeraude que des pommettes hautes mettent en valeur. Une bouche pulpeuse aux lèvres finement ourlées qui lorsqu'elle sourit laisse apparaître le barrage immaculé de ses dents parfaitement alignées. Une bouche faite pour les baisers et les caresses les plus impudiques aux dires de Fabien où flotte toujours un léger sourire empli de tendres promesses. Un long cou au port altier qui lui donne une attitude un peu hautaine. Des épaules aux douces rondeurs qu'elle tire en arrière pour mettre en valeur ses seins fermes et haut placés quoiqu'un peu lourds aux aréoles bien dessinées. A son grand regret, ses tétons sont peu proéminents sauf aux moments de jouissance extrême où alors ils s'érigent et se dressent fièrement. Longtemps elle a pensé que ses seins étaient trop plantureux jusqu'à ce que Fabien lui dise qu'ils étaient voluptueux et lui fasse découvrir les trésors de plaisir qu'ils pouvaient procurer. Elle revoit le sexe épais et puissant de Fabien aller et venir blotti entre eux alors qu'elle les resserrait fermement de ses mains et les recouvrir du voile blanc de sa jouissance. Son regard glisse sur son ventre bien plat, s'arrête un moment sur son nombril où Fabien a évoqué, entre autres endroits possibles, la pose d'un bijou, effleure sa taille mince, ses hanches arrondies au galbe parfait. Elle entrouvre légèrement ses cuisses musclées néanmoins fines et observe son pubis parfaitement épilé. Elle devine entre la fissure de ses grandes lèvres charnues et rebondies, le minuscule bouton de son clitoris lové au-dessus des nymphes. Un sexe charmant, délicat, aux senteurs musquées qui, lorsqu'elle jouit, laisse couler un flot intarissable. Longtemps elle a eu un peu honte de cette fontaine qui ruisselait entre ses cuisses sans. qu'elle puisse rien y faire. Jusqu'à ce que Fabien lui avoue se délecter de pouvoir s'abreuver sans retenue à cette source onctueuse. Elle pivote sur elle-même et observe ses fesses, deux globes parfaitement symétriques à la peau satinée qui semblent naître de la cambrure de ses reins. De la main, elle les écarte légèrement dévoilant la rondelle sombre et fripée de son anus qu'elle se désole d'être encore si étroite. Mais elle éprouve tant d'appréhension à laisser Fabien s'introduire dans cette partie si intime de son corps que tant d'interdits condamnent. Il a d'ailleurs été le premier et jusqu'à présent le seul à s'immiscer dans le creux de ses reins et encore avec une infinie délicatesse. Elle a au reste été surprise de n'en éprouver pas plus de douleur et, somme toute, d'avoir aimé être prise et emplie ainsi. Une légère rougeur envahit son front lorsqu'elle se remémore le plaisir inattendu et violent qu'elle a ressenti alors qu'elle sentait son sexe s'enfoncer inexorablement en elle, l'écarteler et la posséder comme aucun homme ne l'avait fait avant lui. Jamais encore elle n'avait éprouvé une telle sensation d'envahissement et de possession. Elle espère que Fabien pensera à dire à Pascal ses craintes. Mieux, qu'il lui interdira l'accès de cette partie de son corps qu'elle ne veut que lui réserver à lui.

De nouveau, un frisson la parcourt à cette évocation. C'est vrai qu'avec Fabien, elle s'est laissé aller à des gestes, des postures qu'elle était sûre ne jamais pouvoir accepter. Ne l'a-t-il pas d'ailleurs photographiée dans des situations pour le moins impudiques, ouverte, offerte, le sexe béant et suintant de sa jouissance, ses doigts enfoncés en elle ? Elle l'a laissé la lier, lui bander les yeux, lui donnant ainsi une entière liberté pour user de son corps. Mais Fabien a toujours fait preuve de douceur et de tendresse. Jamais elle n'a été brusquée ou, pire que tout et qu'elle pense elle n'aurait pas supporté, humiliée. Jusqu'à maintenant si Fabien a pu obtenir d'elle, à force de tendre persuasion, tout ce qu'il voulait, il n'a jamais abusé de son pouvoir sur elle et a su comprendre quand elle était totalement incapable de faire certaines choses beaucoup trop intimes. Comme uriner devant lui ou lui permettre d'assister à son lavement ainsi qu'elle le fait soigneusement avant chacun de leur rapport afin d'être parfaitement propre pour lui ou bien encore pour introduire en elle certains objets détournés de leur fonction première. Choses qui lui auraient donné le sentiment d'être ramenée à un statut d'objet, pire d'animal et de perdre toute dignité. Fabien a eu, à son grand soulagement, la délicatesse de ne jamais insister trop directement. Il l'a laissé venir doucement à lui et accepter d'elle-même ce qu'il lui proposait. Tous les gestes qu'il a eus sur elle, même les plus osés, ont toujours été des actes d'amour qui ont magnifié et célébré son corps sans jamais l'avilir. Même lorsqu'il a abattu sur elle les lanières du martinet, il a toujours su en mesurer la violence n'a marqué sa chair que de très légères zébrures bleutées vite estompées. Elle n'en revient pas d'ailleurs d'avoir autant aimé être ainsi lacérée, d'avoir, malgré ses larmes et la souffrance éprouvée, retiré un tel plaisir brutal, sauvage. Cela aussi, elle espère ne pas avoir à le subir avec Pascal.

Cela aussi doit être réservé à Fabien.

En fait ce qu'elle craint le plus que tout est de se montrer ainsi vulnérable devant un étranger. Que celui-ci devine l'abîme insondable de son désir et en abuse pour la pousser dans ses retranchements. Elle sait qu'elle est capable de beaucoup plus qu'elle n'en a jusqu'à présent montré à Fabien mais cela elle le craint, comme si elle était au bord d'un précipice, tentée de se jeter dans le vide et de laisser le vertige l'emporter. Elle sent un désir violent gronder en elle prêt à la submerger et elle a besoin de toutes ses forces pour le contenir et rester sur la rive certes escarpée et dangereuse où l'a entraînée Fabien mais en sécurité. Elle sait que celui-ci a conscience de ce gouffre insondable en elle qu'elle s'évertue pourtant à nier par peur de perdre toute identité. Par peur de perdre définitivement le contrôle. L'amour qu'elle porte à Fabien est ainsi pour elle avant tout une justification plus qu'un réel moteur. Ce qu'elle fait, elle le fait par amour. Cela l'excuse et lui donne bonne conscience. L'idée qu'un étranger puisse à son tour s'apercevoir du trouble qui l'habite et l'amener à la surface la terrifie plus que tout.

Un regard sur l'horloge la tire soudain de ses pensées. Elle est encore complètement nue et Fabien va bientôt arriver pour l'emmener dîner dans ce nouveau restaurant où il est de bon ton d'être vus. Il lui a demandé de choisir pour la circonstance une tenue sexy mais raffinée. Des amis à lui se joindront à eux pour la soirée et il l'a veut séductrice et affriolante sans bien sûr être vulgaire. En un mot alléchante pour ces messieurs. Elle adore cela d'ailleurs quand elle peut lire dans leurs yeux le désir qu'elle suscite et deviner à une soudaine tension de leur pantalon, l'émoi qui les envahit. Un peu garce, il faut bien le dire, bien qu'elle s'en défende farouchement. Elle ouvre la porte de son dressing. Rapidement, elle en inventorie le contenu. Cette robe en mousseline de soie vert émeraude au décolleté profond... Ou alors cette jupe en satin mauve largement fendue sur la cuisse droite assortie de ce petit boléro pailleté... Ou bien cette somptueuse robe rouge aux reflets chatoyants si sage en apparence mais qui, en transparence, ne dissimule pas grand-chose des courbes voluptueuses de son corps... Elle rejette sans appel une jupe noire, très courte certes, mais trop étroite. Elle se souvient, avec confusion, la dernière fois où elle l'a portée et la difficulté qu'elle a eu toute la soirée à la descendre sur ses cuisses largement dénudées qui découvraient, si elle n'y prenait garde, son intimité la plus secrète. Heureusement que ce soir-là, elle avait pensé à mettre un string. Finalement, elle opte pour une longue robe noire qui colle son corps comme une deuxième peau. Une large fente devant et derrière permet néanmoins de découvrir ses jambes fines et galbées. Le décolleté est par ailleurs suffisamment échancré pour permettre de deviner la naissance de ses seins qui seront pour l'occasion libre de toute entrave. D'un geste rapide, elle retire, après une légère hésitation, le string qu'elle vient de mettre afin de le laisser, lui aussi, libre. Seuls un porte-jarretelles assorti de bas en soie noire ainsi que des escarpins à hauts talons dont la fine lanière enserre sa cheville délicate compléteront sa tenue. A la fois habillée et dénudée. Elle est sûre que Fabien va apprécier.

Rapidement, elle relève ses cheveux en un chignon lâche dégageant sa nuque, se maquille soigneusement, yeux ourlés de noir et bouche rouge sang, une touche de parfum, First de van Cleef et Arpels pour l'occasion, de lourdes boucles d'oreille en or et la voilà prête.

Chapitre 2
Début de soirée

Pascal

Je dispose sur la table un Magnum de Champagne dans un seau à glace et trois coupes, puis, réfléchissant un instant, je déplace un de mes profonds fauteuils en cuir beige que je place seul, face à la table basse en ébène recouverte d'un dessus de cuir assorti au fauteuil et au canapé. J'oriente ensuite les deux lampadaires halogènes de façon que le fauteuil soit en pleine lumière, sans pour autant éblouir complètement celle qui s'y assoira. En effet, le fauteuil se trouvant le plus proche de la porte du salon, la bienséance m'autorisera à inviter Sophie à y prendre place, pour mieux la livrer, dans un premier temps, à mes regards. Pour m'en assurer, je place ma boite à cigare du côté du canapé, de façon à marquer de cette manière que celui-ci est le territoire « masculin »...

Je range le courrier qui encombrait le plateau de la lourde table de chêne poli par le temps et soigneusement cirée, dont la patine sombre luit sous la lumière. Je souris en mesurant la hauteur de l'empiètement et loue la providence d'avoir non seulement doté Sophie de longues et fines jambes mais aussi de lui avoir donné le goût des hauts talons...

Fermant un instant les yeux, je me remémore les délicats mollets, les pieds cambrés et les lanières qui affinaient encore la cheville de cette délicieuse jeune femme. La faire se courber sur cette table, pour l'exposer et enfin découvrir sa croupe avant de l'examiner plus en détail et d'en jouir à ma guise, le premier plaisir sera de toute façon un pur délice visuel, une scène d'une sensualité dont je me délecte à l'avance...

*****

Que ce dîner m'avait paru long, et la conversation des amis de Fabien avait eu du mal à m'intéresser ! Je crois que je n'aurais pu réprimer mes bâillements si la présence de Sophie n'avait tout au long du repas attisé mes sens. Les regards discrets échangés avec Fabien étaient particulièrement jouissifs : Nous deux, seuls, savions comment se terminerait la soirée...

D'une oreille distraite, j'entendais celui qui s'appelait, je crois, Alain, raconter ses aventures dans le souk de Fès. N'écoutant que son courage, il avait résisté à deux jeunes garçons qui prétendaient lui réclamer cent dirhams pour les avoir guidés, son épouse et lui, vers les meilleures échoppes du quartier commerçant. Acquiesçant gravement à chaque détail, son épouse, une petite blonde aux formes et à la mise plutôt appétissantes, lui jetait des regards attentifs et admiratifs rétrospectivement à l'héroïsme dont son cher époux avait fait preuve face à ces dangereux délinquants.

Annette aurait pu, en d'autres circonstances, m'intéresser. Son bronzage marocain intensifié aux ultra-violets et au carotène, son maquillage appuyé et ses lourds bijoux qui cliquetaient à ses poignets à chaque fois qu'elle levait son verre (souvent...), son tee-shirt de marque, parsemé de strass, qui révélait une poitrine au maintien sans doute renforcé mais aux tétons saillants : Tout en elle évoquait la bourgeoise classique et pleine de certitudes. Oui, en d'autres circonstances, je me serais fait fort de bousculer la vie rangée de cette femme aux lèvres minces et pincées, tant ses œillades furtives mais répétées en ma direction ne laissaient aucun doute sur ses tentations. Je lui répondais par de petits sourires polis, tout en me demandant quel pouvait être l'expression de son visage au moment où un sexe forçait l'anneau de ses reins…

Elle aurait pu m'intéresser, oui… mais de l'autre côté de la table, en biais par rapport à moi, se tenait celle pour qui j'étais là, et la pauvre Annette ne soutenait vraiment pas la comparaison.

Déjà, à leur arrivée au restaurant (j'étais arrivé en avance, tant par souci de ponctualité que pour avoir le plaisir de découvrir Sophie en pied lors de son entrée…) j'avais été conquis par la plastique et la prestance de celle que j'allais avoir le plaisir de soumettre. Lorsqu'elle avait ôté sa fine veste, le doux mouvement de balancier de ses seins lourds et le profond sillon que le décolleté dévoilait attisèrent mes sens. Sa façon raffinée, presque maniérée de s'asseoir, lorsque Fabien, galamment, avança sa chaise derrière elle m'offrit le profil de son corps, moulé dans la robe noire. La courbe gracieuse de sa hanche, l'arrondi parfait de sa chute de reins, l'absence totale de marque d'un quelconque dessous et la fente de sa robe qui, s'entrouvrant un instant, révéla sa jambe jusqu'à la moitié d'une cuisse fine, sa cheville cambrée par le haut talon et soulignée par une mince lanière, Sophie était la Sensualité incarnée.

Assise, son port de tête altier, sa façon de se tenir très droite et sa grande taille lui conféraient une sorte de supériorité sur l'assemblée des convives. Ce sourire sensuel, ses rires cristallins, sa vivacité d'esprit achevèrent ma conquête. Je n'eus par la suite, durant ce dîner d'autre contact avec elle que visuel. Ses yeux noisette aux reflets d'émeraude traduisaient à merveille tous états d'âme. Rire, reproche muet, colère feinte : Que ses yeux parlaient bien ! J'y cherchais une faille, que je ne trouvai pas... Sophie était parfaitement à l'aise et à cent lieues de se douter... Je devrais attendre pour découvrir ses regards d'angoisse, de honte, mais, je jurais que ses yeux seraient magnifiques, embués de larmes...

Pour l'instant, ses regards charmeurs, voire mutins, étaient néanmoins empreints de distance. Quand elle me regardait, elle ponctuait ses coups d'œil en posant une main parfaitement manucurée, longue et fine, sur l'avant-bras de son époux, comme pour signifier que c'est à lui qu'elle appartenait ou pour rechercher sa protection. Je gardai tout au long de ce qui n'était pour moi que le début de la soirée, une réserve constante, me contentant de participer sporadiquement à la conversation. La rareté de mes interventions me permettait de choisir mes mots et d'être autant que possible spirituel.

J'avais dans mon champ de vision, en biais, le buste de Sophie. Ses seins, manifestement libres, paraissaient animés d'une vie propre. Le tissu moulant laissait deviner une forme oblongue, légèrement en poire, me semblait-il, même si la position du téton était difficile à déterminer. La masse des globes semblait les étirer mollement vers le bas, sans qu'ils soient tombants pour autant. Il me tardait d'en connaître la texture, la densité et leur élasticité. Les jeux mammaires sont un de mes péchés mignons... La belle l'apprendrait vite...

Lorsqu'elle se leva pour aller aux toilettes, nos regards se croisèrent. J'y lus cette fois comme de la provocation. Une façon de me dire : « Regarde bien, vois comme je suis belle... » puis posant sa main sur l'épaule de Fabien comme pour une furtive caresse « ... mais je ne suis pas pour toi... je suis à lui... ». Elle s'éloigna, d'une démarche étudiée, qui faisait saillir alternativement chaque globe de ses fesses magnifiques... le tissu les moulait si bien que la raie qui les séparaient en était perceptible à l'œil, par transparence. Ses hauts talons exagéraient sa cambrure. Avec une taille si fine et de telles fesses, je ferais de cette jeune femme une reine de Sodome.

Quand elle revînt s'asseoir, lissant sa robe le long de ses hanches et de son ventre si plat, elle me jeta un nouveau regard furtif et un petit sourire, contente de l'effet qu'elle produisait. Le café enfin fini, les digestifs avalés, les derniers avatars des notables déballés et commentés, nous nous levâmes...

Attendant le voiturier, je glissais quelques mots à l'oreille de Fabien qui acquiesça. Il appela Sophie qui embrassait leurs amis.

– Chérie, *Monsieur* nous invite à prendre un dernier verre chez lui... Je ne travaille pas demain...

Il avait insisté légèrement sur le monsieur, alors qu'il m'avait appelé Pascal toute la soirée.

Sans attendre que Sophie réponde, comme si son accord n'était pas nécessaire, il ajouta :

– Disons dans une heure chez vous... Il est 21 heures... à 22 heures donc...

Je lui souris :

– C'est entendu... Je vous attends dans une heure... 14 avenue de Passy... deuxième étage... Mettez votre voiture au parking souterrain... le code est 666 SM... A tout à l'heure...

Sophie

A l'issue de la soirée passée au restaurant, Sophie a appris avec stupeur que l'homme qu'on lui a présenté sous le prénom de Pascal, au demeurant extrêmement charmant et séduisant, est en réalité « *Monsieur* ». Le monsieur à qui Fabien a décidé de l'offrir...

Après avoir quitté leur groupe d'amis, il est convenu, discrètement, entre Sophie, son époux et Pascal de retrouver ce dernier à son appartement mais auparavant Sophie doit se changer et porter une tenue plus conforme au déroulement de la fin de soirée à venir.

Sophie a le cœur battant et est emplie d'appréhension lorsqu'elle se retrouve de nouveau dans sa chambre. Le jeu devient soudain réalité et elle a un peu de peine à se faire à cette idée.

Rapidement, elle se dévêt et après une rapide douche, ouvre le tiroir de sa commode où sont rangés ses sous-vêtements. Elle en tire une magnifique guêpière en soie mauve incrustée de fine dentelle d'un ton légèrement plus soutenu. Elle l'ajuste soigneusement autour de son buste et serre un peu plus que nécessaire les cordons qui la ferment. Elle sait qu'en agissant ainsi, son corps gardera la marque transversale des baleines, sillons d'un doux ton rouge qui marquera la peau fragile de son dos et de son ventre. Mais ainsi sa taille est d'une extrême finesse et, surtout, ses seins, étroitement gainés dans les balconnets qui ne les recouvrent qu'à moitié laissent deviner à la lisière de la fine dentelle qui les bordent la chair plus sombre de ses aréoles qui semblent prêtes à jaillir, fruits tentants, hors du fourreau de soie qui les enserre. Elle se saisit d'une paire de bas en soie noire qu'elle enfile précautionneusement et les accroche prestement aux porte-jarretelles de la guêpière avant de passer un string minuscule assorti. Puis elle se chausse une paire d'escarpin noir aux talons vertigineux peu confortables certes mais qui mettent admirablement en valeur le galbe de ses longues jambes et la cambrure de ses reins.

En passant devant le grand miroir de sa chambre, elle ne peut s'empêcher d'y jeter un regard furtif et sourit de contentement au reflet de son corps fin et souple qu'elle y voit.

Elle se dirige alors vers son dressing et choisit cette fois la jupe noire que tout à l'heure elle avait éliminée qui la dénude plus qu'elle ne l'habille. Elle complète sa tenue par un fin corsage en mousseline translucide du même ton mauve que la guêpière que l'on peut deviner en transparence.

Un réajustement léger de son maquillage, un voile de parfum et la voilà fin prête. A la fois très sophistiquée mais très sexy.

Elle respire un grand coup comme si elle voulait se libérer du poids qui soudain l'oppresse et rejoint son époux.

*****

Alors qu'elle est installée à côté de Fabien dans la voiture qui l'emmène à l'appartement de Pascal, Sophie se remémore la soirée au restaurant. Un repas comme elle en avait connu tant d'autres.

Des convives agréables, une discussion vive et intéressante où les réparties fusent, un repas succulent. Et pourtant, sous-jacent, quoiqu'elle y fasse une sensation d'ennui à écouter des propos cent fois entendus.

Elle avait laissé glisser son regard sur les convives attablés autour de la table qu'elle connaissait tous sauf un homme que Fabien lui avait présenté très sobrement comme étant un ami, Pascal, sans lui en dire davantage. A son arrivée, ce dernier s'était galamment relevé de son siège pour l'accueillir la dominant de sa haute taille aux larges épaules et l'avait profondément dévisagée de ses yeux gris aux lourdes paupières dont l'éclat métallique l'avait surprise et troublée. La quarantaine, quelques fils blancs sillonnaient ses épais cheveux bruns ajoutant un charme étrange à son visage anguleux et sensuel. Une prestance et un charisme indéniable auxquels elle n'était pas restée insensible.

Tout au long du repas, elle n'avait pu s'empêcher de laisser glisser subrepticement son regard vers cet inconnu fascinée par l'attrait viril qui émanait de sa personne. Lui avait paru l'ignorer, plus intéressé, semblait-il, par les autres jeunes femmes qui partageaient leur dîner. Elle en avait ressenti un certain dépit. Sophie n'est pas habituée à ce qu'on lui résiste et surtout, ne supporte pas, telle une enfant capricieuse, à ce que d'autres qu'elles lui volent la vedette. Aussi s'était-elle juré de lui faire payer, avant la fin du repas, le dédain dont il faisait preuve à son égard.

Elle avait donc redoublé de vivacité et d'éclat, avait cherché à attirer son attention par ses traits d'esprit, son humour, avait joué de son rire, de son regard qu'elle sait rendre irrésistible. Elle s'était amusée à frôler d'une caresse exquisément sensuelle le bras de Fabien qui s'était fort obligeamment prêté à son jeu de séduction. Sophie savait que Fabien adorait la voir ainsi jouer de son charme et être le point de mire des regards admiratifs de la gent masculine. A la fois désirable et inaccessible. Mais rien ne semblait y faire et Pascal paraissait complètement hermétique et insensible à ses efforts pour attirer son attention. Sophie avait senti monter en elle un sourd ressentiment qui, au fur et à mesure, que les heures s'égrenaient s'était lentement transformé en énervement puis en frustration. Comment cet homme pouvait-il lui résister alors qu'elle déployait pour lui, tout l'arsenal de ses charmes pour le séduire ?

A la fin du repas, alors qu'elle se dirigeait vers les toilettes afin de rajuster son maquillage, elle l'avait toisé avec dédain voulant lui montrer sa supériorité. Un frisson l'avait parcouru quand son regard avait croisé l'éclat métallique des yeux de Pascal fixés sur elle qui la jaugeait sans aucune équivoque possible. Sophie était restée figée un bref moment sous le regard appréciateur de Pascal. Surprise par son intensité érotique.

Alors que la voiture l'emporte, elle ressent encore le trouble profond qui l'a alors envahie d'être ainsi observée, mise à nue, d'une manière si impudique qu'elle en avait tressailli d'émoi. Involontairement, sa main s'était posée sur l'épaule de Fabien comme pour se rassurer de sa chaude présence si rassurante. En revenant, de nouveau leur regard s'était croisé. Aucune ambiguïté possible, dans ce que ce regard lui transmettait. Désir et appréciation mélangés. Elle n'avait pu s'empêcher de lui sourire, fière d'elle et de l'effet qu'elle lui faisait qui bien évidemment, ce qu'elle croyait à ce moment-là, resterait à l'état de simple fantasme.

Elle se remémore son trouble lorsqu'au moment de se quitter, Fabien lui avait glissé à l'oreille que *Monsieur* les attendait chez lui pour un dernier verre. Soudain, tout devint clair. Un élan d'appréhension stupéfaite avait transpercé Sophie quand, dans un éclair, elle avait compris ce que cela signifiait, ce que ce *Monsieur* voulait dire et impliquait. Un moment, elle avait eu l'impression d'avoir, tel un papillon qui se brûle les ailes, été prise au piège et elle avait ressenti une sourde rage à l'encontre de Fabien de lui avoir joué ce tour. Ce n'était pas possible. Pas ce soir. Pas si vite. Elle ne pouvait pas. Mille pensées qui tourbillonnèrent dans sa tête mais qu'on ne lui laissa pas le temps d'exprimer. Déjà, Fabien la guidait d'une douce poussée dans le dos dans leur voiture.

– Il faut que tu te changes, chérie. Que tu mettes une tenue plus appropriée....

– Mais Fabien, te rends-tu compte de ce que tu me demandes ? Ce n'est pas possible.... Je ne peux pas....

– Tss Tss mon ange..... As-tu oublié de que tu m'as promis ?

Résignée, Sophie s'était tue.

Confusément, elle avait compris qu'il n'y avait aucune échappatoire possible pour elle sauf à trahir la promesse faite à Fabien de lui obéir en tout. Et cela, elle ne pouvait le concevoir. Non plus que de le décevoir.

Elle est donc maintenant dans la voiture qui la mène vers Pascal. Tremblante et le cœur battant la chamade, elle essaye d'imaginer ce que va être la suite de la soirée. Timidement, elle tente de se rassurer en se disant qu'après tout il n'était question que d'un verre. Peut-être, elle l'espère, ne s'agira-t-il que de cela. Du moins pour ce soir. Qu'on comprendra qu'il lui faut un peu de temps encore ! Que Fabien, finalement, saisira l'énormité de ce qu'il lui demande, pour elle, pour lui !

Pourtant, malgré les craintes et les réticences qui l'assaillent de toutes parts, elle ne peut nier l'étrange excitation qui l'étreint. Son propre mari la mène chez un autre homme pour la lui offrir ! Quoi qu'elle y fasse, cette situation engendre au fond de Sophie un émoi qu'elle reconnaît bien et qui met son corps en éveil. Sans qu'elle puisse quoi que ce soit, elle sent ses seins se tendre et gonfler d'impatience, son sexe palpiter doucement. Aussi étrange et incongru que cela paraisse, Sophie ressent soudain un désir violent et irrépressible naître au fond de son corps et, inexorablement, la submerger de sa chaleur. Désir bien sûr pour cet homme dont la présence l'a si fortement troublée ce soir. Mais surtout à cause de cette situation qu'elle n'a jamais connue, inimaginable pour elle il y a encore si peu de temps. Situation qui la met en position de devoir se soumettre entièrement et totalement à un inconnu auquel rien ne la lie, et se donner, devant Fabien, à lui. Elle a soudain la sensation de ne plus s'appartenir et de se fondre pleinement dans son époux. Peut-être pour mieux renaître...

Chapitre 3

Les règles du jeu

Pascal

Je glisse dans la platine un CD d'Enigma. La mélodie gothique, grandiose et envoûtante s'élève en sourdine, diffusée par de minuscules haut-parleurs dissimulés dans les cloisons de chaque pièce de l'appartement. Je jette un coup d'œil dans une des glaces, j'adore les miroirs, le salon en comporte quatre, immenses, sur chacun des murs. Ma chemise blanche me va bien au teint, bronzé par l'été et tranche avec mon blazer noir et mes cheveux gris acier coiffés courts mais dans un désordre étudié. Pas de ventre, svelte, je me tiens toujours bien droit, alors que les grands, je mesure un mètre quatre-vingt-neuf, ont souvent tendance à se voûter. Je souris à mon reflet, les deux mains appuyées sur le buffet qui me sépare du miroir. Je ne fais pas mes quarante-huit ans. Je cultive ma maturité physique en prenant soin d'être toujours au goût du jour dans mes tenues, décontractées mais recherchées. J'aime tant la compagnie des jeunes et jolies femmes que rien ne m'effraye plus que le jour où tout attrait aura quitté ma personne. Je suis cependant convaincu, avec le temps qui passe, que ce jour n'est pas pour demain. La jeune femme que je fréquente depuis près d'un an en est la preuve. Sa beauté et sa jeunesse et son amour pour moi sont les garants de mon pouvoir. Homme à femmes je suis, homme à femmes je resterai... Charlotte me supplie de pouvoir venir s'installer avec moi depuis des mois... mais je ne puis m'y résoudre... Comment alors pourrai-je organiser des soirées telles que celle de ce soir... on verra ça le jour où elle se sera rendue à mes exigences. Et Dieu sait si j'en ai...

Le bref coup de sonnette que j'attends retentit, interrompant le cours de mes pensées.

J'ouvre la porte et m'efface avec un sourire.

Fabien est dans l'encadrement, souriant, même si je perçois une légère tension dans son regard. Il sait que la machine est lancée. Légèrement en retrait, à son côté, se tient Sophie. Les traits figés, extrêmement tendue, elle étreint nerveusement dans ses mains un petit sac. Comme pour éviter mon regard, elle parcourt des yeux la cage d'escalier, comme si la décoration des communs l'intéressait au plus haut point.

Fabien me serre la main, oubliant que nous nous sommes quittés il y a une heure à peine. Je sens sa paume moite. Sophie entre à sa suite. Elle s'accroche à son attitude absente, absorbée par la décoration du vestibule de mon appartement. Elle détaille longuement le portemanteau puis le guéridon.

Le porte-parapluie attire ensuite son attention. Je la vois très vite s'en détourner vers le grand miroir qui lui renvoie son image, elle ferme alors brièvement les yeux en se mordant la lèvre inférieure.

Son regard se porte ensuite vers moi, faisant un effort pour me regarder, en proie à un trouble qui la submerge, et découvre enfin la main que je lui tends. Je souris, car je sais par déduction ce qui vient de se passer dans sa tête. Elle a vu dans le porte-parapluie, au milieu des poignées de bois habituelles, l'extrémité d'une cravache noire très fine au repli de cuir aplati. Cette vision l'a ramenée à la réalité et à son reflet dans la glace, ses jambes interminables gainées de soie sombre, ses talons vertigineux qui cambrent ses reins et projettent son buste en avant, la mince lanière, si sensuelle, sur ses chevilles. Elle vient de prendre conscience de sa nouvelle réalité, de la perte de ses repères habituels. Je la vois frissonner, en proie à une émotion violente. Je sens même un léger tremblement en serrant doucement sa main dans la mienne, avec une pression amicale. Moite et douce, sa paume fond dans la mienne. Ses longs doigts fins et manucurés et la douceur de sa peau feront merveille sur la peau si sensible d'une verge.

Je romps le silence en leur souhaitant la bienvenue chez moi.

– Passons au salon, je vous en prie...

Je m'efface pour les laisser passer. Un instant d'hésitation, puis d'un geste galant accompagné d'un sourire rassurant, Fabien laisse Sophie franchir la première la porte du salon. Il la laisse avancer et reste un moment à côté de moi. Si la tenue est aussi provocante, le pas de Sophie est hésitant et n'a plus rien à voir avec la démarche chaloupée et si sensuelle qu'elle avait adopté au restaurant. Cependant, les très hauts talons qui cambrent outrageusement ses reins et sa jupe courte qui dévoile ses longues et fines jambes donnent à son allure une sensualité incroyable. L'infime trace du string sépare les globes harmonieux de ses fesses, soulignant leur perfection.

Nous entrons au salon juste derrière elle.

– Installez-vous, je vous en prie... J'ai sorti un Magnum d'Heidsieck... Il est glacé... et puis, j'ai pu constater que vous aimiez les bulles... N'est-ce pas Sophie... ?

Elle sursaute et lève les yeux vers moi, comme si elle

sortait d'un rêve. Ses pommettes sont légèrement roses malgré le fond de teint. Toujours aussi tendue, elle n'arrive pas à fixer son regard sur moi, elle semble regarder le mur derrière moi pour se calmer.

– Euh... Oui... oui, oui... j'aime bien le champagne..., dit-elle d'un ton rauque, après avoir toussoté pour s'éclaircir la voix, sans y parvenir.

– Comme tout ce qui est raffiné..., ajoutai-je.

Je lui désigne le fauteuil.

– Je vous en prie, Sophie, assoyez-vous...

Elle paraît le découvrir et murmure un petit « Merci... »

Fabien prend place de l'autre côté de la table basse sur le canapé et moi, à côté de lui.

Tenant toujours son petit sac à deux mains, Sophie s'assoit dans le fauteuil. La profondeur et le moelleux de l'assise la surprennent quelque peu. Ses hauts talons font remonter bien haut ses genoux, et elle manque de perdre l'équilibre en arrière, se récupérant de justesse.

Dans le mouvement, le tissu se tend et glisse sur ses bas, sa jupe déjà bien courte en révèle la lisière et dans son déséquilibre passager, elle a disjoint les jambes.

Un petit triangle de soie et de dentelles mauve luit dans la lumière du lampadaire halogène, à la jointure des deux cuisses.

Elle se redresse vivement, resserre ses genoux et se penche pour poser son sac sur la table. Visiblement gênée par la position très basse, elle tire nerveusement sur le devant de sa jupe, parvenant juste à couvrir la lisière de ses bas.

Elle lève un instant les yeux vers moi et découvre mon regard enveloppant. Elle sait que j'apprécie la scène et cela accentue son trouble.

Je garde un petit sourire narquois en débouchant le Magnum. Je demande à Fabien s'ils ont trouvé facilement une place dans le parking souterrain. La conversation démarre mollement. Sophie, seule dans son fauteuil, séparé du canapé par la table basse, reste figée. Elle jette des regards inquiets à Fabien, qui évite soigneusement ses yeux. Etre loin de lui doit la stresser encore plus.

Le bouchon saute et le champagne coule dans les trois coupes. Je me redresse pour tendre la sienne à Sophie. Sa main tremble imperceptiblement. Alors que je me rassois face à elle, elle va porter le verre à ses lèvres puis se ravise lorsque je lève la mienne bien haut.

– A notre rencontre... et que nos relations à venir soient toujours un plaisir...

Seul Fabien répond : «A nous...» Sophie garde sa coupe légèrement levée, le liquide frémit, preuve de ses tremblements incontrôlés.

Seul le chuintement du champagne trouble le silence qui s'installe alors. Nous buvons une première gorgée de la cuvée millésimée.

Les jambes repliées de Sophie offrent un spectacle charmant. Si elle a resserré ses genoux, sa courte jupe dévoile largement ses fines et longues cuisses gainées de soie qui brillent à la lumière. Et surtout, sous elle, le haut de ses jambes remontées révèle entièrement la lisière sombre de ses bas et un peu de sa peau ambrée.

Je constate avec ravissement que ses cuisses, dans leur partie la plus haute, qui disparaît dans l'ombre de sa jupe, semblent plus fines. J'affectionne particulièrement cette particularité anatomique, que les libertins appellent poétiquement «la Rivière Parisienne». Les cuisses se resserrent au niveau de l'aine, ce qui a pour conséquence, lorsque les genoux sont serrés, de laisser un espace large de trois ou quatre centimètres au sommet de celles-ci. Les lèvres du sexe sont alors toujours visibles et accessibles, par-devant ou par-derrière (surtout lorsque comme dans le cas de Sophie, les reins sont extrêmement cambrés). L'excitation et l'ouverture de sa vulve sont impossibles à masquer ou à freiner, ainsi que peut le faire une femme dont les cuisses sont pleines sur toute leur longueur. Outre le côté pratique de cette «accessibilité» permanente, ce genre de femme est, par expérience, très sensuel.

Sophie a rapidement bu sa première coupe. Je ne la ressers pas tout de suite. Je ne voudrais pas que l'alcool vienne altérer ses sens. Je veux qu'elle reste consciente de tout.

Les chœurs grégoriens d'Enigma enveloppent la pièce d'une atmosphère irréelle. Sophie ne peut réprimer un frisson qui la secoue des pieds à la tête.

– Vous avez froid, Sophie ?

Elle s'empresse de répondre :

– Non... non... je... Puis elle avale sa salive et, en proie à une intense émotion, se lance en regardant Fabien. Je... j'aimerais que... enfin, je croie que... vous savez...

Je souris :

– Vous étiez plus éloquente au restaurant, ma chère Sophie... Plus sûre de vous... Je sais ce que vous voudriez... C'est fuir... Rentrer chez vous et poursuivre votre existence de petite princesse auprès de votre époux... et continuer à jouir de votre pouvoir sur les hommes... les narguer et jouer avec eux... A moins que vous ne préfériez que nous commencions... que vous puissiez vous perdre dans le trouble de vos sens... que votre corps justifie l'acceptation de ce que votre conscience réprouve... chavirer et perdre pied, pour en finir... et jouir... ?

Elle me regarde ébahie. Un O arrondit ses lèvres délicatement peintes.

Le feu aux joues, elle cherche désespérément un soutien en jetant des regards implorants à Fabien.

Soutien qui ne vient pas.

Je décide de pousser mon avantage et de lui porter le coup fatal.

– Votre vie va changer à partir de maintenant, Sophie... Vous l'avez promis à Fabien... Vous savez pourquoi nous sommes tous les trois ici ce soir... et vous allez me confirmer cette promesse...

D'une voix blanche, Sophie répond un tout petit « Oui... » à peine audible.

Je me tourne vers Fabien qui acquiesce dans un sourire. Je lui tends un cigare et en prends un également. L'odeur entêtante du tabac cubain envahit le salon, le parcourant de ses épaisses volutes.

– Bien, commençons donc, si vous le voulez bien...

Sophie déglutit difficilement et se redresse dans la lumière de l'halogène. Je vois son buste se soulever rapidement sous l'effet de son anxiété.

– Vous savez donc, ma chère Sophie, et vous l'avez accepté, que votre mari m'a fait l'honneur de me confier votre éducation... Il souhaite en effet vous voir développer un certain nombre de qualités sexuelles et profiter de votre prédisposition particulière à la soumission... Il a également envie de vous voir soumise devant lui... Pour cela, il m'a donné toute licence pour user de vous où, quand, comment et avec qui bon me semblera... corrigez-moi, Fabien, si mes propos trahissent votre pensée...

Sophie tendue comme un arc, regarde Fabien, désespérée. Celui-ci lui sourit avant de me répondre laconiquement mais d'une voix ferme :

– Non, non... c'est exactement ce que je souhaite...

Les yeux de Sophie s'embuent de larmes et elle ne peut réprimer un sanglot. Sa poitrine se soulève convulsivement comme si elle manquait d'air. Fabien se tourne vers elle inquiet :

– Ca ne va pas, mon ange... ?

Elle pivote vers lui son visage défait, les larmes ne coulent pas, mais ses yeux sont inondés, et brillent d'un éclat émeraude magnifique. Elle paraît soudain très fragile, désemparée. S'efforçant de se calmer, elle parvient à articuler difficilement, tant sa gorge est nouée :

– N... non... Si... je... je... je t'ai...me...

Fabien lui sourit tendrement :

– Je sais ma douce... je sais... je suis fier de toi...

Je crache une épaisse volute de fumée et ne voulant pas laisser trop de place aux sentiments, j'enchaîne, d'une façon à rassurer un peu la pauvre Sophie :

– Vous savez, votre relation de couple sera évidemment renforcée par cette nouvelle... organisation. Si tout se passe comme l'espère Fabien ne vous en aimera que davantage... Et comme je sais que vous ne souhaitez pas le décevoir... Tout devrait aller pour le mieux... N'est-ce pas ?

Muette, elle acquiesce d'un mouvement de tête, comme un enfant qui se fait réprimander et qui jure qu'il ne recommencera plus.

– Bien, les choses sont maintenant claires... je vais commencer par vous exposer ce qui va changer dans votre vie et la façon dont vous allez vivre et vous comporter désormais...

Sophie inspire profondément, tout en se mordant nerveusement la lèvre inférieure.

– La première chose qui va être modifiée dans votre vie, c'est l'aspect sexuel. Fabien m'a dit que vous ne refusiez jamais les rapports quand il vous sollicitait. Cela ne changera pas... J'aurai les mêmes droits que lui à cet égard... où je voudrai et quand je voudrai... est-ce bien clair ?

Sophie murmure un petit « Oui... » à peine audible.

– J'aurai, et Fabien également, cela va sans dire, toute liberté pour choisir des hommes et leur conférer, en ma présence ou la sienne, toute latitude pour utiliser votre corps comme ils le souhaitent...

Sophie jette un regard implorant à Fabien.

– Mais... je... je croyais... Fabien secoue négativement la tête.

– Ne m'interrompez pas, Sophie, je vous prie... Vous parlerez quand on vous le permettra... Si mes paroles trahissaient la volonté de votre mari, celui-ci se serait manifesté... Fabien m'a communiqué votre numéro de portable ainsi que l'adresse de votre domicile. Quand je vous appellerai, vous devrez vous rendre là où je vous dirai, dans un délai d'une heure... Et ce, du 1er au 23 de chaque mois... les sept jours restant, vous serez une femme libre... je n'aurais aucun droit sur vous... Une semaine de vacances par mois !

Sophie, abattue, m'écoute attentivement, mais ses yeux trempés et son visage perdu me font un instant douter qu'elle saisisse parfaitement le sens de ce que je lui dis. Je décide de passer à l'aspect vestimentaire, peut-être plus concret...

– Je vous remercie d'avoir déployé toute votre panoplie de séductrice durant cette soirée. J'ai apprécié votre tenue au restaurant... nue sous votre robe... c'était très... suggestif. Et ce que vous portez maintenant ne l'est pas moins... A l'avenir, nous ne vous imposerons pas en permanence cet effort... Contentez-vous de prendre soin de votre corps et d'être toujours élégante... comme la jeune femme dynamique et à la mode que vous êtes... Cela suffira... Sur le plan vestimentaire, vous éviterez juste les pantalons et les collants, mais cela n'est pas nouveau... Vous n'êtes surtout pas obligée de porter des jupes ou des robes courtes comme ce soir... Cela vous gêne visiblement... et cela n'aura aucune utilité puisque nous pourrons, si nous le souhaitons, relever ou vous faire relever votre jupe pour voir vos si délicieuses jambes... Dévoilez juste le bas de vos cuisses, comme il sied à une jeune femme convenable, que vous serez en apparence... Choisissez de préférence des matières, fines, fluides, extensibles qui mettent en évidence vos courbes ou des jupes amples, pour que vous puissiez être rapidement et facilement troussée... D'une manière générale, les vêtements que vous porterez devront permettre de dénuder promptement et séparément, votre buste d'une part, vos reins et votre ventre d'autre part... est ce clair ?

Toujours interdite, Sophie a un hochement de tête affirmatif. Ses lèvres tremblent imperceptiblement.

– Pour vos dessous, vous avez toute latitude... J'ai pour ma part une petite faiblesse pour le voile de nylon transparent... avec un soutien-gorge sans armatures qui ornera agréablement vos seins, sans en altérer le mouvement et le toucher et qui permettra de les faire passer au-dessus de l'élastique... Un brésilien de la même matière rendra vos reins encore plus envoûtants et... tentants... De plus, cette matière autorise des jeux très amusants... Les soutiens-gorge à balconnets sont également très pratiques, puisqu'ils permettent aisément de sortir les globes des bonnets... Une dernière chose pour clore ce chapitre... jamais de chaussures plates... qui atténueraient votre cambrure et nuiraient à votre sensualité naturelle... En règle générale, il y aura deux cas de figure : nous vous utiliserons comme vous êtes vêtue tous les jours... Dans certaines circonstances, nous vous donnerons des instructions plus précises, en fonction de nos désirs ou de ceux de nos invités, mais cela vous sera précisé, le cas échéant... Il est souvent aussi agréable de posséder une jeune et jolie mère de famille, élégante et fraîche, qu'une femme apprêtée pour le sexe comme vous l'êtes ce soir...

Sophie frémit à l'écoute de ces paroles. Mon ton

badin, comme si ce que je lui expliquais coulait de source, semble la troubler au moins autant que le sens de mes propos. Ses yeux inquiets tentent toujours de capter le regard de Fabien qui lui sourit comme si nous étions en train d'évoquer nos dernières vacances. Pour lui permettre de se calmer un peu, je lui sers une nouvelle coupe de Champagne qu'elle porte immédiatement à ses lèvres.

– Comme je vous le disais, je vous contacterai par téléphone et vous aurez alors une heure pour vous rendre là où je vous l'indiquerai… Dans ce laps de temps, vous devrez bien entendu prendre une douche, faire votre toilette intime et vous administrer un lavement… Vous vérifierez votre épilation… La règle que vous a imposée Fabien reste de mise… : pas un poil… du cou aux chevilles… Ensuite, vous prendrez l'habitude de passer un doigt préalablement enduit de lubrifiant à l'intérieur de vos grandes lèvres et sur la jointure de vos nymphes… Et si vous êtes dans de bonnes dispositions, je vous conseille même de lubrifier la paroi interne de votre vagin… Faites la même chose avec le pourtour de votre anus et la gaine anale… L'huile de palme est particulièrement indiquée pour ça, elle lubrifie sans graisser… et ne laissera pas de traces sur les mains de ceux qui vous toucheront… Fabien m'a parlé de votre capacité de lubrification vaginale impressionnante… malgré cela, je vous demanderais de prendre l'habitude de faire ce que je viens de vous dire… Il est fort probable que vous soyez amenée à être pénétrée sans que vous soyez excitée… L'endroit, le moment ou celui qui vous utilisera ne vous plairont pas forcément… Et dans certains cas, on pourra aussi vous prendre sans préparation… Vous m'écoutez, Sophie… ?

Elle semble affolée et son regard va de Fabien à moi.

– Je… non… mais…

– Allez y Sophie, je vous autorise à parler… qu'y a-t-il ?

– Je... je...

Elle éclate en sanglots, et se renverse dans le fauteuil, en chien de fusil, la tête dans les mains, agitée de hoquets convulsifs. Fabien me regarde et gêné me dit :

– Excusez là... tout cela est nouveau pour elle, laissez-moi lui parler...

– Je vous en prie... Allez donc dans la salle de bains... Sophie pourra se rafraîchir... La porte à droite dans le vestibule...

Fabien se lève, et doucement aide Sophie, toujours sanglotante, à se relever. Il prend son petit sac, et la soutenant par le bras, la guide jusqu'à la salle de bains.

J'attends tranquillement leur retour en allumant un deuxième cigare.

Une dizaine de minutes après, Sophie revient s'asseoir, suivie de Fabien. Son sourire m'indique qu'il a conservé la maîtrise de Sophie.

Sa respiration s'est calmée, et elle ne pleure plus, même si ses yeux sont encore brillants et qu'une petite poche, qui ajoute au charme de son visage, s'est formée sous chaque œil. Elle a même retouché son maquillage. En s'assoyant, Fabien me sourit :

– Encore une fois, je vous prie d'excuser Sophie... Elle a craqué... Comme vous le savez, l'usage de son anus est un tabou que j'ai eu beaucoup de mal à faire tomber chez mon épouse... Et elle pensait que cet usage me serait réservé, mais ça y est, le malentendu est dissipé...

Je fronce les sourcils, interrogateur.

– C'est-à-dire ?

– Oh, bien entendu, Sophie est totalement à vous... Vous pourrez user à votre guise de sa bouche, son ventre ou ses reins... n'est-ce pas, mon ange ?

Avalant péniblement sa salive, Sophie répond dans

un murmure :

– Oui...

Je souris en prenant ma coupe de champagne :

– A la bonne heure !... Votre cambrure m'obsède depuis votre entrée au restaurant... me priver de l'usage de vos reins aurait ôté tout sent à notre relation... Vous êtes faite pour ça, ma chère Sophie... Vous verrez... comme la fonction crée l'organe... la pratique crée le plaisir... vous verrez...

Les joues rouges, Sophie baisse les yeux.

– Bon, cette mise au point étant faite, revenons-en à votre attitude... En public, tant que votre statut n'est pas connu, vous pourrez vous comporter « normalement », parler, rire, bouger comme bon vous semble... sauf croiser les jambes, mais je vois que vous ne le faites déjà plus... Vous devrez néanmoins obéir à n'importe laquelle de mes injonctions... Et devant des tiers, si je vous l'ordonne... Ensuite, quand votre statut est connu de ceux avec qui nous serons, si je souhaite les en informer pour les faire participer à nos jeux ou pour vous offrir à eux, vous resterez passive... Vous vous laisserez faire qu'on vous touche ou qu'on dénude une partie de votre corps... Vous vous mettrez dans les positions qu'on vous ordonnera de prendre et vous n'aurez qu'à vous abandonner... jusqu'à ce qu'on en ait fini avec vous... Si vous êtes fouettée ou cravachée, vous ne le serez jamais sur les bras ou plus bas que les genoux... pour que vous ne soyez pas gênée dans votre vie de tous les jours par les marques...

Sophie sursaute et implore Fabien du regard. Ce dernier reste de marbre. Résignée, elle baisse à nouveau les yeux.

– Il va sans dire que si vos vêtements devaient souffrir de nos petits jeux, ils vous seraient remboursés à leur valeur neuve... Les ciseaux et les lames de rasoir font partie des accessoires que vous aurez vraisemblablement à connaître... La semaine prochaine, vous irez chez un gynécologue, je vous donnerais son adresse, c'est un ami... Il vous placera un stérilet qui stoppera vos règles. Vous serez ainsi toujours disponible. Il vous donnera un traitement hormonal de compensation. Vous verrez, il aura pour effet de faire gonfler vos seins et de rendre vos tétons plus sensibles, ainsi que vos lèvres et votre clitoris... Pour notre plus grand plaisir et, je l'espère, pour le vôtre... Voilà, ma chère Sophie, vous savez tout ce que dont vous devez être au courant... Je tiens à ajouter que je suis très honoré d'être votre maître... Vous faites incontestablement partie des plus belles femmes que j'ai pu diriger...

Sophie relève un instant son visage et esquisse un sourire qui se transforme vite en moue de désespoir.

– Allons, ma chère enfant... pensez à la fierté et au bonheur de votre époux... Il vous adore... et il vous adorera toujours... Vous êtes LA femme... Levez-vous à présent...

Interdite, elle met un instant à réagir, et lentement se redresse.

Je me tourne vers Fabien en lui tendant un cigare. J'en suis à mon troisième, la pièce est chargée de leur lourde odeur et d'un léger halo de fumée. Enigma tourne en boucle sur la platine...

– Cher ami, me feriez-vous le plaisir de retirer le chemisier de votre femme et de sortir ses seins des bonnets de cette ravissante guêpière qu'on devine ? Que je puisse en admirer le volume, la texture et la tenue... Ensuite, ma douce Sophie, vous irez vous courber sur la table qui est là-bas derrière vous... vous poserez vos coudes dessus, et vous tiendrez bien cambrée, jambes tendues est légèrement disjointes... Et vous Fabien, vous relèverez la jupe de votre charmante épouse sur ses reins, pour bien dégager le bas de son

64

dos et son sublime postérieur...

Fabien tire une bouffée de son cigare et se lève. Il est à côté de Sophie, qui tente de calmer son désarroi en serrant ses mains l'une dans l'autre devant elle, à en faire blanchir les jointures....

Sophie

Alors que la voiture confortable pénètre dans le parking de l'immeuble de Fabien, Sophie sent son ventre se tordre d'une angoisse telle qu'elle a soudain de la peine à respirer. Tout son corps, tendu à l'extrême, est saisi d'un tremblement incoercible et, dans un vain effort pour cacher à Fabien l'émoi qui l'agite, elle serre fébrilement ses mains à en faire blanchir les jointures. Elle a l'impression d'être menée au supplice qui plus est par son propre mari. Elle jette un regard anxieux par la vitre de la voiture sur les murs de parking qui se referment sur elle comme les mailles d'un piège se referment sur sa proie. Le véhicule descend lentement semblant s'enfoncer dans les entrailles de la Terre ce qui pousse l'angoisse de Sophie à son paroxysme, elle qui a toujours craint et fui les espaces clos. Ne monte-t-elle pas allègrement à pied, plusieurs fois par jour, les neuf étages qui mènent à leur appartement pour éviter d'être enfermée dans l'ascenseur pourtant clair et spacieux de leur immeuble ? Cet exercice quotidien qu'elle s'inflige a au moins le mérite de raffermir, si besoin était, le galbe parfait de ses jambes finement musclées. C'est du moins la raison qu'elle a toujours évoquée à Fabien voulant lui cacher, sans qu'elle sache très bien pourquoi, sa peur panique d'être enfermée.

Arrivé au quatrième niveau, Fabien trouve enfin une place de libre. Un moment, ils restent tous les deux assis silencieux dans la voiture. Sophie lui jette un regard implorant tentant, une ultime fois, de le faire revenir sur sa décision sans oser pourtant, même si Fabien lui semble tout-à-coup moins sûr de lui, lui faire part à haute voix de ses réticences. La tension est presque palpable entre eux. Elle voudrait tant qu'il lui dise, ainsi qu'il en meurt d'envie elle en est certaine, « Rentrons, mon amour. Ce n'était qu'une plaisanterie. Comment pourrai-je accepter qu'un autre pose les mains sur toi ? » Mais Fabien reste insensible à son appel silencieux. Il sort enfin de la voiture qu'il contourne pour venir ouvrir la portière de Sophie. Il lui tend la main et l'aide, résignée à l'inéluctable, à descendre. Sophie flageole sur ses jambes qui ne semblent plus capables de la supporter et se retient à l'épaule de son mari.

– Les talons, murmure-t-elle en guise d'excuse, ils sont si hauts...

Fabien ne dit rien mais sa main chaude et douce enserre tendrement le coude de Sophie comme s'il voulait, à travers ce geste anodin, lui insuffler un courage qu'il ne ressent pas et l'entraîne sans plus attendre vers l'ascenseur.

Ils sont maintenant devant la porte de l'appartement. Sophie a l'impression de se mouvoir dans de la ouate et les sons lui parviennent étouffés. Elle a le plus grand mal à contrôler le rythme de sa respiration qui se précipite soudain alors que Fabien avance sa main dont il tente à grand-peine de maîtriser le tremblement, vers la sonnette dont la stridence tire brutalement Sophie de son hébétement.

La porte s'ouvre et une musique aux accords envoûtants les enveloppe.

***

Pascal est là devant elle, souriant, sûr de lui. A la dérobée, elle le détaille et note sa tenue décontractée qui met en valeur sa prestance et sa séduction indéniable. Lentement, Sophie parcourt du regard le vestibule meublé avec un raffinement discret. Elle ne peut retenir un tressaillement dont elle a peine à discerner si c'est de crainte ou d'excitation, lorsque ses yeux s'arrêtent sur ce qui ressemble à une cravache négligemment disposée, tel un message que lui envoie Pascal, au milieu des parapluies. Désespérée et tremblante, elle se raccroche comme à une bouée à son sac sans voir la main que lui tend Pascal. Lorsqu'enfin sa paume se glisse dans la sienne, elle ressent au fond du corps une décharge qui la tétanise. La main de Pascal enveloppe la sienne dans une douce et chaude étreinte qui bien que fugitive n'en est pas moins extrêmement sensuelle et qu'il fait durer brièvement plus qu'il n'est nécessaire. Sophie évite de le regarder directement, intimidée par son assurance. Elle ne veut surtout pas donner prise à Pascal sur elle en lui permettant de plonger au fond de ses pensées et encore moins lui faire l'aveu de son trouble. Elle sent ses yeux qui la détaillent, fixent insolemment sa poitrine à peine dissimulée par le voile transparent de son chemisier, glissent sur la courbe de ses hanches avant de se poser effrontément sur ses jambes dont ils apprécient le galbe. Sophie prend soudain conscience de tout ce qu'a de provocant sa tenue qui l'offre en pâture à ce regard lascif sans possibilité pour elle de se cacher.

Elle se laisse guider sans un mot vers le salon alors que tout en elle l'adjoint à se détourner et à s'enfuir de ce lieu qui, elle le sait, va être le théâtre de sa totale reddition. Dans son dos, Sophie sent la présence rassurante de Fabien qui la suit et elle se raccroche à cette sensation qui seule, ce soir, lui paraît vraiment réelle. Ses yeux papillonnent autour de la pièce plongée dans une douce pénombre. Elle détaille le mobilier élégant, les fauteuils profonds, fixe, surprise, les immenses miroirs qui tapissent les murs et qui lui renvoient le reflet d'une jeune femme frémissante au teint rosi par l'émotion et à la tenue affriolante. Image troublante et ambiguë d'une femme tout à la fois provocante et raffinée. Sophie reste un moment debout au milieu de ce salon, indécise, perdue dans ses pensées, prête à s'enfuir sans avoir vraiment conscience de tout ce que son attitude à la fois rétive et consentante a d'attendrissant et de tentant pour un homme tel que Pascal. Il lui semble flotter dans un monde irréel et les sons lui parviennent assourdis. La sensation lui rappelle étrangement ce qu'elle ressent lorsqu'elle fait de la plongée sous-marine, sport dont bizarrement, malgré sa claustrophobie, elle raffole. Mêmes bruits sourds et étouffés, même impression de se mouvoir dans un monde dense et onctueux et d'être submergée par quelque chose qui la dépasse. Même tentation aussi de plonger toujours plus profond dans les abysses sombres, vers ce monde inconnu qui l'attire tant malgré la crainte irrépressible qu'il lui inspire. Tous ses sens sont aux aguets, elle sursaute pourtant lorsque Pascal l'invite à prendre place dans un large fauteuil tout en lui proposant une coupe de champagne.

Ses jambes lui semblent de plomb et incapables de la soutenir davantage et c'est avec soulagement qu'elle s'assoit dans le siège dont la profondeur la surprend. Elle tombe plus qu'elle ne s'assoit essayant dans un geste vain de maintenir sa jupe, trop courte, sur ses cuisses. Le regard de Pascal fixé sur elle la détaille avec un sans-gêne qui, bien qu'elle ne veuille pas l'admettre, la trouble et engendre au fond de son corps un émoi qu'elle ne peut nier. Elle regrette soudain d'avoir mis cette jupe trop courte qui dévoile quoiqu'elle y fasse ses cuisses qu'elle resserre étroitement dans un vain mouvement de défense. Des yeux, elle tente d'accrocher le regard de Fabien pour y chercher un soutien qu'il lui refuse. Fabien la regarde aussi mais évite soigneusement de croiser directement son regard comme s'il était gêné par la situation dans laquelle il l'a entraînée. Le visage de Fabien est tendu, ses yeux ne sont plus que deux fines lamelles qui laissent filtrer une lueur inquiète. Nerveusement, il tapote l'accoudoir du canapé dans lequel il a pris place. Inquiétude de ne pas pouvoir, lui, supporter ce qui inévitablement est en train de se passer. Ou crainte de sa réaction à elle. Sophie ne sait pas très bien et lui non plus très certainement. Sans doute un peu les deux. Elle devine la tension et les interrogations qui l'habitent. Sophie, oubliant alors ses propres appréhensions, adresse un tendre sourire à son époux comme si elle voulait le rassurer, lui dire de ne pas s'inquiéter. Pascal attentif surprend ce sourire de connivence qui lui dévoile la fragilité exquise de cette femme.

Alors qu'elle finit sa coupe de champagne dont la fraîcheur l'apaise, Pascal s'adresse à elle brisant le silence, seulement troublé par la musique, qui s'était instauré entre eux. Les bulles du champagne paraissent avoir instillé chez Sophie un regain de force et de détermination et elle tente de reprendre un tant soit peu le contrôle de la situation. Mais alors que dans sa tête tout lui semblait clair et facile, les mots n'arrivent pas à franchir le barrage de ses lèvres et elle balbutie piteusement une vague mise au point que Pascal interrompt sans ménagement d'un ton horriblement suffisant. Le visage de Sophie s'empourpre à l'intonation narquoise de Pascal qui la cingle.

Incrédule, elle écoute ce qu'il lui débite avec tant de certitude. Comment ose-t-il parler ainsi d'elle qu'il ne connaît pas ou si peu ?

Sophie est pétrifiée devant tant d'arrogance et d'aplomb. Implorante, elle jette un regard désespéré à Fabien qui s'est enfoncé dans son fauteuil, et semble se désintéresser de ce qui se passe autour de lui, sourd aux propos tenus, et cherche auprès de lui un soutien qui ne vient pas. Sophie se sent soudain misérable et abandonnée. Elle ne comprend pas que Fabien puisse rester ainsi sans réagir devant les énormités que profère Pascal. Qu'il puisse l'abandonner au moment où elle a le plus besoin de lui. Sophie est au bord des larmes. Elle a de plus en plus de peine à retenir ses tremblements alors que Pascal commence à lui décrire avec moult détails qui la laisse sans voix, ce qu'il attend d'elle et de leur relation. Elle cherche auprès de Fabien un soutien que celui-ci lui refuse.

Au fur et à mesure que Pascal lui détaille les règles qu'il entend dorénavant qu'elle suive, le corps de Sophie se recroqueville au fond de son fauteuil comme si elle voulait y découvrir un réconfort qu'elle n'y trouve bien sûr pas. Dans son agitation, Sophie croise et décroise fébrilement ses jambes faisant chaque fois, dans un chuintement de soie, remonter plus haut sa jupe sur ses cuisses. Elle n'a pas conscience qu'ainsi elle dévoile à Pascal assis en face d'elle les profondeurs sombres de son intimité la plus profonde.

Sophie se sent complètement isolée. Elle ne peut croire que Fabien puisse la livrer ainsi sans aucune condition. Jamais, elle n'avait pensé que cela pourrait aller aussi loin. Ce qu'elle avait jusqu'alors considéré comme un simple jeu sans véritable enjeu prend soudain une tournure beaucoup plus réelle et contraignante. Elle comprend que Pascal, et cela avec l'assentiment formel de Fabien, ne lui concèdera aucune échappatoire, qu'elle devra se soumettre sans condition à tous ses caprices. Qu'il entend faire d'elle sa soumise !

Soudain, elle n'en peut plus. Elle sent quelque chose se briser au fond d'elle et toutes ses résolutions d'obéissance s'effondrer alors que Pascal d'un ton froid et détaché lui décrit la façon dont elle doit dorénavant lubrifier son sexe et, comble de l'outrecuidance la plus éhontée, son orifice le plus intime afin de les rendre disponibles et accueillants en toutes circonstances et pour tous. C'en est trop soudain. Son angoisse jaillit brutalement hors d'elle et elle éclate en sanglots convulsifs. « Ils sont ignobles. Ce qui se passe est abject. » Elle voudrait disparaître, aller se terrer. Ne plus rien entendre. Elle en veut horriblement à Fabien de lui faire subir un tel affront. Elle en veut à Pascal de son arrogance. Elle s'en veut de s'être laissée entraîner dans cette mascarade. Elle ne désire qu'une chose : partir.

Tout de suite.

Rapidement, Fabien la conduit, dans un état second, vers la salle de bain. Alors qu'ils sont enfin seuls, il la prend dans ses bras et la serre tendrement contre lui. A petits coups de baisers sur ses joues, son cou il tente d'apaiser sa panique. Lentement, Sophie reprend son souffle et elle sent l'étau qui l'empêchait de respirer se desserrer.

– Calme-toi, ma douce. Voilà.... doucement.... calme... calme..... Chhhhhhhh.....

– Mais... mais..... Fabien tu.... tu... tu te rends compte de.... de ce qu'il exige, balbutie Sophie entre deux sanglots

– Chhhhhhh.... Ne t'en fais pas.... Calme-toi.... Je suis là mon tendre amour.

– Mais... je.... je ne peux pas..., sanglote Sophie, ce...ce n'est pas possible.... Il...il..... Tu ne peux pas....

– Je sais...., l'interrompt Fabien, cela te paraît dur.... pour moi aussi, tu sais....

– Alors... partons... je t'en prie....

Elle le regarde implorante, espère de tout cœur qu'il va accéder à sa prière. Mais Fabien, prenant une profonde respiration, lui répond d'un ton sans réplique :

– Non ma douce. Nous n'allons pas partir.

– Mon amour..... je t'en supplie.... je....

– Je te dis non et tu vas faire ce que Pascal te demande parce que MOI je te le demande aussi.

– Fabien....., implore-t-elle une nouvelle fois

– Tu peux le faire et tu vas le faire car c'est pour moi, pour nous que tu le fais. Rappelle-toi ta promesse. Tu t'es donnée à moi en tout et pour tout. Tu te rappelles, insiste-t-il

– Oui, répond Sophie d'une petite voix. Mais... je ne pensais pas que....

– En tout et pour tout, répète-t-il en détachant bien les mots. Et bien, nous y sommes. Ce soir, je veux que tu tiennes ta promesse.

Sophie regarde longuement son époux comme si elle le voyait pour la première fois. Elle découvre un autre homme prêt à aller au bout de son amour pour elle, prêt à lui imposer l'inconcevable pour preuve de son attachement. Il a raison. Il est exact qu'elle lui a fait, en toute liberté, ce serment alors qu'il ne l'exigeait pas. Elle se rend soudain compte que cette promesse la lie à lui d'une manière dont elle n'avait pas conscience et qu'elle implique son abandon total et sans condition. Fabien la fixe, attentif à sa réaction, aux frémissements incoercibles qui la parcourent. Sa main caresse doucement la courbe de sa nuque comme il le ferait pour un animal rétif qu'il faut apprivoiser. Sophie est si belle ainsi, le corps frémissant, le teint enflammé.

Sophie baisse alors les yeux qu'une flamme inquiète fait étinceler, et acquiesce d'un simple hochement de tête.

– Je peux compter sur toi ? lui demande Fabien

– Oui, bien sûr, lui répond-elle d'une voix faible. Je ferai ce que tu exiges, tu le sais bien.

– Alors, redresse-toi et sois fière de ce que tu es.

Lorsqu'ils retournent dans l'atmosphère lourde et enfumée du salon, l'attitude de Sophie a subtilement changé. Bien qu'encore très tendue, elle semble plus sûre d'elle, résignée et consentante à l'inévitable. Jamais, elle le sait, elle n'a été plus belle et plus désirable et, alors que les yeux de Pascal l'effleurent interrogatifs et la détaille, elle redresse ses épaules et s'offre, impudique et superbe, à son regard. Dans ses yeux brille une détermination qui n'y était pas auparavant comme si elle tentait à toute force de dompter ses craintes encore si vivaces. Elle regarde cet homme qui sous peu, elle le sait, va investir son corps et le posséder. Déjà, elle imagine ses mains se poser sur elle et la plier à leur exigence, la façonner. Son corps tremble encore mais ce n'est plus seulement l'anxiété qui la fait frissonner mais aussi une sourde impatience qui l'envahit inexorablement et engendre chez elle une délicieuse faiblesse.

Sophie se sent alors forte dans sa vulnérabilité. Fabien a raison, c'est elle qui a voulu ce qui arrive. Son cœur tambourine à tout rompre dans sa poitrine alors que Pascal lui fait part de ses dernières instructions qu'elle enregistre sans ciller. Elle se tient maintenant bien droite dans son fauteuil, le buste légèrement penché en avant. Son chemisier s'est entrouvert découvrant la naissance de sa poitrine que soulève son souffle précipité. D'une main, elle soutient son fin visage et machinalement glisse un doigt sur ses lèvres dans un mouvement lascif dont elle n'a pas conscience. L'autre main est posée sur son genou qu'elle caresse doucement et fait crisser ses ongles sur la soie des bas. Seule l'évocation de la possibilité d'être cravachée la fait tressaillir et sa main instinctivement se resserre sur son genou mais elle réprime vite cette vaine manifestation de crainte.

C'est sans esquisser le moindre signe de protestation qu'elle se lève de son fauteuil lorsque Pascal le lui demande et laisse Fabien lui ôter son chemisier qu'il dispose soigneusement, comme s'il voulait ainsi gagner un peu de temps, sur le dossier d'une chaise. Les bras le long du corps, les yeux baissés dans une attitude de soumission, Sophie laisse ensuite Fabien dégager lentement du fourreau de sa guêpière ses seins ronds et fermes. Est-ce d'excitation, de crainte, elle ne sait plus trop tant ses sentiments sont confus en elle, mais ses tétons sont déjà fièrement dressés et se tendent tels des friandises pulpeuses et sensibles. Son souffle s'accélère imperceptiblement et elle ferme un bref instant les yeux comme pour chercher au fond d'elle le courage et la force nécessaire. Sophie reste ainsi un moment immobile, jambes légèrement écartées, sensible aux regards croisés de Fabien et de Pascal posés sur elle qui éveillent en elle, sans qu'elle puisse le contenir, un plaisir diffus et une attente qu'elle reconnaît bien.

Maintenant déterminée à aller jusqu'au bout, elle relève la tête et rejette ses épaules en arrière faisant fièrement se redresser ses seins, et accentue la cambrure de ses reins. Sans un mot, le corps tendu à se rompre par l'effort qu'elle lui demande, elle se dirige lentement vers la table en bois massif que vient de lui indiquer Pascal. Langoureusement, dans un mouvement empreint de sensualité, elle ploie son corps et s'y accoude ainsi qu'il le lui a ordonné. Elle jette un regard furtif à Fabien. Son visage est crispé et son corps raidi à l'extrême. Elle sent dans chacune de ses fibres l'énergie qu'il déploie pour ne pas bondir et l'emporter hors de cette pièce. Au contraire, il remonte lentement sa jupe haut sur ses reins et dévoile au regard de Pascal le globe parfait des fesses de Sophie que le string minuscule, barrage dérisoire, ne dissimule pas ou si peu. Puis, il s'éloigne offrant par ce geste de façon définitive et irrémédiable la femme qu'il aime au désir d'un autre.

Un frémissement imperceptible traverse Sophie d'être ainsi dénudées et sa peau est parcourue d'un léger picotement qui hérisse le fin duvet qui les recouvre. Jamais encore Sophie ne s'est sentie aussi vulnérable. Elle est alors saisie d'une faiblesse incontrôlable et ses coudes cèdent, sans plus aucune force, sous le poids de son corps qui s'écrase contre la table. Sophie a maintenant le haut du buste complètement appuyé contre le bois de la table dont elle sent la rugosité mordre sa chair fragile mais dont la dureté la rassure. Elle écarte largement ses bras et s'accroche fermement aux angles de la table comme si elle cherchait dans sa massivité la force dont elle a besoin. Son visage est appuyé de côté sur le dessus de la table ses longs cheveux déployés autour d'elle et elle ne plus voir Fabien. Ses jambes sont tendues légèrement disjointes et laissent apparaître le sillon de ses fesses et, en retrait, le renflement de son pubis qu'elle sent, contre toute attente, s'humidifier. Plus que le fait d'être ainsi offerte, croupe relevée, cuisses écartées, dans une position dont elle devine toute l'impudeur, c'est la sensation d'être utilisé à l'instar d'un objet qui effarouche brièvement Sophie. Comme si elle perdait dans ce geste de soumission son identité et son statut de personne. Mais cette sensation éveille aussi en elle, quoi qu'elle y fasse, une excitation certaine qu'elle sait il serait vain pour elle de combattre. Elle ne peut nier qu'elle aime que l'on dispose ainsi d'elle et devenir le centre de tous les désirs. Sensation troublante et ambiguë qui la déroute.

Elle se mord les lèvres alors qu'une envie de rébellion afflue en elle et la fait gémir d'exaspération contenue.

L'instant s'éternise. Fabien a rejoint son fauteuil dont il étreint les accoudoirs. Pascal, lui n'a pas esquissé le moindre geste et se contente de la dévisager, silencieux, dans cette posture qui la soumet toute entière à son regard sans indulgence. Ses yeux glissent le long des longues jambes gainées de soie de Sophie, s'arrêtent un moment à la démarcation des bas qui met en valeur sa peau délicate qui luit doucement dans la lumière tamisée. Puis ils remontent le long des cuisses fines que les porte-jarretelles sertissent tels des objets précieux. Ses yeux atteignent ses fesses rebondies parcourues de légères crispations signes sans équivoque de l'émoi de Sophie, devinent à leur intersection l'arceau de son sexe frémissant, s'égarent enfin le long de ses reins dont la cambrure le ravit tant. Vision à la fois obscène et troublante de sensualité d'une femme qui s'abandonne et se soumet.

Les dernières résistances de Sophie fondent lentement sous les regards conjugués de son époux en proie au plus grand trouble et de son futur amant ou Maître qu'elle devine appréciateur. Elle ne sait plus ce qu'elle veut vraiment. S'enfuir ou se laisser porter par cette euphorie qu'elle sent naître en elle d'être ainsi exposée et exhibée. D'être ainsi offerte par l'homme qu'elle aime au désir de cet homme à qui elle va donner ce qu'elle n'a encore donné à aucun autre et s'abandonner sans restriction.

Sophie ne sait plus rien sauf cette chaude moiteur qu'elle sent sourdre, contre toute attente et malgré la honte qu'elle ressent, au creux de son corps et qui le met en éveil. Ce désir qui croît en elle et qui dévaste sur son passage toutes ses résistances. Un frémissement tel une vague légère parcourt sa peau ambrée et vient mourir sur l'extrémité de ses seins pressés contre la table dont elle sent les tétons s'ériger et durcir. Involontairement, Sophie tend davantage ses fesses. Se cambre vers cette caresse à laquelle, tout en elle, aspire maintenant. Elle oublie toute pudeur. Son corps s'ouvre davantage, s'offre tout entier au regard inquisiteur de Pascal qui plonge sans aucune retenue sur son intimité ainsi découverte. Elle sent la mince lanière de son string s'immiscer entre la raie de ses fesses, tendre le fin tissu qui recouvre son pubis et vient frotter le bouton de son clitoris gonflé de désir. Imperceptiblement, Sophie balance ses reins d'avant en arrière afin de tenter de soulager la pression du string mais le mouvement quoique léger ne fait qu'amplifier celle-ci. Les craintes de Sophie s'évanouissent remplacées par un désir qui enfle irrésistiblement en elle et la fait défaillir d'impatience retenue.

Fabien et Pascal sont toujours aussi silencieux et immobiles perdus, semble-t-il, dans la contemplation de son corps parfait.

Combien de temps passe ainsi, elle n'en a aucune idée ! Elle tressaille quand elle entend enfin un mouvement dans son dos, mais, à cause de sa position courbée, elle ne peut savoir qui s'approche lentement d'elle et s'immobilise à presque la toucher..... Son souffle s'accélère et ses lèvres exhalent un faible soupir. Sophie crispe ses doigts sur les bords de la table, s'y accroche comme on se retient à une bouée dans l'attente de ce qui va venir qu'elle espère et qu'elle craint tout à la fois.....

Chapitre 4
Le vif du sujet

Pascal

Sophie est devant moi, délicieusement courbée. Les jambes tendues, les pieds presque joints, elle repose, abandonnée. Je détaille lentement son corps offert. Je perçois le léger tremblement de ses mollets qui fait imperceptiblement osciller ses chevilles délicates, mises en valeur par ses hauts escarpins à bride qui cambrent bien ses pieds et affinent ses cuisses, soulignant leur galbe parfait...

Sa jupe courte, troussée au-dessus de ses reins, dévoile la splendeur de ses fesses, ornées en leur milieu par la soie mauve du string dont le minuscule triangle tête en bas semble indiquer le chemin du paradis. La mince lanière de tissu disparaît progressivement entre les deux globes, séparés par une raie profonde et régulière. Est-ce l'appréhension? J'ai l'impression que les deux fesses sont figées, rendant le sillon plus, fin comme un simple trait vertical. Je note un imperceptible balancement des hanches. L'excitation, déjà? Je vérifierais cela au toucher, nous avons tout le temps...

Deux jarretelles de satin suivent l'arrondi de la hanche et encadrent parfaitement les rondeurs fessières comme dans un écrin. La lisière des bas s'arrête là où la cuisse devient plus fine, juste avant l'aine. Là, tout en haut, à leur jointure, la peau aux reflets de miel est à nouveau recouverte d'une mince bande de satin mauve qui épouse intimement les deux vallées de ses lèvres intimes. Je pourrais y poser ma main à plat, pour en sentir la douceur et la chaleur. L'anatomie et la position de Sophie s'y prêtent idéalement. Mais, il est trop tôt. Elle doit apprendre l'attente. L'attente et l'angoisse...

Ses mains serrent les deux côtés du tablier de la lourde table. Ses longs doigts, ornés de bagues qui scintillent à la lumière sont crispés sur le bois, comme une naufragée s'agrippe à un radeau. Sa tête repose sur une joue, ses yeux sont fermés et sa bouche entrouverte témoigne d'une respiration accélérée. Une longue et épaisse mèche de cheveux masque son profil.

Encore nonchalamment assis face à Fabien, je lui souris en reposant ma coupe de Champagne.

– Quel contraste saisissant, n'est-ce pas, entre la jeune femme fière, sûre de son pouvoir et inaccessible, avec qui nous avons dîné et celle qui va nous abandonner son corps ! J'imagine la tête des clients du restaurant, que sa plastique a subjugué et dont elle a abusé à chacun de ses déplacements, s'ils la voyaient maintenant, offerte et soumise, angoissée comme une lycéenne à son premier rendez-vous...

Je me lève, tout en parlant, et glisse une main dans ma poche de blazer et en tire quelque chose que je tiens en boule dans mon poing. Je lis l'interrogation dans les yeux de Fabien. Je lui souris, rassurant. Sophie n'a pas vu mon geste.

– Le plus dur pour Sophie sera d'avoir constamment présent à l'esprit que tout homme qu'elle rencontrera pourra, selon notre bon vouloir, l'utiliser un jour à sa guise... C'est cette disponibilité permanente que nous devrons dans un premier temps lui faire acquérir... C'est pourquoi je vous suggère, pour les trois prochains mois, de ne pas autoriser Sophie à user de sa semaine de « congés »… pour que durant cette période, elle s'habitue à pouvoir être sollicitée n'importe quand… qu'en pensez-vous ?

Fabien réfléchit un moment :

– Peut-être que deux jours de liberté lui seraient salutaires… par mois… pour se remettre… ?

– Deux jours ? Allez, c'est entendu… les deux derniers jours de chaque mois, puis, au bout des trois premiers mois, si son comportement est satisfaisant, elle aura droit à sa semaine à chaque fin de mois…

Je suis maintenant juste derrière Sophie. Je lui prends doucement le poignet gauche, entre deux doigts. Ses attaches sont si fines qu'on a peur de les briser, comme du verre. Je la sens se raidir et ses yeux s'ouvrent. Ma position, dans son dos, est hors de son champ de vision. Doucement, je déplie un à un ses doigts, crispés sur le bois, puis je reprends son poignet entre mes doigts. Je saisis simultanément sa main droite, qui, cède plus facilement prise. Je tire alors ses deux mains vers le milieu de son dos et à l'aide du petit lien de velours, je les lie, sans trop serrer, juste pour la priver de l'usage de ses bras.

Mon geste l'a fait frémir et elle n'a pu s'empêcher de laisser échapper un soupir saccadé par l'angoisse. Privée de la stabilité que lui offraient ses bras, elle repose désormais sur son cou et ses épaules, ses longues jambes tendues. L'inconfort de la position l'a poussé à se voûter légèrement, et son ventre, creusé par l'effort qu'elle déploie pour se maintenir en équilibre, ne touche plus la table. Je la laisse ainsi, quelques instants, contemplant l'arrondi de ses seins écrasés, bourrelets de chair, qui dépasse de chaque côté de son buste. Ses narines frémissantes et sa lèvre inférieure qu'elle mord spasmodiquement trahissent son trouble.

Puis, je pose le plat de ma main sur le bas de son dos, juste au niveau de la jupe roulée au-dessus de sa taille. J'appuie doucement pour creuser ses reins. Elle suit le mouvement, mais en pliant les genoux.

– Non, Sophie... gardez les jambes bien tendues...

Elle tend ses jambes à nouveau, alors que la pression de ma main dans son dos se fait plus forte. Son bassin pivote alors vers l'avant, dans une cambrure extrême. Lorsque son ventre repose de nouveau sur la table, je relâche la tension.

– Voilà... vous êtes cambrée comme je le voulais... c'est bien...

Les mains liées au dos, elle reste immobile, secouée de temps à autre de frissons, la respiration saccadée. Elle est anxieuse, redoutant la suite...

J'approche alors une chaise, de façon à être assis juste derrière Sophie. Fabien est confortablement calé dans le fauteuil qu'elle occupait tout à l'heure, pour ne rien perdre du spectacle qui va suivre. Il savoure sa coupe de champagne. Sophie, placée comme elle est, ne peut pas le voir.

Je pose ma main sur la croupe de Sophie que je caresse doucement, sur toute la surface des globes fessiers, d'un geste évaluateur. Elle se raidit brusquement à ce premier attouchement. Son corps se tend et elle est agitée de tremblements convulsifs qui s'espacent à mesure que la caresse dure, comme si elle s'habituait au contact de cette main sur elle, comme si elle l'acceptait progressivement... La caresse se poursuit plusieurs minutes, lente, frôlante, enveloppante... Puis, graduellement, ma caresse se fait plus ferme, mes doigts s'enfoncent dans la masse de chaque globe, palpant la chair, y imprimant la marque de mes mains. Les fesses sont à présent parcourues de traces rougeâtres plus ou moins régulières. Autre conséquence de la manipulation énergique à laquelle je viens de soumettre la croupe offerte, le côté du string a glissé et l'élastique est passé par-dessus une grande lèvre, dont le bourrelet glabre et gorgé de sang apparaît comprimé par le tissu. Je m'adresse alors à Fabien pour la première fois depuis que la soirée a basculé :

– La chute de reins est superbe, cher ami... murmurai-je, et tellement prometteuse... Mais la peau marque facilement... Il faudra prévoir des baumes apaisants, voire cicatrisants, l'épiderme a l'air si fin qu'il sera nécessaire de modérer l'usage de la cravache... Le but est de jouir de son corps, de ses cris et de ses larmes... pas de l'abîmer... Ce serait dommage de ne plus pouvoir honorer tous ces trésors..., dis-je en faisant glisser un doigt du bas des reins, sur le triangle du string puis tout le long de la raie, sans appuyer, pas encore...

Sophie émet un petit halètement de honte et d'angoisse. Ma main quitte alors brusquement ses fesses.

Sophie reste pétrifiée, tous ses sens aux aguets. Elle sent à nouveau le contact de mes doigts sur elle, mais cette fois beaucoup plus bas, très exactement à l'intérieur de son mollet gauche, juste sous le genou. Ma main l'enserre, et doucement mais fermement, le soulève légèrement, obligeant Sophie à porter tout le poids de son corps sur l'autre jambe. Alors, ma main force le genou à s'écarter. Le mouvement lui fait reposer le pied à une cinquantaine de centimètres de l'autre.

Elle est à présent toujours jambes tendues, mais beaucoup plus écartées. Elle se mord les lèvres, honteuses de sa docilité, mais aussi de sa position qui la cambre désormais outrageusement. Elle en devine toute l'indécence : le buste plaqué sur la table, et la cambrure de ses reins accentuée par ses hauts talons et par l'écartement de ses jambes... Elle réprime un sanglot quand ma main posée près de son genou remonte, effleurant l'intérieur de la cuisse. Lorsque mes doigts entrent en contact avec la peau douce et satinée au-dessus de la lisière des bas, elle lâche un profond soupir de résignation, me semble-t-il, et je sens son corps se relâcher légèrement.

Ma main monte plus haut. J'atteins la jointure de l'aine, étirée et rendue saillante par la position. J'effleure le muscle tendu, les tremblements du corps de Sophie sont visibles à l'œil nu. Les cuisses sont séparées tout en haut par une adorable fossette, la fameuse « rivière parisienne »... Un pli superbe scinde le haut de la cuisse et le bas des fesses, les délimitant dans une courbe harmonieuse.

Je l'effleure du bout du doigt, de l'extérieur vers l'intérieur, m'arrêtant à quelques millimètres du bord du string. Je remonte alors vers le haut des reins, et je glisse un doigt sous le tissu. Je tire légèrement, pour faire sortir la mince bande satin de la raie où elle est enfouie, puis j'atteins le fond du string et... je replace le tissu par-dessus la lèvre qu'il dévoilait et comprimait, sans toucher la peau si fine de ses chairs intimes, me contentant de le remettre en place.

La cambrure de Sophie est si prononcée qu'entre ses cuisses, les lèvres du sexe, closes, finement ciselées, sont parfaitement visibles sous le satin désormais plaqué sur ses muqueuses, et rendues aisément accessibles par sa position et par le creux naturel qui sépare le haut des cuisses...

Mes doigts s'approchent au ras de sa vulve. Je sens tout le corps de Sophie se tendre. Elle lâche un sanglot qui retentit dans le silence de la pièce. Fabien se redresse un instant. Sophie ne bouge pas. En souriant, je retire lentement ma main, en disant d'une voix basse mais parfaitement audible :

– Vous êtes facile, Sophie, vous voulez jouir, être

caressée? Nous verrons ça plus tard...Vous ouvrir et vous faire défaillir maintenant par une caresse serait trop simple... Il y a d'autres moyens...

Sophie entend ces mots dans un quasi-brouillard, tant ses sentiments sont paradoxaux. Les narines pincées, les joues écarlates, elle respire fort, la bouche entrouverte, dévoilant de petites dents blanches entre ses lèvres délicates peintes d'un rose discret. Son buste plaqué sur la table se soulève rapidement, la position gênant sa respiration. J'effleure du bout des doigts l'arrondi de ses seins écrasés qui dépasse de chaque flanc. Sophie a une moue désespérée en sentant mes mains sur elle. Elle réussit à tourner la tête vers la droite, cherchant Fabien, qu'elle ne voit toujours pas, implorant son aide. Il ne se manifeste pas, silencieux et apparemment impassible. Elle hoquète nerveusement, en reniflant, anéantie...

Je la prends alors par les épaules et la fais se redresser. Visiblement surprise, elle se laisse guider, le corps sans doute engourdi et je la fais pivoter face à moi. Elle aperçoit alors Fabien, assis derrière moi, qui finit sa coupe de Champagne. Elle lui jette un regard pathétique. Il lui sourit, les yeux brillants.

Je m'arrête un instant pour contempler le buste qui s'offre à mon regard. Les épaules tirées en arrière, par ses poignets entravés dans son dos, font saillir sa poitrine. Son buste étroit et mince confère aux globes un volume appréciable. Les seins sont écartés, les aréoles rose pâle, larges comme une pièce de deux euros, sont implantées assez haut sur eux. Posés sur les balconnets de la guêpière, comme exposés, ils étalent la splendeur de la féminité de Sophie.

– Voyons la tenue normale de ces merveilles..., dis-je en saisissant doucement les côtés de la guêpière vers le bas, la repliant sur elle-même, de façon que les balconnets n'entrent plus en contact avec ses seins, les laissant prendre leur position naturelle.

Ceux-ci s'affaissent imperceptiblement, plus par leur lourdeur que par manque de fermeté. La guêpière ressemble désormais plutôt à un serre-taille.

Les tétons érigés par l'émotion pointent vers le ciel. Les seins, intégralement bronzés, présentent dans leur partie inférieure un arrondi régulier, qui dénote leur lourdeur mais aussi leur tonicité. Je dis alors à voix haute, mais comme pour moi-même :

– Seins très harmonieux, très beau volume... Quelle taille de bonnets fait-elle ?

– 95 D.. Elle porte toujours quelque chose pour les soutenir. Sophie a longtemps considéré que ses seins étaient trop gros... elle en était même gênée... mais j'ai réussi à lui faire admettre qu'ils étaient des atouts sexuels inestimables et qu'on pouvait en tirer beaucoup de plaisir... D'autant que Sophie est très sensible des seins, surtout des tétons, vous verrez... et puis coulisser entre... je ne vous dis que ça.... , répond Fabien.

Sophie se fige en entendant son mari parler ainsi d'elle, d'une manière aussi impersonnelle. Elle sent un frisson la parcourir. Des larmes coulent sur ses joues et, avalant sa salive, elle murmure dans un souffle :

« Fabien.... je t'aime... » Le silence, et la musique de cathédrale lui répondent.

J'ai écouté les explications de Fabien, les yeux fixés sur ces deux globes lourds, légèrement en forme de poire, bougeant régulièrement au rythme de la respiration rapide de Sophie. Mon air entendu trahit peut être ma pensée : « Oui, ses deux seins là seront des acteurs importants de la nouvelle vie sexuelle de Sophie, c'est évident... » Je la laisse un instant et me dirige vers le buffet, derrière elle. Par le jeu des miroirs, je surprends son regard qui fixe son propre reflet. Je la regarde à mon tour, tout en ouvrant le vaste tiroir. Les bras liés dans le dos, mince et cambré à souhait, à la peau ambrée et fine, les omoplates saillantes. La jupe roulée autour de son ventre fait ressortir l'extrême finesse de la taille et la cambrure des reins. La position des bras laisse apparaître dans son dos, de chaque côté du torse, l'arrondi des seins libres qui s'évasent. Jambes tendues sur ses hauts talons, Sophie incarne vraiment la féminité offerte.

Elle ne me voit pas sortir du tiroir une barre métallique d'une cinquantaine de centimètres, munie à chaque extrémité d'une bride en cuir. Elle m'entend juste dire à Fabien :

– Je préfère lui maintenir les jambes à l'écartement voulu avec ça... Pour éviter qu'elle ne se dérobe à certaines manipulations en serrant les cuisses...

Elle entend avec horreur Fabien acquiescer. Elle me regarde, interdite, ajuster une entrave de cuir noir à sa cheville gauche, juste au-dessus de la bride de son escarpin, la doublant d'une manière très esthétique, puis lui faire écarter l'autre pied de façon à fixer la seconde boucle sur sa cheville droite.

Elle tremble de plus belle, sanglotant discrètement, les larmes coulant sur ses joues en silence... Totalement entravée, torse nu, sa jupe relevée, elle ne peut plus qu'attendre... attendre et subir mon bon vouloir... Pendant une dizaine de minutes, je la laisse ainsi, retournant m'asseoir avec Fabien.

Sophie nous observe à la dérobée, par le biais des miroirs et voit que nous fumons un nouveau cigare, en parlant d'elle, non pas comme d'une personne, mais comme d'un objet. Elle écoute Fabien me dévoiler certains secrets de leur vie intime, d'une manière très crue. Notamment, il décrit dans le détail ses talents de fellatrice. Elle se mord les lèvres en entendant les précisions données par son mari :

– Sophie s'applique toujours beaucoup à bien couvrir

la totalité de la verge de salive...elle est très douce... Elle aime avoir un membre en bouche, et ça lui procure une excitation incroyable... Et j'apprécie particulièrement qu'elle lève les yeux vers moi lorsqu'elle m'a en bouche...Et puis, même si je sais qu'elle n'aime pas beaucoup ça, je raffole quand je jouis, ne pas éjaculer entièrement dans sa gorge, et finir ma jouissance sur ses lèvres et ses joues...voir son visage délicat maculé me ravit toujours...

Sophie est anéantie, ses jambes tendues et écartées s'engourdissent, mais elle ne sent rien...

Je reviens face à elle, mon cigare à la main.

Le buste nu et offert par les bras en croix est là, à portée de main. Je pose un doigt à l'entre seins. Sophie sursaute au contact et se raidit. Mon doigt se déplace et suit la courbe d'un sein, passe sous le globe. Je soupèse un instant le sein e faisant rebondir sur mes doigts.

– Fermeté et tenue impeccable, d'une souplesse admirable... La peau est très douce...voyons l'élasticité des globes...

Je pose mes mains à plat de chaque côté des seins. Sophie a un mouvement de recul, à cause de mon cigare que je tiens entre deux doigts. Je lui souris.

– N'ayez pas peur, Sophie, les brûlures ne feront pas partie de nos jeux... du moins les brûlures de cigare ou de cigarette... nous ne sommes pas des malades... en revanche, la bougie... mais vous connaissez déjà l'effet de la cire chaude... Je vous ferai découvrir des zones de votre anatomie ou le contact est... particulier...

Je reprends mon geste interrompu et presse les deux seins l'un contre l'autre. Ils prennent une forme oblongue du plus charmant effet et leurs aréoles se gonflent sous la pression.

– Bien, voilà deux parfaits camarades de jeu... ils feront un bien agréable fourreau... Et puis, si vous êtes déjà totalement occupée, cela fera...

Sophie, écarlate, me regarde, incrédule, une expression d'effroi dans les yeux. Je souris de nouveau et lui explique comme si cela allait de soi :

– Mais oui, ma chère Sophie, si votre bouche, votre sexe et vos reins sont déjà pris, il restera votre entre seins… et même vos deux mains, si on le souhaite… Vous comprenez ? dis-je en relâchant d'un coup les seins que je maintenais serrés l'un contre l'autre. Ils ont, en reprenant leur place, une ondulation charmante qui dure un instant.

Sophie ferme ses yeux pleins de larmes, à nouveau prise de tremblements convulsifs. Je me tourne vers Fabien.

– Vous voyez, cher ami, c'est cette innocence-là et cette émotion qui est inestimable… Elle se soumet, mais son esprit ne peut s'y résoudre… c'est ce qui différencie une jeune femme de bonne éducation, des filles des rues, vulgaires et aguicheuses… Quand on les soumet, la différence est invisible pour le profane… leur corps nous appartient et nous en faisons ce que nous voulons… Mais… L'Education… les convenances… la morale… tout ce qui amène les larmes aux yeux de Sophie… elle fera ce qu'on lui demande, mais devra constamment faire des efforts pour passer outre sa conscience… et c'est ça qui est délicieux… Délicieux, mais risqué… Qu'elle se résigne et s'habitue à être offerte, et alors son indifférence par rapport à son corps et à ce qu'il subit la ravalera au rang des traînées qui ne donnent plus aucun plaisir à celui qui la domine, parce que trop soumise, justement, trop passive… Elles ne ressentent plus l'outrage, qui est soyons honnêtes, une bonne partie de notre jouissance… Ce que je vous dis est important… souvenez-vous-en tous les deux… Sophie doit conserver sa fraîcheur, son ingénuité, sa honte et sa distinction dans les pires sévices… c'est ce qui en fait une soumise exceptionnelle… outre son corps merveilleux bien entendu...

Fabien m'a écouté gravement et Sophie aussi. Mes mots ont ouvert devant eux un gouffre d'incertitude et d'angoisse. Fabien ne maîtrise plus rien. C'est Sophie qui tient, dans l'attitude qu'elle adoptera au fil du temps, l'avenir de leur couple et de la relation que nous venons d'instaurer. Qu'elle banalise le don de son corps (ce qui serait la solution la plus simple pour supporter toutes les fantaisies qu'elle subira...) et elle perdra aux yeux de son mari, l'aura qui est la sienne, pour devenir une putain qu'on offre. Il faudra qu'elle reste la jeune épouse soucieuse de son image et des convenances, en toutes circonstances, qu'on force, même dans les situations les plus perverses... Offerte, mais contre sa volonté... En a-t-elle conscience ?

Elle semble y réfléchir et elle est perdue dans ses pensées quand je saisis un de ses tétons entre le pouce et l'index, en serrant délicatement. Sophie pousse un gémissement. Je soulève alors le sein par le téton, le plus haut possible, et étire la chair, lui arrachant un faible cri. Quand je le relâche, il rebondit doucement sur le buste de Sophie, le petit bouton tout rond, fièrement dardé au milieu.

– Bien... les seins ont une bonne élasticité... dis-je en faisant rouler les tétons entre mes doigts, les sentant avec plaisir durcir sous la manipulation, tandis que le buste tremble, en proie à d'irrépressibles frissons.

Je vois Sophie se mordre les lèvres. Ses larmes ont cessé de couler. La fumée de mon cigare s'enroule en volutes lascives autour de son corps.

– Les tétons réagissent parfaitement aux stimulations... malgré la tension, elle est réceptive...c'est bien. Voyons la texture des globes...

Je prends à pleine main un sein, et le malaxe, cherchant la glande sous les doigts. Sophie pousse un cri de douleur.

– Texture très serrée, très dense... On dirait des seins de jeune fille...

Je continue quelques minutes à manipuler les seins, alternant douceur et dureté. Sophie gémit et secoue la tête en tous sens, en signe de refus, mais sans chercher à se dérober. Sous la manipulation, les seins gonflent légèrement et paraissent plus volumineux...les mamelons sont enflés, les tétons bien érigés.

– Elle réagit parfaitement...malgré elle, son corps s'échauffe... Voyez ses seins gonflent... je suis sûr qu'avec le traitement hormonal qui ira avec son stérilet anti-règles, elle gagnera une taille de bonnet... ce qui milite pour l'achat de soutien-gorge sans armature... Calmez-vous Sophie, vous vous excitez comme une midinette...

Je serre alors violemment son téton droit, qui s'écrase entre mes doigts au point de s'en échapper. Sophie pousse un feulement et se plie en deux, dans un long gémissement.

– Redressez-vous, Sophie...

Elle se redresse lentement, les yeux embués, la respiration saccadée, le visage empreint d'un rictus de douleur. Son téton aplati reprend doucement sa forme, avec une teinte un peu plus soutenue. L'aréole est également plus gonflée.

– Vous êtes trop sensible... Qu'est-ce que ce sera avec les pinces? J'utiliserai souvent la douleur pour calmer votre excitation... vous êtes une fille qui s'excite trop facilement, Sophie...

Sophie entend ces mots, humiliée de ne pouvoir se maîtriser. Je repasse derrière elle et pose à nouveau mes deux mains sur ses épaules pour la faire pivoter face à la table. Gênée par la barre d'écartement, je dois l'aider, en la soutenant je dispose un épais coussin sur le tablier de la table :

– Vous serez plus à l'aise...

Je lui fais reprendre sa position initiale, courbée et cambrée sur la table. Ses jambes sont cette fois encore plus ouvertes. Son buste et son visage reposent sur le coussin. Puis, je regarde autour de moi, en me déplaçant vers un angle de la pièce :

– Pff... quelle fumée ! Nous fumons trop, mon cher Fabien... Regardez ce halo de fumée... ça assombrit complètement la pièce...

Je prends un lampadaire halogène dans la main et reviens derrière Sophie, orientant la lampe vers son dos. « Voilà... comme ça, c'est parfait... » Le corps inerte est à présent bien exposé, la peau ambrée et les bas sombres luisent sous la lumière. Le triangle mauve du string brille comme s'il était fluorescent.

Je m'assois à nouveau, juste derrière les fesses de Sophie. Je glisse un doigt sous l'élastique du string, au niveau de sa hanche. Je sors alors une petite paire de ciseaux de la poche de mon blazer et, d'un geste précis, je tranche l'étoffe. Je renouvelle l'opération de l'autre côté, l'avant du string glisse et pend entre les cuisses de Sophie. Je prends la ficelle, toujours coincée entre les fesses, et la dégage doucement, libérant enfin la croupe. Je la laisse tomber entre ses pieds, sur la barre d'écartement. Les fesses de Sophie sont nues. Des fesses parmi les plus belles que j'aie vues. D'une rondeur parfaite, cambrées, séparées par une raie régulière et serrée. Bronzées, à l'exception d'un adorable triangle plus clair, minuscule, au bas des reins, juste au-dessus du début du sillon, vestige d'un string de vacances. Les jarretelles mauves ornent les côtés des fesses, encadrées et mises en valeur par les bas tendus sur le haut des cuisses écartées, et... entre elles, tout en haut, au niveau du muscle de l'aine distendu par la position... les lèvres du sexe, le pubis bombé totalement lisse, là où la peau est la plus claire... et la plus sensible...

Je laisse ma main parcourir les rondeurs offertes, mes doigts palpant à nouveau la texture délicate de sa chair. Je m'amuse à explorer la raie, sans m'enfoncer dans le sillon. Sophie se tend. Je pose alors mes mains sur les côtés des fesses et exerce une pression vers l'extérieur qui fait s'écarter les globes. Sophie lâche un soupir saccadé. Le sillon ouvert offre une peau plus claire et découvre l'œillet, légèrement plissé, de couleur nettement plus sombre. Je fais glisser mon pouce vers lui et palpe le contour de l'anneau, comme pour en tester la réaction. Le muscle délicat offre une souplesse parfaite. Malgré les efforts désespérés de Sophie pour le contracter et se dérober au doigt inquisiteur. Sous la pression du pouce sur le pourtour, l'œillet s'entrouvre légèrement...

– Quelle élasticité étonnante...! C'est un don de la nature, si Sophie ne m'avait pas parlé de l'utilisation très restreinte que vous avez faite de cet orifice, on jurerait que c'est là le fruit d'un usage intensif...

– Non, quand j'ai connu Sophie, elle était vierge des reins. La première fois où je l'ai prise, j'ai été étonné de la facilité avec laquelle j'ai forcé son anus... mais, il faut dire que j'ai toujours procédé très lentement, pour bien la préparer... Cela dit, même si l'anneau est souple, la gaine anale est très serrée, très agréable...vous verrez...

– Vous avez eu raison de la ménager... J'entends souvent des imbéciles dire qu'il est obligatoire d'élargir l'anus... c'est une hérésie... Comme si on pouvait relâcher un muscle! Il faut l'assouplir et l'habituer à être sollicité... C'est un travail à la fois psychologique et physique... Gâcher l'orifice le plus parfait dont la nature ait doté les femmes est un crime... Souple mais serré... c'est idéal... Vous verrez, vous n'imaginez pas la souplesse du sphincter... On peut obtenir une ouverture d'un diamètre insoupçonnable, avec un peu de pratique...

Sophie se tend à ces mots échangés comme si elle n'était pas là, comme sous l'effet d'un fouet. Pendant que Fabien parlait, j'ai appuyé sur l'intérieur de la cuisse, au ras du sexe, en maintenant ma pression sur l'extérieur du globe fessier. Sophie sent son sexe palpiter et, humiliée, elle se rend compte que, peu à peu, ses lèvres s'entrouvrent. Mon index effleure le renflement de la lèvre, totalement lisse, frôlant le bord délicatement crénelé, légèrement plus sombre des nymphes qui apparaît. L'attouchement fait trembler les jambes de Sophie.

– L'épilation décuple les sensations. La peau est beaucoup plus sensible... Regardez, le sexe s'ouvre, alors que je ne l'ai pas encore directement sollicité...voyons la lubrification...

Je passe rapidement mon doigt entre les lèvres entrouvertes et le tends à Fabien...

– Voyez... Elle est déjà parfaitement lubrifiée entre les grandes lèvres...le vagin doit être prêt... Nous allons pouvoir commencer...

J'essuie mon doigt négligemment sur un des globes fessiers.

Sophie

Je suis accrochée à cette table dernier rempart qui me rattache à la réalité et m'empêche de m'effondrer.

J'ai l'impression de flotter dans un monde irréel et je me dis qu'il s'agit en fait d'un rêve ou plutôt d'un cauchemar. C'est cela je rêve. Ce que je vois là ne peut être réel. Tout cela est le produit de mon imagination la plus dépravée. Très bientôt, je vais me réveiller et me retrouver dans mon lit, Fabien amoureusement penché vers moi m'apportant sur un plateau, ainsi qu'il en a l'habitude, une tasse odorante de café. Je ferme les yeux et les serre convulsivement. Quand je vais les ouvrir, j'en suis sûre, tout aura disparu.

Je compte lentement dans ma tête, un... deux... trois... Et rouvre les yeux.

Désespérée, je me rends compte que, aussi inimaginable que cela puisse paraître, ce que je vis est la réalité. C'est bien moi qui suis affalée sur cette table dans cette posture dont je ne peux imaginer l'indécence qui m'offre toute entière à la concupiscence de cet individu que je ne connais pas. Je suis soudain emplie d'une rage folle envers Fabien qui ose me faire subir un tel affront. Qui ose me soumettre à un tel avilissement. Il n'a pas le droit. Personne n'a le droit... Contre moi qui ai accepté, dans un moment de faiblesse inexcusable, de me prêter à ce jeu pervers.

Tout en moi se rebiffe et se révolte pourtant je suis incapable d'esquisser le moindre geste. Mon corps refuse de me répondre, de m'obéir. Je ne comprends pas ce qui se passe. Mon cœur bat à tout rompre au fond de ma poitrine et un poids énorme pèse en moi me rivant de toute liberté de mouvement. Je suis tellement oppressée que j'ai du mal à respirer et ma respiration se fait haletante, saccadée.

Je veux partir... mais, malgré tous mes efforts, je

suis incapable de bouger comme scotchée à cette table qui pourtant me fait horreur. Que m'arrive-t-il ?

Dans mon dos, la voix chaude et mélodieuse de Pascal s'élève et me tire brutalement de mes pensées. Que dit-il ?

Malgré moi, je tends l'oreille, curieuse... Je suis sidérée par ce que j'entends... Comment ose-t-il parler de moi en ces termes ? Et Fabien qui ne dit rien... Comment peut-il rester ainsi sans réagir ? Jusqu'à aujourd'hui, j'avais pu compter sur son soutien inconditionnel et me reposer en toute quiétude sur lui. Et là... Je me sens soudain abandonnée et, pire que tout, trahie par lui. Mes yeux s'embuent de larmes. De dépit. De colère. De tristesse. Je n'arrive plus vraiment à faire la distinction dans les sentiments violents qui m'agitent.

Je tressaille violemment aux mots de Pascal qui me font l'effet d'une gifle. Je m'avachis complètement sur la table qui me soutient sans me rendre compte qu'ainsi j'offre encore davantage ma croupe au regard des deux hommes qui devisent tranquillement entre eux comme si je n'étais pas là.

Cela dit, je dois bien admettre, dans le secret de ma tête, mais cela pour rien au monde je ne l'avouerai à quiconque, qu'il n'a pas tout à fait tort. C'est vrai que j'aime séduire ceux (ou celles, d'ailleurs, chose enfouie au plus profond de moi et dont je n'ai jamais osé parler même à Fabien à qui, pourtant, j'ai confessé mes désirs les plus intimes) qui me croisent. J'aime les toiser, fière et inabordable, et m'amuser et retirant une secrète fierté, de l'émoi que je suscite chez eux. Mais ceci n'est qu'un jeu pour moi, sans réelles conséquences. Je n'ai jamais pensé aller jusqu'au bout de ce jeu.

Et là, ce que Pascal insinue est que n'importe qui pourrait, à sa convenance, user de moi comme si j'étais une putain. La simple évocation de ce mot me fait frémir de dégoût. Jamais je n'accepterai. Cela est hors de question... Mon corps se contracte dans un ultime effort pour se libérer du joug immatériel qui l'empêche de se mouvoir. Pourtant, sans que j'y prenne vraiment garde, les mots de Fabien ont un étrange effet sur moi qui stoppe net mon mouvement. Je suis soudain en alerte, attentive à ce qui se passe en moi et qui me semble invraisemblable. Je sens s'éveiller au creux de mon corps, contre toute attente et en dépit de mon angoisse et de mon égarement, une sensation que je connais bien. Une vibration qui naît au creux de mon ventre et qui lentement se propage, en ondes concentriques, jusqu'à mon sexe qui soudain se met à palpiter doucement. Mes seins à leur tour sont atteints par ce frémissement brûlant qui pulse en moi de plus en plus fort et je les sens s'éveiller, devenir sensibles. Aussi incroyable que cela me paraisse, c'est bien de l'excitation que j'éprouve soudain. A toute force, j'essaye de juguler cette vague qui monte en moi, inexorable et qui éteint sur son passage mes velléités de fuite. Mes mains se crispent plus fort sur les bords de la table comme si je voulais me fondre en elle. Le métal de mes bagues s'incruste dans la chair de mes doigts et cette douleur fugitive que je m'inflige, me ramène un peu à la réalité et je reprends le contrôle de mon corps tendu à l'excès.

Concentrée sur ce qui se passe en moi, je n'ai pas entendu Pascal s'approcher et je sursaute lorsque ses mains se posent sur mon poignet. La sensation de sa main chaude et douce sur ma peau a sur moi l'effet d'une décharge électrique. Je me rends compte soudain que j'attendais ce contact, que mon corps le réclamait. J'ai beau essayer de combattre ce désir inconvenant que tout en moi réprouve, rien n'y fait.

Mon corps ne m'obéit plus, subjugué par la sensation de ses mains sur moi. Sa main enserre délicatement mon poignet dans une douce mais ferme étreinte. Je ne peux réprimer, à ma plus grande honte, un soupir non pas d'angoisse mais de tension exacerbée. Sans force, je laisse Pascal déplier mes doigts et je lui abandonne mes mains qu'il ramène dans mon dos. Mon souffle se bloque un bref moment alors qu'il les enserre légèrement avec un lien. Je me demande si Pascal est conscient de mon trouble qui n'a pu échapper à Fabien qui me connaît si bien et sait interpréter la moindre de mes réactions.

Ainsi disposé, mon corps s'écrase contre le plateau de la table. Son rebord mord durement la peau de mon ventre et mes seins sont cruellement pressés contre celle-ci. Les muscles de mes jambes sont tendus à l'extrême et je les sens commencer à me brûler. La posture est inconfortable mais en même temps je suis soulagée. La douleur que diffuse en moi l'inconfort de ma position me permet de me reprendre et le désir que je ressentais il y a seulement quelques instants s'apaise.

Lentement, ma respiration se calme et j'en oublie même l'indécence de ma posture dont je reprends soudain conscience lorsque je sens Pascal appuyer fermement sa main au bas de mes reins comme s'il voulait que je me cambre encore plus. Le mouvement qu'il m'inflige, insensible à la douleur que celui-ci engendre en moi, m'oblige à m'ouvrir davantage. Dans un geste désespéré de pudeur j'essaye maladroitement de ne pas m'offrir davantage en spectacle et plie légèrement les jambes.

Sous l'injonction, douce mais ferme, de Pascal, mes jambes se tendent comme mues par une volonté propre. Je sens sa main appuyer fortement à la base de mon dos. Mon corps se raidit, essaye de résister à la pression qui le plie. Une douleur fulgurante vrille à travers mes reins, m'obligeant à capituler et mon corps s'affaisse sans force contre la table. Je pleurerai de dépit de ne pas avoir su résister, de ne pas avoir pu tenir tête à la souffrance que je crains tant.

Je n'ose imaginer l'obscénité de ma position, cambrée à l'extrême, fesses relevées, reins offerts sans défense à tous les outrages. Mes épaules me font souffrir d'être ainsi plaquées contre la table, mains liées dans le dos, sans aucune possibilité de soutien. Un intense sentiment de vulnérabilité m'étreint qui atteint son paroxysme lorsque j'entends Pascal venir s'asseoir juste derrière moi ne me laissant aucune chance de lui cacher la moindre parcelle de mon intimité la plus secrète. Je tremble de honte et d'appréhension qu'il se rende compte, aux frémissements qui parcourent mon sexe, de l'émoi que malgré tout je ressens de plus en plus fortement. Je hais cette situation qui pourtant engendre, sans aucune équivoque possible, un trouble certain qui se traduit par une l'humidité que je sens soudain sourdre entre mes lèvres. Dans un mouvement désespéré, je les crispe brusquement comme si je voulais, par ce geste dérisoire, tarir la source qui commence à jaillir de moi.

La main frôlante, caressante de Pascal que je sens parcourir mes fesses en une caresse insidieuse, déjouent tous mes efforts. Comment résister à cette douceur qui allume en moi des étincelles de feu ? Comment ne pas succomber à cette tentation qui me fait pourtant horreur ? Tout mon être semble s'être concentré à cet endroit de mon corps que Pascal pétrit vigoureusement y laissant, j'en suis sûre, sa marque et que je lui offre maintenant, malgré moi, si complaisamment.

Les mots me cinglent par leur dureté. C'est de moi que Pascal parle ainsi à Fabien qui ne dit toujours rien. J'ai soudain le sentiment d'être ramenée au rang de jument dont des maquignons jaugent, sans aucun état d'âme, le potentiel.

Des larmes silencieuses coulent le long de mes joues. Je me sens tout à coup si misérable. Malgré tout, j'éprouve toujours un désir diffus que, perversement, les mains de Pascal qui s'aventurent maintenant dans le secret de mon corps allument en moi m'arrachant des gémissements de honte et de plaisir mélangés. Je le hais si fort à ce moment. Je me hais si fort aussi, de ne pas être capable de résister et faire taire cette fièvre purement sexuelle dénuée de tout sentiment.

Pourtant, lorsque sa main me quitte brusquement, je ressens, inexplicablement, une sensation de vide qui me pétrifie.

Que va-t-il se passer maintenant? Je me dis que, peut-être, Pascal a décidé, pour ce soir, d'en rester là. Je me raccroche ingénument à ce mince espoir vite envolé lorsque je sens les mains de Pascal se poser sur une de mes chevilles et m'obliger à écarter largement les jambes. Sans lui opposer la moindre résistance, résignée, je le laisse me disposer, toute honte bue, à sa convenance.

Je sais qu'ainsi ma posture est encore plus inconvenante, mais je n'ai plus aucune force. Le feu qui m'habite est trop intense et j'ai de plus en plus de mal à la circonscrire et à l'empêcher de me dévaster toute entière. Je concentre en fait toute mon énergie à cacher à Pascal, bien sûr, mais surtout à Fabien, ce désir qui me fait honte.

A cet instant, alors que la main de Pascal remonte lentement le long de mes jambes et touche la peau nue de ma cuisse, je n'ai qu'une envie, le sentir m'ouvrir complètement, s'engouffrer en moi et me libérer de mon tourment. Que tout soit consommé, enfin...

Je n'en peux plus de cette attente insoutenable dont il se joue diaboliquement et qui me rend folle, tiraillée par des désirs si contradictoires. Fuir très loin de lui et me donner à lui complètement. Me refuser et m'offrir. Me révolter et me soumettre. Je ne sais plus ce que je veux. Seulement que s'arrête cette attente qui allume en moi un orage et me fait frémir d'impatience...

Mais lui, continue imperturbable, à explorer lentement mon corps. Je me fige, attentive, au cheminement de ses doigts qui laissent sur ma peau, j'en suis sûre, un sillage de feu.

Un long frémissement me parcourt quand je sens sa main s'approcher de mon entrejambe, tout près... Si près... Je me tends involontairement vers cette caresse imminente... Que j'espère et redoute tout à la fois... qui me fait vibrer et me cabrer... Maintenant... Oui... J'ai envie... Une envie animale d'être prise... Mais il s'éloigne déjà sans m'avoir touchée, me laissant confuse et frustrée.

Entre mes jambes, le mince filet de la source qui y est lovée, grossit et déborde comme un fleuve impétueux, mouillant le fin tissu de mon string qui se plaque contre ma vulve affamée de caresses.

De nouveau, ses doigts s'approchent. C'est trop... C'est insupportable... Intolérable... Et, sans que je puisse le retenir, un sanglot s'échappe de mes lèvres.

Je ne suis plus que frémissement et désir inassouvi... A ce moment, je peux être ce qu'il veut que je sois, faire ce qu'il veut de moi pourvu que s'arrête cette torture infernale qu'il me fait subir qui m'embrase et me glace. A ce moment, j'abdique toute volonté mais qu'enfin il mette un terme à ce tourment qui incendie mon corps et que je n'arrive plus à cacher.

J'ai tellement honte de ce désir que je ne peux dissimuler. Je pense à Fabien. Je voudrais soudain le voir. J'ai besoin de sa présence à mes côtés. Que doit-il penser de moi? De ma faiblesse? Je m'en veux tellement de ne pas pouvoir résister... J'étais si sûre de moi pourtant... Et là, je ne suis plus qu'une femelle en chaleur qui réclame qu'on la baise... Je me sens humiliée, salie par ce désir inconvenant et choquant que je ne comprends pas, qui me dépasse et remet en question toutes mes certitudes. Suis-je donc cela aussi ?

Résignée, je laisse, docilement, Pascal me redresser. Mes jambes sont engourdies et se dérobent sous moi. La tête me tourne et j'ai un peu de mal à ajuster ma vision. Tout semble autour de moi se fondre dans un halo sombre et brumeux. Mes yeux trouvent enfin Fabien.

Apparemment impassible, il est assis tranquillement en train de siroter une coupe de champagne. Je le regarde incrédule. Comment peut-il rester aussi imperturbable alors que.... Mes yeux croisent les siens et j'y lis une détresse sans fond qu'il dissimule sous cette apparente nonchalance. Si j'avais le moindre doute, je sais maintenant qu'il est conscient de ce que je viens d'éprouver et qu'il en souffre autant que moi. Je m'en veux tellement de l'avoir déçue par ma faiblesse.

Je reste immobile, les yeux fixés dans ceux de Fabien y recherchant le soutien dont j'ai tant besoin. Pascal, quant à lui, me détaille et dénude complètement mon buste, sans que j'esquisse le moindre geste de protestation.

De nouveau, j'ai le sentiment d'être ramenée au simple rang d'animal dont on teste les performances et les atouts naturels. Poids et tenue de mes seins, arrondis de mes aréoles, consistance de mes mamelons, élasticité de la peau...

Je regarde ces deux hommes qui devisent de moi comme si j'étais devenu un objet. Fabien est toujours assis dans le canapé, dans une attitude qui se veut décontractée. Seul, un imperceptible tressaillement du sourcil gauche laisse deviner sa tension. Ses yeux m'évitent et sont maintenant fixés sur le pétillement de

102

son verre de champagne comme si ce spectacle requérait soudain toute son attention.

Pascal est toujours debout tout près de moi, me dominant de sa haute taille, un cigare à la main dont il tire, par à-coups, de petites bouffées. Mon nez hume les effluves épicés que dégage son corps musclé, mélange de tabac et de parfum poivré auquel s'ajoute une note subtile de transpiration. Odeur chaude et virile dont je m'imprègne. Je regarde ses doigts longs et fins, « des mains de pianiste », pensé-je incongrûment, enserrer délicatement le cigare et le porter lentement à sa bouche pour y tirer voluptueusement une goulée. Je vois la fumée s'échapper en volutes légères de ses lèvres. De temps en temps, le bout de sa langue vient machinalement humecter leur bord finement ourlé et y dépose un mince filet de salive qui les fait briller. Hypnotisée, je ne peux détacher mes yeux de ses mains qui tout à l'heure... de sa bouche dont j'anticipe la douceur... Je m'ébroue pour échapper à cette fascination qui m'ensorcelle et tend l'oreille vers ce qui est en train de se dire. Je les entends deviser calmement sur la rondeur de mes seins, leur texture, l'élasticité de mon anus...

Je rougis sous l'humiliation qui m'est faite à laquelle participe Fabien qui décrit en détail à Pascal mon talent pour la fellation. Des larmes amères mouillent mes joues. Je ne peux m'empêcher de balbutier vers Fabien un « je t'aime » pathétique véritable appel au secours auquel il reste sourd.

Mon regard fait lentement le tour de la pièce recherchant je ne sais quoi et au passage accroche mon reflet dans les miroirs qui tapissent les murs. Je ne peux en croire mes yeux. Cette femme le buste à demi dénudé, campée jambes tendues sur ses hauts talons, jupe retroussée autour des hanches, mains liées dans le dos, ne peut être moi. Ce n'est pas possible ! Je ne me reconnais pas dans cette image ignominieuse que me renvoient les miroirs. Incrédule je fixe mon visage livide et défait. Mes yeux hagards brillent d'une fièvre qui les agrandit. J'ai soudain très chaud et je sens mon corps se couvrir d'un voile de sueur.

Mais je suis tirée de ma contemplation par Pascal qui revient vers moi. Effarée, je constate qu'il tient entre les mains une barre d'acier brillant. Les mots qu'il prononce me font frémir d'horreur. Mais quelque chose semble s'être rompu en moi et c'est sans réagir, malgré l'angoisse qui me noue le ventre, que je le laisse ajuster les deux courroies de cuir souple à mes chevilles, ultime avilissement qui me met à sa merci. D'anxiété, je crispe mes mains et je sens l'extrémité acérée de mes ongles creuser et s'enfoncer dans la chair de mes paumes.

De nouveau, mon regard glisse subrepticement vers les miroirs. Je me vois entravée, jambes maintenues bien écartées par la barre métallique. Je me fais horreur mais, en même temps, je ne peux nier qu'ainsi je suis belle. Belle d'une beauté sauvage et fragile. Femelle offerte dans toute sa splendeur à la convoitise des hommes.

Je sens des fourmillements parcourir mes épaules et mes jambes maintenues dans une position inconfortable qui tétanise mes muscles. Afin de résorber un peu la tension qui m'ankylose, je me cambre davantage faisant dans ce mouvement saillir involontairement mes seins. Pascal et Fabien semblent m'avoir oubliée et ils discutent tranquillement entre eux me laissant ainsi plantée au milieu de la pièce.

Je réprime à grand-peine un cri de protestation quand j'entends Fabien dévoiler à Pascal des faits dont l'évocation me fait monter le rouge aux joues. Je suis anéantie par les détails qu'il donne à Pascal ne lui cachant rien de mes goûts et de mes dégoûts les plus intimes.

Encore plus que d'avoir les seins et les fesses dénudées, je me sens à ce moment vraiment mise à nue et vulnérable. Jamais je n'ai été humiliée à ce point. Je ferme les yeux et les serre convulsivement essayant par ce geste puéril de m'abstraire de cette pièce, de cette réalité que je ne supporte plus. Mes ongles s'enfoncent encore plus dans le creux de mes paumes comme si je voulais trouver un refuge dans cette douleur que je m'inflige.

L'odeur âcre se la fumée d'un cigare qui agresse soudain mes narines, me fait, surprise, rouvrir les yeux. Pascal est de nouveau tout près de moi palpant insolemment mes seins afin d'en tester la fermeté. Une sourde rage m'envahit d'être ainsi manipulée et je dévisage Pascal sans aménité. Mais mon bref élan de révolte est brusquement interrompu par une terreur instinctive.

J'esquisse un mouvement de recul. Un court instant j'ai cru qu'il avait l'intention de poser le bout incandescent de son cigare sur mon sein. Mais, interrompant un moment son geste, il me rassure, un sourire narquois aux lèvres amusé de mon alarme irraisonnée. Du moins, il tente de me réconforter mais les paroles qu'il prononce, me glacent d'effroi.

Je ne comprends pas ce qu'il me dit, des mots isolés me parviennent, brûlure... bougie.... Totalement occupée... reins déjà pris... J'ai l'impression de vivre un cauchemar qui n'en finit plus...

Je m'affole. Il ne peut quand même pas avoir véritablement l'intention de m'offrir en pâture à d'autres... Et ses mains qui toujours malaxent mes seins, les pressent s'en amusent. Ses mains si présentes. Si belles... Insistantes... Mes yeux tournoient autour de la pièce, s'arrêtent sur Fabien maintenant légèrement penché en avant, le corps tendu, semblant prêt à bondir. Ses yeux pourtant ne me regardent pas mais sont fixés sur les mains de Pascal qui triturent toujours mes seins et il paraît subjugué par leur mouvement. Je devine son émoi à voir un autre s'approprier ce que, jusqu'à ce soir, il considérait comme être à lui seul.

Sous l'effet conjugué de l'étreinte de Pascal et du regard de Fabien, des mots prononcés, révoltants mais aussi générateurs d'un trouble pervers, un picotement me parcourt. Mes seins sont de plus en plus sensibles sous la caresse insistante et je les sens doucement réagir et gonfler.

La voix de Pascal qui maintenant s'adresse à Fabien me parvient comme à travers un brouillard de sensations confuses et contradictoires. Les mots de Pascal me mettent au supplice car, désespérée, je me rends soudain compte qu'il m'a percé à jour comme jamais Fabien, au cours des trois années que nous avons passées ensemble, ne l'a fait. Ses paroles me fouillent au plus profond et révèlent mes contradictions les plus fondamentales que je n'ose même pas m'avouer. Mes craintes et mes désirs les plus secrets, les plus inavouables car inconvenants et honteux. Ces désirs qui sont enfouis sous des tonnes de bonne conscience mais qui, lorsqu'ils sortent de leur tanière, comme ce soir, me laissent sans force, prête à tout accepter même l'inacceptable.

Je suis perdue dans mes pensées, anéantie par ce que je viens d'entendre, de comprendre.

Mes jambes ne me soutiennent plus et seules les mains de Pascal toujours posées sur mes seins m'empêchent de m'effondrer. Je me laisse porter par les sensations de plus en plus précises qu'elles font naître dans mon corps. Je n'ai plus la force de résister à ce bien-être qui m'envahit. Plus envie de lutter contre cette vague que j'ai de plus en plus de peine à contenir et qui menace de m'emporter.

Toutes mes pensées se concentrent sur ces doigts qui pressent mes tétons, les étirent vers le haut. Une douleur tenue les transperce m'arrachant un gémissement. Pascal relâche brusquement sa pression et mes seins retombent lourdement. De nouveau, il les reprend à pleine main, pince doucement mes mamelons qui sous l'excitation s'érigent et durcissent. Pascal alterne dureté et douceur et, à ce traitement, mes seins se sensibilisent à l'extrême. Je gémis doucement. Je me tends vers sa caresse à la fois douloureuse et délicieuse qui fait naître en moi des frissons de plaisir. Mes seins gonflés, tétons dressés, semblent dotés d'une vie propre, centre névralgique de mon désir naissant qui m'impose sa loi. Des ondes fulgurantes de plaisir me transpercent. Je les sens se diffuser le long de mon ventre et atteindre ma vulve qui à son tour s'éveille et doucement se met à palpiter.

Chaque pression de Pascal sur mes seins a maintenant pour corollaire une crispation de mon vagin qu'une chaude moiteur humidifie.

Je voudrais être capable de me soustraire à l'étreinte de Fabien mais, comme tout à l'heure, mon corps s'y refuse avide de sensations. Je m'abandonne, conquise, domptée. Insensiblement, je ploie vers l'avant vers cette caresse que tout en moi réclame de façon de plus en plus pressante et incontrôlable.

Mais soudain alors que je suis sur le point de capituler sans condition devant ce désir souverain qui m'incendie et me fait défaillir, une douleur intense et brutale vrille mon sein droit et m'arrache un cri. Mon téton me paraît broyé dans un étau implacable.

J'essaye de me dégager, de faire cesser cette souffrance qui emplit mes yeux de larmes. Mais Fabien maintient la pression. Je le regarde suppliante mais au fond de ses yeux brille une lueur impitoyable qui me glace. Les mots insultants qu'il prononce alors d'une voix tranchante où toute trace d'amabilité a disparu éteignent mes dernières illusions. C'est lui qui mène et mènera toujours le jeu. C'est lui le maître non seulement de mon désir mais aussi de mon plaisir qu'il entend gouverner et diriger à sa guise.

Subjuguée, je me laisse docilement guider vers la table non sans jeter, au passage, un regard éploré à Fabien qui, stoïque, me dévisage sans rien dire. La barre qui entrave toujours mes jambes me gêne et rend ma démarche malaisée et disgracieuse. Mes cuisses me font mal d'être ainsi étirées et c'est avec soulagement, je me laisse de nouveau courber sur la table où cette fois Pascal a eu la délicatesse de disposer un coussin.

Une lumière brutale me fait soudain brusquement cligner les yeux.

Maladroitement, j'essaye de tourner la tête afin de voir ce qui se passe. J'aperçois du coin de l'œil l'halogène que Pascal vient de diriger vers moi qui me met en pleine lumière. J'ai soudain la sensation d'être un frêle papillon qui s'apprête à être dévoré par une araignée monstrueuse.

Je n'ose plus bouger, mon corps et ma tête aux aguets. Mon cœur bat à tout rompre, et je n'arrive pas à juguler le tremblement qui agite mes membres. Des frissons d'angoisse parcourent ma peau. Mon anxiété atteint son paroxysme lorsque je sens Pascal couper d'un geste précis les lanières qui retenaient mon string qu'il retire délicatement mettant complètement à nue mes fesses. Dans un mouvement désespéré, j'essaye de resserrer mes jambes et me soustraire au regard inquisiteur de Pascal qui s'est de nouveau assis juste derrière moi. Mais la barre qui m'entrave m'en empêche et je ne peux que me soumettre l'indiscrétion indécente de ses yeux qui me fouillent impudemment.

Sous ce regard qui m'observe, j'ai la sensation de perdre les derniers vestiges de dignité qui me restaient.

Lorsque la main de Pascal se pose sur mes fesses et les écarte, je ne peux qu'esquisser un soupir d'accablement résigné.

Sa main les parcourt lentement, s'immisce délicatement dans leur sillon. Silencieuse, je suis leur cheminement sur moi, en moi... Je sens ses doigts frôler légèrement mon œillet, s'en éloigner. La sensation que je ressens est à la fois outrageante mais en même temps... je dois en convenir, délicieuse. Ses doigts sont doux, caressants... Sa main est chaude. Ma peau à son contact frémit. C'est comme si un courant électrique de faible intensité se propageait en moi. Je suis sûre que la vibration que je ressens et qui hérisse le fin duvet qui couvre mes fesses est visible à l'œil nu et que Pascal se délecte de cette vision qui traduit, à mon corps défendant, mon émoi. Lentement, prenant son temps, il éveille chaque parcelle de mon corps.

De nouveau, je me sens faiblir, prête à m'abandonner. Dans un dernier élan de recul, je crispe mes fesses et essaye de me soustraire à cette caresse d'une infinie douceur. Ses doigts pèsent davantage sur mon orifice le plus intime que, jusqu'à aujourd'hui, j'ai réservé seulement à Fabien. J'essaye désespérément de fuir cet attouchement qui me mortifie. Mon corps s'appuie sur la table, tente vainement d'échapper à cette main qui me viole mais qui allume en moi un feu ardent de sensations auquel j'ai de plus en plus de mal à résister.

Je suis tellement occupée à réfréner l'ardeur de mes réactions que je ne fais pas vraiment attention aux propos que Fabien et Pascal échangent. Lorsque par intermittence, je capte quelques mots, je suis atterrée, horrifiée par ce que j'entends, par cette complicité qui s'établit entre eux à mes dépens. Je suis leur chose soumise.

Mon corps a beau se rebiffer, il ne contrôle plus les

sensations qui le transpercent et le font vibrer. Je ne maîtrise plus rien. Des élans douloureux et exquis vrillent à travers mon ventre. De plus en plus fort. Je sens mes seins qui à leur tour sont excités et mes tétons durcir et s'épanouir. Mon sexe palpitant et frémissant s'éclot comme une fleur et découvre mon bouton gorgé de sève.

Dans un gémissement, j'abdique toute résistance et laisse le désir me submerger et s'épancher entre mes cuisses grandes ouvertes mouillant mes lèvres d'un suc brillant et onctueux dans lequel Pascal vient tremper ses doigts.

Je m'ouvre et m'abandonne soumise à l'inéluctable que maintenant je sais imminent.

Chapitre 5
Les trésors de Sophie

Pascal

J'essuie mon doigt négligemment sur un des globes fessiers.

Puis, posément, j'appuie les paumes de mes deux mains sur l'intérieur des cuisses, tout en haut, à la jointure. La pression des doigts fait se décoller complètement les grandes lèvres qui s'écartent l'une de l'autre. Au milieu du petit losange ainsi découvert apparaît la muqueuse à la carnation plus soutenue et les petites lèvres fripées qui protègent encore l'accès à son intimité. Je relâche la pression sur la peau de l'aine et les grandes lèvres se rapprochent lentement, mais sans se refermer totalement, laissant entrevoir la chair, d'un rose plus foncé, de l'intérieur de la vulve de Sophie. Le bruit de sa respiration est de plus en plus fort, sa tête toujours enfouie dans le coussin, les cheveux recouvrent son visage presque complètement.

J'exerce une nouvelle pression, cette fois-ci plus près encore des grandes lèvres qui, docilement, répondent à la sollicitation et dévoilent les chairs intimes de Sophie. Je renouvelle l'opération jusqu'au moment, ou relâchant la pression, les grandes lèvres restent largement écartées. Gonflées de sang, elles forment un délicat écrin carmin, au centre duquel trônent les nymphes, un tout petit peu plus claires. Les chairs de Sophie luisent devant nos regards attentifs, sous la lumière de l'halogène.

Ses jambes tremblent et elle laisse échapper un gémissement quand d'un geste de chirurgien, j'entreprends de déplisser, entre le pouce et l'index, les nymphes, les lissant lentement. Je pince doucement et étire les délicates membranes, finement crénelées qui se gorgent rapidement de sang.

La musique s'est arrêtée, laissant un lourd silence envelopper la pièce. Mes gestes sont maintenant juste accompagnés, outre les soupirs de la belle, par un léger bruit de succion et l'odeur enivrante de la cyprine dégagée par le sexe de Sophie commence à embaumer le salon.

Jugeant la lubrification suffisante, je passe une main autour de la taille, sous le ventre de Sophie et du bout des doigts, je tire vers le haut le sommet du mont de vénus. La traction et le geste précis suffisent à étirer la vulve de façon à décapuchonner le clitoris qui apparaît, minuscule bouton écarlate, dégagé du bourrelet de peau qui le protégeait jusque-là de mes doigts inquisiteurs.

Recueillant un peu de cyprine sur le bout de mon majeur, en faisant lentement le tour de l'intérieur des grandes lèvres, j'en enduis le délicat appendice. Sophie tressaille violemment et tente de se redresser. Je dois plaquer fermement ma main au milieu des omoplates pour qu'elle reste en position. Je continue alors à affoler le petit organe par de légers mouvements circulaires, avant de littéralement le masturber comme je l'aurais fait avec une verge microscopique. Je le fais coulisser dans son capuchon entre le pouce et l'index, tandis que mon autre main étire toujours la vulve vers le haut. Sophie projette maintenant convulsivement sa croupe vers l'arrière en tentant de se retenir de crier. Elle ne peut maîtriser le violent tremblement qui agite ses jambes tendues. J'aime cette retenue, cette discrétion, ces vestiges d'une pudeur que je prendrais tant de plaisir à mettre à mal.

Je maintiens ma pression sur le clitoris, massant toute la zone du bout de mes doigts, puis la sentant au bord de l'orgasme, je cesse brusquement, laissant Sophie continuer à onduler seule. Je concentre à nouveau mon attention sur les petites lèvres, désormais trempées. Je les saisis délicatement et les écarte, les dispose comme un artiste, telle une corolle qui orne l'entrée du ventre de la belle. J'y introduis un doigt, très doucement, le fais tourner un moment de façon à évaser l'orifice. Ensuite, réunissant, mon index et mon majeur en sifflet, je les positionne au bord de l'ouverture, les enfonçant lentement, mais d'un seul coup dans l'intimité inondée.

Sophie a un soubresaut, et elle aspire l'air bruyamment comme si elle s'asphyxiait. Je laisse mes doigts immobiles le temps que son souffle se calme quelque peu. Puis, je recommence un lent mouvement rotatif.

Mes doigts bougent lentement à l'intérieur du vagin et écartent les parois douces et chaudes. Comme s'ils prenaient possession des lieux.

Sophie avance convulsivement son bassin le long du bord de la table, comme pour échapper à l'intrusion, étouffant, tant qu'elle peut, ses gémissements (elle ne crie pas, délicieusement discrète et pudique dans la jouissance...). J'ai de plus en plus de mal à la maintenir en place, la main fermement posée sur son dos. Je retire à nouveau mes doigts du sexe béant et les essuie, une fois encore sur la peau de ses reins, y laissant une trace brillante.

Je fais signe à Fabien de me rejoindre. Il s'approche, interrogatif, tandis que je détache les mains de Sophie. Visiblement interloquée, elle n'esquisse pas le moindre geste, laissant ses poignets joints dans son dos. Je fais signe à Fabien de prendre une chaise et de s'asseoir à l'autre bout de la table, face à sa femme.

– Sophie, tendez vos bras devant vous, je vous prie...

Un léger temps de réaction lui est nécessaire pour déplier ses bras engourdis et les tendre devant elle, la tête toujours posée de côté sur le coussin.

– Très bien... Fabien, voulez-vous bien tenir les mains de votre épouse fermement ? Outre le fait que ça la rassurera, cela la maintiendra bien en place, pendant que j'explore ses trésors...

Fabien prend tendrement les mains de Sophie au creux des siennes, et les serre doucement, étirant légèrement son corps vers lui. Sophie, les bras tirés devant elle, lève lentement son visage, les cheveux dans les yeux, vers son époux. Son épaisse chevelure masquant en partie son visage, je ne peux voir son expression...

– Voilà... c'est parfait... je vous remercie...

Je me rassois et appuyant bien ma main sur l'intérieur de la cuisse, pour dégager parfaitement la vulve, j'y réintroduis mes deux doigts. Je fouille longtemps son intimité, doucement, posément, dans un mouvement lancinant, palpant, écartant mes doigts à l'intérieur. Puis parfois, je les plonge brusquement au plus profond de son ventre, lui arrachant un sanglot de plaisir, de douleur et de honte mêlés. Je m'amuse même, avec mes doigts en crochet vers le haut, à soulever son bassin, faisant décoller ses pieds du sol, suspendue aux doigts qui distendent son intimité. Je stoppe tout mouvement, dès que je sens sa jouissance approcher.

Je continue à remuer mes doigts, adaptant mon rythme, à l'inverse de celui de la respiration haletante de Sophie, me réjouissant à lui arracher un tressaillement en frôlant son clitoris devenu électrique,

114

mais sans jamais la laisser jouir. Puis dans un bruit de succion, je libère son intimité, toujours écartelée et trempée, béante...

Je reste un long moment derrière elle sans plus bouger, regardant, les tressaillements qui agitent sa croupe, et son sexe qui palpite, abandonné.

– Vous voudriez jouir, Sophie...? Vous savez que vous deviez être punie, ce soir... La première partie de la punition est là...

Je montre à Fabien les mouvements imperceptibles du bassin de sa jeune épouse, alors que je ne la touche plus.

– Je crois que Sophie apprécie inconsciemment... Ses sens sont plus forts que sa pudeur...

Elle se mord les lèvres, sentant confusément que j'ai raison.

J'appuie alors doucement sur l'extérieur de sa fesse gauche et dégage l'œillet fripé, caché au fond de la raie.

Sophie sent le feu de son ventre s'apaiser peu à peu. Vaincue, elle ne cherche plus depuis longtemps à retenir ses mouvements de bassin qui l'offrent toujours plus aux doigts qui la fouillent. Elle tressaille, quand à nouveau, elle sent mon majeur s'insinuer entre ses grandes lèvres et faire lentement le tour de ses nymphes, dans une caresse lente et insistante. Mais très vite, délaissant le sexe trempé, mon doigt préalablement enduit de la cyprine recueillie entre ses grandes lèvres, force brusquement la barrière de l'anus qui se resserre aussitôt autour de la première phalange. Sophie effectue une sorte de ruade qui la plaque contre la table, le front posé sur le coussin. Un râle rauque sort de sa gorge.

– Tenez-la fermement, je vous prie... et vous, Sophie, relâchez-vous, ouvrez-vous du mieux que vous pouvez... dis-je en appuyant d'une main ferme son bassin sur la table.

Sophie s'efforce d'accepter l'intrus immobile en détendant ses muscles autant qu'elle le peut. J'attends que les contractions de son muscle anal s'espacent, puis je commence lentement à faire bouger mon doigt latéralement, comme si je traçais des cercles en elle. Patiemment, j'assouplis l'orifice et je réussis à introduire l'extrémité de mon index dans l'objet de sa douleur.

Je m'active encore un moment puis je tente de retirer brusquement mes doigts, littéralement collés à la peau délicate de l'anus par le manque de lubrification, faisant ressortir le bourrelet de chair rose qu'est devenu son orifice ultime, déjà passablement dilaté. Je laisse mes doigts attirer vers l'extérieur la chair malmenée de l'œillet. Sophie se contracte désespérément pour expulser les deux intrus qui lui causent une si vive douleur. Elle secoue la tête de droite à gauche, secouée de spasmes, s'arqueboutant sur les mains de Fabien qui la tient fermement. Elle le regarde, éperdue de souffrance et de honte.

– Cambrez bien vos reins, Sophie... et détendez-vous... la meilleure façon d'éviter la douleur est de l'accepter... Quoi que vous fassiez, je prendrais votre cul... Le mieux pour vous est d'en souffrir le moins possible... Vous verrez, un jour, vous jouirez d'être prise de cette manière... et vous voyez, mes conseils de tout à l'heure prennent tout leur sens... lubrifiez-vous toujours à l'avance... Je vous concède que pour votre sexe, vous pourrez vous en passer... vous mouillez si facilement... Mais pour vos reins... vous constatez le résultat...

Sophie tend l'arc de son dos pour faire ressortir ses fesses et soufflant bruyamment, tente de se détendre. Je sens l'étau qui emprisonne mes deux doigts, se desserrer quelque peu, et le bourrelet de chair crispé s'évase lentement, pour former un cercle presque parfait autour d'eux. Pour l'aider, je flatte doucement un de ses globes fessiers, la chair relâchée est plus molle, plus malléable et mes doigts s'y enfoncent délicieusement. J'appuie sur le bord de l'œillet et sors mes doigts.

Je me lève et me dirige de nouveau vers le buffet. Je vois dans le miroir, le visage défait de Sophie, que Fabien tente de rassurer en lui caressant la joue, remettant tendrement ses cheveux en place, dégageant bien son visage brouillé par les larmes. Tout en fouillant dans le tiroir, je dis à Sophie :

– Vous allez voir la différence... Vous avez vécu une pénétration sans lubrifiant, mais douce... ce ne sera pas toujours le cas... Maintenant, vous allez voir comme c'est plus facile avec un peu d'aide...

Je reviens vers elle, tenant à la main une petite coupelle remplie d'huile que je fais couler en filet sur et entre les fesses. Je l'étale lentement sur toute la surface des globes qui prennent vite une teinte luisante qui les rend encore plus fascinants. S'immisçant dans la raie huileuse, mes doigts massent l'anneau froncé, en écartant délicatement les petits plis, de façon à bien l'enduire d'huile. Je glisse sans peine le bout de mon index à l'intérieur et reprends doucement mon travail d'assouplissement. Le muscle se détend et j'obtiens un ovale qui s'évase en même temps que mon doigt. Je glisse un deuxième doigt et le sphincter s'ouvre plus largement, comme une petite bouche qui s'écarte sur un O de surprise. Mes doigts pénètrent l'anus de plus en plus profondément pour le lubrifier en profondeur, par de lents va-et-vient.

Je saisis le deuxième objet que j'ai pris dans le tiroir, et que j'avais posé sur ma chaise. C'est un long godemiché de latex au gland épais. Il est prolongé d'une petite poire à son extrémité. J'enduis rapidement le leurre d'huile et le pose sur l'œillet, au milieu de l'étoile formée par les plis du muscle et appuis doucement. Sophie réprime un hoquet. L'anneau joue parfaitement, les chairs s'écartent et le gland franchit sans peine le sphincter. Sans attendre, je pousse doucement et le cylindre s'enfonce inexorablement dans la gaine anale. Sophie haletante, humiliée et honteuse de la facilité avec laquelle ses reins s'ouvrent pose son front sur le coussin.

– Incroyable ! ... Il est entré quasiment sans effort...regardez... Il coulisse sans problème... Elle a des reins parfaits...

Je fais aller et venir le gode, le pousse de plus en plus loin dans les entrailles de Sophie, lui arrachant à chaque butée, un gémissement de douleur.

– Sophie ? Relevez la tête, je vous prie... Regardez votre mari...

Je continue quelques minutes ces mouvements, faisant ressortir presque entièrement, l'épais gland, distendant un peu plus l'anneau du fragile orifice. Puis, je le laisse en place, complètement enfoncé dans les reins de Sophie.

J'actionne alors la petite poire et le diamètre de la tige augmente un peu. Sophie geint doucement et se contracte un instant, distendant malgré elle son anus autour du gode. Elle se relâche, mais ne peut contenir quelques spasmes successifs qui lui arrachent plusieurs petits cris, avant qu'elle n'arrive à contrôler la contraction de son muscle. J'appuie encore deux fois sur la poire. Sophie se cambre comme une possédée et Fabien, à grand-peine, réussit à lui tenir les mains plaquées sur la table. Le bourrelet de chair de l'anneau blanchit sous une dilatation de plus en plus forte. Je recommence à faire aller et venir la tige dans les entrailles, repoussant les chairs intimes, y imprimant sa marque.

– C'est bien pour un début... mais vous devrez

118

apprendre à mieux vous contrôler pour offrir un muscle souple... je sais que certains adorent le massage des contractions du muscle autour de leur verge... Mais c'est aussi extrêmement douloureux, et cela peut endommager le sphincter, jusqu'à la déchirure, ce serait dommage... d'être privés pour un long moment de l'usage de vos reins...

Elle est désormais affalée sur la table, ses genoux se sont pliés, vers l'extérieur, à cause de la barre d'écartement, sous le poids de son corps détendu. Je retire le gode complètement, dans un bruit de succion obscène. L'anneau demeure quelques secondes ouvert, béant, avant de se resserrer lentement. Je doigte encore quelques instants l'anus apprivoisé, y enfonce deux puis trois doigts, pistonnant le conduit. Quelques vents sonores s'échappent de l'orifice malmené.

Je prends alors un mouchoir de coton très doux, et agenouillé derrière Sophie, j'entreprends de nettoyer le contour de l'anneau anal distendu. Puis, j'éponge le sexe duquel la cyprine s'écoule toujours. Je tamponne les grandes lèvres, puis l'intérieur de celles-ci, doucement, en tenant la lèvre entre deux doigts... Je procède méticuleusement, comme on lave un bibelot. Puis, enfin, j'essuie le capuchon du clitoris, et les petites lèvres.

– Oter l'excédent de sécrétions est indispensable... il faut éponger de façon à ne laisser sur les muqueuses que la lubrification nécessaire aux différentes pénétrations qu'on souhaite pratiquer... les sécrétions trop abondantes nuiraient aux sensations de celui qui la prendra... Ses orifices présentent une souplesse naturelle suffisante... Quant à la gorge...c'est plus la faculté de Sophie à laisser le membre s'enfoncer suffisamment loin qui sera déterminante...

Je continue à manipuler délicatement son intimité, avec des gestes précis. Elle entendait vraisemblablement mes propos, mais son corps reposait, inerte, sur la table, la tête posée de côté sur le coussin, ses mains serrant celles de Fabien. Comprenait-elle mes explications techniques ? Se rendait-elle compte que c'est d'elle que je parlais ? Elle qui allait être un objet de plaisir... Elle dont, contre sa volonté, le ventre et les reins étaient totalement ouverts, involontairement excitée par ce qu'elle venait de subir.

Elle ne réagit qu'à peine, quand avec l'aide de Fabien, je la relève et la guide vers le fauteuil, la positionne dos contre ce dernier, comme si on allait l'aider à s'asseoir, comme si cette soirée touchait enfin à sa fin. Face à elle, Fabien lui sourit. J'ai pour ma part disparu de son champ de vision, pour me placer derrière le fauteuil, dans lequel Fabien, prévenant, l'aide à prendre place.

Elle est assise, toujours troussée, dans le profond fauteuil. Elle voit Fabien se baisser devant elle et le regarde défaire les liens de ses chevilles, puis retirer la barre métallique qui maintenait ses jambes tellement écartées. Fabien lève les yeux vers elle et lui sourit. Elle lui rend pauvrement son sourire, ses yeux toujours embués de larmes, tant elle est émue et rompue par ce qu'elle vient de subir. Elle soupire et ferme les yeux un instant. Son rimmel a coulé sur ses joues, la faisant ressembler à ces mannequins de haute couture au visage d'outre-tombe, au maquillage gothique. Elle ne pense même pas à refermer le compas de ses jambes, offrant devant Fabien accroupi, son sexe lisse aux lèvres béantes et luisantes. Ou peut-être est-elle trop engourdie pour les serrer ? Ou peut-être n'ose-t-elle pas le faire tant qu'on ne lui en a pas donné l'autorisation ? Ce serait encourageant pour la suite des évènements...

Tendrement, Fabien se saisit de ses deux chevilles et les resserre. Sophie semble reprendre le contrôle de son corps et très lentement, referme ses genoux, faisant disparaître entre ses cuisses, la chair rouge de son intimité outragée. Je reparais alors et sans un mot, mais avec un sourire, je lui tends une coupe de champagne. Elle la regarde, sans un geste, ses mains, comme deux corps étrangers, sont posées paumes en l'air de chaque côté de ses cuisses. J'approche alors la coupe de ses lèvres et l'aide à boire. La gorgée est trop rapide et un petit filet de champagne coule sur son menton puis entre ses seins, pour se s'écouler ensuite le long de son ventre. La traînée scintillante se perd finalement dans la fourche de ses cuisses. Elle a un léger frémissement. Sans doute le liquide pétillant a-t-il atteint ses lèvres encore sensibles. Je lui souris, lui montrant que rien ne m'a échappé. Elle rougit et baisse les yeux.

Je l'aide à finir sa coupe, comme on donne le biberon à un nouveau-né. Elle lève parfois les yeux vers moi, mi-craintive, mi-reconnaissante de ma sollicitude. Son regard est différent, indéfinissable lorsqu'elle le pose sur son mari. Je la sens inquiète. La soirée est finie, mais elle n'ose pas s'en réjouir. Elle a l'air perdue. Elle n'esquisse pas le moindre geste. Ses yeux vont de sa jupe toujours troussée à son chemisier posé sur la chaise à deux mètres d'elle.

Profitant de ce moment où je la sens se détendre et se désintéresser de mes faits et gestes, je repose sa coupe sur la table et repasse derrière son fauteuil. Un instant plus tard, me cherchant du regard, elle veut tourner la tête. Elle a juste le temps d'apercevoir un morceau de satin noir qui brille dans la lumière et elle se retrouve plongée dans l'obscurité. Tandis que je noue le bandeau sur sa nuque, je l'entends gémir et se mettre à sangloter.

– Allons, Sophie... encore un effort, nous n'en avons pas encore terminé avec vous pour ce soir...

Sophie, désormais privée de la vue, m'entend m'affairer. Je m'occupe à fixer sur un socle plat, un support métallique sur lequel un gode aussi épais que le premier mais encore plus long. Je me saisis de ses deux mains et je les lie dans son dos. Totalement brisée, secouée par les sanglots, Sophie se laisse relever par Fabien, qui la prend doucement par les épaules. J'en profite pour placer le socle juste sur l'assise du fauteuil, la tête du gode pointant à la verticale, juste derrière Sophie. Je m'assois sur l'accoudoir du fauteuil et appuyant sur son épaule, je lui dis :

– Fléchissez les genoux, je vous prie...doucement...

Elle obéit, les jambes flageolantes, descendant lentement. Inquiète, les muscles de ses cuisses saillants, elle se baisse progressivement, aidée par ma main sur son épaule et l'autre sur sa hanche. Je la guide de façon que le gland du godemiché se trouve juste à la verticale des lèvres de son sexe. Je glisse ensuite ma main sous sa fesse, tirant la peau de la cuisse vers l'extérieur, pour que les lèvres du sexe s'ouvrent bien.

Sophie stoppe brusquement son mouvement en sentant cet objet froid toucher l'intérieur de ses lèvres. Silencieux, j'accentue la pression sur son épaule et le gland de latex disparaît entre les grandes lèvres.

Sophie halète. Et tout en sanglotant, elle secoue la tête de gauche à droite, ses cheveux dans les yeux. L'olisbos écarte ses petites lèvres et s'insinue dans son intimité. Je ne relâche pas ma pression. Le gode glisse lentement et disparaît progressivement. Sophie le sent qui repousse les parois de son vagin, s'enfonçant inexorablement...

Je me tourne vers Fabien :

– Cet instrument est idéal pour préparer l'orifice, pour bien l'ouvrir et sa longueur permet de mesurer la profondeur exacte du vagin...

Le sexe de plastique s'enfonce toujours sous la pression ferme de ma main sur l'épaule de Sophie qui soudain se bloque et pousse un cri...

– Ah...voilà...le gland vient de buter au fond du vagin... dis-je en me penchant pour voir une graduation sur le côté du gode... Mmmhh...27 centimètres... le ventre de votre femme doit permettre des pénétrations très profondes, et surtout, avec une telle profondeur...on peut effectuer des va-et-vient de grande amplitude et très violents... Au vu de ce qu'elle a montré ce soir, elle doit arriver rapidement au bord de la jouissance ...

– Ca oui... Sophie jouit très vite...et très longtemps...

– Souvent en levrette, j'imagine... Avec une telle cambrure et une taille si fine... Elle est idéalement faite pour cette posture... facile à maintenir...soit en tenant les côtés des fesses...soit en enserrant sa taille entre les mains... Dans cette position, la cambrure offre le meilleur angle possible pour une pénétration maximum... et puis, entre nous, se priver de la vue de si belles fesses, ce serait comme aller au cinéma avec des lunettes de soleil... non? ... je peux me tromper, mais je suis presque sûr que la majorité la prendra en levrette... Elle est tellement attirante comme ça... Elle inspire plus des coups de boutoir violents qu'une pénétration langoureuse, non?

– C'est vrai...elle doit même souvent se tenir les mains à la tête du lit quand je la prends comme ça...

– Ah bon? Vous devriez au contraire lui faire poser le visage contre l'oreiller et ne garder que les fesses relevées... L'angle serait encore meilleur.... vous verrez...je vous montrerais...

Sophie ne réagit même plus à cette discussion technique, dans laquelle elle n'est plus qu'un ventre et des fesses. Elle est presque assise sur le socle de métal et sent le gode en elle, l'ouvrir lentement, le gland butant contre le fond de son intimité.

Je pose ma main sur le bas du ventre de la jeune femme, et lui écartant d'autorité les cuisses, je glisse mon majeur entre ses lèvres, jusqu'à toucher le latex.

– Relevez-vous, légèrement, Sophie...

Elle s'empresse de se redresser. Je dois appuyer la main sur son épaule pour empêcher le gode de ressortir entièrement. Son mouvement est accompagné d'un bruit de succion évocateur. Sophie se mord les lèvres. De honte ? Je pose mon doigt le long de la verge artificielle.

– Les sécrétions sont toujours aussi abondantes... l'excitation est toujours aussi forte...le corps domine l'esprit... Si on n'y prend garde, elle va jouir...

Je glisse une main dans ma poche et de l'autre je saisis un sein de Sophie à pleine main, faisant saillir le téton. Méfiante, elle a un mouvement de recul qui enfonce à nouveau le leurre en elle. Elle se fige, les lèvres entrouvertes, aux abois. Mes doigts se resserrent sur le sein jusqu'à ce que le mamelon seul soit prisonnier d'eux, le téton tendu. J'ai dans mon autre main, une grosse pince à dessin. Je l'ouvre et la referme doucement sur le téton. L'élastique est assez puissant. La chair s'aplatit et le sein s'affaisse, alourdi par le poids de la pince.

Sous la douleur fulgurante, Sophie s'est rejetée en arrière en hurlant. Et presque simultanément, un cri plus aigu lui succède. Empalée sur le sexe de plastique, le gland vient de heurter douloureusement le col de l'utérus. Gémissante, elle se recroqueville sur elle-même.

Je tire ses épaules doucement pour qu'elle se redresse. Son buste tremblant et luisant de sueur est à nouveau à ma portée, et son deuxième sein subit le même traitement que le premier. Ses deux globes bougent doucement, lourdement lestés et déformés par les pinces.

– Voilà qui doit la changer de vos gentilles pinces… Nous verrons tout à l'heure si elles ne sont pas trop fortes ou si ses tétons ne sont pas trop tendres… Enfin, nous sommes tranquilles… la douleur l'empêchera de jouir, même avec ce vigoureux membre en elle…

Je me suis placé de part et d'autre des genoux de Sophie, ma ceinture n'est qu'à quelques centimètres de son visage. Je défais les boutons de ma braguette et sors mon membre, fin en pleine érection, décalotté, un gland rouge aux bords légèrement relevés à la base et sur les côtés. Ma verge est assez longue et recourbée vers le haut. Mes testicules sont intégralement épilés.

– Voyons la bouche…, dis-je laconiquement en posant une main sur la nuque de Sophie, pendant que de l'autre, je guide mon sexe vers les lèvres fermées.

– Ouvrez la bouche, je vous prie…

Sophie secoue la tête négativement. Son menton tremble.

– Allons… ne faites pas l'enfant…

Je tire doucement sur une des pinces, entre les mâchoires desquelles le téton n'est plus qu'une mince bande chair aplatie. La douleur lui arrache une grimace. J'accentue ma pression. Elle entrouvre enfin la bouche.

Surprise, elle a un vif mouvement de recul en sentant un contact doux et chaud sur ses lèvres. Mouvement vite maîtrisé à cause du sexe de latex qui écartèle son intimité et par son sein étiré. Elle se remet en place, de façon à réduire la douleur de son ventre et de son buste.

Mon gland appuie contre ses lèvres. La résistance de Sophie cède et ma verge disparaît entre ses lèvres. Je lui maintiens la tête fermement, imprimant la cadence avec mon bassin. Variant les angles, mon pénis déforme par instant les joues de Sophie, qui respire difficilement, les narines pincées.

Je procède par longs va-et-vient, ressortant presque complètement de sa bouche avant de replonger de plus en plus loin dans sa gorge. Quand je vais trop profond, le corps de Sophie se tend sous le haut-le-cœur qui la secoue, et tente de reculer, accentuant la douleur de son ventre écartelé et de ses seins qui remuent en tous sens.

D'un mouvement latéral, j'étire à présent les lèvres sur les côtés, pour profiter de toute la cavité buccale, glissant parfois ma verge entre sa joue et sa gencive, prenant mes aises, j'entre complètement possession de la bouche de Sophie.

Je veux lui signifier que je ne cherche pas la caresse de ses lèvres et de sa langue. Aussi, désormais à chaque coup, je vais buter au fond de la gorge de Sophie, lui arrachant un hoquet déchirant, à chaque fois que mon gland atteint sa luette. Le silence est juste troublé par les gémissements étouffés de Sophie et sa respiration nasale saccadée. Ses mains liées dans son dos et la verge de latex qui la déchire si elle tente de se dérober, la livre sans défense à mes assauts. Soudain, je ralentis la cadence et me raidis à mon tour. Sophie a un mouvement de recul assez vif.

– Ne bougez pas...

Je la maintiens fermement, les deux mains sur ses tempes, et je jouis en poussant un long soupir de soulagement. Elle sent la verge se contracter et appuyer plus fortement sur son palais. Mes mains affermissent leur emprise, le sperme envahit son arrière-gorge. Pas une explosion, ni même un jet : la semence se déverse et emplit sa bouche en un flot régulier. L'éjaculation dure de longues secondes. Je continue un long moment, mon va-et-vient dans la bouche remplie de ma liqueur onctueuse et tiède. Je me détends longtemps savourant ces lents allers-retours dans la bouche inerte. La verge qui coulisse dans sa bouche inondée produit un bruit de succion mêlé d'un clapotis évocateur.

Tout d'abord tétanisée, suffocante, Sophie tente de se calmer et de respirer par le nez, les joues gonflées, elle retient le sperme en attendant de pouvoir le recracher. M'en apercevant, tout en maintenant mon gland contre son palais, tel un bâillon, je lui pince le nez en souriant. Sophie a alors quelques mouvements désordonnés de panique, puis ouvre la bouche et, pour aspirer, doit déglutir plusieurs fois afin de laisser l'air entrer. Ce faisant, elle avale mon sperme avec dégoût, ne pouvant retenir des contractions du cou quand elle déglutit.

Je retire ma verge humide lorsqu'elle commence à perdre sa rigidité.

Sophie, secouée de frissons, reste assise, empalée sur le leurre de latex, les lèvres brillantes, maculées et les seins palpitant sous la charge des pinces. Son buste est recouvert d'une légère pellicule de sueur.

Je tiens ma verge mollissante entre mes doigts et la guide doucement contre les lèvres de Sophie qui les resserre même légèrement au contact de mon gland. Dans un sourire, je dirige mon membre sur son menton et sa joue, en pressant le gland, qui laisse une dernière traînée blanchâtre sur sa peau. Je dis d'un ton vaguement ironique :

– Alors… c'est si mauvais que ça… vous allez devoir vous y habituer… parce que vous allez en avaler régulièrement une bonne quantité…

Sophie sanglote convulsivement, ses larmes coulent sous le bandeau et ses seins tressautent, comme animés d'une vie propre. J'amplifie leur mouvement, en appuyant du dos de la main sur les côtés de sa poitrine.

Je finis d'essuyer mon sexe avec une mèche de ses cheveux et je me rajuste. Je défais d'un geste vif son bandeau et je détache ses mains.

Elle cligne des yeux, hagarde, et cherche Fabien qui est assis dans le fauteuil face à elle. Elle tourne son regard vers lui. J'en profite pour tirer d'un coup sec et rapide, les deux pinces qui emprisonnaient ses tétons. Elle pousse un long gémissement saccadé et lève les yeux au ciel, ses doigts, instinctivement, se sont posés sur ses mamelons. Elle cherche sa respiration, la bouche grande ouverte. Je m'assois sur l'accoudoir de son fauteuil et saisissant son poignet, j'abaisse ses mains vers ses genoux.

– Faites-moi voir ça...

Le téton est complètement aplati et ne fait plus que deux ou trois millimètres d'épaisseur. De plus, le bord de la pince en a barré le dessus, et vraisemblablement le dessous, y formant une espèce de pinçon. Il est très pâle, vidé de son sang. J'observe ensuite l'autre qui est dans le même état.

– Mhh... J'y suis peut-être allé un peu fort... Sophie a une chair trop tendre pour des pinces si fortes... il faudra en choisir d'autres moins coupantes... Elles ne seront pas moins douloureuses... passé un certain stade de douleur, la différence est infime, mais je ne voudrais pas l'abîmer... Comme pour la cravache et le fouet... il faudra que nous soyons vigilants, cher ami, que personne n'aille sous le coup de l'excitation lui entamer trop profondément la peau... Nos règles sont simples : aucune marque qui dure plus de quelques jours... Dans le cas de Sophie, nous dirons au-delà de huit jours... elle a l'air de marquer si facilement...

Fabien acquiesce gravement.

– Bien... il est déjà quatre heures du matin ! ... Il est temps d'aller prendre un peu de repos...

Je tends une main à Sophie, qui se relève péniblement, le sexe de latex et le socle venant avec elle. Elle reste courbée.

– Ho... excusez-moi... J'avais complètement oublié que je vous avais remplie par là aussi...

Je fais coulisser hors d'elle le godemiché et le pose sur la table basse. Le latex luit dans la lumière, couvert des sécrétions intimes de Sophie. Elle le regarde furtivement, sa longueur, son épaisseur, comme une arme redoutable.

Fabien se lève à son tour. Sophie contemple son chemisier et baisse ses yeux sur son ventre toujours découvert.

– Vous pouvez vous rajuster, Sophie, j'en ai fini avec vous pour ce soir...

Elle jette un coup d'œil circulaire dans la pièce et s'arrête sur son slip découpé qui gît au pied de la table. Je croise son regard.

– Il est malheureusement inutilisable... Je le rembourserai à Fabien... Bientôt, nous irons ensemble vous acheter de nouveaux dessous... En attendant, tenez... vous irez demain vous procurer une lingerie en voile de nylon... sans armature et pour la culotte vous éviterez le string... Je vous laisse le choix de la couleur... La prochaine fois que nous nous verrons, vous les porterez...

Je lui tends trois billets de cinquante euros. Elle les prend, les yeux baissés, honteuse de recevoir de l'argent en de telles circonstances. Les pliant dans sa main, elle remet sa jupe en place en se tortillant doucement. Puis, elle remonte la guêpière repliée à sa taille. Quand elle essaye de positionner les balconnets sur ses seins, elle s'arrête, avec un gémissement de douleur.

– Vos tétons ?... Oui... ils vont être assez douloureux pendant quelques heures... le sang circule à nouveau... la douleur va être vive pendant quelques heures, puis s'estompera progressivement... Et ils reprendront leur forme normale d'ici un à deux jours... Mais ils resteront sensibles pendant un moment, c'est certain... en attendant, laissez votre guêpière pliée sur votre taille, vous serez mieux...

Elle replie sa guêpière, le feu aux joues. Et chancelante va vers la chaise pour reprendre son chemisier. Quand elle le boutonne, elle se mord à nouveau les lèvres.

– Même la soie du chemisier vous fait souffrir... vous êtes trop sensible, ma chère... il faudra être plus courageuse à l'avenir, parce que vous en verrez d'autres... et en plus, vous ne travaillez pas... Imaginez que certaines femmes se sont déjà trouvées ici dans la même situation, à la même heure, mais elles, elles allaient travailler le lendemain matin... alors que vous vous bichonnerez dans un bon bain...

Mon ton s'est fait tout à coup plus dur. Même Fabien, gêné, a détourné les yeux. Je me tourne alors vers lui, en souriant, accompagnant mes invités vers le vestibule.

– Rassurez-vous, cher ami, je me réjouis de cette prise de contact... Non seulement, le corps de Sophie répond parfaitement à mes attentes : magnifique et sensuel, mais également souple et agréable dans ses moindres recoins... Sa docilité aussi me paraît prometteuse et, surtout, elle a perdu cette arrogance et cette froideur agaçante, au profit d'une fragilité et d'une timidité que je ne lui soupçonnais pas... J'espère qu'à l'avenir, elle gardera cette attitude réservée, avec une rébellion prête à exploser sans jamais le faire... si proche et si différente de la passivité des professionnelles... Je souhaite pouvoir toujours la surprendre et l'outrager... C'est là la clé de notre plaisir commun...

Sophie reste sagement debout entre Fabien et moi, les mains croisées sur le devant de sa jupe, bougeant les jambes nerveusement.

130

– Qu'y a-t-il, Sophie…? Que vous arrive-t-il ?

Les joues écarlates, elle déglutit :

– Je… je enfin…

– Je vous ai posé une question… répondez-y clairement !

Mon ton sec la fait sursauter.

– Je… j'ai… Mes fesses… et mon… enfin… ça coule…

Elle a fini sa phrase dans un murmure. Je lui souris, sardonique :

– Vous êtes excitée, Sophie… vous mouillez, voilà tout… mais je vous l'avais dit… vous ne jouirez pas ce soir… c'est votre punition pour avoir désobéi à votre mari… Et de toute façon, dans toutes nos rencontres futures, votre plaisir sera accessoire… plaisir physique, j'entends… Celui que nous pouvons contrôler, et vous autoriser à avoir si vous nous satisfaites… En revanche, pour le plaisir cérébral que vous ressentez à être dominée, à être avilie et outragée, vous pourrez le prendre autant que vous le voulez… Comme ce soir… Vous aimez l'idée d'être soumise, Sophie… je ferais en sorte que vous ne soyez jamais déçue sur ce plan… Quant à cette sensation entre vos fesses… comme si l'air vous pénétrait… c'est le premier effet du travail d'assouplissement que j'ai commencé à pratiquer sur votre anus… nous le poursuivrons jusqu'à ce qu'il ait atteint la souplesse que j'attends…

Puis à Fabien, tout en ouvrant la porte d'entrée :

– Cher ami… encore merci pour votre visite… Je laisserai un message sur le portable de Sophie demain, pour lui indiquer le jour et l'heure du rendez-vous chez le gynécologue, pour la pose de son stérilet anti-règles… A très bientôt… et bonne nuit…

Je tends la main pour serrer celle de Sophie et la regarde dans les yeux :

– A très bientôt, ma chère Sophie, j'ai été ravi de faire votre connaissance… charmé, réellement… et essuyez votre joue...

Je relâche sa main, dans un sourire et ils disparaissent sur le palier.

***

Le lendemain vers dix heures, je compose le numéro de portable de Sophie. Après quelques sonneries, le répondeur se met en marche. J'écoute le message, souriant intérieurement, en entendant la voix charmeuse, langoureuse de Sophie... de l'ancienne Sophie.

« ... Après le signal sonore... merci... Bip... »

« Bonjour, Sophie... je passerais vous chercher à 15 h 30 cet après-midi, pour vous conduire à votre rendez-vous chez le gynécologue... sur le plan vestimentaire, n'en faites pas trop, vous allez chez le médecin... Ah... dernière chose... ne déjeunez pas... vous devez être à jeun pour la pose du stérilet... à tout à l'heure... Clic »

Chapitre 6
Un petit café....

Sophie

Il est plus de 10 heures le lendemain matin, lorsque Sophie émerge du sommeil agité dans lequel elle a plongé, épuisée, en arrivant chez elle.

Elle reste quelques minutes immobile dans son lit les yeux clos repoussant autant qu'elle peut le moment redouté d'affronter la réalité. Dans ce demi-sommeil, elle peut encore s'imaginer avoir rêvé les évènements de la veille dont le souvenir l'horrifie. Une larme silencieuse coule le long de sa joue pâle alors que des images, des sensations parviennent à sa conscience. «Ce n'est pas possible, se dit-elle, désespérée. Ca ne peut pas être vrai... Tout cela n'était qu'un cauchemar que je vais oublier dans un instant.»

D'un mouvement brusque, étouffant un sanglot, elle se retourne dans son lit aux draps froissés et enfouit son visage dans l'oreiller. Un gémissement de douleur s'échappe de ses lèvres lorsque ses seins heurtent le matelas pourtant moelleux. Médusée, elle les regarde et ne peut retenir un cri étranglé en découvrant ses tétons. Leur chair tendre et délicate à la carnation naturellement beige rosé est, ce matin, striée de marbrures mauves. Le bout de ses doigts glisse lentement sur ses tétons qui au lieu de se dresser, comme à l'ordinaire, tendrement bombés et saillants sont aplatis et écrasés. La caresse, pourtant légère, éveille dans ses seins un lancement douloureux qui la fait frémir. Sophie se mord les lèvres au souvenir de la douleur qu'elle a ressentie lorsque Pascal, impitoyable, a refermé sur eux ces horribles pinces qui les ont enserrés dans un étau de feu et lui ont lui arraché un hurlement de souffrance amplifiée par le pieu qui, en même temps, l'empalait profondément. L'image s'impose à elle, si vivace que Sophie éclate en sanglots convulsifs.

Pourtant malgré l'humiliation infligée et la douleur éprouvée, elle se souvient aussi, confuse et honteuse, de la sourde exaltation qu'elle a ressentie. Est-ce le fait d'être ainsi emplie les seins durement sollicités ou de devoir se soumettre, elle ne sait pas vraiment? Mais elle ne peut oublier la fulgurance de l'orgasme qui l'a transpercé alors et dont Pascal, à son grand soulagement, n'a pas paru se rendre compte. A ce souvenir qui la brise, elle réprime un nouveau sanglot. «Comment, se demande-t-elle incrédule, a-t-elle pu ressentir du plaisir à être traitée de la sorte?» Elle découvre avec stupeur un nouvel aspect d'elle, inconnu jusqu'alors qui l'accable par ce qu'il implique et signifie.

Sophie se redresse enfin lentement et pose délicatement un pied à terre. Un moment, elle reste assise sur le bord de son lit. Son corps est fourbu, courbaturé. Circonspecte, elle se relève lentement et, très doucement, tourne ses épaules tout en étirant sa nuque ankylosée. Chacun de ses mouvements pourtant précautionneux éveille dans ses muscles en feu un élancement qui la fait gémir. Posément, elle s'avance

134

entièrement nue vers le grand miroir qui tapisse tout un pan de mur de sa chambre. Elle a un mouvement de recul lorsqu'elle découvre, dans la glace, son visage livide aux traits tirés. Lentement, elle porte la main à ses yeux boursouflés des larmes qu'elle a versées la veille et bordés de profonds cernes sombres. Son regard a perdu tout son éclat et seule une lueur de fatigue luit au fond de ses pupilles dilatées. Sa main dont elle ne peut réprimer le léger tremblement parcourt le délicat pourtour de ses lèvres. Sa bouche naturellement pulpeuse est ce matin enflée et porte la trace de ses dents qu'elle y a enfoncées jusqu'au sang hier au soir pour s'empêcher de hurler. De terreur... de plaisir... De honte... Elle ne sait plus vraiment... Tout est si confus... Songeuse, elle examine son corps sous toutes les coutures. Elle est étonnée de le retrouver, mis à part ses seins qui gardent la marque de la torture que Pascal leur a infligée, tel qu'il était la veille alors qu'elle était si sûre de son pouvoir et de son invulnérabilité. Son ventre est toujours aussi plat, ses longues jambes toujours aussi fuselées. Sa peau ambrée toujours aussi douce. Non, vraiment, elle a beau s'observer, son corps ne porte aucun stigmate de l'outrage qu'il a subi cette nuit. Sauf ses seins bien sûr qu'elle regarde de plus près, fascinée par les marques violacées qui les marbrent et qui sont comme une signature qu'y aurait laissée Pascal. A l'évocation de ce prénom, une boule d'angoisse l'étreint et elle retient à grand-peine un sanglot de détresse. Elle se rappelle soudain que celui-ci devait l'appeler ce matin pour lui fixer un nouveau rendez-vous. Confusément, il lui semble avoir effectivement entendu tout à l'heure sonner le téléphone. C'est d'ailleurs sans doute la sonnerie de celui-ci qui l'a réveillée. «Pas encore, pense-t-elle. Pas tout de suite...»

Elle reprend l'examen attentif de son corps et essaye

d'y débusquer l'infime trace d'un changement. Son regard glisse vers son entrejambe que scinde l'Y parfait de son pubis. Elle distend légèrement ses jambes et observe attentivement ses lèvres enflées et gonflées qui elles aussi à l'instar de ses seins, portent encore la marque de son excitation de la veille. Leur chair délicate, tuméfiée, a pris un ton grenat mordoré. Hésitante, Sophie passe un doigt timide sur son clitoris qui lui paraît toujours gorgé de désir et d'une réceptivité extrême. Elle s'aventure lentement entre ses lèvres dont la sensibilité la surprend, et découvre l'onctueuse moiteur dont elles sont encore humectées, vestige de son excitation de la veille que Pascal a pris un plaisir pervers à allumer jusqu'à la faire défaillir sans jamais lui permettre de s'y abandonner.

Sans qu'elle y prenne garde, son doigt se fait plus insistant, tourne doucement sur son clitoris qu'elle agace du bout de son ongle éveillant de doux frémissements. La sensation est si bonne, si rassurante... Elle est sur le point de se laisser aller, de succomber... et évacuer enfin la tension qui s'est accumulée en elle... « Non, pense-t-elle, pas ça... » Ce serait comme si Pascal soudain faisait irruption dans le cadre douillet de sa chambre et avait définitivement raison d'elle. Pas question de lui octroyer cela d'elle.

Elle tourne lentement sur elle-même et observe un moment ses fesses qui présentent les mêmes douces rondeurs délicieuses que la veille. Elle se baisse légèrement en avant et les écarte avec ses mains. Elle a un soupir étranglé quand elle découvre son anus qu'elle a toujours si jalousement protégé de toute intrusion trop violente et qui, ce matin, lui paraît complètement dilaté et prêt à subir, dans sa béance obscène, un nouvel assaut. Elle se souvient de l'introduction brutale des doigts de Pascal qui, délaissant son vagin détrempé, ont plongé sans ménagement dans son

136

intimité la plus secrète. Un frémissement irrépressible la parcourt au souvenir des doigts qui l'ont fouillée et dilatée sans qu'elle puisse leur échapper, l'ont épinglée, proie consentante et offerte en sacrifice, sur cette table. Les muscles tétanisés sous l'affront qui lui était fait, elle s'était figée dans une immobilité de statue, essayant à toute force d'endiguer le déferlement de sensations contraires que cette caresse insidieuse éveillait en elle. Elle aurait tellement voulu ne rien ressentir et demeurer inerte, s'abstraire de cette réalité qui l'horrifiait et la fascinait tout à la fois. Au lieu de cela, son corps avait répondu à la stimulation auquel il était soumis et un flot de désir avait coulé entre ses cuisses ouvertes. « Comment, se demande-t-elle avec stupeur, a-t-elle pu se montrer aussi faible et abdiquer toute fierté pour ne devenir qu'une femelle affamée de plaisir ? » Ce matin, dans la lumière de sa chambre, au milieu de son environnement familier qui la protège, elle ne comprend pas, n'admet pas que son corps peut lui imposer sa propre loi.

Elle frémit rétrospectivement en se rappelant ce moment de la soirée où Pascal, insensible à ses gémissements de douleur, à sa honte, a introduit au fond de ses reins, avec une facilité qui l'a déconcertée, cet énorme god qui l'a déchirée mais que, bizarrement, son anneau culier avait accepté sans véritable difficulté. Pire qu'il réclamait, se souvient-elle confuse. Elle se remémore la sensation de déchirement qu'elle a éprouvé alors que Pascal, imperturbable, enfonçait en elle ce pieu qui l'emplissait, la distendait à outrance et lui avait donné l'impression qu'elle allait se fendre. Pourtant, de même que plus tard pour ses seins, cette invasion que tout en elle refusait et qu'elle a ressentie comme un viol, loin de la laisser insensible, a été en fait le détonateur fatal de son désir.

Elle ferme les yeux et revit en pensée la scène.

Fabien penché vers elle qui lui retenait, suivant l'injonction de Pascal, fermement les poignets pour l'immobiliser, Pascal qu'elle devinait debout derrière elle. Elle se souvient du geste à la fois hésitant et déterminé qu'a eu Fabien et qui traduisait si bien son trouble, lorsqu'il s'est saisi de ses mains et les a tendrement mais inexorablement attirées vers lui la collant à la table où elle était allongée et l'offrant ainsi, sans aucune restriction, ses fesses largement écartées par la barre métallique, à la convoitise curieuse de Pascal. Brièvement, Sophie avait relevé son visage à moitié dissimulé par ses longs chevaux et avait plongé ses yeux dans les yeux de Fabien, suppliante et éplorée, y cherchant une ultime échappatoire. Mais la froide détermination qu'elle y avait lue avait fait voler en éclat ses dernières illusions. Il n'y avait aucun moyen pour elle d'échapper à ce qui se préparait. Elle s'était alors sentie crucifiée sur cette table, victime immolée sur l'autel de leur désir d'hommes. Avec effroi, elle se remémore, en rougissant, la brûlure qui l'avait transpercée alors que le pieu de latex s'immisçait inexorablement dans son anneau culier offert et qui, sans qu'elle y prenne garde, avait fait naître une intense sensation de bien-être. Sans qu'elle puisse rien y faire sa gaine anale semblait s'être dotée d'une vie propre et autonome et s'était mise doucement à palpiter aspirant en elle l'objet monstrueux qui lui pourfendait les reins et la remplissait. Jamais encore elle n'avait ressenti à ce point cette sensation d'être emplie et possédée. Une partie d'elle-même aurait voulu hurler, se libérer de ce joug infâme et avilissant tandis qu'une autre, acceptait l'inadmissible et s'y prêtait même avec une délectation qui ce matin la trouble profondément. Un flot brûlant de honte la parcourt alors que, à ces souvenirs, elle sent renaître en elle le désir.

Sophie s'éloigne enfin du miroir et se dirige vers la salle de bain. En passant, elle jette un vague regard vers le téléphone et y voit le témoin du répondeur clignoter. Elle n'a donc pas rêvé. Il a bien sonné tout à l'heure. Elle hésite à écouter le message. Indécise, elle reste ainsi un moment devant le téléphone, se mordillant le bout du doigt tout en faisant aller son poids d'une jambe à l'autre, avant de reprendre finalement la direction de la salle de bain. « Après... se dit-elle. D'abord un bon bain. J'y verrai plus clair après... »

Pendant que l'eau coule à grand bruit dans la baignoire et l'emplit rapidement d'une mousse nacrée aux effluves sucrés, Sophie brosse longuement ses longs cheveux qu'elle ramène sur le dessus de sa tête en un souple chignon. Elle se saisit d'un pot de crème apaisante et soigneusement s'en enduit le visage qu'elle masse du bout des doigts effaçant, à chaque passage, l'empreinte de sa nuit agitée. Elle tire ensuite d'un petit tube, une noisette de baume et doucement l'étale sur ses paupières fatiguées. Après avoir allumé les nombreuses bougies disséminées dans la pièce et éteint la trop vive lumière qui illumine la salle de bain, Sophie plonge enfin avec délectation dans l'eau chaude et odorante. Immédiatement, une sensation de bien-être l'étreint et elle sent ses muscles se dénouer lentement. Sophie s'installe confortablement et laisse de nouveau ses pensées divaguer.

Insensiblement, sa rêverie la ramène à la soirée d'hier. Par flashes lui reviennent des images, des sensations contradictoires de plaisir et de répulsion intimement mêlées. De nouveau, elle sent en elle, le godemiché sur lequel Pascal lui a demandé, alors qu'elle avait les yeux bandés, de s'asseoir. Elle se souvient de son effarouchement surpris quand la froideur du latex a effleuré l'entrée de son vagin et de son angoisse tandis que Pascal, appuyant fermement sur ses épaules, l'a contrainte à l'engloutir au plus profond d'elle-même. Plus encore, elle a le souvenir de son mouvement de recul lorsque Pascal a introduit entre ses lèvres closes dont il a forcé le passage son membre tendu et qu'il a utilisé sa bouche comme il l'aurait fait d'un vagin. Elle qui d'habitude retire une si grande satisfaction à sucer Fabien et fait preuve d'un talent exquis dans l'art délicat de la fellation qui lui procure la sensation grisante d'être la maîtresse de son plaisir, s'est vu refuser toute initiative reléguée au simple rang d'objet dont on se sert. Ce qui la surprend et réveille soudain en elle son émoi c'est que, bizarrement, elle a ressenti une jouissance certaine d'être traitée de la sorte. Alors que Pascal allait et venait brutalement dans sa bouche et tapait à chacun de ses coups de hanche sa luette la faisant hoqueter et perdre son souffle, elle a senti ses muscles vaginaux se contracter et se resserrer autour de la hampe de plastique toujours enfoncée en elle et son bassin se balancer doucement afin de l'enfouir plus profondément. Plus étrange encore, elle doit bien s'avouer que, malgré son dégoût, elle a ressenti une intense ivresse lorsque Pascal s'est épanché finalement au fond de sa gorge. Un plaisir qui n'était pas seulement physique mais qui venait du plus profond de son cerveau et qui l'a grisée et enivrée. Un plaisir que toutefois elle a de la peine à accepter pour ce qu'il est. «Comment concevoir que la femme qu'elle est, indépendante et fière, puisse retirer de la satisfaction à être utilisés comme un objet sexuel?» Tout en elle repousse cette évidence inacceptable qui remet en cause toutes ces certitudes. Et pourtant... Elle ne peut nier la fulgurance de la jouissance qu'elle a ressentie d'être ainsi empalée, yeux bandés, par un simili sexe, les seins étreints dans un étau de feu et la bouche remplie par cette chaude onctuosité qui a coulé au fond de sa gorge, source inépuisable d'un plaisir dont elle n'avait jusqu'alors aucune idée et dont elle s'est, insulte suprême infligée par Pascal, abreuvée avec délices.

De nouveau, malgré tous ses efforts, Sophie sent un éclair de désir la transpercer à cette évocation. Cette fois, elle laisse sa main descendre vers son mont de vénus, s'introduire entre ses lèvres et commencer autour de son clitoris affamé un lent ballet de plus en plus précis. Son corps se détend... S'alanguit... Une onde de plaisir jaillit soudain au creux de son ventre et se propage, telle la lave incandescente d'un volcan, le long de sa colonne vertébrale pour s'épanouir sur ses seins. Sa jouissance, si longtemps contenue et brimée, explose enfin et elle jouit dans un cri d'extase qui la laisse pantelante et défaillante. Les yeux clos, son corps, après cet embrasement violent, s'apaise lentement. Une douce torpeur l'étreint... Et Sophie sombre dans demi-sommeil.

Seule la froideur de l'eau la tire de sa léthargie. Frissonnante, elle sort rapidement de son bain et se pelotonne dans un douillet peignoir en éponge. Sophie se sent maintenant ragaillardie et prête affronter, sûre d'elle, la suite des évènements.

Rapidement, elle inventorie mentalement ce qu'elle va devoir faire et dire. D'abord parler à Fabien et lui signifier que, bien sûr, il est totalement hors de question de renouveler cette expérience aussi dégradante pour lui que pour elle. Ensuite, ce qui lui semble plus difficile, appeler Pascal et lui dire qu'elle a été ravie (ce qui est un demi-mensonge, concède-t-elle) de le rencontrer mais que bien entendu il ne saurait être question qu'ils se revoient. Puis, téléphoner à son esthéticienne pour prendre un rendez-vous pour un soin corporel complet avec massage qui seul pourra la détendre complètement et lui faire, enfin, oublier la salissure qu'a subie son corps. Egalement, un rendez-vous chez son coiffeur serait le bienvenu pour compléter la thérapie envisagée. Pascal a raison sur un point au moins. Aujourd'hui, elle a besoin de se faire bichonner et dorloter pour reprendre confiance en elle…

Forte de ces décisions sans appel, Sophie se dirige, d'un pas qu'elle veut assuré, vers la cuisine où elle retrouve Fabien installé devant un copieux petit déjeuner.

– Bonjour ma douce, lui dit-il en souriant. Tu dormais si profondément tout à l'heure que je n'ai pas osé te réveiller.

– Bonjour, murmure-t-elle soudain intimidée

Un moment, ils se dévisagent sans rien dire, semblant aussi mal à l'aise un que l'autre. Sans qu'il soit besoin de prononcer son nom, Pascal est là, entre eux, leur imposant sa présence.

– Tu veux une tasse de café? lui demande finalement Fabien

– Oui, je veux bien…

Sophie s'assoit face à son époux. Elle le regarde verser le café et lui tendre la tasse fumante d'où s'échappe un chaud arôme. La cuisine est éclaboussée de soleil et dans cet environnement familier Sophie est rassurée, protégée. Le silence s'installe seulement troublé par le bruit de l'horloge murale. Sophie sent les yeux de Fabien la scruter. Intimidée, elle n'ose affronter directement son regard et se plonge dans la contemplation du breuvage fumant.

– Il y a un message pour toi sur le téléphone, finit par prononcer Fabien.

– Je m'en doute…, lui répond doucement Sophie qui prenant son courage à deux mains continue, mais je v….

– Je suis très fier de toi, ma douce, l'interrompt Fabien comme s'il soupçonnait de ce qu'elle s'apprêtait à dire. Tu t'es très bien comportée, tu sais…

– Ah...

– Oui, vraiment. Tu as été merveilleuse mon amour. Tu étais si belle et si désirable...

– Tu trouves... réplique, désabusée, Sophie

– Oui... Et je crois... non... je sais que Pascal t'a beaucoup appréciée.

Incrédule, Sophie regarde Fabien. Comment peut-il dire, d'un ton aussi tranquille, une telle énormité ? Sophie se mord les lèvres pour retenir les larmes qui commencent à mouiller ses yeux.

– Et.... Et toi... Tu as apprécié ce qui s'est passé ? demande-t-elle d'une voix enrouée.

Avant de lui répondre, Fabien la dévisage un long moment. Il regarde cette femme, sa femme adorée, en apparence si sereine ce matin qu'il a vu hier se tordre et gémir sous des caresses qui outrageaient sa pudeur mais, surtout, éveillaient en elle une sensualité sauvage dont ni elle ni lui ne connaissaient l'intensité. Il lui a semblé alors assister à la naissance d'une nouvelle femme qu'il découvre avec curiosité.

Son beau visage malgré les traits tirés et le pli amer qui déforme sa bouche délicate, est lisse et seul un très léger tressautement de sa paupière gauche laisse deviner la tension qui l'habite encore. Son regard glisse sur le cou gracile, s'immisce dans le décolleté du peignoir dont l'entrebâillement dévoile la naissance de ses seins. Cette nuit, n'arrivant pas à dormir, il l'a longuement contemplée, abandonnée dans son sommeil. Si fragile et pourtant si forte aussi... Son cœur s'est serré lorsqu'il a vu les meurtrissures de ses tétons. Fabien ne sait pas vraiment comment il est arrivé à accepter, sans broncher, qu'un inconnu profane ce corps qu'il idolâtre et cette bouche qu'il vénère. Un moment, il a pensé la réveiller et lui dire qu'il regrettait ce qu'il avait exigé d'elle. Et puis, le temps passant, sa détermination à aller jusqu'au bout de ce voyage initiatique, s'est affermi. Confusément, il a senti que l'avenir de leur couple dépendait de la capacité de Sophie à le suivre dans cette voie hasardeuse et de son aptitude, à lui, de l'accompagner. Aussi est-ce d'un ton ferme et assuré, qu'il lui réplique.

– Oui… même si cela n'a pas été facile pour moi, je te le concède. Mais, et je suis sûr que tu n'émettras aucune objection, je te demande… non j'exige que tu te conformes dorénavant à ce qui t'a été imposé par Pascal à qui tu dois obéir en tout.

– Mais… mon amour… Je….

– Il n'y a pas de mais qui tienne. C'est une chose sur laquelle je ne reviendrai pas, la coupe-t-il abruptement avec une assurance et une autorité qu'il ne ressent pas vraiment.

Le ton sans réplique coupe court à toutes récriminations. Eplorée, Sophie regarde son mari qu'elle a soudain l'impression de ne plus connaître. Sans force, elle sent sa récente détermination fondre et un sentiment de vulnérabilité l'étreindre à nouveau.

– Je vais maintenant te laisser. Je pense que ta journée devrait être bien remplie. Je dois de mon côté aller faire quelques courses. Je compte sur toi, mon amour…

Rapidement, avant de faiblir, Fabien dépose un léger baiser sur les lèvres exsangues de Sophie et sort de la pièce. Quelques instants, plus tard, Sophie entend la porte de l'appartement se refermer sur Fabien.

Résignée à l'inévitable, elle se dirige vers le téléphone. La voix de Pascal retentit dans le logement déserté, froide, autoritaire et lui dicte ses instructions pour l'après-midi. Sophie frémit sous ce ton de commandement qui ne lui laisse aucune initiative possible. «Un gynécologue, pense-t-elle avec inquiétude, que va-t-il pouvoir bien me faire?»

Un rapide coup d'œil sur l'horloge lui indique l'heure.

A peine 11 h 30. Elle a tout son temps. Elle retourne dans sa chambre et s'allonge sur son lit essayant d'apaiser les battements de son cœur et faire taire l'appréhension qui serre son ventre. A peine a-t-elle les yeux fermés que de nouveau des images de la veille lui reviennent en mémoire. Elle voudrait faire cesser cette sarabande qui l'obsède et met son corps en éveil. Lentement, ses mains suivent la courbe de ses seins et attrapent ses tétons endoloris qu'elle serre durement entre ses doigts déclenchant des étincelles douloureuses. Sous la douleur qui irradie en elle, Sophie se mord fébrilement les lèvres. Mais la souffrance qu'elle s'inflige comme une punition, loin de la calmer, est source, comme la veille d'un plaisir diffus. Sophie a beau serrer de plus en plus durement ses doigts, elle ne peut stopper la palpitation de son sexe qu'elle sent s'humidifier. Son corps s'arc-boute dans un spasme incontrôlé de plaisir qu'elle ne peut maîtriser. Soudain, elle voudrait que Pascal soit de là près d'elle, qu'il la prenne, la malmène, la plie à toutes ses exigences et la mène enfin à ce bonheur infini qu'il lui a fait entrevoir sans jamais le lui accorder.

Les jambes flageolantes, Sophie se redresse. Il est temps pour elle de se préparer. Elle s'assoit nue devant sa coiffeuse et entreprend de se maquiller soigneusement. Sous le fard discret, son visage reprend l'aspect lisse et uni qui lui est habituel et ses yeux leur éclat lumineux. Alors qu'elle se dirige vers son dressing, son regard se pose sur la commode où sont déposés trois billets froissés de 50 €. Le feu aux joues, Sophie se remémore soudain l'humiliation qu'elle a ressentie lorsque, au moment de la quitter, Pascal lui a glissé entre les doigts ces trois billets comme s'il voulait la rétribuer de ses bons offices. Un froid glacial l'a alors envahie. Plus que tout, les gestes outrageants qu'il a pu avoir sur elle pendant toute la soirée, ce dernier geste a été le plus humiliant pour elle et lui a fait l'effet d'une gifle magistrale à son amour-propre. Ainsi donc, elle était devenue cela. Une femme que l'on paye… Une putain !

Dans un mouvement de rage fébrile, Sophie se saisit des trois billets, preuve de sa déchéance absolue, et les déchire en morceaux aussi petits qu'elle peut. Jamais, elle n' d'être considérée comme une putain. Elle veut bien se conformer aux règles qui lui ont été imposées mais jamais… jamais elle n'acceptera qu'on la paye ce qui signifierait qu'elle abdique sa dignité de femme. Résolument, elle dresse la tête et retrouve en un instant l'attitude fière et hautaine qui lui est habituelle. Elle se dit alors qu'en fin de compte, c'est elle qui mène, malgré les apparences, le jeu. Quoique Fabien ou Pascal puissent penser, c'est elle qui décide. Personne, jamais, ne la contraindra à faire quelque chose qu'elle refuse. Elle se soumet parce qu'elle le veut bien. C'est tout…

Rassérénée par ces considérations, Sophie se dirige d'un pas alerte vers son dressing dont elle ouvre la porte dans un mouvement qui a, miraculeusement, retrouvé toute sa vivacité. Ses yeux parcourent les portants et les étagères recouverts de vêtements. Une tenue simple a dit Pascal. Sans hésitation, son choix se porte sur un léger ensemble, jupe et cardigan, de coton rouge à la fois sobre et élégant. « Et puis le rouge, se dit-elle, mettra un peu de couleur à mes joues ». La jupe est droite et recouvre le haut de ses genoux. Bien ajustée sur ses hanches elle en met en valeur les rondeurs. Une fente pratiquée devant et derrière permet toutefois l'aisance du mouvement et, surtout, découvre légèrement, à chacun de ses pas, le bas de ses cuisses. Un chemisier en soie blanche décoré de petits motifs rouges complète parfaitement sa tenue. Elle choisit une paire d'escarpins en daim grenat à talon

146

haut mais sans trop. Les hauteurs vertigineuses, seyantes certes mais si peu confortables, étant réservées aux soirées. Dans un tiroir de la commode, elle choisit un ensemble soutien-gorge à balconnet et slip brésilien en dentelle blanche à la fois très sexy par la forme mais très sage aussi par le coloris immaculé ainsi qu'une paire de bas autocollants de couleur champagne.

Après avoir revêtu ses vêtements, elle se contemple dans son miroir. « Pas mal, pense-t-elle. Peut-être un peu trop sage. Mais bon... » Ainsi habillée Sophie a repris son aspect de bourgeoise élégante gâtée par la vie et cela raffermit son assurance. En hésitant, elle dégrafe toutefois un bouton du chemisier. Elle baisse un peu son buste en avant pour constater l'effet. Dans son mouvement, les pans s'écartent légèrement et dévoilent discrètement la dentelle blanche de son soutien-gorge qui encadre la peau nacrée de ses seins rehaussés par le balconnet. D'un geste fébrile, Sophie rattache le bouton. Elle veut conserver une apparence stricte qui seule, montrera à Pascal les limites de son ascendant et de son pouvoir sur elle. Maigre défense toutefois, elle a en bien conscience en son for intérieur, face au trouble qu'elle ressent à l'idée de revoir dans un peu moins d'une heure Pascal.

Sophie va s'installer sur le canapé de son salon. Elle se saisit d'un magazine posé sur la table basse devant elle et essaye en vain de fixer son attention sur les articles. Sans cesse, son regard vérifie l'heure. L'une après l'autre, les minutes s'égrènent dans le silence de l'appartement. Un boule d'appréhension grandit au fond de sa gorge alors que le temps passe à la fois si lentement et si vite. D'un geste tremblant, Sophie repose le magazine qu'elle renonce définitivement à lire et attend sans plus rien faire, la tête vide de toute pensée. Alors que l'aiguille de l'horloge atteint inexorablement la demie de 15 heures, son souffle s'accélère. Le poids qu'elle sent peser au fond de son ventre et qui lui noue les entrailles l'oppresse de plus en plus et il lui semble soudain manquer d'air. Ne tenant plus en place, Sophie se lève et va et vient dans la pièce détaillant les objets qui l'entourent comme si elle recherchait en eux un réconfort qu'elle ne ressent plus.

La stridence de la sonnerie de la porte d'entrée la fait sursauter violemment.

Pascal

J'attends un long moment, devant la porte, sans qu'aucun son vienne de l'intérieur. Puis, un léger bruit de pas, et la porte s'ouvre doucement. Sophie est face à moi, visiblement tendue. Le feu de ses joues et son fond de teint ne peuvent masquer son appréhension et les stigmates de la nuit dernière. Avec un sourire, je lui tends une gerbe de roses d'un noir de jais. Elle la prend machinalement et plonge son regard d'émeraude dans les miens. Je le soutiens et j'y lis autant de surprise que de reproche. Je crois même y déceler une lueur de défi, comme si elle se méprenait sur mon geste, comme si je venais m'excuser pour la veille. Je suis obligé de faire un pas en avant pour que, par réflexe, elle s'efface et me laisse entrer. Elle referme la porte derrière moi et me précède vers le vaste salon.

La tenue qu'elle a choisie contraste avec celle qu'elle portait hier. De la superbe créature au look suggestif qui était chez moi, il reste la plastique. Les talons moins hauts, la jupe plus longue, le chemisier opaque fermé très haut et occulté par le cardigan, elle est infiniment moins provocante, évoquant parfaitement le charme discret de la bourgeoisie. Hier Sharon Stone, aujourd'hui, Grace Kelly. Je la préfère ainsi, raffinée, sage et classique. Le contraste n'opérera que mieux quand rien dans sa tenue n'est suggestif... La forcer sera encore plus délicieux.

Je pénètre dans la pièce et me tourne vers elle, la gerbe encombrant ses bras. Pas question de lui laisser reprendre confiance. Je lui désigne les roses d'un geste.

– C'est pour hier soir... Merci Sophie...

Silencieuse, son regard profond me fixe toujours. Puis, elle explose, froide et cassante :

– Merci pour quoi...? Vous croyez que...

Je ne la laisse pas poursuivre. Et d'un ton net, en articulant chaque mot, je la coupe :

– Ce merci, ma chère Sophie... c'est pour m'avoir prêté si complaisamment votre corps hier... Et ces roses sont pour la profondeur et la douceur de votre bouche... et si c'est toute une gerbe que je vous offre, c'est parce que j'ai été agréablement surpris par l'élasticité de votre anus... Ne vous méprenez surtout pas...

Elle reste la bouche arrondie de surprise, et son visage se crispe, un peu comme si je l'avais giflée.

Je m'assois dans le canapé du salon et, souriant, lui dit, comme si rien ne s'était passé :

– Nous avons un peu d'avance... Vous m'offrez un café... ?

Sonnée par mes propos, les fleurs toujours dans les bras, Sophie me répond, laconiquement :

– Un café ?... Si vous voulez...

Je lui souris et me renversant dans le canapé tout à mon aise, lui lance d'un ton enjoué :

– Parfait, alors... retirez votre slip et allez me chercher un café...

Elle lâche la gerbe qui tombe à ses pieds.

– Mais... mais... je... vous...

Je lui souris de plus belle :

– Vous m'avez peut-être mal entendu... ? Retirez votre slip et allez me chercher un café, s'il vous plait...

– Mais, mais... pourquoi ?... Je... je...

– Parce que j'ai envie que vous soyez nue sous votre jupe... et que j'ai également envie d'un café...

Perdue, elle ne bouge pas :

– Sophie... ? Voulez-vous que nous appelions Fabien, pour avoir son point de vue sur la question ? Si je suis obligé de faire appel à lui à tout bout de champ, cela va vite être lassant... Sans compter que je vais devoir vous punir...

Rougissante, les yeux baissés, elle s'accroupit pour

150

ramasser les fleurs, pour gagner du temps.

– Laissez ces fleurs pour le moment... et retirez votre slip...

Elle se redresse, avalant difficilement sa salive. Le rouge aux joues.

– Je vous en prie... je croyais que...

– Il va falloir que vous cessiez de discuter quand je vous demande quelque chose... surtout lorsqu'il s'agit de choses aussi simples... Vous serez punie pour chaque refus, vous le savez bien... Alors pour la dernière fois, retirez votre slip et allez me chercher un café, s'il vous plait...

Elle soupire, ferme les yeux et se détourne avant de se diriger vers la porte du salon. Je l'arrête.

– Sophie ? Où allez-vous ?

Elle se retourne et me regarde étonnée.

– Mais... je vais dans ma chambre... pour... vous m'avez demandé d'ôter... mon slip...

Elle finit sa phrase dans un souffle.

– Sophie... Vous ai-je dit d'aller retirer votre slip dans votre chambre ? ... non... Alors, retirez-le ici...

Elle semble manquer d'air un instant, puis, prenant une profonde inspiration, elle tire sur l'ourlet de sa jupe et la relève jusqu'à la large lisière beige des bas autofixants. Puis, dans un geste très féminin, elle casse ses poignets pour saisir les bords de sa culotte, sur le devant des hanches, elle la fait ensuite glisser prestement jusqu'à ses chevilles, ménageant sa pudeur. Elle l'enjambe rapidement et rabaisse sa jupe. Elle fait aussitôt volteface et se dirige vers la cuisine.

– Sophie ?

Elle s'arrête à nouveau et me regarde.

– Posez votre slip sur l'accoudoir du canapé, je vous prie...

Résignée, elle revient vers moi lentement et dépose son slip en boule. Elle reste alors immobile un instant, ferme les yeux en respirant bruyamment, tandis que je parcours longuement son corps.

– C'est bien, Sophie… vous pouvez y aller…

D'un pas lent, elle se dirige vers la cuisine. Sa jupe semble mouler encore plus ses fesses désormais au contact direct du coton.

Elle revient quelques instants plus tard, avec un petit plateau qu'elle pose sur la table basse. Elle tressaille légèrement en voyant son slip, étalé bien à plat sur l'accoudoir, honteuse que j'aie examiné ainsi sa lingerie.

– Je prendrais un sucre, s'il vous plait…

Elle saisit un sucre qu'elle dépose délicatement dans la tasse, avant de me la tendre. Je tourne lentement la cuillère dans mon café. Visiblement, Sophie ne sait quelle contenance adopter et reste debout près du canapé.

– Vous ne prenez pas de café ? Bon… Asseyez-vous à côté de moi…

Elle prend place à mes côtés, les fesses sur le bord du canapé, les mains croisées sur ses genoux serrés, légèrement penchée vers moi.

Je continue à tourner doucement la cuillère dans ma tasse avec un léger tintement qui brise le silence.

– Ouvrez mon pantalon, et caressez-moi, je vous prie…

Elle sursaute et me regarde suppliante.

– Sophie… ne m'obligez pas à vous punir plus sévèrement que je ne le voudrais… Ouvrez mon pantalon et caressez-moi…

Le visage défait, elle se tourne plus franchement vers moi et avance ses mains tremblantes vers la ceinture de mon pantalon.

– Non… la fermeture éclair… ça suffira…

Sophie a du mal à contrôler le tremblement convulsif de ses mains, pour attraper la glissière du pantalon. Elle y arrive tant bien que mal et glisse sa main chaude dans l'échancrure. Maladroitement, elle extirpe de l'ouverture du caleçon, ma verge à demi érigée, qu'elle tient entre deux doigts, mi-dégoûtée, mi-craintive.

Le souffle court, les yeux fermés, elle commence un lent mouvement de bas en haut et fait coulisser le prépuce pour découvrir le gland. Sa caresse est très douce, délicieuse de retenue. Son geste mécanique fait rapidement se dresser mon membre qui se recourbe vers le haut, avec son gland légèrement triangulaire, un peu comme une tête de serpent.

Je déguste mon café par petites gorgées.

– Décalottez bien le gland, je vous prie...

Elle obéit, dégageant chaque fois le gland carmin, qui luit sous la lumière. Je savoure la caresse, sans manifester la moindre émotion.

D'une main, je tire sur son genou le plus proche de moi.

– Evitez de serrer vos genoux, quand vous êtes assise...

Elle continue son lent mouvement masturbatoire, le regard pensif fixé sur sa main qui coulisse, comme si elle était ailleurs.

Ma verge est maintenant tendue à l'extrême, mais rien en moi ne trahit mon excitation, si ce n'est quelques crispations de mon bas ventre, annonciatrices de ma jouissance.

– Votre bouche, je vous prie... je ne voudrais pas me salir ou tacher votre canapé...

Elle me regarde, à nouveau suppliante, mais sans cesser sa caresse.

Je pose lentement ma main sur son cou et l'attire irrésistiblement vers moi. Déséquilibrée, elle prend appui sur la main qui enserre ma verge, la presse à la base et lui donne involontairement un volume et une rigidité encore plus importants. Je guide son visage vers mon gland, et accentuant la pression sur son cou, je franchis la barrière de ses lèvres. La chaleur humide de sa bouche et la douceur de sa langue sur ma verge ont aussitôt raison de moi. Sa caresse préalable m'a chauffé à blanc, même si je n'en ai rien montré, et je me répands en longs jets et emplis sa gorge d'un sperme épais et visqueux, pour la deuxième fois en moins de vingt-quatre heures.

Le visage plaqué contre mon bas ventre, Sophie déglutit bruyamment et à plusieurs reprises pour avaler l'abondante éjaculation qui l'étouffe.

Je saisis derrière elle son slip de dentelles que je roule dans ma main, puis je relâche ma pression sur sa nuque. Elle se redresse vivement, le feu aux joues et le regard humide. De ses lèvres maquillées, s'échappe un peu de semence qui coule sur son menton. Elle serre toujours ma verge luisante entre deux doigts, comme si elle voulait éviter de tacher mon pantalon.

Je m'essuie rapidement en faisant glisser mon membre dans le bout de dentelle que je tiens dans ma main. Puis, la regardant, je lui dis :

– Vous en avez un peu sur le menton...

Et délicatement, j'éponge son menton et ses lèvres avec son slip, y laissant une trace humide et une légère traînée rose de son rouge à lèvres. Elle se rend compte alors que je finis de nettoyer son visage avec quoi je l'ai fait. Elle me regarde horrifiée, puis baisse ses yeux sur son slip.

– Mais....

Ses mots ne sortent pas et elle se tait, regardant, amorphe, ma main gauche remontée entre ses jambes légèrement écartées, qu'elle tient toujours de biais par rapport à moi, assise sur une seule fesse sur le canapé. Mes doigts palpent l'intérieur de la cuisse et atteignent ses chairs intimes dont elles effleurent la jointure entrouverte et trempée.

– Vous êtes excitée, Sophie... dis-je comme on dit

qu'il pleut.

Puis ma main pousse plus loin, ma paume contre sa vulve. Mes doigts s'insinuent entre ses fesses. Elle a un léger mouvement de recul que je stoppe en posant ma main droite sur son épaule.

– Arrêtez de bouger... ça suffit à présent... !

Je me lève et enserre sa nuque entre mes doigts. Je la ploie en avant. Elle bascule avec un petit cri étouffé par le tissu épais du canapé. Ses genoux sont bloqués par les coussins, son buste est collé au dossier. D'un geste je relève sa jupe dont le coton glisse le long des globes nus. Ses fesses apparaissent. Pressé, je lui fais écarter les genoux avec la pointe de mon pied. Puis je pose la paume de ma main à la verticale de la raie, les doigts vers le bas.

– Je veux voir si vous avez commencé à mettre en pratiques mes conseils d'hier...

Elle se raidit tandis que le bout de mon index et de mon majeur atteint l'iris étoilé de son anus.

– Mmmhh... Ca m'a l'air bien sec... Vous aimez souffrir... Je respecte ça... mais je ne veux à aucun prix que vous soyez blessée... vous comprenez... Vos reins forcés brutalement peuvent vous déchirer et les rendre inutilisables pendant de longs jours... Et comme votre vagin va être, lui aussi, indisponible pendant quelque temps, après la pose de votre stérilet... je doute que votre bouche suffise à l'office auquel je vous destine... IL faut que vous appreniez à être toujours disponible et accessible mais également que vous préserviez l'intégrité de vos orifices... vous comprenez ?

Sans lui laisser le temps de proférer autre chose que quelques borborygmes, l'extrémité repliée de mes doigts fore le délicat œillet et l'écartèle. L'anneau fragile s'ouvre difficilement et Sophie a un sursaut et étouffe un gémissement de douleur. La vive brûlure la fait trembler convulsivement. J'écarte mes deux doigts dans un mouvement de ciseau, mettant les chairs desséchées à rude épreuve. Puis, je les retire brusquement, laissant derrière moi le bourrelet de l'œillet boursouflé et à vif.

– Quand comprendrez-vous que si je vous demande de lubrifier votre anus, c'est autant pour vous préserver de la douleur que pour vous rendre agréable à sodomiser… ? dis-je en rabaissant sa jupe sur ses reins.

– Allez… relevez-vous…

Le visage défait, Sophie se redresse en grimaçant. Elle porte une main à ses reins et une autre en coupelle devant un de ses seins.

Je la regarde intrigué, puis je comprends :

– Ah, les pinces d'hier soir… faites-moi voir ça…

Les yeux baissés, anéantie, elle me laisse déboutonner rapidement le haut de son chemisier et en écarter les pans, de façon à dégager la dentelle des balconnets de son soutien-gorge.

Les deux seins, présentés comme dans deux écrins, se soulèvent sous la respiration de Sophie saccadée par l'émotion. Le spectacle somptueux me réjouit toujours autant, mais je ne le montre pas, et comme un boucher prend en main un filet de bœuf à trancher, je saisis la masse d'un sein entre mes doigts en pince et le sort du balconnet. Je repose le globe sur mon autre main. Le mamelon tuméfié, zébré de marques verdâtres, encadre un téton encore légèrement déformé et gonflé. Je le palpe doucement dans un geste médical, avec un air soucieux.

– Mmmhhh, vous n'êtes pas faite pour les pinces… enfin du moins pas vos seins… pour le reste, on verra… mais pour vos seins, il faudra trouver autre chose…, dis-je en pressant le téton et en l'étirant délicatement.

Sophie réussit à retenir son geste de recul, se mordant les lèvres. Ses yeux sont pleins de larmes.

156

– Je vous ai fait mal ?... Vous avez résisté, c'est bien... la punition de ce soir sera plus douce... pour vous récompenser... mais, vos seins me préoccupent... si vous ne supportez pas les pinces... Je devine pourquoi... au repos, vos tétons sont très effacés... pour leur donner le volume suffisant, il faut les travailler longtemps... et les emprisonner quand ils sont gorgés de sang... d'où les hématomes... Seulement, on ne peut pas envisager de ne pas pouvoir vous tenir par les seins... on verra ça...

Elle me regarde interrogative.

– Allez... remettez votre slip... votre rendez-vous chez le gynécologue est dans quinze minutes... je vous dépose...

Je lui tends la minuscule étoffe sur laquelle les traces de sperme sont à peine visibles, mais sur laquelle on devine distinctement la marque de son rouge à lèvres.

Elle murmure :

– Je ne peux pas en mettre un autre ?

– Non... celui-ci sera parfait... et dépêchons-nous... le docteur Debecker est très ponctuel... je vous déposerai devant son cabinet... Allez... troussez-vous devant moi pour remettre votre slip... j'aime voir votre corps...

Elle obtempère en rougissant.

Sophie

Semblant traîner un poids énorme attaché à ses pieds, Sophie s'approche à regret de la porte d'entrée. D'un mouvement spontané, elle boutonne d'un geste fébrile un bouton supplémentaire de son chemisier afin de dissimuler complètement sa poitrine.

Un moment Sophie reste immobile devant le panneau luisant, incapable d'actionner le pêne d'ouverture. Tout en se mordillant les lèvres, les mains crispées une à l'autre, elle tend l'oreille, essayant de percevoir à travers l'épaisse porte un son, un souffle. Une boule d'anxiété comprime sa poitrine et l'empêche de respirer normalement. « Ce serait si simple de ne pas répondre, pense-t-elle. Tout s'arrêterait alors et elle reprendrait sa vie, celle qu'elle a toujours connue, s'efforçant d'oublier ce funeste épisode de la veille ». C'est cela qu'elle va faire… Il n'y a pas d'alternative possible.

Sophie esquisse sans bruit un pas de retraite et puis, comme mû par une volonté qui échappe à toute raison, son bras se tend et sa main se pose sur la poignée. Silencieusement, elle s'exhorte à ne pas faire ce geste qui la livre. Ce geste qui est un geste d'allégeance à une exigence qui n'est pas la sienne. Mais sa main ignore sa supplique désespérée et lentement Sophie ouvre la porte.

Sophie a un choc en voyant Pascal devant elle. C'est comme si elle le découvrait pour la première fois. Au restaurant, la veille, trop occupée à le séduire, elle ne l'a en fait pas véritablement regardé et puis, plus tard dans la soirée, elle était trop perturbée pour penser à le dévisager. Très grand, il la dépasse d'une bonne tête, sa prestance imposante a quelque chose d'à la fois inquiétant mais aussi de rassurant. Très mince, il a néanmoins les épaules larges et musclées et la silhouette massive d'un homme adepte de longue date à la pratique de sports. Le hâle de son visage où étincelle l'agate sombre de ses yeux au reflet magnétique la confirme dans cette impression. Sophie fixe le visage que l'on ne peut qualifier de beau au sens aseptisé du terme. Un visage carré et marqué de légères rides, aux pommettes hautes et aux joues creusées, qu'éclairent des yeux sombres profondément enfoncés dans les orbites surmontés d'épais sourcils arqués, une bouche sensuelle sur laquelle se dessine un sourire ironique qui découvre l'alignement parfait de ses dents, un menton volontaire légèrement proéminent. Pascal est un homme extrêmement séduisant et qui le sait même s'il n'a rien ou parce qu'il n'a rien d'une gravure de mode.

Encore sous le choc du charme animal et empreint de puissance qui émane de Pascal, Sophie le contemple sans esquisser le moindre geste et sans même remarquer le somptueux bouquet de roses noires qu'il lui tend et dont elle se saisit d'un mouvement machinal. Un bref instant, la pensée la traverse que Pascal, par ce cadeau, veut s'excuser de sa conduite inqualifiable de la nuit dernière. Elle en ressent un soulagement fugitif immédiatement suivi, tout aussi fugitivement, de quelque chose qui ressemble à un vague regret.

Sans lui laisser le temps de réagir, Pascal s'avance d'un pas assuré et entre dans l'appartement tout en faisant voler en éclat, d'une brève phrase, le mince début de réconfort de Sophie.

Sophie le regarde, incrédule, tremblante de fureur contenue sous l'affront de ces paroles inqualifiables d'outrecuidance. Il ose la remercier pour ce qu'il lui a fait subir à son corps défendant, pour cet outrage qu'il lui a imposé. Les mots se pressent aux bords de ses lèvres brusquement resserrées par la colère. Pascal, ne lui laisse pas le temps de réagir et il enchaîne, serein, la félicite pour des choses dont, à toute force, elle voudrait effacer la trace de sa mémoire et de son corps. Mais curieusement, l'évocation des évènements de la nuit la trouble profondément. Et tout-à-coup, ses seins encore endoloris se font très présents lui rappelant le traitement auquel ils ont été soumis. Malgré ses efforts pour garder une contenance froide et distance, Sophie se sent faiblir et s'amollir. Incapable soudain de prononcer les mots fermes et définitifs qu'elle a pourtant au bord des lèvres prêts à fuser et qui mettraient un terme à tout cela. Indifférent à son trouble, Pascal va s'asseoir nonchalamment, sans même qu'elle l'en ait invité remarque-t-elle indignée, sur le canapé. D'un ton mondain qui la sidère, il la prie de lui servir un café avant d'enchaîner tout aussi mondainement, comme s'il lui demandait le temps qu'il fait, d'ôter son slip.

Les mots mettent un moment à atteindre le cerveau enfiévré de la jeune femme qui se refuse à en comprendre le sens.

Sophie est sidérée par tant d'aplomb, tant d'impudente suffisance. Il semble si sûr de son obéissance, comme si celle-ci allait de soi. Le corps de Sophie se tétanise et elle se met à trembler de rage contenue mais, aussi, d'une attente qu'elle ne peut ignorer. Faiblement, déjà vaincue elle tente un pitoyable dénigrement plus pour sauver les apparences que pour lui opposer réel refus qu'elle sait, malgré tous les efforts qu'elle déploie pour se convaincre du contraire, vain et inutile. Comment nier l'excitation que la demande de Pascal engendre brusquement en elle qui met ses sens en éveil et fait jaillir entre ses jambes une chaude moiteur qui mouille la fine dentelle de son slip. Sophie soudain se hait pour sa réaction incontrôlable. C'est à elle plus qu'à Pascal qu'elle en veut maintenant pour la faiblesse de son corps qui réagit alors qu'elle s'exhorte désespérément à rester de marbre.

« Il ne faut pas qu'il s'en aperçoive, pense-t-elle désespérée, surtout pas. Ne pas lui donner cette satisfaction. » Dans une ultime tentative d'échapper à l'ascendant de plus en plus puissant qu'exerce cet homme sur elle et qui lui ôte toute capacité de réflexion, Sophie se détourne et ébauche un mouvement de retraite hors du salon que Pascal stoppe net.

« Oh non pas ça... pas devant lui.... » Mais, comme précédemment devant la porte, sa main ne lui obéit plus et prestement elle fait glisser le slip le long de ses jambes essayant malgré tout, dernière concession à sa pudeur si durement mise à mal, de ne dévoiler que le strict minimum. Un bref instant elle se tient immobile, le slip froissé en boule au creux de sa main. Celui-ci garde en lui la douce tiédeur de son corps qui se diffuse le long de ses doigts. Elle sent aussi, à sa grande confusion, contre sa paume l'auréole humide que sa vulve y a déposée. Rapidement, elle se détourne, veut s'enfuir pour cacher la rougeur que la sensation fait jaillir sur ses joues. Mais Pascal a décidé de ne rien lui épargner. Sophie abdique toute décence et elle dépose, à sa demande, sur l'accoudoir ce frêle trophée, symbole de sa défaite avant de se fuir vers la cuisine qu'elle atteint les jambes flageolantes, le visage en feu et les sens en ébullition.

A peine entrée dans la cuisine, elle s'effondre sans force sur une chaise. Un long sanglot la parcourt. Que lui arrive-t-il ? Elle ne se reconnaît plus. Où est donc passée la fière Sophie qui a pour habitude de voir les hommes plier devant elle, trop heureux de satisfaire ses moindres caprices ne serait-ce que pour un sourire condescendant de sa part? Sophie se sent sombrer dans un océan de confusion partagée entre la répulsion et l'attrait irrésistible de ce qui arrive. Elle voudrait à la fois reprendre le contrôle de la situation et en même temps se laisser couler dans cette soumission que Pascal exige d'elle et qui exerce sur elle une étrange fascination à laquelle elle a de plus en plus de mal à résister. Machinalement, elle remonte sa jupe sur ses cuisses et comme à regret glisse ses doigts entre ses lèvres gonflées. Un nouveau sanglot lui échappe, quand elle y trouve une chaude humidité qui ne laisse aucun doute sur son excitation. Fébrile, elle se saisit d'une serviette posée sur la table à côté d'elle et fiévreusement tente d'assécher la source de ce désir qui lui répugne et qu'à toute force elle s'évertue de nier.

Lorsqu'enfin elle retourne dans le salon où Pascal l'attend, Sophie a tant bien que mal repris un semblant de contenance. Mais alors qu'elle dépose le plateau sur lequel elle a placé cafetière et tasse et tente désespérément de donner à la situation une tournure plus habituelle, elle constate que Pascal a disposé largement étalé sur l'accoudoir son slip mettant en évidence l'auréole humide qui le tache. Sophie a la sensation de ne voir que cela, cette tâche, signature sans équivoque de sa faiblesse. De nouveau, sa faible assurance s'évapore. Le message est si clair.

Aussi, lorsque Pascal lui demande de le caresser, obtempère-t-elle, le feu aux joues, sans même esquisser un mot ou un geste de dénégation, domptée par sa tranquille autorité. Seul le regard qu'elle fixe suppliante sur Pascal mais qui le laisse de marbre fait deviner l'ampleur de son désarroi.

Tremblante, elle dégrafe le pantalon de Pascal et délicatement elle saisit entre ses doigts fins le pénis doux et chaud. Un frémissement la parcourt lorsque la colonne de chair encore souple se pose au creux de sa

162

paume et elle réprime à grand-peine un mouvement de dégoût à ce contact abhorré. Mais résignée à l'inéluctable, elle serre plus fermement ses doigts autour de la verge qu'elle sent imperceptiblement gonfler et durcir. Insensiblement, sans qu'elle y prête attention sa main s'enhardit et commence un léger mouvement de va-et-vient qui a pour effet immédiat de tendre le membre. Entre ses paupières baissées, Sophie ne peut s'empêcher de glisser un regard vers cette verge que raidit maintenant une belle érection. De bonne épaisseur, elle remplit parfaitement la paume de sa main. La vision, loin d'effaroucher Sophie, lui procure au contraire une soudaine bouffée de désir qui la fait haleter. Sans qu'elle puisse s'en empêcher, sa main se resserre davantage sur la colonne de chair dont la douceur satinée l'emplit d'une intense émotion. Souplement, sa paume commence un lent périple le long de la hampe soyeuse. A chaque tension vers le bas, ses doigts dégagent bien le gland qu'elle voit luire dans la lumière et sur lequel elle a, contre toute attente, friandise suave à portée de sa bouche, l'envie soudaine d'y poser ses lèvres. Nul besoin, maintenant que Pascal lui dise ce qu'elle a à faire. Instinctivement, Sophie sait doser la bonne pression de ses doigts qui pressent la chair sans l'écraser et varier la cadence de son mouvement. Désespérément lente puis soudain plus rapide avant de se ralentir à nouveau dans une interminable descente. A la fois douce et violente. De son pouce, fermement appuyé à la base du gland turgescent, elle excite ce point qu'elle sait si sensible et étire la chair de la verge vers le bas pour bien le dégager. Sa caresse est de plus en plus précise. Sophie insiste, fait coulisser ses doigts, s'arrête, reprend son mouvement, s'interrompt de nouveau. Du coin de l'œil, elle observe le visage de Pascal qui, apparemment, demeure impassible. Mais la palpitation de plus en plus forte de son sexe trahit, quoi qu'il puisse faire, son émotion. Sophie éprouve soudain un sentiment de triomphe et de fierté d'être ainsi à cet instant, la maîtresse toute puissante de son plaisir et plus encore, ce qui la trouble, une sensation incommensurable de joie d'être capable de prodiguer à cet homme ce plaisir exquis. Insensiblement, son visage se rapproche de la verge maintenant tendue à l'extrême, si tentante. Attentive à la satisfaction de son Maître, le corps de Sophie s'échauffe mais seule la crispation, invisible pour Pascal, de son sexe trahit le désir qui l'envahit d'y poser ses lèvres. Lorsqu'enfin, Pascal lui demande d'un ton péremptoire de venir boire à sa source prête à se répandre, elle éprouve un intense sentiment de soulagement. Mais elle veut faire durer encore un peu cette attente d'une ineffable douceur. Pascal se méprenant sur son immobilité pose sa main sur son cou et l'attire vers lui. Conquise, elle se laisse faire et dans un gémissement de bonheur et engloutit dans sa bouche affamée la hampe gorgée de suc qu'elle sent se déverser au fond de sa gorge et l'emplir. Alors que la semence s'écoule, intarissable, un spasme contracte brutalement son sexe et un éclair de feu transperce son ventre. Dans un soupir de délivrance, Sophie s'abandonne silencieusement à l'orgasme qui l'emporte à son tour.

Le corps en émoi et encore frémissant, Sophie se relève. Sans force, sous le choc de la jouissance silencieuse qu'elle vient d'éprouver, elle se laisse doucement essuyer les lèvres par Pascal. Elle a toutefois un mouvement de recul en se rendant compte qu'il utilise son slip mais quelle importance après tout! Sans non plus manifester la moindre résistance, le corps alanguit, elle laisse Pascal lui écarter les cuisses ressentant seulement une légère honte à la pensée que Pascal va découvrir l'intensité du plaisir qu'elle vient, à son insu, de connaître. Mais cela aussi ne lui importe plus vraiment. Sophie n'est plus que sensualité exacerbée et est bien au-delà de toute pudeur. Attentive, elle suit le cheminement des doigts de Pascal au creux de son corps offert. Elle sent son désir renaître et la tenailler impitoyable. Comme elle voudrait que la main de Pascal s'enfonce davantage en elles, l'ouvre, la prenne... Sophie éprouve une intense satisfaction d'être ainsi manipulée, jouet consentant sous les doigts experts de Pascal qui la fait s'agenouiller pour fouiller plus aisément son anus.

Une douleur lui brûle soudain les reins et lui arrache un gémissement quand les doigts s'immiscent, conquérants, et s'enfoncent dans son orifice étroit. Mais la souffrance loin d'être désagréable suscite au contraire un jaillissement diffus de volupté. Sophie à nouveau se sent défaillir de bonheur. Son corps tremble convulsivement de plaisir et de douleur si intimement mêlés que, déboussolée et hagarde, elle ne sait plus les différencier. Sophie se tend, anticipe l'intrusion des doigts qui la malmènent, qu'elle appelle et rejette tout à la fois. Mais brusquement, les doigts de Pascal la délaissent. Les joues en feu de ce désir sauvage et violent qu'elle vient d'éprouver et le corps frustré pour ce plaisir que Pascal lui a refusé, Sophie se relève. Au passage, ses seins heurtent l'accoudoir du canapé déclenchant des ondes de souffrance. Instinctivement, comme pour se protéger, sa main se porte sur ses mamelons si douloureux.

Pascal l'observe un moment, intrigué par sa réaction puis, comprenant, lui dégrafe rapidement son chemisier et dévoile sa poitrine tuméfiée par le traitement qu'ils ont subi la veille.

Frémissante de crainte, Sophie regarde Pascal palper doucement ses seins. Elle éprouve toutefois un étrange sentiment qui ressemble à de l'orgueil à lui montrer l'étendue des dégâts occasionnés par les pinces. Sophie se mord les lèvres pour, par fierté, ne pas laisser apercevoir à Pascal la douleur que lui inflige sa palpation. Elle ne peut toutefois retenir un cri et sent ses yeux s'embuer lorsque Pascal presse plus fermement son téton boursouflé. Un élancement la parcourt et la cambre alors que la douleur s'épanouit en une gerbe de feu dans son corps. Un incendie s'allume dans son ventre qui se diffuse, fulgurant, jusqu'à son sexe qu'étreint une crispation de désir. Jamais encore, elle n'a autant ressenti la présence de ses seins qui lui paraissent soudain exister comme des entités à part entière. La sensation est troublante, dérangeante. Sophie a mal mais en même temps elle sent son corps vibrer comme jamais il n'a vibré auparavant. Aussi étrange que cela lui paraisse, elle qui a une peur panique de toute forme de souffrance, elle aime, comme précédemment elle a aimé être fouillée au tréfonds d'elle-même, cette sensation vertigineuse qui la rend soudain faible et vulnérable. Incapable d'esquisser le moindre de défense. Au contraire, elle se tend vers cette caresse qui la viole et la comble tout à la fois.

Sophie se demande fugitivement si Pascal a conscience des sensations qui la traversent. Des sensations honteuses, dérangeantes mais si exaltantes aussi. Surtout ne pas lui montrer ce trouble qui la bouleverse, pense-t-elle désespérée. Ce serait abdiquer définitivement toute fierté. Et cela, elle ne peut pas. Elle ne veut pas. Par un effort surhumain, elle réprime l'élan qui l'entraîne vers lui et la pousserait soudain à lui hurler que oui, elle accepte sentir de nouveau la morsure des pinces sur ses seins. Que oui, elle veut encore qu'il fouiller sa chair et l'ouvre ! Que oui, elle est prête à tout supporter pour connaître à nouveau cet enivrement infini des sens !

Sophie se tait mais elle sait intimement que désormais elle ne pourra plus rien opposer à la volonté de Pascal et, intérieurement, elle capitule devant lui.

Comme une somnambule, Sophie se rajuste et remet en frissonnant son slip souillé de la semence de Pascal en découvrant largement, à sa demande, ses fesses qu'elle lui dévoile maintenant complaisamment avant de le suivre, subjuguée, vers la porte où déjà il l'attend.

Une légère appréhension l'étreint soudain. Des questions se pressent au bord de ses lèvres mais elle se sent incapable de les formuler.

Chapitre 7
Chez le Docteur D....

Pascal

Je pianote doucement sur le volant, tandis que la file de voitures progresse lentement sur l'Avenue de Rivoli. Les groupes de touristes sous les arcades attirent l'attention de Sophie. Légèrement tournée vers l'extérieur de la Mercedes, elle observe ce qu'il se passe autour d'elle, pour éviter d'avoir à me regarder, pour contrôler ses émotions et pour oublier ses pensées.

– Vous êtes étonnante, Sophie... Vous voulez vous persuader que tout ce que vous vivez est le résultat des envies de votre mari... et que vous le subissez par amour pour lui... je me trompe ?

Elle tourne lentement son visage vers moi, trahissant gêne et incompréhension.

– Alors, qu'au fond de vous, vous savez qu'il n'y est pour rien... Vous devriez être plus indulgente pour lui... il n'a fait qu'ouvrir une porte... il a su deviner quelles étaient vos pulsions secrètes... Je vais sans doute vous étonner, mais je crois qu'il retire moins de plaisir que vous dans cette aventure... C'est lui qui fait ça pour vous... et vous ingrate, vous lui en faites le reproche...

Un éclair brille dans ses yeux.

– C'est faux ! Vous... vous...

Je souris.

– Vous voyez Sophie... vous êtes face à vos contradictions... depuis que je vous connais... la dernière fois que je vous ai entendu prononcer une phrase complète, c'était au restaurant... depuis, vous êtes incapable d'avoir un raisonnement clair... et vous savez pourquoi. ... vous confondez tout... et en premier lieu, vous commettez l'erreur de croire que l'esprit domine le corps... Dans votre cas, c'est manifestement l'inverse... Il vous faut donc un alibi pour céder à vos pulsions... Cet alibi c'est votre soi-disant amour pour votre époux... Et un bouc émissaire, un responsable à vos tourments... et c'est encore votre mari... C'est tellement plus simple pour vous...

Elle me regarde intensément, dans ses yeux, je peux lire une intense colère. Elle s'est légèrement tournée vers moi pour m'écouter.

– Asseyez-vous correctement, je vous prie, et pour la dernière fois, écartez vos genoux quand vous êtes assise.

Je la regarde obéir à mon injonction.

– C'est votre mari qui vous donne la plus grande preuve d'amour... vous offrir la réalisation de vos fantasmes les plus secrets en risquant de vous perdre dans ces jeux dangereux... Sans lui, vous n'auriez jamais vécu les moments tellement intenses que vous allez connaître... Et au lieu de l'en remercier... vous le lui reprochez...

Sonnée, elle baisse les yeux.

– Vous êtes prisonnière de votre corps... incapable de comprendre et de maîtriser vos réactions... je le ferais pour vous... Je tiens à vous faire aller aussi loin que possible, mais vous empêcher d'aller trop loin... Je vous ferais atteindre vos limites, mais jamais je ne vous laisserai les dépasser... Je jugerais le moment venu...

170

Avez-vous pensé une seule seconde, petite égoïste que vous êtes, qu'un jour Fabien... ou celui avec qui vous serez à ce moment-là... voudra un enfant... Il faudra alors revoir toutes les règles du jeu... voire arrêter de jouer... nous verrons... Mais en tout cas à ce moment, la jeune mère de famille que vous serez devenue jouera à des jeux beaucoup moins dangereux, j'y veillerai...

Elle me regarde les yeux emplis de larmes, en pleine détresse. Je ne lui laisse pas une seconde pour reprendre ses esprits :

– Jouir en étant uniquement obligée de recevoir mon sperme dans votre bouche... La contrainte vous excite plus que tout n'est-ce pas ? Votre beauté et votre docilité totale sous vos dehors effarouchés vous rendent extrêmement désirable, Sophie... et aussi très excitante... Vous connaîtrez peu de rapports doux et les partenaires que je vous ferais rencontrer seront rarement prévenants... Et comme certaines parties de votre corps sont très fragiles... je ne veux à aucun prix que vous soyez mutilée... Pour vos seins, ça n'est pas trop grave, nous verrons si les hématomes durent et nous aviserons... Mais, j'exige que lors de notre prochaine rencontre, vous ayez pensé à lubrifier votre anus et l'intérieur de la gaine anale... Cela contribuera à vous assouplir et protègera la muqueuse et le muscle du déchirement... Et si vous craignez de moins souffrir en ayant les reins huilés, détrompez-vous... le diamètre et la longueur de certaines verges suffiront à vous faire hurler comme vous n'avez jamais hurlé, et ce même lubrifiée, vous verrez... Et de toute façon, je veillerai à ce que vous n'oubliiez pas de vous préparer convenablement... De la même manière, je vous avais demandé d'avoir toujours sur vous une petite fiole d'alcool de menthe pour vous rafraîchir l'haleine, et vous, vous préférez empester ma voiture avec l'odeur du sperme... Et le médecin... croyez-vous qu'il va ignorer la provenance de cette odeur ? ... Même si cela vous excite de jouer à la bourgeoise perverse, je vous veux respectable en apparence, ne l'oubliez pas !

Alors qu'elle tente de se justifier, je stoppe ma voiture en double file devant un grand immeuble bourgeois.

– Nous y sommes... deuxième étage... Vous expliquerez au docteur que vous voulez ce stérilet pour arrêter vos règles qui sont habituellement abondantes et douloureuses... Allez, descendez...

Sophie me regarde, serrant son sac dans ses mains.

– Vous ne venez pas... ?

Je lui souris.

– Vous allez chez un médecin, Sophie, c'est sérieux... tout n'est pas sexe dans la vie... Allez... ne discutez plus... Vous verrez bien...

Elle ouvre la porte et je la regarde descendre rapidement et se faufiler entre les véhicules en stationnement. Sa démarche et sa cambrure font saillir alternativement ses globes fessiers, tellement moulés sous le coton rouge, qu'on peut en constater à l'œil, la souplesse et la fermeté. Quelle féminité, quelle grâce ! « Fabien prend bien des risques... » Pensé-je en redémarrant.

Je vais garer ma voiture dans un parking souterrain et, vingt minutes plus tard, je suis dans le petit ascenseur grillagé qui parcourt lentement les deux étages. J'appuie doucement sur le timbre en cuivre et une jeune femme vient ouvrir un battant de la large double porte. Je lui donne le nom de Sophie et elle me demande avec un sourire déférent de la suivre vers le cabinet du docteur. Elle frappe et ouvre la porte en s'effaçant.

J'entre et découvre Sophie assise face au vaste bureau empire du médecin. Les fesses tout au bord du bas fauteuil Voltaire, elle garde son sac posé sur ses cuisses serrées, en tripotant nerveusement le fermoir.

Le médecin m'accueille sobrement et me fait signe de m'asseoir dans l'autre fauteuil. Je m'y installe profondément. Puis il reprend sa discussion avec Sophie.

– Oui, chère madame... comme je vous le disais, ce stérilet doit impérativement être accompagné par un traitement hormonal qui compense la perte des règles... Rien que de très banal... juste un léger gonflement des seins et une sensibilité accrue des zones érogènes...

Il la questionne un moment sur les moyens de contraception qu'elle utilise et sur ses antécédents médicaux. Sophie répond, visiblement troublée par ma présence et inquiète de mes éventuels liens avec le médecin, même si rien ne peut laisser supposer, dans son attitude, que je le connais. Sophie tourne fréquemment son regard vers moi. Je garde mes yeux fixés sur ses cuisses jointes, et chaque fois qu'elle me regarde, je fais un rapide aller-retour de ses cuisses à son visage.

Elle répond au médecin, aussi clairement qu'elle peut, et m'observe furtivement, puis comprend. Tout en parlant, elle desserre les genoux et écarte ses pieds. Elle est de biais sur son fauteuil, légèrement tournée vers moi. Je peux voir la dentelle de ses bas. Je lui souris, satisfait.

– Bien chère madame, veuillez passer à côté et vous déshabiller, retirez juste votre jupe, vos collants et votre slip, cela suffira...

J'interviens :

– Excusez-moi... Ce ne sont pas des collants, Sophie n'en porte jamais...

Le médecin me regarde, puis Sophie et dit :

– Dans ce cas... vous pouvez garder vos bas...

Tandis que Sophie passe dans la salle d'examen du cabinet, pour se déshabiller, je reste avec le docteur sans qu'aucune parole soit échangée. Il s'est levé pour se laver les mains dans le petit lavabo situé dans le renfoncement de son bureau.

– Vous pouvez aller attendre madame en salle d'attente ou rester ici, comme vous voulez...

– Je vous remercie, je vais attendre ici...

Il rejoint Sophie, tandis que je me lève silencieusement et me place juste à côté des gonds de la porte, de façon, par l'interstice de ne rien rater de ce qui va suivre.

Sophie se tient debout, à côté de la table gynécologique. Elle regarde tout autour d'elle et ne remarque rien d'autre que les habituels meubles et instruments qui composent habituellement un cabinet de gynécologie. Elle est magnifique, son chemisier dissimule le haut de ses fesses, mais ne laisse rien ignorer de leur courbe délicieuse et du gracieux pli qui les souligne. Devant, la jointure des deux pans est maintenue en place par ses deux mains qui masquent son intimité. Les jambes jointes et tendues ont gardé leur finesse et leur galbe, alors même qu'elle a retiré ses escarpins. Elle est juste un peu moins grande ainsi, mais tout aussi gracieuse. Le médecin tire à côté de la table un petit chariot sur lequel se trouvent un spéculum, diverses boites de carton et une paire de gants stériles.

Je jubile quand je l'entends demander à Sophie d'ôter également son chemisier.

La voilà uniquement vêtue de ses bas et de son soutien-gorge dont les balconnets de dentelles mettent en évidence la rondeur et l'opulence de ses seins. Elle attend, les mains sagement croisées devant elle. Il lui fait signe de s'installer sur la table d'examen.

D'un mouvement gracieux, elle s'y hisse en prenant appui sur ses deux mains, pour s'asseoir, puis lentement, se recule de façon à caler son dos sur le dossier légèrement relevé. Elle plie doucement ses genoux et les pose sur la table. Le docteur prend une de ses chevilles et la place dans l'étrier. Je sens que Sophie, inconsciemment, résiste un tout petit peu quand il renouvelle l'opération sur l'autre jambe, offrant son intimité au regard du praticien. Dans le mouvement, de ma cachette, j'ai vu distinctement, les nymphes se décoller et le sexe de Sophie s'entrouvrir.

Imperturbable, le médecin approche le projecteur directionnel de l'entrejambes de sa patiente. La corolle du sexe exposé luit sous la lumière vive. Le claquement des gants de latex que le docteur met en place fait sursauter Sophie. Il fait rouler un tabouret et s'installe entre les cuisses écartelées de Sophie, dont il accentue encore l'ouverture en écartant les étriers avec une manivelle située sous la table. Sous l'effet de la traction, les grandes lèvres s'ouvrent largement et entraînent avec elles les petites lèvres qui s'arrondissent, luisantes de cyprine. La vulve de Sophie garde manifestement les stigmates du traitement d'hier soir et de son excitation de tout à l'heure. Le praticien feint de ne pas y prêter attention.

Sans s'émouvoir, et sans un mot, il prend une compresse, et éponge délicatement le contour des grandes lèvres, puis l'intérieur de celles-ci, doucement, en les étirant entre deux doigts. Il procède méticuleusement, comme on nettoie un bibelot. Puis, il essuie le capuchon du clitoris et les nymphes en tamponnant la muqueuse pour l'assécher. Il dit comme pour lui-même :

– Vous avez une lubrification naturelle très abondante, le stérilet que je vais vous poser l'amplifiera encore. Si c'est gênant dans votre vie de tous les jours, nous aviserons...

Il a humecté son index d'une noisette de gel qu'il commence à appliquer sur la paroi interne des grandes lèvres et sur l'intérieur des petites lèvres où il met une quantité plus importante de produit. Le gel blanchâtre déposé à l'orée de la vulve de Sophie évoque irrésistiblement une autre matière. Ainsi décoré et ouvert, le sexe de Sophie est tel qu'il doit être après avoir reçu l'hommage d'une verge vigoureuse.

– C'est un gel anesthésiant, reprend le docteur, votre sexe restera insensible deux à trois heures après l'intervention...

Il fait tourner son majeur à l'intérieur du vagin, tapissant la paroi avec le produit insensibilisant. Il approche ensuite le spéculum fermé, et le glisse entre les petites lèvres avant de l'enfoncer entièrement dans le conduit vaginal.

– Vous sentez le froid du métal ?

Sophie, les yeux au plafond fait un signe de dénégation.

– Parfait... le produit agit...

Le médecin actionne la molette. Lentement, les petites lèvres s'écartent, se dilatent en un cercle de plus en plus large. Quand le diamètre de l'ouverture atteint la taille d'un poing fermé, les lèvres distendues blanchies par l'étirement ne forment plus qu'un mince bourrelet autour des plaques de métal. Dans la lumière vive, on peut voir la chair rouge du vagin écartelé qui palpite, vision étonnante.

Sophie souffle par le nez, bruyamment. Le médecin lui sourit.

– Vous savez... les chairs intimes ont une souplesse insoupçonnable... Vous verrez...

A ces mots, Sophie tressaille légèrement et se redresse. Dans un sourire, le praticien continue :

– Oui... vous verrez... quand vous accoucherez... Car j'imagine qu'un jour, je vous reverrai pour vous ôter ce stérilet... quand vous voudrez un enfant... Il finit d'un ton enjoué... les relations sexuelles servent à ça aussi... vous savez...

La mise en place du stérilet ne prend que quelques minutes.

– Voilà... c'est fait... le col de l'utérus restera irrité quelques jours... mais rien de grave... Si vous avez des relations vaginales, évitez-les va et vient trop violents... Mais le mieux serait tout de même de vous abstenir de tous rapports vaginaux pendant quelque temps...

Sophie n'a toujours pas bougé. Le docteur retire doucement le spéculum qui glisse hors du vagin, laissant les petites lèvres complètement détendues et ouvertes comme une plaie d'un rose vif au milieu de la vulve. Appuyant d'une main sur le haut de la cuisse, il repousse le bas de la fesse afin de dégager l'anus maltraité naguère. L'orifice encore mal refermé, les chairs apparaissent, légèrement boursouflées, ne laissant aucun doute sur leur utilisation récente. Le docteur en effleure le contour de son doigt ganté et lâche laconiquement :

– Faites attention, tout de même... c'est une zone fragile...

Sophie reste muette, les propos du médecin, équivoques, n'en sont pas moins professionnels. Il range ses instruments, Sophie n'ose pas bouger. Elle se détend, se disant sans doute qu'elle s'est inquiétée à tort. Elle ferme les yeux de soulagement. Ma voix retentit alors que j'entre dans la pièce.

– Merci de lui dire, Docteur... Je n'arrête pas de lui répéter qu'elle doit prendre soin de son anus... mais elle n'écoute rien, c'est incroyable...

Sophie s'est redressée d'un bond sur les coudes, les pieds toujours dans les étriers, les cuisses largement écartées.

Le Docteur, après m'avoir vu, se retourne vers Sophie.

– Monsieur a raison... la sodomie n'est pas un

crime, mais c'est l'orifice le plus fragile de votre corps...
Si vous êtes souvent sodomisée, utilisez des gels
lubrifiants, ça ne nuit en rien à vos sensations... ça ne
réduit pas la douleur de la dilatation, mais ça évite les
déchirements... Si vous êtes, par malheur, déchirée,
vous garderez une cicatrice qui rendra désagréable la
pénétration, tant pour vous que pour votre partenaire...
ça serait dommage...

Je m'approche et dis au médecin :

– Docteur... pendant que vous y êtes, j'aimerais
votre avis...

J'avance vers Sophie, à côté de la table et j'abaisse
une bretelle de son soutien-gorge. Je tire ensuite sur le
bonnet pour dégager un sein. Je le saisis entre deux
doigts, en enserrant la base, il prend une forme
oblongue, l'aréole striée et le téton boursouflé dardant à
son sommet.

Le praticien s'approche et prend le relais, étreignant
le sein de sa main gantée. J'en profite pour dégrafer le
soutien-gorge dans le dos de Sophie et le lui ôter,
libérant l'autre sein qui s'évase sur le buste,
pareillement marqué et meurtri. Laconique, le médecin
hoche la tête et dit :

– Les pinces ?

– Oui... Hier soir... pendant une heure environ...

– Elles devaient être trop fortes... il faudrait en
utiliser d'autres avec des ressorts moins puissants...

– Oui, je suis d'accord avec vous, mais j'ai pu
retirer celles-ci juste en tirant dessus un coup sec...
donc, il sera impossible de l'immobiliser complètement
de cette manière...

Il palpe, songeur, les aréoles blessées, les presse,
étire les tétons abîmés. Sophie s'est de nouveau
allongée, et la tête rejetée en arrière tremble
convulsivement en se mordant les lèvres.

– Oui... les tétons sont très tendres et assez peu

érectiles... je ne vois guère que les anneaux... il faudra
la percer...

Sophie se redresse d'un bond, le visage ravagé par
une supplique muette.

Le médecin lui sourit.

– C'est pratiquement indolore... et quand vous
voudrez retirer vos anneaux, cela sera parfaitement
invisible...

Je la regarde intensément, lisant dans ses pensées
affolées. J'acquiesce.

– Oui... On va faire comme ça...

Elle murmure dans un sanglot :

– Mais... Fabien ?... Il m'a dit...

Je la coupe :

– Fabien serait d'accord... et de toute façon, je
pense que vous vous passerez de son accord, si je le
souhaite... n'est-ce pas Sophie... ?

Elle reste muette, les larmes coulent sur ses joues.

– Quand pourrions-nous faire ça... ?

– Oh, c'est l'affaire de cinq minutes... le temps de
passer du gel insensibilisant sur les tétons... Et puis, j'ai
justement encore ici la parure de cette charmante
Flavie... Après le scandale des images du bas de son dos
strié de rouge que la presse people a publié, je ne l'ai
plus revue... On peut les utiliser... Bien sûr, le gel n'agira
pas en profondeur... Pour ça, il aurait fallu l'appliquer
une heure avant... mais la douleur sera très brève...
intense, mais très fugace... Aussitôt après ça
redeviendra supportable...

J'acquiesce avec un vague sourire aux lèvres au
souvenir des soirées passées avec la charmante Flavie.

– Alors, allons-y... Sophie a l'air d'aimer souffrir...
puisqu'elle semble vouloir à tout prix être sodomisée
sans lubrifiant... Donnons-lui un avant-goût modeste de
la douleur qui l'attend...

Sophie veut réagir, mais d'une main ferme posée à

plat au milieu de son buste, avec un sourire apaisant, je la repousse sur la table ou elle s'allonge, les yeux fermés, ses cheveux en corolle autour de son visage.

Le docteur commence par imprégner une compresse avec du désinfectant, dont il badigeonne largement les aréoles et les tétons. Sophie respire plus fort, les chairs tuméfiées par le traitement de la veille doivent la brûler. Puis, il enduit les tétons et les mamelons de gel anesthésiant. Il prépare ensuite un instrument qui ressemble à une pince à riveter. Une des branches est composée d'une petite plaque de métal concave, et l'autre d'une pointe creuse grosse comme une aiguille.

Il s'approche de Sophie, et saisit un téton entre deux doigts et le pince fortement. Sophie tressaille légèrement.

    – Ca vous fait mal ?

Sophie attend un instant avant de faire un signe de tête évasif. Il étire alors le téton entre ses doigts, tirant le sein vers lui. Il me regarde et me demande maintenir Sophie en place, une main plaquée sur sa poitrine, l'autre sur sa bouche avec une compresse pour étouffer ses cris.

    – Je vais percer juste à la base du téton, ça donnera plus de prise et ça évitera les déchirements, si on tire trop dessus...

Il plaque le téton le long de la partie concave et appuie un coup sec. Le corps de Sophie est secoué de convulsions, elle pousse un long feulement. Elle se tend comme un arc, puis elle retombe et croise ses mains sur son sein blessé. Son long cri meurt dans sa gorge. Ses yeux pleins de larmes fixent le plafond. Le praticien s'affaire et commence par sangler les mollets de Sophie dans les étriers, puis après avoir sorti d'un tiroir deux brides de cuir, il emprisonne les fins poignets de Sophie, l'un après l'autre. Nous tirons chacun sur un bras et fixons l'autre extrémité de la bride aux pieds tubulaires de la table. Voilà Sophie parfaitement sanglée. Pour parfaire l'ensemble, il sort une sangle en tissu assez large et maintient le bassin de Sophie à la table. Elle ne peut plus bouger que la tête, et pour l'en empêcher, une main sur sa bouche et l'autre sur son front devraient suffire...

La respiration haletante soulève en rythme la poitrine de Sophie, et un mince filet de sang s'échappe de la base du téton percé et coule le long de son sein, dessinant sur le buste fin une sorte d'idéogramme.

Le docteur pose aussitôt une compresse sur le mamelon dont le sang s'écoule. Il renouvelle l'opération sur l'autre sein. Je plaque la compresse sur la bouche de Sophie et appuie l'autre main à plat sur son front dont je sens la moiteur sous ma paume. Au contact des doigts du médecin sur son téton qui étire son sein, elle frissonne. Et au contact du métal froid de la pince, je sens tout son corps se tendre. La pince émet un petit bruit mécanique et du fond des entrailles de Sophie naît un cri que mon bâillon improvisé étouffe. Le cri dure longtemps avant de se transformer en râle. Elle est secouée de longs tremblements convulsifs.

– Voilà... c'est fini... Nous allons pouvoir poser les anneaux... Pouvez-vous m'aider, mon cher Pascal ?

Il appuie la compresse sur les seins, quelques instants, pour stopper le sang puis en laisse une posée sur chaque mamelon meurtri avant de se diriger vers son bureau. Sophie pleure, la respiration haletante, je croise plusieurs fois son regard éperdu. Je repousse ses cheveux en bataille derrière ses oreilles. En lui souriant, j'insère mon majeur dans sa fente trempée et l'enfouis au fond de son vagin inondé. Puis je retire mon doigt et le fais glisser sur sa bouche, le long de sa langue et en humecte doucement ses lèvres sèches.

Le docteur revient avec un écrin de cuir rouge. Il en sort un petit anneau doré, de la taille d'une pièce de dix centimes. Avec une pince, il l'ouvre de façon à pouvoir le mettre en place.

Il déplace la compresse et approche le bijou.

– Comprimez le sein à la base et serrez-le bien, de façon à bien faire saillir le mamelon.

Sophie tente de relever sa tête, mais sans force, elle se laisse retomber sur le dos, les yeux rivés au plafond, les larmes coulent vers ses tempes.

Je prends à deux mains la masse souple et serre lentement. Le mamelon semble vouloir décoller et trône au sommet du globe, tel un petit cône surmonté du téton dont s'échappent à nouveau quelques gouttes de sang. D'un geste sûr, le praticien, guide l'ouverture de l'anneau vers le passage qu'il vient d'ouvrir et le mince fil de métal apparaît aussitôt de l'autre côté. Un coup de pince pour refermer l'anneau et voilà le sein serti de ce qui sera à la fois un accessoire bien utile et une parure. L'opération sur l'autre sein ne présente aucune difficulté. Deux minutes plus tard, les seins de Sophie, toujours sanglée sur la table, écartés sur les côtés par la position, sont ornés à la base de chaque téton d'un petit bijou doré qui se révélera bientôt un implacable point d'ancrage qui assurera sa totale docilité.

Satisfait de son œuvre le docteur sourit puis fait deux pansements pour prévenir quelques gouttes de sang à venir.

– Il ne faudra pas oublier de faire coulisser les anneaux dans la chair pour éviter qu'ils ne se fixent durant la cicatrisation... et pendant deux trois jours... désinfectez-les... et pas de contacts buccaux...

Je le regarde :

– Son sexe est encore anesthésié ?

– Oui... ça fait une demi-heure... ça doit suffire pour engourdir... Vous voulez qu'on perce également les lèvres ?

– Pendant qu'on y est... ça sera fait...

Sophie sanglote, tandis que le praticien s'affaire entre ses cuisses. En moins de deux minutes, le centre des deux petites lèvres et des grandes lèvres est percé d'un minuscule trou qui saigne légèrement. La compresse aussitôt appliquée stoppe vite l'écoulement.

Le docteur me regarde :

– Je fais aussi le capuchon du clitoris… ça peut être pratique… en le fixant à la chaîne des seins, la traction laisse le clitoris à découvert en permanence…

Je lui souris.

– Oui, allez-y…

Il prend entre deux doigts le capuchon de chair et le perce de part en part. Cette partie n'ayant pas été anesthésiée, Sophie pousse un long feulement.

La pose des anneaux sur les petites lèvres puis sur les grandes lèvres et enfin sur le capuchon du clitoris ne pose aucun problème, et voilà Sophie dotée de points d'attache dont elle ne peut soupçonner encore toutes les perspectives perverses qu'ils offrent.

– Voilà… ça y est… c'est fini… dit-il en faisant un large pansement qui recouvre totalement le sexe, avant de retirer les sangles qui maintenaient Sophie sur la table… vous pouvez vous rhabiller. Je vais vous faire votre ordonnance pour le traitement hormonal… Et pour votre stérilet, nous ferons une visite de contrôle dans un mois, mais il est possible que nous nous revoyions avant… Ah, pendant deux ou trois jours… pas de jeux avec vos seins et votre sexe… mais je sais que vous avez d'autres atouts…

Il va pour sortir de la pièce. Je le retiens :

– Docteur… voulez-vous essayer sa bouche ou ses reins… pour vous remercier…

Il sourit.

– Je vous remercie… mais j'ai d'autres patientes… une autre fois sans aucun doute…

Sophie se relève de la table en chancelant. Je l'aide à

se mettre debout. Je lui murmure à l'oreille :

– Vous avez été magnifique, Sophie... pour vous récompenser, quand je vous raccompagnerai chez vous, je ne vous punirai pas...

Elle lève vers moi ses yeux délavés par les pleurs et la souffrance.

– Je vais même vous donner ce que vous voulez... Je vais honorer vos reins... à sec...

Je retourne dans le bureau tandis que Sophie, anéantie, se rhabille.

Elle nous rejoint, rajustée, chancelante.

Le docteur lui tend l'ordonnance dans un sourire.

Je la regarde en souriant.

– Le docteur ne veut pas que vous le payiez... Alors pour le remercier, comme il ne peut jouir de vous maintenant, vous vous souviendrez que la prochaine fois que vous le verrez, et ce que ce soit en dehors de la présence de Fabien ou de la mienne, vous lui offrirez sur le champ votre bouche, votre ventre ou vos reins... ou les trois s'il le désire... Mais de toute façon, vous serez amenée à rencontrer souvent le docteur, c'est un très bon ami... et vous constaterez quand il ôte sa blouse blanche, il est assez différent... il adore les larmes et les cris...

Il sourit placide, son regard enveloppant la silhouette sensuelle de Sophie, qui paraît toute timide, comme une collégienne, son ordonnance au bout du bras.

– Allons, ma chère... rentrons chez vous avant que votre époux n'arrive...

Sophie

Assise dans la confortable voiture de Pascal, Sophie se laisse bercer par la musique, du Mozart, lui semble-t-il, qui sort des haut-parleurs. Apaisée par la mélodie du violoncelle, Sophie sent, peu à peu son corps se détendre et s'alanguir et une douce quiétude l'envahir. D'un regard nonchalant, elle observe la déambulation des badauds sur les trottoirs inondés de soleil. Un moment, ses yeux suivent, envieux, un jeune couple d'amoureux tendrement enlacés qui marche insouciant de ce qui les entoure. « Bizarre, pense-t-elle, tous ces gens qui vaquent à des occupations bien anodines, qui se promènent tranquillement... Et moi... » Une brusque crispation lui noue soudain le ventre à l'évocation de ce futur qui l'attend. Comment a-t-elle pu se laisser piéger ainsi ?

Puis, elle pense à Fabien, à leur amour qui ne peut se complaire dans la plate conformité que connaissent la majorité des couples. C'est pour lui, pour le satisfaire et lui prouver son attachement, qu'elle accepte ce qu'il lui impose essaye-t-elle à toute force de se convaincre sans trop y croire vraiment. Elle a encore trop présente en mémoire la façon dont son corps a réagi aux épreuves qu'on lui a fait subir y prenant un plaisir aussi inattendu que surprenant. Nerveusement, elle se mordille les lèvres et se replonge dans la contemplation du spectacle de la rue et essaye à toute force d'échapper à ses pensées qui la dérangent en lui laissant apercevoir une Sophie dont elle ne soupçonnait pas l'existence. Serait-elle donc cela aussi ? Une femme complètement assujettie au plaisir des sens et qui se complaît à être asservie, pire qui en redemande et... en jouit ? Elle en veut soudain à Fabien de lui avoir fait découvrir cette part d'ombre en elle qui la révulse et l'attire irrésistiblement à la fois...

La voix chaude de Pascal la tire brusquement de ses pensées.

Incrédule, elle tourne les yeux vers lui. Il semble qu'il ait lu en elle comme dans un livre ouvert. Les joues de Sophie rougissent d'être ainsi découverte dans ce qu'elle a de plus intime et de plus inavouable. A toute force, elle voudrait que Pascal se taise mais lui continue de plus belle amplifiant comme à dessein son embarras dont il semble se complaire. Son corps se tend de nouveau et, en plein désarroi, Sophie se recroqueville dans son siège comme si elle voulait s'y fondre et disparaître. Ce n'est pas vrai, a-t-elle envie de lui hurler.

Un éclair de rage la transperce soudain à écouter cet homme si sûr de lui qui dévoile à haute voix ce qu'elle s'évertue à toute force de nier car inconcevable, inacceptable. Mais lui continue imperturbable semblant prendre plaisir à la confusion dans laquelle il la précipite. Au fond d'elle-même, Sophie sait que Pascal a raison mais jamais il ne le lui fera admettre. Ce serait lui, semble-t-il, abdiquer toute dignité et perdre toute fierté et cela est impensable. Elle lui montrera ce dont elle est capable. Il pourra bien user d'elle, de son corps, jamais il ne la fera plier, jamais il ne l'asservira.

Un tremblement incoercible la gagne, honte, colère... elle ne sait plus, trop perdue dans la complexité des sentiments qu'elle ressent. Une seule chose est certaine : il faut qu'elle parte, qu'elle s'éloigne de cet homme qui éveille en elle des pulsions inavouables qu'elle ne peut tolérer davantage.

D'un regard plein d'espoir, elle observe le coin de la rue qu'ils vont bientôt atteindre et fixe le feu de signalisation encore vert mais qui, espère-t-elle, va passer au rouge avant qu'ils y arrivent ? Déjà, sa main se glisse vers la poignée de la portière, prête à l'ouvrir d'une volée et à s'enfuir de cet habitacle où elle a soudain l'impression d'étouffer. Mais Pascal, semblant anticiper son geste qu'il l'a peut-être vu esquisser du coin de l'œil lui demande abruptement d'écarter ses genoux. L'ordre claque comme un coup de fouet et la fait tressaillir.

Sophie bande sa volonté pour résister à cet ordre qui l'humilie mais, domptée par le ton péremptoire de Pascal et incapable de s'y soustraire, elle ouvre ses jambes et lui offre le spectacle délicieux de ses cuisses fines gainées de soie. Elle pleurerait de dépit de cette nouvelle défaite. Sans un mot, elle écoute Pascal. Chaque parole savamment distillée qu'il prononce s'insinue en elle comme un coup de poignard la blessant profondément, l'humiliant chaque fois davantage. Perversement, Pascal joue de sa vulnérabilité et de sa faiblesse et fait voler en éclat toutes ses résistances. Mais déjà, la voiture s'arrête souplement le long du trottoir.

Sans trop savoir comment, complètement perturbée par les vérités que vient de lui asséner sans ménagement Pascal, Sophie se retrouve seule sur le trottoir. Elle est à la fois soulagée d'être enfin délivrée de son emprise, mais perdue d'être de nouveau livrée à elle-même, libre d'agir et d'aller où elle décidera en fin de compte. Sans se retourner, elle s'éloigne rapidement et se faufile au milieu des voitures en stationnement, zigzaguant entre elles de sa démarche aérienne. Tout en marchant, elle sent le regard de Pascal qui la suit et la détaille. Un frémissement parcourt sa nuque. Imperceptiblement, Sophie redresse les épaules pour faire fièrement saillir ses seins sous le corsage et cambre ses reins. «Bourgeoise perverse, pense-t-elle encore outrée par le discours qu'elle vient d'entendre, et bien il va voir de ce dont je suis capable…» A dessein, elle accentue légèrement l'ondulation de ses hanches qui tanguent harmonieusement à chacun de ses pas. Une démarche à la fois subtilement provocante qui attire irrésistiblement les regards sur elle mais néanmoins empreinte de retenue et d'élégance. La démarche d'une femme sûre de sa séduction et de son pouvoir d'attraction.

Elle marque un temps d'arrêt en arrivant devant l'immeuble où se trouve le cabinet du Docteur Debecker dont la plaque dorée orne la façade. Elle se dit qu'elle pourrait continuer son chemin et se mêler à la foule anonyme des badauds. Tout serait fini et elle retrouverait la quiétude rassurante de sa vie. Ce serait si facile. Si simple. Il suffit qu'elle continue à marcher… Pourquoi alors, ne peut-elle se résoudre à reprendre sa marche ? Pourquoi éprouve-t-elle ce regret diffus à l'idée de ne plus revoir Pascal, de ne plus connaître ces sensations à la fois révoltantes et fascinantes qu'il lui a fait découvrir ?

D'un doigt timide, Sophie appuie sur la sonnette de la lourde porte d'entrée qui s'ouvre dans un déclic qui résonne profondément en elle. Elle a un dernier instant d'hésitation avant de s'engouffrer, en prenant une profonde respiration comme si elle se jetait à l'eau, dans la fraîche obscurité du vaste hall de l'immeuble. Sans plus vouloir réfléchir, se laissant guider par son instinct, Sophie gravit d'un pas alerte les larges marches en marbre d'un imposant escalier. Arrivée un peu essoufflée devant la porte du médecin, Sophie marque de nouveau un bref instant d'hésitation avant de pousser le panneau légèrement entrebâillé.

Une jeune femme assise derrière une petite table en bois l'accueille en souriant et l'amène dans le cabinet luxueusement meublé du gynécologue qui semble l'attendre et qui se relève, déférent, à son entrée.

– Bonjour, madame, je vous en prie, prenez place, lui dit-il d'un ton affable tout en lui montrant un fauteuil au dossier droit installé devant son bureau.

– Bonjour, docteur, commence Sophie, je viens de la part de monsieur...

– Oui, je sais, la coupe le médecin comme s'il voulait éviter que tout nom soit prononcé. Je viens juste d'avoir un appel de sa part m'annonçant votre arrivée imminente.

– Oh !, lâche Sophie dans un soupir.

– Je vais commencer par vous expliquer très précisément en quoi consiste la pose de ce stérilet qui n'est guère différent ainsi que vous pourrez le constater de ceux qui sont généralement utilisés mais dont les effets, toutefois, diffèrent quelque peu. Je pense que vous êtes déjà un peu au courant...

– Oui, effectivement mais je souhaiterais c'est vrai avoir plus de précisions avant.... d'aller plus loin.

– Je suis là pour ça, chère madame. Vous verrez, il n'y a rien de bien méchant dans tout cela, la rassure le docteur dans un sourire.

Le médecin a à peine le temps de commencer ses explications que Sophie entend la porte du cabinet s'ouvrir et, avec surprise, elle voit Pascal entrer dans la pièce et s'installer à ses côtés.

Le gynécologue reprend ses explications sans se préoccuper de la présence de Pascal. Puis, il la questionne longuement sur ses antécédents médicaux, le moyen de contraception qu'elle utilise sans prêter attention, semble-t-il, à la gêne pourtant de plus en plus évidente qu'éprouve Sophie à devoir lui répondre sur des questions aussi intimes devant Pascal.

Mécaniquement, elle lui donne les réponses demandées. Lui indique la durée de son cycle menstruel, le volume du flux de ses règles, non sans jeter, éperdue, des regards furtifs vers Pascal qui ne perd aucun détail des précisions échangées et dont les yeux se promènent, insistant, de ses cuisses qu'elle a resserrées dans un geste de défense, à son visage qu'elle sent s'empourprer. « Non, pense-t-elle comprenant soudain le message qu'il lui envoie silencieusement, il ne peut pas me demander cela ici... Pas maintenant... » Pourtant devant l'insistance du regard de Pascal, assombri d'une sombre menace, elle capitule et entrouvre légèrement ses jambes. Mal à l'aise, elle sent à son mouvement, le tissu de sa jupe remonter sur ses cuisses et dévoiler la dentelle qui orne le haut de ses bas. Discrètement, elle tente de tirer sur le tissu qui, trop tendu, résiste à tous ses efforts. Sa gêne atteint son paroxysme lorsqu'elle entend Pascal dire au docteur quand celui-ci lui demande de se dévêtir, qu'elle ne porte jamais de collants et laisse sous-entendre par ses simples mots sa disponibilité constante. Elle croit même deviner entre Pascal et le docteur un regard de connivence qui la fait frémir.

Silencieusement, elle se dirige vers la salle d'examen. Elle regarde autour d'elle vaguement rassurée par la disposition des lieux qui ressemblent à n'importe quel cabinet de gynécologie et qui ne recèlent pas d'autres instruments que ceux que l'on y trouve habituellement. Sans un mot, elle se dévêt de sa jupe et de son slip et, à la demande du gynécologue, retire également son chemisier. Indécise, elle reste un moment immobile, consciente du regard appréciateur que le médecin lance sur sa silhouette dénudée avant de s'installer sur la table d'examen.

Elle connaît bien cette position mi-allongée jambes écartées et pieds maintenus par des étriers qui est usuelle pour tout examen gynécologique. Pourtant, Sophie ne peut s'empêcher de penser que cet examen sort des normes habituelles. De façon quasiment imperceptible, elle sent les mains du docteur s'appesantir légèrement plus qu'il ne le faut sur ses chevilles comme s'il voulait en tester la finesse de la peau. Elle le sent également écarter un peu plus que

190

nécessaire les étriers accentuant outrageusement l'ouverture de son sexe dont elle entend les lèvres se décoller dans un léger bruit de succion qui la remplit de confusion. Des mouvements infimes dont elle ne peut décemment pas se plaindre mais qui la troublent.

Son trouble s'accentue lorsque le médecin essuie délicatement, d'un geste à la fois détaché mais subtilement caressant, sa vulve encore enduite de cyprine et insiste discrètement sur son clitoris. Cette caresse furtive a pour effet immédiat de déclencher chez Sophie une onde irrépressible de désir qu'elle réprime à grand-peine. Sophie s'applique à respirer profondément pour calmer le trouble qui grandit à elle et reprendre le contrôle de son corps qu'elle sent faiblir sous le toucher délicat des doigts qui la frôlent.

Imperturbable, le docteur continue son examen. Sophie a de plus en plus de mal à réprimer les pulsations qui agitent son sexe alors que le médecin d'un doigt apparemment indifférent applique sur ses lèvres puis à l'intérieur du conduit vaginal un gel anesthésiant. Insidieusement, il fait tournoyer son majeur dans son vagin dont il excite sournoisement du bout de l'ongle les parois sensibles. Sophie est certaine que, quoique gardant l'attitude impassible qui sied à un professionnel, il sent ses muscles vaginaux se contracter involontairement au contact de son doigt qui la fouille si intimement. Soudain, elle a peur que ce docteur ne profite de la situation et n'ose sur elle, abusant de sa position et de sa faiblesse, des gestes plus précis. Une boule d'angoisse serre sa gorge et c'est elle qui, pour la première fois, souhaite la présence de Pascal à ses côtés. Nerveusement, elle soulève légèrement la tête et parcourt des yeux la pièce. Soulagée, elle l'aperçoit tapi contre la porte ne ratant rien du spectacle qu'elle offre ainsi écartelée sur cette table le sexe béant et palpitant. Jamais encore elle n'a ressenti à ce point, à l'occasion d'une visite gynécologique, l'impudeur de la position imposée par cet examen. Le regard grave de Pascal lui en fait soudain, dans un frémissement de honte, prendre conscience de l'ampleur. Elle est certaine, au sourire narquois qui tend ses lèvres, qu'il est conscient du trouble qu'elle éprouve.

Dans un brouillard d'impressions contradictoires, Sophie entend le médecin commenter calmement ses gestes. Elle a à peine conscience de l'introduction du spéculum dans son conduit vaginal qu'insensibilise progressivement, à son grand soulagement, le gel anesthésiant. Elle éprouve seulement une sensation diffuse d'écartement progressif alors que le médecin actionne la molette et distend doucement les muqueuses fragiles de son vagin. Sophie n'ose plus bouger, attentive à ce qu'elle ressent comme si un sexe énorme et monstrueux prenait lentement possession d'elle et l'écartelait. L'impression est bizarre complètement indolore à cause de l'anesthésie et pourtant génératrice d'une vertigineuse sensation d'intense pénétration.

Sans opposer la moindre résistance, Sophie laisse les mains habiles du praticien opérer en elle et déposer au fond de son vagin le stérilet. Elle a seulement un vague sursaut, lorsqu'elle sent les doigts du docteur se poser sur son anus et examiner attentivement sans rien dire l'orifice qui garde, elle le sait, la trace de l'intrusion qui lui a été infligée la veille.

La voix de Pascal qui retentit soudain la tire brutalement de sa léthargie. Rouge de honte elle entend le gynécologue abonder dans le sens de Pascal concernant la lubrification indispensable de cette partie de son corps. Sophie acquiesce machinalement d'un mouvement de tête aux recommandations que lui prodigue le médecin d'un ton neutre. Elle n'a qu'une idée en tête : voir s'abréger aussi rapidement que possible cette consultation qui la met si mal à l'aise. Croyant l'examen enfin terminé, Sophie esquisse le geste de se redresser. Pascal, plus rapide, la retient et, d'un prompt mouvement dégage un de ses seins du balconnet exposant, à sa plus grande confusion, au docteur le bout tuméfié du téton. Sophie lance un regard à Pascal empreint à la fois de désespoir et de colère. « Décidément, pense-t-elle désabusée, il ne me fera grâce de rien... »

Les lèvres pincées, Sophie laisse le médecin examiner son mamelon. Elle n'a plus qu'une hâte maintenant que cette consultation se termine au plus vite. Le cœur battant la chamade, elle écoute le docteur et Pascal discuter tranquillement sur l'état de ses seins et échanger leur point de vue sur la meilleure façon de les utiliser sans les blesser trop profondément. Sophie sent la rage bouillonner en elle prête à exploser d'être traitée comme un objet, certes précieux et dont il faut prendre soin, mais un simple objet dont l'unique destination est de procurer le maximum de plaisir. Un objet qu'il convient de ménager non pour lui éviter de souffrir, ce qui semble être le cadet de leur souci, mais parce qu'ainsi il pourra mieux et plus longtemps servir et être utilisé à leur convenance. « C'est trop, songe-t-elle vibrant de rage contenue, mais pour qui se prennent-ils.... » Son corps se tend frémissant d'indignation et son visage s'empourpre de la colère qu'elle sent mugir en elle qui allume dans ses yeux des éclairs d'orage. Sophie n'a pas conscience qu'ainsi, dans cette attitude de fierté outragée qui fait palpiter sa poitrine, elle est encore plus désirable pour Pascal qui l'observe à la dérobée.

Alors qu'elle est sur le point de laisser déborder sa colère, anticipant une nouvelle fois sa réaction, Pascal d'une voix égale acquiesce à la proposition du docteur de lui percer les seins. Paniquée, Sophie se redresse d'un bond. « Ils sont fous, pense-t-elle le corps tétanisé d'angoisse. Jamais il n'a été question de cela. » Mais, inflexible, Pascal demeure insensible à sa supplication affolée qu'il anéantit d'une brève phrase sans appel. Désespérée, Sophie regarde autour d'elle, cherche un moyen de s'enfuir de ce lieu maudit. Allongée sur cette table, les pieds encore dans les étriers et au trois-quarts dévêtue, elle prend soudain conscience de sa totale sujétion à ces deux hommes qui ont tout pouvoir d'user d'elle sans qu'elle puisse réellement s'y opposer.

En sanglotant, Sophie se laisse retomber anéantie les yeux fermés contre le dossier et tâche de s'abstraire de cette réalité qui l'horrifie qu'elle ne peut fuir. Son cœur s'affole quand des doigts se posent sur un de ses seins et tire sur le mamelon meurtri, tandis que la paume de Pascal se plaque sur sa bouche. Faiblement, Sophie se débat, tente d'échapper à l'étreinte des mains qui l'emprisonnent et la maintiennent en place. Soudain, une douleur fulgurante transperce un de ses seins et la fait hurler. Très précisément, elle sent l'aiguille s'introduire dans sa chair et percer son téton de part en part. Malgré sa brièveté, même pas une seconde, l'instant paraît s'éterniser et la douleur s'épanouit en elle en une gerbe de feu déclenchant une réaction irrépressible d'affolement total. Sophie se débat essayant d'échapper à cette souffrance insoutenable qui l'embrase. Une sueur froide mouille son front et le creux ses aisselles alors qu'en même temps une nausée la fait hoqueter. Elle se débat de plus belle complètement paniquée quand le docteur, pour l'immobiliser, referme sur ses poignets et ses chevilles ainsi qu'autour de son torse des sangles qui la maintiennent fermement en place. Sophie sanglote, se tend, essaye d'échapper à ces liens qui l'emprisonnent inexorablement. Une deuxième fois, l'aiguille perce son téton. La douleur est

194

encore plus brûlante et le corps de Sophie est agité de convulsions incontrôlables. Confusément, elle se demande comment Pascal peut lui infliger une telle souffrance. Elle le hait pour cela d'une haine qu'elle n'a jamais ressentie pour quiconque.

Mais lui ne paraît pas encore complètement satisfait. Sans aucune pitié, il demande au docteur de continuer son œuvre et de percer à leur tour les lèvres et le capuchon du clitoris de Sophie. Dans un brouillard de souffrance qui lui ôte toute capacité de raisonnement, incapable de réagir, Sophie les entend s'affairer autour d'elle. Ses ongles s'enfoncent dans ses paumes resserrées alors qu'une nouvelle fois l'aiguille transperce la chair délicate de ses lèvres et marque son corps de leur trace infamante. La douleur bien que plus supportable est néanmoins vive et Sophie ne peut retenir ses cris qu'étouffe la main de Pascal fermement appuyée sur sa bouche. Mais plus que tout, ce qui paraît intolérable à Sophie est la sensation d'asservissement total qu'elle ressent d'être ainsi annelée à l'instar d'une bête qu'on marque et qui lui donne le sentiment de perdre toute dignité humaine.

Toute résistance anéantie, le corps engourdi de souffrance, Sophie laisse sans esquisser le moindre geste de défense, le médecin percer le capuchon de son clitoris. Seules les larmes qui inondent son visage ravagé et ses gémissements qui brisent le lourd silence de la pièce font deviner l'ampleur de son humiliation et de son désarroi qui atteignent leur paroxysme lorsqu'elle entend Pascal proposer au docteur d'user de sa bouche ou de ses reins à sa convenance en remerciement de ses bons offices. Eperdue, l'esprit embrumé, sans avoir la force de réagir, Sophie le regarde avec un regard où se mélangent reproche, ressentiment, colère mais aussi admiration et déférence. Il lui semble soudain que Pascal est devenu le Maître tout puissant et incontesté de son être dont il vient brutalement de prendre l'entière possession. Son corps ne lui appartient plus, non plus qu'il n'appartient davantage à Fabien mais il appartient dorénavant à Pascal. Etrangement, cette constatation, loin d'effaroucher Sophie l'emplit au contraire d'une formidable exaltation comme si soudain elle avait la révélation d'une vérité profonde qui lui avait été jusqu'à présent cachée. Pantelante, le corps agité de soubresauts nerveux, Sophie laisse cette ahurissante évidence s'instiller en elle et prendre possession de son esprit.

Alors que Sophie, en chancelant, se dirige vers le fond de la pièce pour se rhabiller, son regard accroche son reflet dans un miroir et s'arrête sur ses seins qu'ornent maintenant les deux anneaux, signe de son asservissement à Pascal. Curieusement, loin de ressentir l'effroi et le rejet escomptés, Sophie éprouve soudain une bouffée de fierté d'avoir traversé cette épreuve.

Les jambes en coton, Sophie se rhabille et rejoint vacillante Pascal et le docteur avant de prendre congé de celui-ci acquiesçant, dans un état second, à ce qui se dit sans vraiment être capable d'en comprendre le sens.

Pascal

J'ouvre la porte de la voiture pour laisser Sophie s'installer. Elle tombe littéralement sur le siège passager. Vidée par les récents évènements qui ont bouleversé sa vie, ou anéantie par la douleur qui doit tarauder son sexe et ses seins. Sans doute un peu des deux...

Je démarre et quitte rapidement le parking. Sur les grands boulevards encombrés, Sophie semble perdue dans ses réflexions. Elle n'a même pas un tressaillement quand je murmure :

– Sophie, vos genoux...

Elle tourne juste son visage vers moi et desserre les genoux. Sa position plaque le coton de sa jupe sur la courbe de sa hanche et dévoile assez haut ses longues cuisses. Son regard est lourd et absent à la fois.

– Vous souffrez... ?

Elle ouvre la bouche, mais aucun son ne sort. Lasse, elle exhale un profond soupir.

– C'est difficile, n'est-ce pas, de faire la part des choses... de comprendre et d'accepter que la souffrance, même vive, engendre un tel désir dans votre ventre... Je suis sûr que vous n'arrivez pas à dissocier la douleur de vos lèvres et l'excitation de votre sexe qui palpite...

Les grands yeux de Sophie, délavés par l'émotion, se ferment un instant.

– Cela vous effraye d'être si vulnérable à l'excitation ? De réaliser qu'il suffit qu'un homme ne vous considère plus comme un individu mais comme un objet de plaisir pour que vous vous abandonniez... J'avoue que cela doit être très déstabilisant... mais rassurez-vous... qui pourrait savoir que vous fonctionnez ainsi... ? Tous les hommes qui vous ont fait la cour jusqu'à aujourd'hui, et au vu de votre beauté, ils doivent être légion, se sont toujours comportés avec tact... combien de fois avez-vous eu droit aux « Mademoiselle, vous êtes très belle, puis-je vous offrir un verre...? »...? Et chaque fois, agacée et flattée, vous répondiez avec mépris, ou dans le meilleur des cas, vous jouiez avec le séducteur... Comment auraient-ils pu savoir que pour vous conquérir, il fallait plutôt vous accoster d'un « Mademoiselle, jouir dans votre bouche est sûrement un pur délice... voici ma carte... »... la tentation de la gifle passée, vous auriez tout fait pour revoir un tel homme...

Sophie m'écoute en silence.

– Fabien a mis au jour, cette clé de votre âme... Je vais à présent la façonner pour qu'elle joue parfaitement... Je vous protègerai de vos instincts, je vous éviterai les excès auxquels vos pulsions pourraient vous conduire... Je veillerai, une fois votre apprentissage terminé, à vous procurer un équilibre entre douleur et plaisir, entre humiliation et désir... Soyez rassurée... Les hommes à qui je vous offrirai sont tous très discrets, et n'auront aucun autre pouvoir sur vous que celui que moi, ou Fabien leur conférerons... Et ceux dont je ne suis pas complètement sûr, vous les rencontrerez masquée, et toujours en ma présence... Vous devez, Sophie, me faire totalement confiance et m'obéir, quoique je vous demande... je sais que vous avez compris que votre futur équilibre se trouvait là... n'est-ce pas ?

Déglutition difficile, et timide mouvement de tête pour acquiescer. Je poursuis.

– J'ai voulu ce stérilet, comme je vous l'avais dit, pour que vous ne soyez plus indisposée par vos règles, et que vous soyez toujours disponible sexuellement... Le traitement hormonal va faire gonfler un peu votre buste et l'ensemble de vos zones érogènes sera plus sensible. Cela ne sera que plus agréable pour tous ceux qui vous prendront et pour vous même... J'ai voulu aussi que vos

198

seins soient immédiatement annelés... les traces d'hier m'inquiétaient... je ne veux pas que vous soyez mutilée... et ces petits trous seront parfaitement invisibles si, un jour, ces anneaux sont retirés... De cette manière, nous pourrons jouer à volonté avec votre splendide poitrine, qui va gagner dans les prochaines semaines, au moins une taille de bonnets, sans risque de vous abîmer... vous verrez les possibilités qu'offrent les anneaux sont infinies... Pour votre sexe, vous constaterez que les anneaux des nymphes sont beaucoup plus petits que ceux des grandes lèvres, pour ne pas irriter la muqueuse... là aussi, ces quatre anneaux donneront de très nombreuses variantes dans nos jeux... Les quelques jours nécessaires à la cicatrisation ne laisseront plus le choix qu'entre votre bouche et vos reins... Et comme vous avez persisté à ne pas vouloir lubrifier votre anus... la sodomie que je vais vous faire subir tout à l'heure risque de réduire temporairement l'usage de votre corps à votre bouche... Ainsi, du moins je l'espère, vous n'oublierez plus de lubrifier correctement votre anus à l'avenir... Ouvrez la boite à gants et prenez ce qui s'y trouve...

Sophie m'a écouté dans un mélange de respect et d'ahurissement. Elle ouvre lentement la boite à gants et en sort un membre de latex creux, évidé par endroit au niveau du gland et la verge, un peu comme une cage dans laquelle on devrait positionner un pénis réel.

Devant sa surprise, je reprends.

– Je protègerai mon sexe avec ça pour vous sodomiser tout à l'heure... La sodomie à sec n'est pas agréable... vous allez vous en rendre compte... je tiens à pouvoir jouir de vos reins, sans me blesser... et je suis sûr qu'après ça, vous n'oublierez plus de vous préparer...

Je me gare juste devant l'immeuble de Sophie et Fabien.

Chapitre 8
La décision de Sophie

Sophie

Encore choquée par ce qu'elle vient de vivre, Sophie se laisse ramener sans un mot chez elle par Pascal à peine consciente du trajet en voiture. Elle a l'impression de se mouvoir dans un monde de coton, les membres englués par une insurmontable fatigue, le corps rompu de souffrance, incapable de fixer son attention sur quoi que ce soit.

Sans trop savoir comment elle se retrouve dans sa chambre. Mécaniquement, elle se déshabille éparpillant en désordre ses vêtements à terre et se jette sur son lit, petite fille perdue et terrorisée, la poitrine agitée de longs sanglots.

Lorsqu'enfin elle émerge du sommeil peuplé de cauchemars dans lequel elle a fini par sombrer, la nuit est tombée. Seule une petite lampe est allumée et la pièce baigne dans une douce pénombre. Elle voit alors Fabien installé au pied du lit qui examine d'un air consterné son corps. Son regard glisse vers le visage de sa femme et il a un bref sursaut en découvrant à travers le voile emmêlé de ses longs cheveux, ses traits tirés, ses yeux bouffis des larmes versées où luit une lueur désespérée.

– Que s'est-il passé ? interroge-t-il inquiet.

Sophie le regarde silencieuse. Un pli amer de reproche déforme la courbe délicate de ses lèvres resserrées.

– Répond-moi, je t'en prie, la presse-t-il. Qu'est-il arrivé ? Que signifient ces pansements ?

Incapable de prononcer un mot, Sophie le fixe sentant grandir en elle une vague de ressentiment. Ses yeux s'emplissent de larmes qui lentement coulent le long de ses joues.

– Réponds, insiste Fabien. Je dois savoir...

– Que veux-tu savoir ? murmure enfin Sophie d'une voix enrouée.

– Ce qu'on t'a fait ?

– On.... On m'a fait ce... que... tu voulais..., bredouille Sophie dans un souffle.

– Comment, ce que je voulais ? Tu es folle...

Sophie sent soudain une sourde rage l'envahir contre son mari qui semble étonné de la tournure des évènements qu'il a provoqués. Frémissante d'indignation, Sophie se redresse d'un bond.

– Comment ça je suis folle... C'est bien toi qui m'as donné à cet homme, crache-t-elle les narines pincées de colère. C'est bien toi qui as voulu tout cela. Qui m'a demandé d'obéir... as-tu oublié ? C'est bien toi qui as laissé faire... hier soir... et qui ce matin.... m'as dit que... que....

Incapable de continuer, le corps agité de sanglots convulsifs, Sophie se tait soudain. Lentement, Fabien se rapproche de son épouse dont il ressent au plus profond la blessure et le désespoir. Maladroitement, il essaye de la prendre dans ses bras. Mais Sophie lui échappe d'un mouvement instinctif comme si toute espèce de contact la révulsait. Toutes griffes dehors, la colère que depuis cet après-midi elle retient en elle déborde dans toute sa virulence. Elle tremble de rage contre son mari pour qui elle a enduré, afin de le satisfaire, les pires souffrances, les pires humiliations et qui maintenant, semblant oublier ce qu'il lui a imposé, paraît s'en offusquer.

– Ne me touche pas... Je t'interdis de me toucher, hurle-t-elle hors d'elle.

– Mon amour, tente de l'amadouer Fabien complètement déstabilisé par la réaction brutale de sa femme. Je... je suis tellement désolé...

– Désolé? lui rétorque, incrédule, Sophie. Tu es... désolé?

– Je m'en veux tellement si tu savais... Jamais je n'ai voulu qu'on te blesse...

– Et bien, tu vois, c'est fait. Tu souhaites vraiment savoir ce qu'on m'a fait et bien regarde...

D'un geste, Sophie arrache les pansements qui recouvrent sa poitrine et découvre à son mari ses seins. Fabien regarde éberlué les deux globes se balancer doucement dans la lumière dorée, son regard s'arrête sur les mamelons encore zébrés de marques verdâtres avant d'être accroché par la lueur métallique des anneaux qui enchâssent maintenant les tétons qui se dressent fièrement ainsi parés. Irrésistiblement, sa main est attirée comme par un aimant vers les bijoux qui ornent les seins meurtris de son épouse. Doucement, il effleure du bout du doigt les mamelons à la fois fasciné par ce spectacle somptueux et horrifié par la signification de ce qu'il découvre. Sophie tressaille au contact pourtant délicat des doigts de Fabien qui ne sait plus que dire partagé par des émotions contradictoires. Jamais sa femme ne lui a paru aussi désirable et en même temps il se rend soudain compte que c'est un autre que lui qui est l'instigateur de cette métamorphose. Fugacement, la pensée que son épouse adorée est en train de lui échapper le traverse. Une inquiétude l'envahit soudain.

Confusément, il a toujours pressenti que Sophie recelait en elle des désirs inavoués. C'est d'ailleurs cette violence refoulée, cette hyper sensualité latente qui l'ont si fortement attiré vers elle. Mais, jusqu'à ce soir, il a pensé être en mesure de les contrôler, d'en être le maître. Là, soudain, il se rend compte qu'un autre a pris le relais et l'a relégué au second plan, simple spectateur d'un jeu qui n'est plus le sien.

– Alors, demande-t-elle, aimes-tu cela ?

La voix de Sophie le fait sursauter. Comment lui dire qu'ainsi parée, il la trouve sublime alors même qu'il ressent au fond de lui, comme une blessure, la souffrance qui lui a été infligée ?

– Tu veux voir le reste, lui demande-t-elle arrogante

Sans attendre sa réponse, Sophie se redresse et, fièrement campée sur ses jambes au milieu de la chambre, les cheveux croulant en une lourde masse sur ses épaules, ôte à leur tour les pansements qui dissimulent les anneaux posés sur ses lèvres et son clitoris. Sans voix, Fabien contemple sa femme, image même de la sensualité et qu'il lui semble soudain ne plus vraiment reconnaître. Les yeux fiévreux il détaille le corps souple qui s'offre sans aucune pudeur à son examen. Lentement, Sophie écarte lascivement ses jambes et de sa main tire légèrement sur le haut de son pubis pour découvrir les anneaux qui ornent ses lèvres gonflées. Fabien est subjugué par la vision de ce corps splendide ainsi paré de ces bijoux qui mettent en valeur la finesse incomparable de sa vulve. Dans la faible lumière qui baigne la pièce, la peau de Sophie luit de tons mordorés et les anneaux brillent d'un doux éclat qui attire irrésistiblement le regard sur eux, vers ses lèvres enflées dont les souples replis recèlent tant de trésors. Il sent le désir s'éveiller en lui et sa verge se tendre dans une érection incontrôlable qu'il tente,

204

honteux, de cacher à Sophie.

– Je te plais, n'est-ce pas? interroge orgueilleusement Sophie. Tu vois je suis la parfaite petite esclave maintenant. Vous allez bien pouvoir vous amuser avec moi… Je suis bien équipée…

Sa voix se brise sur ces derniers mots et son corps est parcouru d'un long sanglot qui dévoile sous son assurance de façade son désarroi total.

D'un bond, Fabien se redresse et se précipite vers Sophie qu'il prend tendrement dans ses bras. Sans force, Sophie éclate en pleurs, le visage lové dans le cou de Fabien qu'elle étreint étroitement recherchant un apaisement qui ne vient pas.

– Calme-toi mon amour, lui murmure-t-il d'une voix qu'il veut rassurante. C'est fini maintenant. Je te promets… Jamais plus nous ne reverrons cet homme… Je te promets…. Je m'en veux tellement si tu savais…

– Non Fabien, articule calmement Sophie en se dégageant de son étreinte

Surpris, Fabien se recule un peu et dévisage Sophie dont les yeux brillent d'une flamme déterminée.

– Nous devons continuer. JE dois continuer…

– Mais…. Je ne peux pas te laisser encore…

– Je n'ai plus le choix Fabien et tu le sais…

– C'est vraiment ce que tu désires?

– Oui mon amour. Pour toi. Pour nous… Toi aussi tu le veux…, insiste Sophie qui cherche désespérément à faire partager à Fabien une certitude dont elle loin d'être certaine mais qui lui paraît être la seule alternative possible.

Renoncer maintenant reviendrait, lui semble-t-il, à renier tout ce qu'ils ont tenté de construire ensemble et retrouver le cadre anodin et pesant des couples traditionnels. Sophie redoute bien sûr ce que sa décision va impliquer pour elle de renoncement et d'humiliation, de souffrance aussi. Ce qu'elle a connu depuis hier ne lui laisse aucune illusion à ce sujet. Mais plus encore, elle craint la routine et l'usure des sens. Plus encore, elle craint la perte du désir et, au bout du compte, l'ennui. Et puis, mais cela elle ne veut pas l'avouer à son mari, elle a aimé se sentir forcée. Elle a aimé cette puissance qui a pris possession d'elle et qui lui a permis de repousser certaines de ses limites et de découvrir une parcelle de l'infini de sa féminité. Comment pourrait-elle lui avouer enfin et lui faire comprendre, quand elle-même a tant de difficultés à l'admettre, que cet après-midi alors qu'une douleur insoutenable incendiait son corps lors de la pose des anneaux, elle a malgré tout ressenti un plaisir intense qui n'a pas échappé à Pascal qui a humecté ses lèvres du suc qui ruisselait entre ses cuisses.

Fabien regarde cette femme qui se tient devant lui, frémissante, si loin de la timide Sophie qu'il a quitté ce matin, et qui l'observe d'un œil brillant attendant son assentiment. Vaincu, il hoche lentement la tête alors que Sophie lui lance un sourire resplendissant de gratitude.

– Je dois maintenant me préparer, lui dit-elle. Pascal m'a dit qu'il passerait vers 21 heures pour te voir.

Alors que Fabien quitte lentement la pièce, Sophie s'effondre sans force sur le fauteuil installé devant sa coiffeuse. Un moment, elle reste immobile le corps vidé de toute énergie après ce bref affrontement. D'un geste las, elle laisse retomber sa tête sur le dossier du fauteuil et ferme les yeux. Son corps nu s'alanguit dans une pose inconsciemment lascive, ses jambes légèrement entrouvertes étendues devant elle. D'une main nonchalante, elle effleure ses mamelons endoloris et fait tourner entre ses doigts les anneaux qui enserrent ses tétons. Curieuse, elle redresse la tête et avance son buste. Un moment, elle observe attentivement l'image de ses seins ainsi parés que lui renvoie le miroir de la coiffeuse. Dans la douce pénombre qui baigne la pièce, sa peau a des reflets ambrés et les anneaux argentés scintillent discrètement. Un léger sourire se dessine sur ses lèvres. Les anneaux, sous leur apparente barbarie, accentuent en fait la tendre fragilité de ses seins et mettent en valeur leurs moelleuses rondeurs. Irrésistiblement, le regard est attiré vers les mamelons qui ressemblent plus que jamais à des bijoux précieux. Les tétons enchâssés à leur base par les anneaux au lieu d'être comme elle en a l'habitude aplatis, dardent vers le ciel leurs pointes bien dressées, objets de toutes les convoitises. Dans un soupir, elle pense qu'ils vont fatalement attirer sur eux l'hommage de bouches gourmandes, de doigts curieux. Du bout des doigts, elle effleure les pointes tendues et tressaille de surprise à la sensation qu'elle ressent. Jamais encore, lui semble-t-il, sauf au cœur de l'émoi sexuel, elle ne les a sentis aussi sensibles, aussi réceptifs et prompts à s'éveiller.

Décidément, Sophie se plaît ainsi. Cela lui donne certes un attrait supplémentaire mais surtout la pose des anneaux lui procure une intense et profonde sensation de satisfaction. Comme si jusqu'à présent quelque chose lui avait manqué. Comme si jusqu'à présent, elle n'avait pas été complète. Plus qu'un ornement, ces anneaux sont en fait le symbole de la nouvelle Sophie en train de naître. Non, vraiment, elle ne regrette pas d'avoir dû endurer pour cela une souffrance abominable qui déjà s'estompe dans sa mémoire. La seule ombre au tableau, et Sophie à cette pensée éprouve un fugitif regret, est que ce ne soit pas Fabien mais Pascal qui ait été l'instigateur de la modification profonde qu'elle sent en œuvre en elle.

A l'évocation de ce prénom, Sophie tressaille soudain et jette un regard anxieux vers la pendule qui orne le dessus de sa commode. 20 h 30. Dans une petite demi-heure, Pascal sera là et il faut qu'elle se prépare.

Soudain pressée et inquiète, Sophie se lève d'un bond et se précipite dans la salle de bain. Elle se douche rapidement. Elle éprouve un bien-être particulier à sentir l'eau tiède couler le long de son corps qui sous le jet revigorant reprend lentement des forces. Elle se frictionne d'une main énergique, fait mousser le gel douche qui la recouvre d'un voile onctueux et odorant. Après s'être rincée, elle s'enveloppe dans un épais peignoir en éponge jaune pâle et se rassied devant sa coiffeuse pour procéder à son maquillage. D'une main sûre, elle redessine le contour de ses yeux avant d'enduire soigneusement ses cils de mascara noir accentuant la profondeur de son regard. Un léger nuage de fard à paupières couleur vert intensifie quant à lui l'éclat émeraude de sa pupille. Un peu de blush sur ses joues pâles complète ce maquillage discret, qui rehausse sa beauté naturelle. Elle brosse longuement ses cheveux avant de les remonter ainsi qu'elle aime en un souple chignon qu'elle attache négligemment de quelques pinces en nacre.

Elle se dirige enfin vers son dressing. Sans hésitation, elle opte pour une longue robe noire incrustée sur le devant d'une fine dentelle, d'une extrême élégance dans sa sobriété mais dont le tissu fluide épouse parfaitement, comme une seconde peau, les formes de son corps. Le tissu est en fait si translucide, que la moindre lumière permet de deviner en transparence la courbe des hanches et le galbe des cuisses. En revenant vers sa chambre, Sophie ouvre un tiroir de sa commode et choisit une guêpière en soie mordorée qui, elle le sait, enserre tel un corset sa taille déjà fine et dont les balconnets accentuent en la soulevant la rondeur plantureuse de ses seins. Elle assortit le tout d'une paire de bas en résille noire.

Alors que Sophie resserre étroitement les lacets de la guêpière autour de son buste, elle ne peut réprimer un gémissement quand les balconnets qui ne recouvrent que la partie inférieure de sa poitrine compriment ses mamelons. Elle a un instant d'hésitation, puis se décide à repousser davantage le fin tissu et dégage ses seins de la gangue qui les martyrise. Ils émergent libres de toutes entraves et laissent voir les anneaux qui les ornent. La robe retenue par un lien nouer derrière sa nuque retombe en plis souples autour de ses jambes. L'échancrure profonde qui sépare en deux jusqu'à sa taille le devant du bustier dévoile, à chacun de ses mouvements, le sillon de ses seins de façon à la fois très suggestive et très pudique. Lentement, elle se retourne pour admirer l'arrière de la robe dont le décolleté plonge jusqu'à la naissance de ses reins et laisse entr'apercevoir l'adorable fossette qui creuse le bas de son dos. La jupe très ample est fendue en quatre panneaux qui virevoltent autour de ses jambes quand elle marche. Un lourd collier en argent martelé ainsi que de longues boucles d'oreilles assorties rehaussent la sobriété affriolante de sa tenue. Elle va pour enfiler de hauts escarpins en cuir noir lorsqu'elle se rend soudain compte qu'elle a omis de mettre un string. Elle hésite un bref instant puis, d'un haussement d'épaules, se décide à rester ainsi. Après tout, ses fesses encadrées par les jarretelles qui retiennent ses bas sont suffisamment mises en valeur. «Et puis de toute façon, pense-t-elle, dans un soupir empli d'appréhension, pour ce que je vais le garder ce soir…» Cela lui remet en mémoire, ce dont l'a menacé Pascal. «Cela suffit pour aujourd'hui», songe-t-elle soudain inquiète. Elle ne se sent pas la force de supporter de nouvelles violences. Aussi, se dirige-t-elle vivement vers la petite table près de son lit et se saisit du tube de gel lubrifiant qui se trouve dans un des tiroirs. D'une main leste, quoique vaguement honteuse, elle remonte sa robe sur ses jambes, s'incline légèrement en avant et, soigneusement, lubrifie son anus insistant sur l'anneau resserré de son œillet. Timidement d'abord puis plus assurée, elle introduit au fond de ses reins, avec une facilité qui la déconcerte, le bout de son majeur recouvert de gel pour enduire également ses parois internes. Elle ne sait pas très bien si Pascal appréciera cette initiative mais elle se sent soudain plus rassurée. Elle songe qu'en agissant ainsi, elle accepte implicitement le fait d'être, tout à l'heure, sodomisée. Cette idée, dans sa crudité abrupte, la heurte et l'effraye mais en même temps éveille au fond de son corps une impatience diffuse. Elle sent soudain une chaude moiteur humecter son vagin qui se met à palpiter doucement alors qu'une onde de désir transperce ses seins et vient se perdre, brûlante, au creux de son ventre.

Elle se redresse brusquement lorsqu'elle entend la sonnette de la porte d'entrée retentir. Soudain, son souffle se bloque et elle sent son cœur marteler le fond de sa poitrine. Est-ce de la peur, de l'impatience, de l'excitation à la pensée de revoir Pascal ? Sans doute un peu tout cela. Sophie se sent fébrile et un trac énorme lui noue le ventre. D'un pas hésitant, elle sort de sa chambre et se dirige silencieusement vers le salon où elle attend le murmure des voix de Fabien et Pascal.

Arrivée devant la porte du salon, elle stoppe et tend l'oreille sur ce qui se dit pendant son absence.

Pascal

C'est Fabien qui vient m'ouvrir. Je sens dans sa poignée de main hésitante et son regard fuyant qu'il est en train de réaliser le risque qu'il a pris.

Nous nous retrouvons dans le salon où, cet après-midi, je fouillais de mes mains, sans ménagement, le ventre et les reins de son épouse, après m'être répandu dans sa bouche.

Fabien tente de me convaincre d'arrêter là ce jeu malsain. Il m'en supplie presque. Je l'écoute courtoisement, en buvant à petites gorgées, le whisky qu'il m'a servi.

– Mon cher Fabien, croyez bien que je comprends vos états d'âme... Mais ce que vous aviez pris, un peu légèrement, pour un jeu, n'en est pas un... C'est le seul reproche que vous puissiez vous faire... Vous avez ouvert la boite de Pandore... Et quant à arrêter ce que nous avons commencé, je serais le premier à l'accepter... Mais vous semblez oublier une chose... Sophie... C'est à elle de décider... Si elle veut continuer dans cette voie ou non... Elle et personne d'autre... Vous avez, me semble-t-il, méprisé un aspect fondamental de la soumission... En définitive, c'est toujours la soumise qui décide... comme le disait Nietzsche, c'est l'esclave qui fait le maître... Nous allons donc demander à Sophie ce qu'elle souhaite... et si elle décide d'arrêter cette relation, je prendrais congé définitivement... dans le cas contraire... c'est vous qui devrez vous déterminer... Accepter ou vous retirer...

Sophie

Sophie est peu surprise d'entendre son époux demander, non, supplier est le terme plus exact, Pascal d'arrêter là ce jeu reconnaissant, ce qui chez lui est rien que de moins habituel, qu'il a fait une erreur terrible qu'il regrette amèrement. Elle se souvient de la lueur à la fois désespérée et fascinée qui brillait dans ses yeux alors qu'il l'observait tout à l'heure. Sophie sait que Fabien est écartelé par des désirs contraires : son amour inconditionnel et exclusif, quoiqu'il en dise, pour elle, et son envie profonde de transgresser avec elle des interdits. Mais plus que tout, une crainte immodérée de la perdre et de la voir s'échapper sur des chemins où il ne serait pas en mesure de l'accompagner le hante.

Elle est plus surprise de la réponse de Pascal qui lui laisse tout-à-coup envisager un champ de possibles qu'elle ne soupçonnait pas. Ainsi donc, en fin de compte, c'est elle la maîtresse du jeu. Elle qui détient le pouvoir de dire non. Comme cet après-midi devant la porte du médecin, elle aurait pu faire demi-tour. Elle songe que finalement ce serait si facile, un simple non à prononcer, et elle reprendrait sa vie choyée et protégée auprès de Fabien. Si facile… Trop facile… Ce serait également refuser de transgresser les frontières et savoir jusqu'où elle est capable d'aller, ce qu'elle est capable d'endurer. De la souffrance certes, mais aussi, et son corps frémit au souvenir des sensations qu'il a connu la nuit dernière qui l'ont transportée, des plaisirs infinis…. Sophie se sent soudain si faible. Incapable de renoncer à cet appel des sens qui grandit en elle et qui met son esprit en émoi.

Fièrement, Sophie relève le menton, rejette ses épaules en arrière et, souveraine, entre dans la pièce. Subjugués par sa radieuse beauté, Pascal et Fabien se taisent pour admirer cette femme lumineuse habillée de noir qui s'avance vers eux un léger sourire qui fait scintiller le vert resplendissant de ses yeux.

Pascal

Sophie qui avait tout entendu du pas de la porte du vestibule entre dans le salon. Belle et vêtue d'une manière si raffinée qu'on pourrait croire qu'elle allait sortir dîner dans un grand restaurant. Alors que selon sa décision, elle va passer la soirée seule avec son mari, ou être sodomisée par mes soins, agenouillée sur le canapé, les seins posés sur le dossier...

Je réponds à son sourire et plonge mon regard dans le sien. Je vois ses yeux briller de mille feux, sous l'angoisse et la tension que les évènements lui imposent.

Je me lève et vais à sa rencontre. Fabien, lui est resté assis sur le canapé, tétanisé par l'enjeu.

Sophie s'est arrêtée au centre du salon, sa robe noire luit sous la lumière des halogènes et met en valeur les moindres courbes de son corps. Les mains serrées devant elle, je la sens tendue à l'extrême, la hauteur de ses talons renforçant cette impression de raideur.

Je lui prends doucement la main droite, en gardant mes yeux fichés dans les siens. Je sens une légère résistance, vite effacée. Je me penche légèrement et approche le dos de sa main pour un baise-main des plus protocolaires. Puis, je me redresse.

– Ma chère Sophie, je sais que vous avez entendu la courte mais très intéressante conversation que je viens d'avoir avec votre époux... la curiosité féminine... Vous savez donc que des mots que vous allez prononcer à présent, dépend la suite des évènements... pas seulement pour cette soirée, mais pour votre vie future... Vous connaissez les règles et les enjeux... que décidez-vous ?

Je vois alors le regard de Sophie aller de Fabien à moi, ses lèvres serrées tremblent imperceptiblement.

214

Ses yeux s'embuent rapidement, faisant scintiller ses magnifiques prunelles, comme des émeraudes.

Comme aucun son ne sort de ses lèvres, je la presse quelque peu :

– Allons, Sophie... Il faut prendre une décision... Si vous dites stop, je m'en irai et vous n'entendrez plus jamais parler de moi...

Elle tressaute à ces mots et laisse échapper dans un souffle à peine audible :

– Non...

Je la regarde, interrogatif :

– Pardonnez-moi ?... Que signifie ce « non »...? Que je dois partir ?

Elle me regarde avec une moue désespérée, comme si elle me demandait de faire cesser son supplice :

– Non..., puis dans un murmure,... restez...

Je lui souris.

– Donc nous continuons... vous savez ce que cela signifie...?

Elle hoche la tête en signe d'assentiment, incapable de prononcer une parole. Elle jette à Fabien un regard empreint de détresse et de douleur.

Celui-ci a assisté à la scène sans bouger, anéanti. Je me retourne vers lui et, rassurant, lui dit :

– Voilà... il ne vous reste plus qu'à essayer d'accompagner votre épouse dans la voie qu'elle a choisie... et de prendre du recul pour en tirer du plaisir...

Fabien ne me regarde plus, il fixe la table basse devant lui.

Je me retourne vers Sophie en souriant. Mon regard vagabonde sur son anatomie outrageusement mise en valeur par la fine robe noire. Je me repais de son buste rehaussé dans les balconnets. Ses tétons enserrés par les anneaux font saillie sous la mince étoffe élastique. Sophie suit mon regard sur ses seins.

– Vous ne souffrez pas trop ? Pensez à tourner

régulièrement les anneaux pour que la chair ne colle pas dessus en cicatrisant... et évidemment, pendant quelques jours pas de soutien-gorge...

Elle me regarde, les yeux dans le vide et acquiesce vaguement.

– Bien, comme je vous l'ai dit cet après-midi... je vais vous sodomiser sans aucune préparation... autant pour vous préparer aux futures pénétrations que vous subirez, que pour que vous n'oubliiez jamais de lubrifier vos   reins...

Chapitre 9
L'offrande de Sophie

Pascal

Tout en parlant, je l'ai prise doucement par le bras pour l'approcher du canapé, parallèlement à ce dernier. Elle fait face à Fabien assis à l'autre bout.

Passant derrière elle, j'avance ma main vers son dos que je frôle du bout des doigts. Je la sens frémir. Je fais courir mon majeur le long de sa colonne vertébrale jusqu'à sa nuque. Le contact la force malgré elle à se cambrer davantage encore, si c'est possible. Juchée sur ses hauts talons, elle présente devant moi les rondeurs de sa croupe, nullement protégée par la légère étoffe noire plaquée sur ses fesses qui, dévoile même par transparence, le sourire vertical d'une raie culière magnifiquement dessinée. Je masse quelques instants la fine musculature de sa nuque où s'égarent quelques mèches de cheveux échappées de son chignon.

Ce chignon si élégant, ces longues boucles d'oreilles en argent, le collier assorti, cette magnifique robe du soir, tout en Sophie évoque une soirée à l'opéra, ou en tout cas, une réception très mondaine. A la rigueur, pourrait-on penser à un rendez-vous amoureux, ou une rencontre charnelle, toute en douceur et en plaisir. Dans tous les cas, rien dans sa tenue ou son attitude ne peut laisser présager que l'objet de cette soirée est une sauvage sodomie, dépourvue de sentiments, ou ses larmes et ses cris remplaceront les rires et les soupirs d'une soirée galante.

Elle se tend et frissonne sous mon lent massage. Je prends un malin plaisir à glisser mon doigt sous le lourd collier, pour le tirer en arrière et enserrer le cou gracile de Sophie. Je l'entends respirer plus fort et, ravi de mon effet, je relâche mon étreinte.

Sophie n'a pas le temps de pousser un soupir de soulagement. D'un geste précis, je tire sur le nœud qui retient la robe. L'étoffe, tel un rideau d'inauguration, glisse le long de son corps et tombe à ses pieds dans un bruissement de tissu froissé.

Elle expire bruyamment par la bouche. Fabien, une main crispée sur le coussin du canapé, la fixe, les yeux exorbités.

Toujours derrière elle, j'admire la chute de ses reins. Ses fesses parfaites, encadrées par la lisière des bas, les jarretelles et la guêpière en soie noire, sont présentées comme dans un écrin. Elle reste immobile, les bras le long du corps, les jambes tendues. Son dos cambré par les talons fait ressortir la féminité de sa silhouette. Je souris en apercevant le petit triangle de peau, à peine plus clair, en bas des reins, qui trahit l'absence du moindre string.

Ainsi, la belle n'a pas mis de culotte. Elle avait donc prémédité sa reddition. Je lui ferais payer cette erreur.

Je pose une main sur son épaule et la sens tressaillir. Je me penche vers son oreille et lui dis doucement, mais suffisamment fort pour que Fabien entende :

– Pas de culotte... Vous aviez donc décidé depuis un moment que vous alliez m'offrir vos reins ce soir... Vous m'en voyez réjoui... Cependant, ce n'est pas digne de vous, d'être fesses nues et offertes comme une traînée... Au surplus, imaginez-vous offrir un cadeau sans emballage...? A l'avenir, veillez à toujours porter des dessous, un string ou même une culotte plus couvrante... sauf si je vous le demande expressément... Pour les culottes enveloppantes, vous veillerez juste à ce qu'elles soient moulantes et complètement transparentes... c'est très agréable à l'œil... Je vais même être plus libéral que Fabien, je vous autorise à porter des pantalons, à condition qu'ils mettent bien en valeur vos fesses... C'est moins pratique qu'une jupe, mais le déculottage n'est pas dépourvu d'intérêt... on a plus l'impression de forcer une jeune mère de famille qu'une femme habituée à être troussée... Les sensations sont différentes...

Tout en parlant, je me suis placé de profil par rapport à Sophie et je vois la lourde courbe de ses seins en poire, littéralement posés dans les balconnets. Les tétons enchâssés dans les anneaux pointent vers le ciel. Le bord replié de la guêpière fait saillir les globes, comme s'ils débordaient des balconnets.

– Ah... vos seins sont encore douloureux...? Essayez donc les soutiens-gorge en voile de nylon, sans armature, outre leur confort, leur élasticité ne comprimera pas les tétons, vous serez mieux... et leur transparence est un régal pour les yeux... En plus, ils ne coûtent presque rien... ça permet de les abîmer à loisir... rasoir... ciseau... cigarette... vous verrez, les variantes sont infinies... mais, n'ayez crainte... ce soir... nous ne toucherons pas à vos seins... ni à votre sexe...

Sur ces derniers mots, j'ai baissé les yeux vers l'entrejambe glabre. La finesse du haut des cuisses laisse largement voir le renflement de la vulve et les grandes lèvres ornées des deux anneaux. Puis, vestige du traitement de l'après-midi ou excitation persistante, entre celles-ci, entrouvertes, la délicate corolle des nymphes percées et parées, elles aussi, de deux petits anneaux d'argent.

Je me tourne vers Fabien, figé comme une statue, assis devant sa femme, vêtue uniquement de sa guêpière qui laisse les pointes de ses seins libres, de ses bas et de ses hauts talons. Ses boucles d'oreilles et son lourd collier en argent sont, suprême élégance, assortis à ses autres bijoux moins communs et plus intimes.

– Elle est belle comme ça... non ?

Fabien ne me répond pas et déglutit difficilement. Je flatte d'une main évaluatrice les rondeurs fessières. Sophie se contracte sous la caresse et deux larmes silencieuses coulent sur ses joues. Fabien qui l'observe, se redresse brusquement et murmure :

– Sophie... tu veux arrêter... ?

Elle le regarde un instant de ses grands yeux remplis de larmes et, avalant sa salive, secoue la tête négativement. Fabien se laisse retomber au fond du canapé.

Je continue à flatter ses reins d'une main et, après avoir ouvert les boutons de ma braguette et sorti ma verge, je me masturbe lentement à côté d'elle. Au bout d'un moment, alertée par le regard atterré de Fabien, elle tourne la tête vers moi et baisse les yeux. Mortifiée, elle se raidit et ferme les paupières en se mordant la lèvre inférieure.

Lâchant mon sexe tendu, je la fais pivoter face au canapé et appuie fermement sur son épaule. Elle se laisse choir à genoux sur celui-ci. Je pousse doucement le bas de son dos et docilement, Sophie avance, l'un après l'autre, ses genoux, de façon à les positionner au milieu du coussin du canapé. J'appuie alors lentement ma main sur sa nuque pour la forcer à se courber. Instinctivement, elle repose ses coudes sur le dossier, mais, comme je ne relâche pas ma pression, elle plie ses bras et pose son front entre ses poignets croisés. Dans mon geste, penché sur elle, ma verge tendue est venue battre entre ses cuisses, puis sur ses fesses. A ce premier contact, j'ai vu ses fesses se crisper, creusant sur les côtés des globes deux adorables fossettes.

– Voilà... c'est parfait... ne vous avancez pas plus... sinon vos seins risqueraient d'être comprimés contre le dossier du canapé... Quand j'aurai forcé votre cul et que je commencerai mes va-et-vient, vous vous servirez de vos coudes pour éviter d'être projetée contre... d'accord ?

J'aperçois un léger mouvement de son chignon, en guise d'approbation. J'éloigne légèrement ses genoux l'un de l'autre. Puis, prenant fermement appui sur les côtés de ses fesses, je les écarte, effaçant la raie, pour mettre à jour son œillet intime. Je souris en relâchant la pression. Et j'appelle Fabien.

– Approchez... venez voir...

Il lève les yeux vers moi et se soulève difficilement avant de s'approcher de moi, derrière la croupe offerte de son épouse. Mon sexe en érection oscille devant lui. Je le sens complètement terrassé par les évènements.

Devant nos yeux s'étalent les rondeurs fessières de Sophie, courbée sur le canapé dans une position d'offrande sans équivoque. Immobile, tout juste son dos est-il parcouru de frissons, et de temps à autre une crispation nerveuse creuse le côté de ses globes fessiers. J'appuie d'une main sur le bas des reins de Sophie, accentuant sa cambrure et faisant pivoter son bassin. Le mouvement dévoile plus largement encore les lèvres verticales du sexe, ouvertes et luisantes. La corolle des petites lèvres plissées laisse même entrevoir l'ouverture plus sombre du conduit vaginal. Les quatre anneaux brillent dans la lumière.

– Regardez comme elle est ouverte... elle est excitée par tout ça... que voulez-vous y faire ? dis-je en passant furtivement mon doigt dans la fente, arrachant un sursaut et un long soupir à la belle. Voyez mon doigt... il est trempé... Comment pourrait-on imaginer qu'une femme aussi inaccessible au-dehors soit si ouverte dans l'intimité... c'est saisissant, non ?

Fabien regarde mon doigt, puis le spectacle de son épouse, le cul offert. C'est vrai qu'elle est incroyablement ouverte. Et sa taille si fine, enserrée dans la guêpière, et les bas qui sculptent ses cuisses élancées, et les jarretelles qui soulignent l'arrondi parfait de ses fesses.

Je souris, devinant les pensées de Fabien.

– Vous verrez, il existe des serre-taille qui affineront encore sa silhouette... Mais même sans artifices, vous avez une femme magnifique, faite pour le plaisir des hommes... Il arrivera sûrement qu'elle soit présentée et prise entièrement nue... Elle est si belle...

Hébété, Fabien acquiesce.

– ... et vous n'avez pas tout vu..., dis-je en écartant de nouveau les fesses de Sophie, dévoilant le petit iris étoilé, plus sombre, de son anus.

L'anneau froncé et son pourtour brillent des suites de la lubrification qu'a pratiquée la jeune femme. Il est légèrement gonflé et ses plis ressortent vers l'extérieur, preuve qu'il a été récemment manipulé et ouvert.

– Vous voyez... Sophie a préparé ses reins pour que je la sodomise ce soir... Elle a appliqué les règles que je lui ai énoncées... Si vous doutiez de sa volonté...

Fabien semble fasciné par le spectacle de l'anus de son épouse ainsi exposée, alors qu'elle reste immobile, cambrée, la tête enfouie entre ses avant-bras.

Je m'approche de la croupe de Sophie, ma verge à la main. Je me masturbe lentement, dans un mouvement ample. Ma main glisse le long de mon membre fin et long. Je décalotte progressivement mon gland, nettement plus épais que la hampe. Je prends appui sur le bord du canapé et guide mon sexe, pour frotter le gland sur les globes fessiers. Sophie se contracte au contact de la chair chaude et a un mouvement vers l'avant. Je la remets en place, en la tirant en arrière par les hanches, jusqu'à ce que mon membre vienne battre entre ses cuisses et effleure sa vulve.

– Ne bougez plus, Sophie… je me prépare…

Je tiens la hampe entre deux doigts et commence à taper sur le haut des fesses, comme avec un petit gourdin. Je varie l'angle et ne tape jamais deux fois au même endroit. Le contact entre les deux masses de chair produit un bruit mat et Sophie sursaute à chaque coup. Puis, au bout d'un long moment, elle ne bouge plus. Ma verge recourbée a atteint son érection maximum, le diamètre du gland gorgé de sang est impressionnant.

– Comme vous vous êtes préparée, je n'utiliserai pas la coque pénienne… mais je vais vous pénétrer sans assouplissement préalable… Fabien… pourriez-vous mettre de la musique… n'importe quoi, mais assez fort… car Sophie va sûrement crier… Mon sexe n'est pas très épais, mais il est assez long et, surtout, mon gland a un diamètre très important…

Comme un automate, Fabien se dirige vers l'armoire du salon et quelques instants plus tard une mélodie de Soul Music envahit la pièce.

Sophie

Alors que je m'avance vers Pascal qui comme à son habitude se lève galamment en me voyant entrer dans le salon, j'essaye de prendre un air dégagé et une assurance que je ne ressens pas. J'ai la sensation que mes jambes sont en coton et je sens mon cœur battre la chamade au fond de ma poitrine qu'étreint un étau. Pour cacher mon émotion et trouver le courage qui me fait cruellement défaut, je rejette fièrement mes épaules en arrière faisant, dans le mouvement, saillir mes seins et relève dédaigneusement le menton dans une attitude de défi. A dessein, j'accentue mon sourire et essaye de donner à mon visage un air de sûre détermination.

Tout à l'heure, Pascal me soumettra, me fera me courber devant lui pour m'assujettir toute entière à ses envies et user de moi à sa guise. Mais pour l'heure c'est moi qui contrôle la situation. Je sais qu'il suffit d'un simple mot de ma part pour que tout s'arrête ou... au contraire continue. Que j'ai encore pour quelques minutes cette liberté de choisir et de décider ! La liberté de me soumettre ou non. Jamais, jusqu'à ce soir je n'avais envisagé la soumission sous cet angle. En dépit des apparences et malgré tout ce qu'on peut en penser, Pascal a raison c'est celle qui se soumet qui détient le véritable pouvoir. Car en définitive ni Fabien, ni Pascal, ni personne ne me soumet. C'est moi qui, en toute liberté, leur fais le don de ma soumission. C'est moi qui vais ce soir, parce que je l'ai décidé et voulu, m'abandonner à Pascal et lui donner le contrôle de mon corps, de mes désirs et de mes plaisirs et qui vais, en toute conscience, lui transférer le pouvoir de décider pour moi. Je me sens soudain forte et une soudaine impatience, comme une vibration exquise, fourmille au creux de mon ventre. J'ai peur bien sûr, peur de souffrir, peur de l'humiliation aussi mais plus encore j'ai peur de ne pas être capable d'assumer totalement la décision que j'ai prise et de ne pouvoir aller au bout de ce qu'elle implique.

Arrivée au milieu de la pièce, je m'immobilise indécise sur ce que je dois maintenant faire. Il me paraît hors de propos de prendre, en ces circonstances, l'initiative de la conversation qui, me semble-t-il, revient de droit à Pascal. Du coin de l'œil, j'observe Fabien qui se terre au fond du canapé, incapable d'esquisser le moindre geste ou la moindre parole. Je sens son regard posé sur moi et je lis dans ses yeux une supplique désespérée. D'un battement de paupière accompagné d'un infime hochement de tête, j'essaye de lui faire comprendre que, quelle que soit ma décision, il ne doit pas s'inquiéter. J'éprouve pourtant vis-à-vis de lui un sentiment de culpabilité comme si je lui dérobais quelque chose qui lui revenait de droit. Je ressens malgré tout d'un vague ressentiment à l'idée qu'il n'a pas su ou voulu, lui-même, révéler cet aspect de moi qui m'effraye et m'attire tout à la fois. Je voudrais tellement lui accorder ce que je sais il attend de moi et redevenir la tendre épouse que j'étais encore il y a tout juste 24 heures mais cela n'est pas possible.

Mes yeux reviennent sur Pascal qui tendrement vient de saisir ma main droite pour la porter galamment à ses lèvres. Je tressaille au contact de sa bouche sur ma peau. Je sens sa chaleur se propager en moi en une onde délicieuse et troublante. Si j'avais encore quelques doutes, par ce seul geste qui l'a fait imperceptiblement s'incliner devant moi dans une attitude intangible de respect, ceux-ci s'évaporent complètement. La décision que je vais prendre, que j'ai déjà prise en dépit de Fabien, va, je le sais, transformer radicalement ma vie.

Il y aura un avant et un après. Le cœur battant, j'entends Pascal me demander ce que j'ai décidé. Un instant, la tentation apeurée de lui dire finalement de partir me traverse brièvement la tête. Mes yeux virevoltent de Fabien qui incarne la stabilité et la quiétude à Pascal qui est lui le symbole de mes désirs les moins avouables mais aussi les plus troublants.

Soudain, l'éventualité de ne plus voir Pascal m'affole. Non, impossible de le laisser partir et de tourner le dos au monde de sensations qu'il m'a fait entrevoir. De refermer cette porte comme si de rien n'était. Piteusement, je bredouille, en réponse à sa demande, un vague « Non… restez… » alors qu'en moi une voix claire et déterminée claironne que « Oui bien sûr, je veux que vous restiez, que oui je m'abandonne à vous, que dorénavant vous pouvez faire de moi ce que vous voulez… Comme vous l'entendez. Que oui, je suis prête à vous obéir en tout ! »

Eperdue, je fixe à nouveau Fabien qui se tasse dans le canapé anéanti par ce que je viens de dire. J'essaye en vain d'accrocher son regard et lui faire comprendre qu'il n'y avait pas d'autre choix possible. Mais il évite soigneusement mes yeux et fixe la table du salon comme s'il voulait s'abstraire de ce qui est en train de se nouer à son insu et qu'il a inconsidérément mis en branle. Mes yeux reviennent sur Pascal et mon visage s'empourpre devant le regard qu'il pose sur moi. Je prends soudain conscience de tout ce que la tenue que j'ai choisie qui dévoile plus qu'elle ne dissimule mon corps, a d'impudique et d'outrancier. Je me rends soudain compte que, sous le fin tissu du bustier, les anneaux qui ornent maintenant mes seins font une légère saillie et que les tétons ainsi transpercés sont durs et tendus sous l'étoffe. Une sensation de faiblesse m'envahit alors que je me soumets au regard de Pascal qui me scrute impudemment. Imperceptiblement, mon souffle s'accélère. Un désir irrépressible croît en moi et emplit mon corps d'une sourde impatience. J'appréhende ce qui va se passer tout en l'appelant fébrilement.

Sans pouvoir esquisser le moindre son, j'écoute Pascal m'expliquer complaisamment ce qu'il compte me faire subir ce soir et laisse les mots qu'il prononce me pénétrer de leur charge érotique. Sans force, je capitule devant sa volonté qui éveille au plus profond de moi des éclairs de désir.

Docilement, je le laisse me guider vers le canapé face à Fabien dont les yeux sont fixés sur mon visage. Une onde brûlante et fulgurante me transperce lorsque je sens la main si douce de Pascal glisser lentement le long de mon dos, ma peau se hérisse à son contact et un long tressaillement me parcourt. A grand-peine, je réprime un gémissement de plaisir mais je ne peux m'empêcher de me tendre vers l'exquise douceur de ses doigts qui me frôlent, me caressent et m'affolent. J'ai la sensation d'être emportée dans une vague incessante de plaisir et de désir. La main, insidieusement, parcourt en un frôlement d'une infinie douceur, ma nuque offerte avant de tirer d'un geste brusque sur le collier qui enserre mon cou m'obligeant à rejeter ma tête en arrière. Brièvement, j'ai la sensation de perdre mon souffle et une vague de peur me traverse qui me tétanise et met tous mes sens en éveil. Mais je n'esquisse aucun geste de défense. Je le laisse faire. Un désir brutal s'empare de moi. Je ne suis plus que frémissement, tressaillement, complètement à la merci de cette caresse à la fois sauvage et douce qui n'en finit plus et m'embrase. Entre mes cuisses encore resserrées, je sens le désir ruisseler et mon sexe devenir forge. Mon souffle se précipite, s'accélère. Je m'offre sans condition à la caresse incandescente de ses doigts, aveugle au regard désespéré de Fabien qui suit, fiévreux, la montée du plaisir dans mes yeux qui se voilent.

Un frisson me parcourt lorsque je sens ma robe que vient de dégrafer Pascal, glisser en corolle autour de mes pieds. Nue ou presque, les bras le long du corps et certainement rouge de confusion, je m'offre tremblante aux regards conjugués des deux hommes qui m'entourent consciente du désir que je suscite en eux et qui m'enivre. A la fois vulnérable et forte. L'instant semble s'éterniser. L'émotion que je ressens devient palpable. Je sens mes yeux s'embuer et des larmes glisser le long de mes joues. Mais je n'ai plus peur. Mes larmes, ce soir, sont des larmes de joie et d'impatience. Une nouvelle fois, j'entends comme dans un brouillard Fabien tenter, se méprenant sur la signification de mes pleurs, de me faire revenir sur ma décision. Mais je suis maintenant bien au-delà et dans l'incapacité totale de rebrousser chemin. Un désir obsédant et souverain que je ne suis plus capable de faire taire et encore moins de contrôler, m'a envahie.

Sans esquisser le moindre mouvement de résistance, je me laisse docilement positionner par Pascal sur le canapé. Agenouillée, les cuisses largement écartées, le dos bien cambré, le poids de mon corps reposant sur mes bras repliés, j'offre mes fesses à Pascal dans une attitude soumise. Je tressaille alors que je sens sa verge tendue frôler mes cuisses. Mais je ne bouge pas. Je reste ainsi, ouverte, offerte, sans autre volonté que celle que Pascal m'impose dans une attente à la fois délicieuse et angoissante. Attentive à ce que je ressens, aux palpitations affolées de mon sexe excité, à l'humidité que je sens sourdre au creux de mon vagin et inonder mes cuisses d'un nectar onctueux. Oubliant toute pudeur je m'ouvre toute entière et m'expose sans condition. J'entends encore le son de sa voix, des ordres plus chuchotés que prononcés à voix haute, mais les mots n'existent plus, n'ont plus vraiment de sens. Seule la chaude tonalité de sa voix qui m'enveloppe me parvient et me caresse. Ordres murmurés auxquels j'acquiesce sans plus réfléchir.

Soumise et consentante, je laisse Pascal écarter mes genoux et m'ouvrir exposant, toute honte dépassée, l'entrée la plus intime de mon corps. De nouveau, son pénis heurte le bas de mon dos et vient doucement frapper le haut de mes fesses. Les mains de Pascal fermement appuyées de part et d'autre de mes hanches m'obligent à me cambrer davantage encore. Sa verge que j'imagine bandée à l'extrême et gonflée de désir s'immisce entre mes cuisses. Mon corps se tend dans l'attente de l'intrusion que je sais maintenant imminente.

Involontairement, j'ai un léger mouvement de recul, lorsque je sens son gland épais frotter mon entrée étroite que j'ai pourtant pris soin de lubrifier. J'ai soudain une appréhension irraisonnée. J'ai tellement peur de souffrir, d'avoir mal. Je m'oblige à rester immobile et à accepter comme une nécessité cette souffrance qu'il va m'infliger et qui scellera le lien qui va nous unir.

Je n'ai plus de voix, plus de pensée. Soumise et offerte, j'ai la sensation enivrante d'avoir enfin trouvé ce que je recherchais viscéralement depuis longtemps sans avoir jamais voulu l'admettre. Je ne suis plus qu'un corps palpitant et frissonnant, avide d'être totalement prise et conquise.

Sans que Pascal ait besoin de me le dire, je me cambre encore davantage pour m'offrir entièrement. Je suis dans l'attente fiévreuse de sa venue en moi. J'appréhende la souffrance à venir que je redoute mais que je désire aussi tout autant. De nouveau, la voix de Pascal retentit au creux de mon oreille. Chaque mot résonne comme un coup de fouet, comme une caresse qui me fait tressaillir. Je me fonds dans ses mots qui me brûlent et me crucifient.

Alors que les premiers accords de la musique que vient de mettre Fabien retentissent dans la pièce, les mains de Pascal agrippent fermement mes hanches et les attirent autoritairement vers lui. Je me crispe lorsque son gland turgescent se fraye un passage entre mes fesses et se pose sur l'iris de mon anus. Lentement, inexorablement, je sens le membre épais forcer l'entrée étroite de mon cul. Sous l'intrusion qui me viole, je laisse échapper un gémissement que je réprime à grand-peine. J'ai mal, mais je ne veux pas crier. J'enfouis mon visage entre mes bras et mords désespérément mes lèvres pour retenir mes plaintes.

Insensible à la douleur qu'il m'inflige, Pascal continue sa lente progression au fond de mon ventre. Mon corps tremble et se raidit sous la poussée du dard épais qui progresse en moi et m'emplit. Des larmes perlent à mes cils sous la douleur qui incendie mes reins. Mon souffle s'accélère et un cri s'échappe de mes lèvres quand je sens la bague étroite de mon sphincter céder brusquement sous la progression inexorable du membre fièrement érigé qui s'introduit en moi et allume sur son passage une brûlure intolérable. Dans un mouvement désespéré et involontaire qui me projette en avant, je tente soudain, affolée, de me dégager, de faire cesser cette douleur qui incendie mes reins. J'ai l'impression que pas une seconde de plus je ne pourrais supporter cette agression qui me pourfend. Je me cabre, me révolte soudain, me débats. Mais Pascal, ses mains solidement arrimées à mes hanches, me maintient fermement en place et je n'ai pas d'autre choix que d'accepter l'avancée qui m'écartèle.

Insensiblement, je sens ma gaine anale si étroite se dilater alors que la longue hampe se fraye un passage que lui ouvre le gland épais. J'ai la sensation que je vais me déchirer sous l'intrusion de ce pieu qui s'enfonce inéluctablement en moi et me distend de plus en plus. Soudain, je n'en peux plus et un cri déchirant s'échappe de mes lèvres alors que Pascal d'un mouvement impérieux des hanches se plante au plus profond de mes entrailles. J'ai la sensation qu'un orage se déchaîne au fond de mon ventre. Un bref instant, il reste immobile son membre tendu profondément empalé en moi. J'ai à peine le temps de m'habituer à sa présence qui distend le fond de mon ventre qu'il entreprend un mouvement de va-et-vient qui me donne l'impression d'être soudain labourée par un soc sauvage. Le membre coulisse en moi, d'abord difficilement et m'arrache des sanglots que je ne prends même plus la peine de retenir. Puis peu à peu, la douleur s'atténue alors que ma gaine anale, élastique, s'assouplit et s'élargit.

Chaque mouvement fait presque ressortir l'épais gland avant de replonger chaque fois plus profond sans souci de la souffrance infligée. Je sanglote, je hurle mais peu à peu la sensation intolérable de douleur s'amenuise et disparaît pour laisser place à une formidable impression de totale possession. Jamais encore je n'ai ressenti à ce point la sensation d'être emplie. D'être prise. Surprise, mes cris se bloquent au fond de ma gorge attentive aux battements spasmodiques de mon rectum mais aussi aux frémissements de mes tétons durcis et aux contractions de mon vagin mouillé. Je me laisse envahir par la chaleur qui se propage en moi et m'arrache de nouveaux soupirs mais de plaisir cette fois. Du fond de mes entrailles, je sens naître une sensation inconnue jusqu'alors qui irradie le long de mon dos et vient s'épanouir sur mes seins tendus. C'est moi maintenant, mon ventre envahi par des spasmes progressivement plus violents, qui ondule les hanches dans un mouvement incontrôlable en quête de l'intrusion de ce pieu sur lequel je m'empale avec délectation. Plaisir et douleur se mélangent intimement. Je gémis sans discontinuer sous les coups de boutoir qui me pourfendent dans une cadence de plus en plus effrénée. De mes lèvres s'échappent des mots sans suite, des mots de plaisir. Des mots de jouissance éperdue.

Mon corps pantelant et offert se cabre d'extase d'être ainsi possédé. Dans un brouillard de sensations, j'entends Pascal demander à Fabien de s'approcher afin d'observer le mouvement de sa verge tendue qui va et vient au creux de mon anus maintenant parfaitement dilaté. Je l'imagine ouvert en un cercle presque parfait que doivent ourler des bourrelets de chair rose malmenée. Un sentiment de honte me submerge d'être ainsi regardée mais je suis incapable de m'arracher à ce plaisir qui m'incendie et me fait râler de ravissement, au bord de la jouissance.

Dans le flot de sensations au sein duquel je me noie, j'entends soudain Pascal demander à Fabien qui, fasciné par le spectacle de la verge de Fabien qui s'enfonce dans mon cul, s'est insensiblement approché de nous, un verre de whisky à la main, de se joindre à nous. Je ne peux réprimer un sursaut de révolte mais je suis maintenant complètement asservie aux désirs impérieux de mon corps qui exige d'être encore plus pris et possédé.

Dans un souffle, alors que Pascal continue à me marteler de plus en plus violemment les reins, je supplie Fabien de venir dans ma bouche qui aspire d'être à son tour conquise. Je n'ose imaginer l'image que je lui offre alors, le corps arquebouté contre le canapé pour supporter l'assaut de Pascal dont je sens maintenant les testicules battre contre ma vulve écartelée, les joues cramoisies, inondées de larmes, les cheveux défaits, le visage hagard et au fond des yeux, j'en suis sûre, une lueur lascive de femelle en rut qui

232

doit les faire étinceler.

La vision bien qu'elle semble terrifier Fabien l'attire irrésistiblement et dans un gémissement rauque de défaite, il s'approche de moi qui déjà avance ma bouche entrouverte vers lui, insouciante de l'impudicité de mon geste. Toute tendresse oubliée, Fabien, d'un mouvement brutal, plaque sa main derrière ma nuque et enfourne son sexe que tend une puissante érection au fond de ma gorge. Sous la violente intromission de sa verge, je perds mon souffle et je réprime à grand-peine des spasmes qui me font hoqueter, mais il n'est pas question pour moi de me soustraire à son assaut impétueux et désespéré. Ses deux mains maintenant posées sur mes tempes, il imprime à ma tête un mouvement d'avant en arrière et enfonce chaque fois plus profond, à grands coups de reins, son membre dur qui écartèle mes lèvres et vient taper sur ma luette. J'étouffe et je sens couler sur mon menton un fin filet de salive qui goutte le long de mon cou. Pascal de son côté a repris le martèlement de mon cul. Mon corps tressaute entre eux, poupée de chiffon dont les deux hommes jouent et s'amusent sans aucun ménagement. Mais je n'éprouve plus aucune humiliation d'être ainsi traitée. Je suis bien au-delà de toute honte, dans un monde de sensualité pure où la seule réalité est le plaisir charnel partagé, donné et reçu. Un vertige abyssal m'étreint et je me laisse sombrer avec allégresse au sein de ce déluge voluptueux dans lequel les deux hommes m'entraînent. Je ne suis plus rien. Je ne suis plus Sophie. Je ne suis plus que sexe béant et bouche accueillante. Je ne suis plus que sensations. Plaisirs. Je coule et me liquéfie. Je défaille. Mon cœur bat à tout rompre et je l'entends tambouriner au fond de ma poitrine.

Une douleur lancinante, source des plaisirs les plus terribles, brûle mes reins mais loin de la refuser je l'accepte et la fais mienne. Les doigts de Fabien sont fermement agrippés à mes cheveux et, sans pouvoir esquisser le moindre geste de recul, je le sens aller et venir au fond de ma gorge sans se soucier qu'à chaque mouvement qui l'enfonce davantage, il m'étouffe. Mais à aucun moment, je ne songe à me plaindre de cela. Mon corps ballotte, ivre de volupté, entre les deux hommes qui tour à tour ou simultanément plongent en moi.

J'ai soudain la sensation fulgurante que les deux sexes qui pénètrent et fouillent à la fois mon ventre et ma bouche vont se rejoindre et s'étreindre en moi. Je les imagine longs, forts, cambrés, résolus à se satisfaire. Sans résistance, je m'offre à la violence des coups, heureuse de combler ces deux hommes, de sentir leurs virilités gémelles aller dans mon cul et entre mes lèvres et m'emplir conquérantes et souveraines. J'éprouve une impression de totale plénitude d'être ainsi prise et de trouver enfin ma véritable place. Objet de plaisir pour ces deux hommes qui usent de moi mais aussi centre névralgique vers lequel converge tout leur désir. Jamais encore je ne me suis sentie aussi totalement femme.

Soudain, alors que Pascal est juste à l'orée de mon anus prêt à m'empaler, Fabien se déverse en un flot intarissable au fond de ma bouche. Je ressens une jouissance infinie à recevoir la chaude et onctueuse liqueur. D'un geste incontrôlé, Fabien attire violemment mon visage vers lui. Je perds mon souffle, m'étouffe. Une douleur brutale me transperce l'anus alors qu'au même instant Pascal s'enfonce en moi d'un puissant de reins. Je hoquète en fait plus de surprise que de réelle souffrance tant mon conduit anal est maintenant dilaté. Fabien s'enfonce au plus profond, amplifie le va-et-vient de sa verge, malmène sans aucune précaution mes muqueuses internes. Ses testicules battent en cadence contre mon sexe détrempé de plaisir d'être ainsi labouré. Je pousse un cri déchirant terrorisée par cette pénétration extrême qui me déchire. Affolée, je repousse, dans un mouvement instinctif, Fabien dont les dernières gouttes de sperme viennent asperger mes joues. J'ai terriblement peur. Je ressens une sensation intolérable de déchirure comme si mon anus s'était fissuré. Je sanglote spasmodiquement mais mon excitation loin de s'éteindre au contraire s'amplifie et atteint son paroxysme quand Fabien emplit mon cul de son sperme. Attentive, je suis le fulgurant cheminement de ma jouissance qui remonte brûlante le long de ma colonne vertébrale avant d'exploser dans mon cerveau. Sans force, épuisée, je me laisse glisser, le corps rompu, contre le canapé où je me recroqueville en tremblant.

Je reste prostrée dans le canapé, entendant dans un brouillard Pascal me parler. Mais je ne comprends pas ce qu'il me dit, seulement concentrée sur le plaisir qui palpite encore en moi. Sans force, je le laisse me redresser et je ressens une intense sensation de bien-être alors que ses mains effleurent tendrement mes tempes et tentent d'effacer de mon visage ravagé les traces des outrages qu'il a subis et lui rendre un semblant d'éclat. Je n'ai plus aucune volonté et je me sens complètement brisée, abasourdie par ce que je viens de vivre et la violence des émotions tant charnelles que psychiques éprouvées. Inerte, je m'abandonne, jouet consentant entre les mains expertes et caressantes de Pascal. Aussi, est-ce sans ébaucher le moindre geste de dénégation ou de refus que je le laisse, résignée et soumise, introduire son pénis entre mes lèvres. Il va et vient dans ma bouche et reprend lentement vigueur. Sa voix chaude me murmure des mots qui m'apaisent. La douleur de mes reins est toujours brûlante et chaque mouvement que j'esquisse est un déchirement constant. Mais en même temps, une infinie douceur m'envahit alors que la chair soyeuse de sa verge glisse sur ma langue. Un long moment, il continue son irrésistible va-et-vient. Lorsqu'enfin je le sens se répandre dans ma bouche, mélangeant son sperme à celui de Fabien, j'éprouve, non pas du ressentiment envers lui pour m'avoir ainsi utilisée dans ce moment de faiblesse extrême, mais une intense sensation de bonheur de l'avoir satisfait malgré ma souffrance. Je lui suis soudain infiniment reconnaissante de m'avoir fait connaître cela.

Aussi est-ce avec un serrement au cœur que je le vois quitter l'appartement. Mes yeux le suivent alors qu'il sort de la pièce. J'aurais tant de choses à lui dire mais je suis si fatiguée… sans même m'en rendre compte, dans la position même où il m'a laissée, je sombre dans un profond sommeil.

Chapitre 10
Jogging interrompu

Sophie

Ce matin comme elle en a l'habitude Sophie est dans le parc M. en train de faire son jogging. Elle aime cette activité qui tout en sollicitant son corps lui permet de laisser divaguer à sa guise ses pensées qui, irrésistiblement, la ramènent, quoi qu'elle y fasse, à Pascal. Quinze jours sont passés depuis cette soirée mémorable où Sophie a perdu ses ultimes vestiges de virginité. Le souvenir douloureux de sa défloration anale ainsi que du percement de ses tétons et de son sexe s'est peu à peu estompé dans un brouillard confus de sensations contradictoires alors que ces parties de son corps durement malmenées se sont lentement cicatrisées. Seul un vague malaise qu'elle s'évertue à négliger subsiste en elle à l'évocation de ces évènements qui ont complètement bouleversé la vision qu'elle avait d'elle-même et de sa vie et mis à mal toutes ces certitudes. Parfois, comme pour se convaincre de la réalité de ce qu'elle a vécu, elle effleure, pensive, d'une main timide, le bout de ses seins et fait rouler entre ses doigts les anneaux argentés qui les entourent. Tout cela lui semble si étrange, si incroyable. Surtout les matins comme celui-ci où elle s'adonne dans la sérénité paisible du parc M., à la course et recherche dans l'effort physique un apaisement qui lui fait depuis lors cruellement défaut.

Il est très tôt, à peine 7 heures, et l'air frais de ce matin d'automne fouette son visage pourtant elle sent la transpiration couler le long de son dos et mouiller la veste de son jogging avant de se perdre au creux de ses reins. Une légère buée s'échappe de sa bouche à chacune de ses expirations et enveloppe d'un doux halo son visage en sueur aux pommettes rougies. Sophie n'a pas coutume de se ménager, depuis ces derniers jours encore moins que d'habitude, et elle court à une vive allure, ses longues jambes qui se détendent souplement à chacune de ses foulées font crisser sous ses pieds le tapis épais de feuilles mortes.

Pour se protéger du froid mais aussi pour être parfaitement à l'aise, Sophie a revêtu un ample jogging bleu nuit qui dissimule les formes de son corps. Elle a remonté jusqu'au cou la fermeture éclair qui en ferme la veste et retroussé négligemment le pantalon autour de sa taille fine. Dessous, plus soucieuse également de confort que de séduction, elle a enfilé un soutien-gorge boléro en coton blanc dont les bretelles se croisent dans son dos et qui couvre entièrement ses seins et surtout les soutient fermement évitant ainsi tout frottement sur ses tétons encore sensibilisés par les anneaux. Elle a assorti le tout d'une culotte du même coton blanc qui enveloppe ses fesses et remonte jusqu'à sa taille. De fines chaussettes et une paire de confortables tennis qu'elle traîne depuis des années complètent l'ensemble. «Pas très sexy tout ça...» a-t-elle songé en se regardant dans le miroir de sa chambre tout en rassemblant ses longs cheveux en une haute queue de cheval et en les maintenant en place avec un bandeau rouge et bleu qu'elle a ceint autour de son front. «Je ne pense pas que Pascal apprécierait vraiment. Mais bah ! Il n'est pas là... alors... »

L'absence de toute trace de maquillage accentue la fraîcheur juvénile de son allure et c'est une frêle jeune fille qui semble à peine sortie de l'adolescence, très loin de la femme raffinée et sophistiquée qu'elle est habituellement, que les rares joggers ou passants croisent à cette heure matinale. Malgré tout, même sans aucun des artifices dont elle use généralement pour rehausser sa beauté naturelle, Sophie dégage un charme et un attrait certains qui sont loin de passer inaperçus. Alors qu'elle court d'une souple mais rapide foulée les yeux fixés droit devant elle, elle ne peut ignorer les regards admiratifs qui suivent sa silhouette élancée tendue par l'effort. Mais Sophie, perdue dans ses pensées, n'a cure de ces regards qu'elle néglige dédaigneusement. Elle court soucieuse de contrôler sa respiration lorsque soudain la sonnerie de son portable retentit la faisant sursauter.

Le souffle court, le visage en sueur, elle s'adosse contre le tronc d'un chêne vénérable et prend, haletante, la communication. Elle ne peut retenir un tressaillement en reconnaissant la voix de Pascal :

« *Bonjour... Je voudrais que vous passiez chez moi... Je viens de me réveiller... soyez là dans une demi-heure...* »

« *Mais... je suis en train de faire un jogging... je...* »

« *Venez tout de suite... comme vous êtes... CLIC* »

Pascal a déjà raccroché la laissant stupéfaite avec son téléphone à la main.

Rapidement, elle jette un regard sur la montre qui ceint son poignet. Il est 7 h 45. Dans une demi-heure a-t-il dit ? « Très certainement, se dit-elle, Pascal a également, de son côté vérifié l'heure... » Elle essaye, tout en reprenant sa course d'une foulée indécise, d'évaluer le temps qu'il lui faudrait pour retourner chez elle, prendre une douche, passer une tenue plus en accord avec les exigences vestimentaires formulées par Pascal, se maquiller, se coiffer, plus le trajet jusqu'à son appartement. « Impossible, pense-t-elle, jamais je n'y arriverai. » Un moment, elle hésite entre faire fi du délai imparti par Pascal et rentrer malgré tout chez elle, « Mais quelle sera alors sa réaction face à mon retard ? J'en ai pour au minimum une bonne heure et encore en me dépêchant et en évitant les embouteillages ». Ou sauter dans un taxi et aller chez lui, ainsi qu'il le lui a demandé, telle qu'elle est, les cheveux ébouriffés, le visage rougi par l'effort et le corps en sueur dont se dégage une odeur musquée de transpiration mêlée au parfum dont elle s'enveloppe en toutes circonstances, et, pire que tout, vêtue de cet horrible jogging informe et de ces sous-vêtements qui conviendraient davantage à une adolescente impubère. Sophie frémit en imaginant le regard désapprobateur que va lui lancer Pascal et ses joues deviennent par avance cramoisies à la pensée des paroles sarcastiques et cinglantes qu'il ne manquera pas de lui adresser en la voyant affublée de la sorte.

Mais finalement, ce risque lui paraît moins grand que de faire attendre Pascal. Décidée, elle hèle un taxi dans lequel elle s'engouffre sans plus réfléchir.

Pendant le trajet, alors que la voiture se fraye un passage dans la circulation est de plus en plus dense, Sophie se remémore ce qu'elle a fait durant ces quinze jours……….

240

Chapitre 11
Quinze jours d'absence

Sophie

Pendant le trajet, alors que le taxi se fraye un passage dans la circulation qui devient de plus en plus dense, Sophie se love au fond de la banquette de la voiture et reprend lentement son souffle. Elle sent une boule d'appréhension nouer son ventre à l'idée de revoir dans seulement quelques minutes Pascal. Cela l'effraye et pourtant une impatience diffuse se diffuse en elle et allume en elle une fragile étincelle de désir prête à se propager et à l'embraser tout entière à la première sollicitation. Comment nier que Pascal, au cours de ces deux dernières semaines, lui a, contre toute attente, manqué et qu'elle a ressenti son absence comme une désertion ? « Comment a-t-il pu, songe-t-elle avec un vague ressentiment, me laisser ainsi sans aucune nouvelle, sans même prendre le soin de s'enquérir de comment j'allais... » Elle se souvient en frissonnant de l'état pitoyable dans lequel il l'a quittée cette fameuse soirée. Le corps rompu, l'esprit en déroute. « Et là, soudain, sans même me prévenir de son retour, il m'ordonne avec un aplomb incroyable de le rejoindre immédiatement, comme si cela était un dû, comme si j'étais à sa disposition... Quel culot ! Mais je ne vais pas me laisser faire... Je vais lui dire ce que je pense de son attitude... » Pourtant, elle est bien obligée de convenir qu'elle est malgré tout là, dans le taxi. Qu'elle n'a pas pu faire autrement que de se plier sans véritable contestation à l'exhortation autoritaire de Pascal ! Elle doit bien s'avouer qu'en réalité cette servitude à laquelle il la contraint lui plait.

D'un vague regard, toutes à ces pensées, elle observe les passants de plus en plus nombreux qui se pressent, affairés, sur les trottoirs en direction de leur travail. D'un geste machinal, elle tapote du bout de ses doigts soigneusement manucurés de rouge vermillon, l'accoudoir de la voiture tout en suivant des yeux un homme la trentaine, vêtu élégamment d'un strict costume sombre à fines rayures grises. Il se meut, pressé, d'une démarche assurée une petite mallette en cuir fauve dans sa main gauche. L'air respectable du jeune cadre dynamique. Soudain, elle se demande ce qu'est cet homme en réalité, ce qu'il devient quand il ôte de son visage ce masque d'honorabilité qui le fond, uniforme et convenu, dans la foule. Un frisson la parcourt alors qu'elle se remémore sa rencontre avec Pascal. De nouveau, elle ressent au fond de son ventre, la violence des sensations contradictoires, souffrance extrême et plaisir infini, qu'il a su faire naître et qui l'ont tellement déstabilisée. Elle se souvient en rougissant de confusion de ses paroles lorsqu'il lui a affirmé, si sûr de lui (ou d'elle ?) qu'il savait qui elle était vraiment et qu'il saurait faire d'elle ce qu'il devinait. Conquise, elle avait accepté comme une évidence sa loi d'homme.

Le lendemain qui avait suivi cette soirée où elle avait perdu définitivement tous ses habituels repères et qui avait ouvert un monde de possibilités encore inexplorées, elle s'était réveillée complètement ankylosée de sa nuit passée recroquevillée sur le canapé. L'appartement était désert et silencieux. Sur la table basse du salon, elle avait trouvé un mot hâtivement griffonné par Fabien qui lui indique qu'il doit s'absenter pour 48 heures. Elle ne se rappelait pas qu'il lui eût parlé de ce déplacement et avait songé que, trop perturbé lui aussi par les derniers évènements, il avait préféré prendre un temps de réflexion. Dans un sens, elle avait été soulagée d'être ainsi livrée à elle-même sans avoir à se justifier ou à expliquer quoi que ce soit, à l'abri de tout regard.

Toute la journée, dolente, elle avait erré sans réelle activité dans son appartement revivant chacun dès instants des dernières 24 heures. Elle était restée un long moment, dans son bain, détendant son corps endolori et blessé dans l'eau brûlante parfumée aux senteurs de thym qui avait eu le mérite de la revigorer un peu. Elle en était sortie grelottante, l'eau devenue glacée, la peau fripée. La soirée s'était écoulée tout aussi calmement à regarder, sans vraiment y prêter attention, un film à la télé. A plusieurs reprises dans la journée, le téléphone avait sonné mais, incapable de parler, elle n'avait pas répondu sans même prendre la peine d'écouter les messages qui s'accumulaient sur le répondeur.

Le lendemain seulement, elle avait enfin émergé de sa torpeur et s'était éveillée avec un étonnant sentiment de joie et une vigueur retrouvée. D'un bond, elle avait sauté de son lit puis, après une rapide douche, avait revêtu son habituelle tenue de jogging avant de se précipiter en courant vers le bois dont elle avait fait à vive allure, un walkman vissé aux oreilles diffusant un best of de Queen, plusieurs fois le tour expulsant avec rage de son corps toute la tension accumulée ces deux derniers jours. Elle était rentrée chez elle complètement épuisée mais le corps et l'esprit enfin au repos. Seulement alors, elle avait pu reconsidérer sa vie sous un jour plus normal et avait fait la liste de ce qu'elle devait absolument faire.

D'abord avait-elle pensé «un rendez-vous chez l'esthéticienne et chez son coiffeur s'imposait» pour vraiment reprendre figure humaine et effacer de son visage les derniers vestiges de dévastation. Elle se souvient en souriant de la gêne qu'elle avait ressentie lorsqu'arrivée au salon de beauté, elle s'était soudain rendu compte en pénétrant dans le salon de massage qu'elle devrait se dévêtir complètement. Elle avait en fait totalement oublié les anneaux qui ornaient ses tétons et son sexe et avait éprouvé une honte extrême lorsqu'elle avait senti se poser sur elle le regard curieux et ébahi de la masseuse. Sophie avait fait comme si de rien n'était et s'était installée sur le dos sur la table de massage, ses bijoux mis ainsi ostensiblement en valeur. La jeune femme avait eu un moment d'hésitation, troublée par la beauté de ce corps qui s'offrait dans une tranquille impudeur, puis avait commencé son massage et pétrit souplement les épaules avant de descendre vers le ventre et les cuisses. Au passage, ses mains avaient effleuré comme par inadvertance les anneaux qui ceignaient les tétons fièrement érigés de Sophie qui n'avait pas bronché sous cette caresse furtive mais réelle. La séance s'était poursuivie dans le silence, l'atmosphère emplie d'une charge érotique tangible dans laquelle Sophie, les yeux mi-clos, s'était laissée glisser, seulement attentive au pétrissage des mains douces sur son ventre, ses hanches, puis à l'intérieur de ses cuisses... Un moment, elle avait eu la tentation d'ouvrir plus largement ses jambes afin d'inciter la jeune femme à oser un massage plus intime et sentir ses doigts agiles et luisants d'huile, se poser sur son sexe gonflé d'envie. Mais un reste de pudeur l'avait retenu. «Pas cette fois, avait-elle songé, peut-être un autre jour... Et puis l'attente n'est-elle pas tout aussi délicieuse?».

Avec amusement, elle repense à l'embarras de l'esthéticienne à qui elle avait demandé, avec un aplomb dont elle ne se serait pas crue capable, d'épiler soigneusement son corps. Les aisselles et les jambes bien sûr mais également son sexe, tâche que les anneaux avaient rendue ardue mais terriblement excitante. Elle revoit les doigts de l'esthéticienne se poser délicatement sur son pubis afin d'étirer la peau fine et fragile avant d'y disposer l'appareil épilateur électrique. Sophie, en effet, avait préféré une épilation électrique qui avait le mérite d'ôter l'intégralité de sa pilosité à une épilation chimique à la suite de laquelle les poils repoussent trop vite et surtout trop drus. Arrivée sur ses lèvres, l'esthéticienne avait dû, pour procéder à l'épilation, saisir adroitement entre ses doigts, afin de les écarter, les anneaux. Sophie avait à grand-peine réprimé un frémissement à la fois à cause de la légère souffrance éprouvée mais aussi aux doux attouchements des doigts sur ses lèvres sensibilisées.

Elle était sortie, apaisée et de nouveau sûre d'elle, du salon de beauté, les cheveux brillant, le corps parfaitement lisse et épilé, et empli d'une troublante excitation.

Arrivée chez elle, elle y avait trouvé Fabien qui l'attendait, assis dans le canapé, sirotant tranquillement un whisky. Mais Sophie ne veut pas se souvenir de la discussion orageuse qu'ils ont eue ce soir-là. Elle chasse de sa mémoire, d'un mouvement impatient de sa tête, les pitoyables excuses de Fabien pour l'avoir entraînée dans cette aventure qu'il regrettait tellement de lui avoir imposée ainsi que ses misérables supplications de tout stopper. « Comment, pense-t-elle, a-t-il pu un seul instant croire qu'il pouvait me faire changer d'avis ? » Elle s'était sentie pourtant si désolée de ne pas être capable de lui accorder cette faveur mais en elle l'appel de ses sens était trop violent pour pouvoir être tu aussi facilement sur une simple demande même de la part de l'homme qu'elle chérissait le plus au monde. Il lui avait semblé qu'elle avait passé la ligne intangible d'une frontière. Elle aurait tellement voulu que Fabien la rejoigne également de l'autre côté de cette ligne et l'accompagne dans la découverte de cet univers de sensualité et de volupté poussées à leur paroxysme. Vainement, elle avait tenté de lui faire comprendre ce qu'elle ressentait mais Fabien s'était muré dans un silence hostile, sourd à toutes ses explications.

La circulation devient de plus en plus dense et le taxi n'avance plus que très lentement dans le flot compact des véhicules. Soudain, Sophie a un sursaut lorsqu'en regardant la rue elle se rend compte que la voiture vient de s'immobiliser devant l'immeuble du docteur Debacker. D'un mouvement machinal, Sophie effleure ses seins. Consciencieusement, chaque matin et soir, ainsi que le lui a conseillé le médecin, elle a soigneusement désinfecté les anneaux qu'elle a, tout aussi scrupuleusement, fait tourner. Ses tétons et les lèvres de son sexe sont encore très sensibles mais elle ne ressent plus de douleur véritable. A peine, parfois, un léger élancement. Sophie est en fait très fière de ces parures qui donnent à son corps une aura sauvage et barbare qui en accentue la fragilité et la douce volupté des courbes.

Le taxi reprend son avancée et les pensées de Sophie sautent à cette soirée de vernissage où Fabien l'avait entraînée[1].

Quelle ne fut sa surprise, de reconnaître parmi la foule des curieux qui se pressait devant les toiles d'une facture très décevante, la silhouette oubliée d'un fantôme qui surgissait du passé. « Marie !!! » s'était-elle dit en sentant son cœur s'affoler. Un moment, elle avait

---

[1] « Jeux de miroir »

eu la tentation de s'enfuir mais Marie l'avait, elle aussi, aperçue, et s'était avancée vers leur couple de sa démarche souveraine une très jeune fille au charme gracile accrochée à son bras. Des présentations hâtives empreintes de part et d'autre de gêne. Comment expliquer en ce lieu à Fabien qui était réellement Marie? Combien à une époque, il y avait 7 ans de cela, Marie avait été beaucoup plus qu'une simple amie! Ce qu'elle avait vécu alors et qu'elle n'avait jamais pu se résoudre à lui avouer à l'instar d'une souillure qu'il fallait à tout prix oublier, effacer.

Sophie avait laissé passer quelques jours et avait repris ses activités habituelles, son travail dans lequel elle avait plongé avec rage, les sorties au restaurant entre amis au cours desquelles elle avait, à l'étonnement de tous, semblé curieusement absente, au cinéma. Puis, sous une impulsion aussi irrésistible qu'irraisonnée, elle avait téléphoné à Marie.

Marie sans paraître étonnée de son appel, lui avait donné rendez-vous l'après-midi même dans ce bar «Chez Ophélia» où elles s'étaient rencontrées la première fois et siège de tant de souvenirs partagés[2].

Un moment, elles étaient restées silencieuses à se contempler, incrédules d'être de nouveau face-à-face si différentes et si semblables, Sophie sophistiquée et raffinée, Marie sauvage et outrancièrement aguichante, laissant les souvenirs remonter lentement à la surface de leur mémoire. Elles avaient échangé des sourires de connivence empreints d'une tendre complicité et, sans qu'elles y prennent garde, leurs mains s'étaient tendrement effleurées avant de se joindre en une étreinte qui avait renoué le lien certes distendu par les années mais jamais réellement rompu. Alors, Sophie s'était mise à parler, avait raconté à Marie sa vie,

---

[2] «Le temps qui passe»

Fabien bien sûr, le couple qu'il formait mais surtout sa rencontre avec Pascal. Seule Marie pouvait comprendre ce qu'elle ressentait, avait pensé Sophie. Elle avait un tel besoin de se confier, de formuler à haute voix son émoi, ses doutes, ses désirs, ses incertitudes. Marie l'avait écoutée en silence sans la lâcher un seul instant des yeux, un léger sourire flottant sur ses lèvres. Sa main avait étreint plus fermement la main tremblante de Sophie, l'enveloppant de sa chaleur qui s'était lentement diffusée le long de son bras avant de s'épanouir souveraine dans tout son corps. Soudainement, alors que les battements de son cœur s'accéléraient brutalement charriant dans ses veines un torrent de feu, Sophie, les yeux rivés dans ceux de Marie, s'était tue, et avait laissé, subjuguée, l'alchimie opérer en elle.

Sans qu'elles aient eu besoin d'échanger un mot supplémentaire, elles s'étaient dans un même élan rapprochées, insoucieuses du lieu où elles se trouvaient et des regards qui les observaient, et leurs lèvres s'étaient jointes en un baiser qui, comme par magie, avait effacé les années de séparation. Sophie avait senti son corps se mettre à vibrer à l'unisson de celui de Marie dont les mains avaient lentement glissé le long de son dos frémissant afin de l'attirer contre elle dans un mouvement à la fois empreint de tendresse et d'autorité.

Alors qu'elle est dans le taxi, Sophie ressent encore la douce suavité des lèvres de Marie sur les siennes qu'elle avait entrouvertes afin que leurs langues gourmandes et affamées se trouvent et s'enroulent en un baiser qui avait semblé ne jamais vouloir finir. Elle se demande si elle osera avouer à Pascal ce baiser. Surtout ce qui s'était passé ensuite lorsque Marie et elle s'étaient retrouvées dans son appartement, dans sa chambre et que leurs corps s'étaient emmêlés et avaient redécouverts, les années écoulées abolies, les gestes d'autrefois...

Mais le taxi stoppe devant l'immeuble de Pascal tirant Sophie de ses pensées. Rapidement, elle paye la course et d'un pas qu'elle essaye de rendre décidé, elle se dirige vers la lourde porte de l'immeuble tentant désespérément de calmer les battements impatients et anxieux de son cœur.

Chapitre 12
Une étrange matinée

Pascal

Je vais ouvrir la porte au coup de sonnette bref qui vient de retentir.

Sophie est là, les yeux brillants d'angoisse. Sans la faire entrer, je la jauge du regard. La courte veste du survêtement laisse voir sa taille fine. Le pantalon dont la ceinture élastique est roulée plusieurs fois sur elle-même plaque le tissu sur sa vulve. Je souris en faisant remonter mon regard sur la fermeture éclair de la veste fermée jusqu'au col. Sans fard, les pommettes rosies, elle est charmante de naturel et de jeunesse. Même ainsi vêtue, elle dégage une sensualité sauvage. L'ample veste ne peut masquer le volume conséquent de sa poitrine, qu'on sent bien sanglée dans un soutien-gorge robuste.

Je m'efface sans un mot et dans un sourire, tandis qu'une quinte de toux provient du salon. Elle me regarde, affolée et suppliante. Je lui indique d'une main le salon. Elle hésite un instant, puis avance, d'une démarche souple, dans ses tennis blancs. Le pantalon de jogging, remonté par la ceinture roulée à la taille, moule délicieusement ses hanches, le tissu rentre légèrement entre ses fesses, sépare et souligne nettement les deux hémisphères, malgré l'ampleur du vêtement. Une trace en relief barre le bas de chaque cuisse, en biais, due à la culotte enveloppante que porte Sophie. Je la suis au salon, admirant les rondeurs qui oscillent devant moi.

Assis dans le canapé, penché sur la table basse, un homme fouille dans sa mallette. La cinquantaine, il est gros et son front dégarni est luisant. Une fine moustache à la Clark Gable et des rouflaquettes grisonnantes lui confèrent un style suranné. Son costume pied-de-poule défraîchi renforce cette impression : Tchao pantin, version voyageur de commerce au bout du rouleau.

Sophie m'adresse du regard une supplique muette. L'homme a levé son visage bouffi et contemple à la dérobée, l'arrivante. Ses yeux rougis et la couperose qui orne ses joues et son nez semblent révéler un penchant pour la dive bouteille.

— Je vous présente Sophie...

Le gros homme se soulève à demi et tend une main aux doigts boudinés. Une chevalière imposante, quoique vraisemblablement en toc, brille à son annulaire. Une odeur de sueur et d'eau de toilette bon marché se mêle à celle de l'haleine chargée d'alcool et de tabac de l'individu au souffle court.

Sophie serre sa main molle et moite, tandis que l'homme murmure quelque chose qui doit vouloir dire « Mademoiselle ».

— Sophie, j'ai fait venir ce monsieur pour qu'il me présente les articles qu'il essaye de vendre... Et cela vous concerne, vous allez voir... Si vous voulez bien commencer...

Sophie reste debout, face à l'individu, tandis que je m'assois à côté d'elle, sur l'accoudoir d'un fauteuil.

L'homme sort alors de sa mallette, un objet de forme cylindrique, en acier brossé. Une espèce de bracelet sur lequel est soudé un petit anneau circulaire. La face interne est recouverte d'une sorte de velours rouge, molletonné.

Il le fait tourner dans sa main :

– C'est un modèle très léger, mais très résistant… Et le capitonnage protège la peau des blessures… En cas de suspension, aucune écorchure n'est à craindre, même si on exerce une traction sur le bas du corps… c'est vraiment un article très bien conçu…

Je le regarde dubitatif :

– Et quel est le système de fermeture ?

– Oh, un simple clip pour le fermer… et pour l'ouvrir, on appuie d'un doigt sur les deux faces du bracelet… très simple, mais quand les deux mains sont entravées… impossible de l'ouvrir seul… surtout si elles sont attachées ensemble…. Avec ceci…

Il exhibe un petit anneau rond.

– Cet accessoire livré avec les deux bracelets permet de lier les poignets ensemble…

Il me tend les bracelets et l'anneau.

– Vous voyez, c'est très léger… et le même modèle existe pour les chevilles.

Sans un mot, je saisis la main droite de Sophie qui se tient à mes côtés et l'attire vers moi. Elle se tourne légèrement tandis que je fixe le bracelet à son poignet. Il est beaucoup trop large pour la finesse de son poignet.

– On peut également en réaliser un modèle sur mesure…

– D'accord alors…

L'homme se lève après avoir pris dans sa mallette un mètre ruban.

– Vous permettez, mademoiselle… ? dit-il en retirant d'un geste sûr le bracelet.

Il mesure le poignet de la jeune femme et souffle :

– Quelle finesse !

J'ignore sa remarque et lui indique :

– Les chevilles aussi...

Après avoir noté sur son calepin le tour de poignet, il s'accroupit et soulève le bas élastique du jogging, dévoilant le mollet bronzé délicatement galbé et la fine cheville. Il abaisse au maximum la chaussette et mesure sa circonférence au niveau de la malléole.

– Je prends toujours plus large, pour les chevilles, surtout pour les femmes... quand elles restent debout longtemps, elles ont parfois les jambes qui enflent...

Je souris avec condescendance devant tant d'égards, tandis que l'individu rabaisse le bas du pantalon.

Sophie n'a pas esquissé le moindre geste pendant toute l'opération et se contente d'observer le gros homme accroupi devant elle. Par instants, elle me jette des regards interrogatifs, dans lesquels je sens percer une pointe d'angoisse.

L'homme se rassied et note, ajoutant pour lui-même :

– ... Et quatre bracelets d'entrave, avec anneau d'assemblage...

Je le coupe.

– Bien, et quoi d'autre ?

Le gros homme paraît hésiter, son regard allant sans cesse de Sophie à moi. Puis il sort de sa mallette, un instrument étonnant. Composé d'un anneau recouvert de caoutchouc noir, d'un diamètre de dix centimètres environ, de forme ovale. Cet anneau est relié à deux tiges métalliques attachées de chaque côté, un peu comme des branches de lunettes assemblées sur un seul verre. A l'extrémité de ces dernières sont fixées deux pattes en U, en caoutchouc.

– Il y a ça... dit-il en exhibant l'objet devant moi... vous voyez, l'ovale de l'anneau est conçu pour s'adapter à l'ouverture des lèvres et son élasticité lui permet d'épouser parfaitement la forme de la bouche... On le

254

positionne contre le palais juste derrière les dents, plaqué à l'intérieur de la dentition... on règle ensuite les pattes, qu'on fixe à cheval sur les molaires du bas... Et le tour est joué... l'épaisseur des pattes empêche les mâchoires de se rejoindre... la bouche ne peut plus se fermer complètement... ça peut éviter des morsures intempestives..., explique-t-il en jetant un regard en biais vers Sophie.

– Et bien, je vais prendre aussi cet astucieux gadget...

Suant de plus en plus, l'homme ajoute de son écriture nerveuse le nouvel article à la commande.

– Et un écarteur buccal réglable...

Il repose son stylo, puis sort de sa mallette un petit disque translucide au centre duquel est fixé un fil de nylon terminé par un minuscule clip métallique comme on en trouve sur les fermoirs de colliers.

Devant mon regard interrogatif, il décolle du disque un film de plastique. Ses gros doigts aux ongles sales lui demandent un certain temps pour ôter la pellicule du disque lui-même très fin. Pendant ce temps, il explique :

– Le disque est autocollant et la longueur du fil est réglable... on passe le fermoir sur l'anneau et cela permet d'étirer la partie annelée selon vos fantaisies... Il s'arrête un instant pour reluquer Sophie. Vous m'avez bien dit que la demoiselle portait des anneaux ?

Sophie se retourne vers moi et me regarde par-dessus son épaule, suppliante.

– Oui... aux seins, aux petites et aux grandes lèvres... et au clitoris....

Le regard glauque de l'homme court un instant sur le corps de Sophie. Comme s'il évaluait la plastique de la jeune femme malgré le si peu sensuel survêtement qu'elle porte.

Sophie frissonne longuement sous le regard

inquisiteur de l'homme. Je me lève, à côté de Sophie et avant qu'elle ait pu réagir, j'ai baissé entièrement la fermeture éclair de sa veste de survêtement. Le gros homme regarde de biais, la veste ouverte qui laisse voir la large bande de coton blanc du soutien-gorge de maintien au-dessus du ventre plat et bronzé. La ceinture roulée du pantalon en plaque l'avant sur la vulve qui se dessine distinctement sur l'étoffe bleue. Juste au-dessus, on peut apercevoir la bordure de coton blanc du slip.

Sophie avale sa salive bruyamment. Elle ne réagit pas quand je fais glisser la veste pour la lui ôter complètement.

Elle apparaît, ses fines épaules luisantes de sueur refroidie, son buste étroit enserré dans le large soutien-gorge de sport qui masque encore ses seins, mais ne laisse aucun doute sur leur volume. Elle se tétanise et je vois sa peau se recouvrir de chair de poule, tandis que je cherche l'agrafe qui le retient. Le coton élastique se détend et Sophie tremble convulsivement quand que je fais glisser les bretelles le long de ses bras. Elle ne se prête pas de bonne grâce à la mise à nu de son buste. Je suis obligé de soulever l'un après l'autre ses avant-bras pour faire passer les épaisses bretelles et lui ôter le soutien-gorge.

C'est au gros homme assis dans le canapé d'avaler sa salive bruyamment.

Sophie regarde fixement le mur. Sa respiration s'est brusquement accélérée, creusant son sternum et fait doucement danser les deux poires opulentes qui s'évasent sur son buste étroit. Les deux anneaux enserrent les deux tétons qui pointent comme deux petites framboises. Je constate avec plaisir que le traitement hormonal du docteur Debecker commence à faire son effet. Les seins de Sophie semblent plus gros, comme gonflés et plus toniques encore qu'avant.

256

L'individu s'éponge le front. Je m'adresse à lui :

– Passez-moi un de ces disques autocollants... et préparez-en un deuxième s'il vous plait...

Je saisis entre ses doigts tremblants le petit disque translucide et j'insère le minuscule fermoir attaché au bout du fil de nylon dans l'anneau du sein gauche de Sophie. Je règle la longueur du fil approximativement, puis je le tends pour coller la pastille transparente juste sous la clavicule saillante. Le fil a tiré sur le téton emprisonné et l'a littéralement retroussé, accentuant la forme de poire. On voit désormais sous l'arrondi du globe, la peau plus claire, là où Sophie ne bronze jamais, juste au-dessus des côtes saillantes. L'homme me tend le deuxième disque et je renouvelle l'opération sur le deuxième sein. Je me recule pour admirer le spectacle.

– Mmmmhhh... ingénieux... et très esthétique... Venez, Sophie...

Je la saisis par le bras et la conduis devant un grand miroir.

Elle peut se voir ainsi appareillée. Le mécanisme est parfaitement invisible. Les seins sont incurvés vers le haut, les tétons pointent vers le ciel et la traction du fil confère aux aréoles une forme légèrement conique. L'ensemble donne aux seins un arrondi plus prononcé sur le dessous et les maintient sans qu'ils n'appuient plus d'aucune façon sur le buste. Ils ont l'air d'avoir plus de volume tout en accentuant leur forme en poire.

Je vois le regard de Sophie, hagard, roulant sur ses seins qu'elle n'a jamais vus ainsi. La tête ronde et luisante de l'homme apparaît dans le miroir.

– La pastille autocollante est très résistante... elle ne se décolle qu'avec un tampon imbibé d'alcool... pour que tout ne se décroche pas au premier mouvement...

Je me retourne pour le regarder, puis fixant Sophie dans le miroir, je tapote son sein droit du revers de la main. La traction du fil sur le téton amplifie le mouvement de balancier naturel et le sein de Sophie ondule longtemps après que j'ai cessé mon geste. Je passe ensuite ma main à plat sur le haut du sein et appuie, exerçant sur le globe une pression vers le bas. Le sein se déforme, le téton s'allonge légèrement et l'aréole adopte une forme conique plus prononcée arrachant un petit gémissement à Sophie.

— En effet... c'est solide... je les prends... Sophie va les conserver pour l'instant...

L'homme garde les yeux sur la poitrine si savamment mise en valeur.

— Euh... mademoiselle ne pourra pas remettre son soutien-gorge... enfin... pas celui qu'elle portait tout à l'heure... En revanche... avec un soutien-gorge sans armature, même enveloppant cela donne un résultat saisissant... presque naturel... avec une poitrine toujours en mouvement... et avec un balconnet... c'est pareil... Les seins ne reposent plus dans les écrins... mais ils sont comprimés l'un contre l'autre... c'est charmant... seul inconvénient... si on peut parler d'inconvénient... ils peuvent sortir des balconnets à chaque instant...

— Bon... ça va... j'en prends trois paires... dont celle-ci..., dis-je en retournant vers le canapé, entraînant Sophie avec moi.

Le petit homme nous rejoint. Les quelques pas que nous avons faits ont donné aux seins de Sophie une oscillation qui continue alors que nous sommes à nouveau debout devant la table basse. Le gros homme s'assoit et reprend son bon de commande. Après avoir noté cette dernière acquisition, il lève les yeux vers moi :

— Les autres pastilles se fixent de la même manière sur les lèvres du sexe... vous voulez voir? dit-il en jetant un coup d'œil vers le haut du pantalon de survêtement de Sophie.

Elle me regarde suppliante. Son buste ondule de nouveau sous le coup de l'émotion. Je garde le silence un instant puis je la délivre d'une phrase :

– Non... ça ira... je vous remercie... je ne vais pas vous retenir plus longtemps...

J'entends Sophie soupirer tandis que l'homme, comme à regret, range son matériel dans sa mallette et prend congé non sans quelques regards appuyés sur le buste toujours appareillé de Sophie qui semble lui cligner de l'œil. La porte se referme sur lui et je rejoins Sophie au centre du salon.

***

– Vous pensiez que j'allais vous offrir à cet homme ?

Sophie, les mains croisées sur son ventre, visiblement gênée, redresse ses seins et me regarde le rouge aux joues.

– Je... je croyais... je l'ai pensé, oui..., conclut-elle en baissant les yeux.

– Ne me remerciez pas... si je l'avais voulu, vous auriez accepté... et, passés la honte et le dégoût, vous auriez fini par jouir... des doigts ou de la queue de cet individu...

Sophie rougit encore plus, les yeux toujours baissés, elle se mord la lèvre inférieure, dans une mimique que je connais bien désormais, et abaisse ses paupières en grimaçant, comme torturée par mes paroles.

– C'est cette propension à être constamment sous tension sexuelle et cette aptitude à jouir dans l'humiliation qui vous rend différente des autres femmes qu'on me confie... Habituellement, seule la douleur produit les mêmes effets que l'excitation et amène sécrétions et assouplissement des muqueuses... Vous, vous êtes pénétrable d'emblée... et si la douleur augmente votre excitation, vous serez alors une femme d'exception... la plus extraordinaire que j'ai pu soumettre... Mais nous n'en sommes pas là... je ne vous ai pas encore fait souffrir...

Elle lève les yeux vers moi, brillants de larmes, perdue dans ses contradictions.

– Allons, vous devriez être soulagée d'avoir échappé aux mains de cet homme... et à sa propreté douteuse...

Je l'entends murmurer :

– Oui... merci...

– Je vous ai dit de ne pas me remercier... mais puisque vous ne voulez pas comprendre... je vais vous montrer pourquoi je n'ai pas autorisé cet individu à user de vous...

Je me dirige à grands pas vers la télévision et prends une cassette posée au-dessus du poste. Je l'introduis dans le magnétoscope et vais m'asseoir dans le canapé, à côté de Sophie, qui, elle, reste debout.

A l'aide de la télécommande, je rembobine la cassette jusqu'au début et je commence la lecture.

Sur l'écran, apparaît, le salon dans lequel nous nous trouvons. Le gros homme de tout à l'heure est avachi dans le canapé où je suis assis à présent. Dans le champ de vision, on voit la table de la salle à manger et la porte qui donne sur le vestibule.

Du couloir proviennent des voix :

«Vous êtes en retard, je vous attendais à huit heures trente... »

Une voix féminine balbutie :

«je... j'ai eu un problème... la maîtresse de ma fille m'a retenu pour parler... je ne pouvais pas refuser... je suis désolée... »

«Nous verrons ça avec votre mari... entrez... on a assez perdu de temps... »

Sophie reste immobile, debout à ma droite tandis que le film continue.

Une jeune femme s'avance dans le salon, j'apparais juste derrière elle.

Assez grande, très fine, elle paraît très jeune. Les cheveux bouclés, bruns, coupés en un carré très net au-dessus des épaules. La trentaine, très distinguée, elle porte un tailleur chiné du genre de ceux de la maison Chanel, dans les tons mauves. La veste courte à gros boutons dorés s'ouvre sur un pull moulant à col roulé, en mohair blanc. Elle porte un collier de perles noires à deux rangs qui tranchent sur le corsage. La jupe moulante s'arrête au-dessus des genoux. Elle laisse voir le galbe harmonieux des mollets et les chevilles fines, rehaussées dans des escarpins en daim mauve, ornées d'une lanière. Ses jambes sont gainées de nylon de couleur chair. Elle presse nerveusement dans ses mains une petite pochette en cuir noir. Son visage très fin est discrètement maquillé : légère ombre à paupière mauve, fond e teint mat et rose à lèvres clair et brillant. On la sent crispée, et son regard s'arrête sur l'homme assis et elle se tourne vivement vers moi, pivotant involontairement vers la caméra, la rondeur de sa croupe haute bien galbée, quoique plus menue que celle de Sophie.

Je lui dis doucement :

« Ce monsieur est venu m'apporter ce dont nous avons parlé l'autre fois avec votre mari… remontez votre jupe à votre taille, je vous prie… »

Elle se tourne vers l'homme puis vers moi :

« mais… je… »

« Dois-je vous préciser que plus vous tarderez à obéir à mes ordres plus il vous en cuira… »

On la voit pousser un long soupir, et cherchant un endroit du regard, se dirige vers la table où elle pose son sac à main.

« Otez d'abord votre veste… »

Elle retire la veste, qu'elle pose sur le dossier d'une chaise. Le pull de mohair blanc moule une poitrine menue, visiblement rehaussée par un soutien-gorge à balconnets.

Elle saisit l'ourlet de sa jupe et commence à la remonter, dévoilant des cuisses fines voilées de nylon clair.

Je l'arrête d'un geste, et l'empoignant par les bras, la fais pivoter, de façon qu'elle soit le dos bien en face de la caméra.

Elle se tortille doucement pour remonter sa jupe, forçant au passage de ses hanches, pourtant peu marquées. Elle finit de retrousser le tissu autour de sa taille et relève par la même occasion le bas de son pull. On voit à l'écran, ses jambes interminables, aux cuisses fines qui se rétrécissent au niveau des fesses, pour laisser un espace très prononcé, plus de la largeur de la paume d'une main. Une « rivière parisienne » encore plus impressionnante que celle de Sophie. Ses fesses, hautes et rondes, sont bien proportionnées au corps menu de la jeune femme, un fessier juvénile qu'on devine ferme, sous le nylon des collants. Car elle porte des collants, certes sans empiècement ni couture, mais des collants, à travers desquels on voit un slip brésilien en dentelle blanche, très échancré qui couvre la moitié supérieure des globes.

J'arrête la cassette, en appuyant sur pause, et laisse à l'écran, l'image vibrante de la jeune femme troussée.

Sophie tourne la tête vers moi, interrogative.

– Je vais vous expliquer… cette jeune femme, Céline est mariée à un riche industriel de vingt ans son aîné. D'extraction assez modeste, elle a découvert avec lui, un monde de luxe dont elle ne soupçonnait même pas l'existence. Il la couvre de cadeaux et elle mène une vie dorée. Elle a eu très vite un enfant avec lui. Au bout de deux ans, elle a découvert que son époux avait quelques vices cachés. De fil en aiguille, il lui a mis entre les mains un marché très simple : elle continuait cette vie de luxe, en acceptant ses fantaisies, ou il divorçait... et avec son armée d'avocats, elle ne retirerait rien du divorce... Je vous passe les séances de larmes, la dépression, et quelques mois plus tard, elle rendait les armes. Et peu après son vingt-cinquième anniversaire, il me présentait à elle. Son vice est simple, il veut que je domine son épouse en sa présence, ou en son absence, avec qui bon me semble, à la condition unique que toutes les séances soient filmées... Il prend son plaisir en regardant... un voyeur, quoi... qui jouit de voir sa femme contrainte, car elle est très rétive... pas du tout attirée, ni physiquement ni intellectuellement par la soumission... Mais elle est belle et délicieuse à forcer...

Je remets la cassette en marche.

Je saisis Céline par la main et la fais lentement tourner sur elle-même, pour dévoiler sous tous les angles son anatomie. De face, sa cambrure très prononcée et accentuée par les escarpins qu'elle porte encore fait presque disparaître le renflement de son pubis entre ses cuisses. Le slip échancré laisse apercevoir sous le nylon les attaches fines et nerveuses au niveau de l'aine et le bas d'un ventre qu'on devine très plat. Le gros homme qu'on voit de profil dans un coin de l'écran regarde, le souffle court, la jeune femme si distinguée qui est exhibée devant lui.

« Ma chère Céline, il va falloir que nous réglions définitivement avec votre mari ce problème de collants... vous êtes incorrigible... je vais finir par croire que vous aimez être punie... Pour la dernière fois... je ne veux plus vous voir en collants... »

Je dirige la jeune femme vers la table et lui fais poser les mains à plat sur le plateau de bois.

« Ne perdons pas de temps… je suis assez pressé… »

D'un geste rapide, je fais glisser collants et slip à mi-cuisse, et dévoile une croupe nerveuse, creusée de chaque côté de fossettes qui montrent la crispation de la belle. Je me dirige ensuite vers la caméra, que je déplace de façon à être idéalement dans l'axe de l'arrière-train exposé.

Je me positionne de côté et je me penche derrière les fesses de la belle.

Les lèvres du sexe forment comme une longue cicatrice verticale. Parfaitement épilée, la vulve présente deux minces bourrelets de chair plus sombre, serrés l'un contre l'autre.

« Mhhh… l'épilation définitive a du bon… cher et sûrement douloureux, mais efficace… plus la moindre racine de poil… c'est parfait… »

Sophie paraît comme hypnotisée par le film. Elle tressaille à peine quand je saisis la ceinture de son jogging pour le baisser aux genoux. Elle soupire cependant et sa croupe qu'elle sait dévoilée et observée est prise de crispations involontaires. Ses fesses splendides, accentuées par le petit pli qui souligne le haut des cuisses, sont mises en valeur par la blancheur aveuglante de la culotte. Le tissu plaqué sur les chairs semble intensifier leur rondeur parfaite. L'étoffe se plisse à l'entrejambe et disparaît entre le sillon culier. Lentement, je passe un doigt sous l'élastique sur le bord extérieur de la fesse, et le ramène vers le centre, repousse le coton dans la raie, dévoilant un des globes tandis que l'autre reste paré de blanc. Je suis du bout des doigts la courbe que je viens de mettre à nu. La respiration de Sophie s'accélère et la peau découverte se couvre de chair de poule. Je dénude l'autre fesse de la même manière. Les deux globes somptueux apparaissent séparés par le coton tirebouchonné qui élargit légèrement le sillon. Je saisis alors la ceinture du slip sur les deux hanches et la tends vers le haut, la faisant remonter. Sophie sursaute et lâche un gémissement. Le tissu brusquement tiré s'est plaqué sur sa vulve et entre ses lèvres. Je caresse doucement les deux rondeurs offertes. Sophie reste immobile, le souffle court.

Sur l'écran, le gros homme s'est approché de moi, je le pousse sur le côté afin de laisser le champ libre à la caméra. J'appuie lentement sur le bas des reins de Céline pour accentuer sa cambrure. Les lèvres du sexe sont soudain plus visibles mais toujours aussi hermétiquement closes. Je passe ma main sur la vulve, insinuant mes doigts entre les grandes lèvres. Je les retire pour constater l'humidité de l'intimité de la jeune femme.

« Mmmhhh… toujours aussi peu enthousiaste, ma chère Céline… totalement sèche… »

Je fais alors glisser la culotte de Sophie à ses genoux, où elle rejoint le pantalon de survêtement. D'un tapotement à l'intérieur du genou, je fais signe à Sophie d'écarter ses pieds. Elle les espace légèrement, entravée dans son mouvement par ses vêtements.

– Ça ira Sophie… vos cuisses sont presque aussi fines que celles de Céline…, dis-je en insinuant ma main à plat, paume en l'air sous les fesses de Sophie.

Mes doigts rencontrent rapidement les anneaux des grandes lèvres et, d'une légère pression du majeur, se glissent entre elles, atteignant, les délicates nymphes annelées et humides. Sophie est secouée par un violent spasme et se met à pleurer.

– Allons, Sophie… vous n'y pouvez rien… même

entravée par des vêtements, votre anatomie vous laisse constamment accessible... C'est cela ce qui m'a le plus séduit chez vous la première fois... Et vous êtes toujours lubrifiée... prête à être prise... Que voulez-vous y faire ?... Votre esprit s'y refuse mais votre corps réclame ces gestes... Vous êtes faite pour être soumise... pas comme cette pauvre Céline... Elle, elle n'y prend aucun plaisir... ni cérébral, ni physique... alors que vous avez les deux... La honte et le dégoût vous font jouir... et votre corps jouit aussi... vous êtes faite pour jouir ainsi... avilie... mais heureuse...

Je ponctue ma phrase en repliant deux doigts qui investissent son ventre jusqu'au fond, lui arrachant un cri. Un instant, elle vacille et je la retiens uniquement par mes deux doigts enfoncés dans son intimité, elle s'appuie littéralement sur la paume de ma main.

– Allons, ressaisissez-vous... redressez-vous...

Sanglotant toujours nerveusement, elle tend ses jambes qu'elle ne peut empêcher de trembler. Mes doigts bougent doucement dans sa vulve.

Sur l'écran, je masse les fesses de Céline sous les yeux exorbités du gros homme...

« Si vous me passiez le premier modèle... ? »

Il disparaît un moment de l'écran et revient en me tendant un martinet aux lanières de cuir fauve.

Céline a redressé la tête par-dessus son épaule et voyant l'objet, tente de se mettre debout. Je la retiens d'une main au milieu des omoplates et appuyant fermement la force à plaquer son buste sur la table.

« Vous n'êtes pas raisonnable, ma chère Céline... Monsieur ? Vous avez des bracelets ? »

L'homme repart en se dandinant vers la table basse et revient dans le champ de la caméra. Il me tend deux bracelets de cuir réglables.

Je relève Céline en la prenant solidement aux

266

épaules et pose les bracelets sur la table.

Je m'adresse à l'homme :

« Rendez-vous utile, aidez-moi… »

Je saisis le bas du pull de Céline et commence à le tirer vers le haut. Son vif mouvement de recul la pousse dans les bras du gros individu qui la ceinture fermement. Je fais passer le col roulé par-dessus la tête de Céline et la débarrasse de son pull. L'électricité statique produite par le tissu l'a échevelée. L'homme lui tient fortement les bras dans le dos, pendant que je fais glisser les bretelles de son petit soutien-gorge à balconnets en dentelle blanche. Tandis que je m'affaire des deux mains à défaire l'agrafe astucieusement située entre les bonnets, Céline gémit :

« Non… je vous en prie… arrêtez… je vous en supplie… laissez-moi.. »

L'agrafe saute et j'ôte rapidement la fine étoffe devenue inutile. Les bras fermement maintenus dans son dos par le gros homme qui souffle comme un bœuf, les seins de Céline se dressent devant la caméra. Deux petits seins en poire, aux aréoles coniques très claires. Ses tétons sont tellement peu prononcés qu'on ne les distingue pas. On a l'impression que les seins se terminent par ces deux cônes de chair rose. Ils sont visiblement très fermes et défient la pesanteur, en tremblant comme deux petits oiseaux tombés du nid. Je les saisis à pleine main, et les presse comme pour les traire. Je fais rouler les aréoles entre mes doigts, lui arrachant suppliques et gémissements, avant d'arrêter en hochant la tête.

« Décidément, je me demande pourquoi je vous manifeste tant d'attentions… vous ne réagissez à aucune caresse… »

Avec l'aide de l'homme, je lui plie les bras dans le dos, chaque main contre le coude opposé, que nous sanglons avec chacun des bracelets. Céline est totalement entravée, les bras croisés en arrière.

« Puisque les caresses ne vous font rien… essayons autre chose… »

Je me place de côté et, pesant fermement sur le bas des reins, tant pour la cambrer au maximum que pour l'immobiliser, je lève le bras et abats sèchement les lanières du martinet qui frappent les deux globes fessiers avec un bruit très sec. Céline pousse un feulement et relève sa tête en arrière. Le gros homme la maintient, les deux mains appuyées sur ses épaules.

Je frappe en cadence la croupe qui est agitée de soubresauts et qui ondule de droite à gauche, dans une tentative dérisoire pour se protéger. Chaque coup est maintenant ponctué d'un geignement et le corps de Céline bouge de moins en moins. La tête posée sur le côté, elle pleure doucement et tressaute à chaque fois que les lanières fouaillent la peau tendre de ses fesses, puis le bas des reins après que j'ai remonté plus haut dans son dos, sa jupe tirebouchonnée. On voit apparaître sur les rondeurs, de fines arabesques rouges qui s'entrelacent. L'homme, apercevant le corps de Céline s'apaiser, résignée à son sort, a lentement déplacé ses mains vers les côtés du buste et cherche visiblement les seins qu'il finit par empoigner sans ménagement.

Sophie fixe l'écran tandis que mes doigts en ciseau assouplissent et distendent son vagin. Je déplie lentement mon pouce qui était replié dans la paume de ma main, griffant au passage le bord dilaté de sa vulve avec l'ongle ce qui fait tressauter la belle. Mon pouce repousse la paroi du périnée et se retrouve dans le bas de la raie fessière. Je le fais lentement remonter pour en appuyer la pulpe contre le petit œillet fripé. Je dis doucement, presque en chuchotant :

– Je vais enfoncer mon pouce dans votre cul, Sophie… détendez – vous…

Je l'entends ravaler ses sanglots et, secouée de spasmes, je la sens défaillir, se reposant plus encore sur ma main. J'appuie lentement la pulpe de mon pouce sur le petit orifice qui se déplisse doucement, prenant une forme ovale, puis le bout franchit la partie la plus haute du bourrelet de chair distendue. Sophie hoquète et se crispe. Son muscle se tend et j'en sens la contraction autour de mon doigt. J'appuie un peu plus et j'entends un léger bruit d'air expulsé des entrailles de la jeune femme. L'étanchéité du sphincter a cédé. J'enfonce alors plus avant mon pouce et exerce une pression conjointe avec mes deux doigts dans son vagin. Je masse dans cet étau, la fine membrane qui sépare les deux orifices.

Entre deux sanglots, Sophie murmure :

– Je vous en supplie... arrêtez... je... je ne suis pas... j'ai honte...

J'accentue la pression de la pince japonaise que je lui administre, lui arrachant de nouveaux sanglots.

– Pourquoi arrêter Sophie...? ... vous êtes trempée... vous sentez comme je suis à l'aise dans votre ventre... et votre cul dont votre mari regrettait l'étroitesse... Ils s'ouvrent si facilement désormais... Votre petit anneau se souvient de la douleur lorsque je l'ai forcé la dernière fois... il se livrera de plus en plus aisément avec le temps... Je vous assure, vous êtes délicieuse... et votre honte est un ingrédient du cocktail qui vous rend si désirable... Ne vous laissez jamais aller à subir sans vous offusquer... Pleurez... Manifestez votre difficulté à vous offrir... Avec moi, vous ne vous rebellez pas, parce que vous avez un petit faible pour moi... Mais quand je vous présenterai à certains hommes qui vous plairont beaucoup moins, vous verrez... Les larmes viendront seules et beaucoup plus vite encore... la jouissance est plus forte dans les larmes... Et vous verrez aussi quand je vous fouetterai... quand la douleur s'ajoutera à la honte et vous arrachera cris et suppliques... votre jouissance sera sans pareille... Je ferais de vous un objet de plaisirs parfait... incomparable...

Sur l'écran, j'ai fini de cravacher la croupe de Céline qui ne bouge plus et sanglote à plat ventre sur la table. Je la fais se redresser, avec l'aide du gros homme qui en profite pour passer ses mains sur les cuisses meurtries. Je flagelle quatre ou cinq fois chaque sein. Les petits globes tressautent puis se parent de marques rose foncé. Céline pleure et sursaute à chaque coup, rejetant sa tête en arrière, sur l'épaule de l'homme qui la maintient contre lui, par la taille. Je pose le martinet et prends doucement un sein dans ma main. Les yeux fermés, Céline tremble de tout son être. Je presse le sein entre mes doigts pour comprimer le mamelon, au centre duquel apparaît un timide téton, minuscule, mais bien présent.

« A la bonne heure... nous avons enfin trouvé ce qui vous fait réagir... voyons si cette "émotion" est générale ou localisée sur vos jolis petits seins... »

D'un geste rapide, je fouille l'entrejambes de la jeune femme qui se mord les lèvres sous l'intrusion de mes doigts qui s'insinuent en elle.

Je ramène devant la caméra mes doigts humides.

« Voilà... il fallait le deviner... il faut vous échauffer pour vous exciter... je le retiendrais pour l'avenir... Monsieur... je vais prendre le martinet et vous me commanderez aussi une cravache... que nous corsions un peu nos séances... Votre mari va être aux anges, ma petite Céline... Allez, fêtons ça... Monsieur, grâce à vos instruments, nous avons révélé Céline à elle-même... Je vous l'offre ! Profitez-en... Comment voulez-vous la prendre... ? »

Céline me supplie du regard, tandis que le gros homme me fixe, les yeux pleins de surprises.

« *Ben... euh... je ne sais pas... en levrette ?* »

« *Si vous voulez... Allons, Céline, courbez-vous à nouveau sur la table... que ce monsieur vous prenne...* »

Sans tenir compte de ses supplications, je l'incline fermement sur la table et je m'écarte, pour laisser la place à l'homme qui a sorti de son pantalon, une verge épaisse et flasque qu'il masturbe d'un geste rapide. Je maintiens Céline en place, les deux mains plaquées sur ses reins, en attendant qu'il soit prêt. Au bout de quelques minutes, il a obtenu une légère érection. Sa verge s'est durcie. Il se place derrière Céline et dirige son sexe vers la vulve de la jeune femme qui me supplie toujours de lui épargner cette pénétration. Visiblement, ses tentatives sont infructueuses. La rigidité toute relative de son pénis ne lui permet pas de s'introduire dans l'intimité légèrement lubrifiée, mais encore très serrée de Céline. Il pousse le bout de sa verge, la guidant de ses doigts, s'énerve, souffle mais n'y parvient pas. Il se recule un peu et passe sa main entre les fesses de la jeune femme.

« *Elle est trop étroite... je n'y arrive pas...* »

Et, sans précaution, il force l'entrée du sexe de la jeune femme, de ses gros doigts rêches et sales. Elle pousse un hurlement et se cabre en arrière, se redressant, malgré mes efforts pour la maintenir. Elle nous regarde, les yeux hagards, serrant violemment ses deux cuisses pour se protéger. Ses bras sont toujours liés dans son dos.

Je me tourne vers l'homme et lui sur un ton de reproche :

« *Vous y êtes allé un peu fort... Elle n'est pas responsable de vos défaillances... Mais je ne suis pas rancunier... vous allez prendre sa bouche... ce sera plus facile...* »

J'attire Céline vers la table basse. Elle marche à petits pas à cause de ses collants et son slip aux genoux. Je la fais asseoir sur le bord en verre fumé. Elle secoue la tête en tous sens. D'une main, je la pousse en arrière et dis à l'homme :

« Ne restez pas comme ça ! Mettez un pied de chaque côté de la table et positionnez-vous à califourchon au-dessus du buste de Céline... je la tiens pour qu'elle ne tombe pas... »

Le gros homme, sa queue flasque entre les jambes, se contorsionne et arrive péniblement à se mettre en position. Je retiens Céline d'une main sur la nuque, pour qu'elle ne bascule pas en arrière. Cela me permet aussi de stopper ses mouvements de refus.

« Allez-y... qu'est-ce que vous attendez... ??? »

L'homme prend sa verge entre ses doigts et l'avance vers les lèvres brillantes de Céline. Celle-ci les serre frénétiquement. Il frotte son large gland contre la bouche close.

« Allons, Céline... vous préférez une nouvelle séance de martinet... ? », dis-je en lui pinçant doucement les narines de ma main libre.

Elle résiste un instant, puis sous le manque d'air, ouvre la bouche. L'individu s'empresse d'y engouffrer, à l'aide de ses doigts, sa longue queue molle.

Les lèvres de Céline se referment malgré elle autour du membre. Le gros homme en tire la peau en arrière, tant pour dégager le gland que pour améliorer la rigidité de son sexe. Il commence de longs va-et-vient dans la bouche de Céline que je maintiens toujours de ma main serrée sur sa nuque.

On voit son corps épais faire de lents mouvements d'avant en arrière, en soufflant comme un bœuf, tandis que Céline respire bruyamment par le nez, les narines frémissantes.

Il n'en finit pas, la salive de Céline coule des commissures de ses lèvres sur son menton. Le mouvement de la verge dans sa gorge produit un bruit *de succion de plus en plus fort.*

Devant l'écran, toujours debout, avec mes doigts bougeant doucement au fond de son vagin et mon pouce massant l'intérieur de son anus d'un mouvement rotatif, Sophie souffle de plus en plus fort, et au bruit de la succion sur l'écran, répond le clapotis que fait le sexe inondé de la belle. Elle tremble convulsivement et au moment même où, sur l'écran, l'homme dans un ample coup de reins s'enfonce loin dans la bouche de Céline, lui arrachant un haut-le-cœur, suivi d'une déglutition difficile et répétée pour avaler l'éjaculation tardive mais très abondante, Sophie jouit dans des sanglots convulsifs. Elle s'affaisse en arrière sur le canapé, entraînant ma main sur laquelle elle s'assoit, s'empalant douloureusement par-devant et par-derrière. Je la fais basculer sur le côté pour libérer ma main de ses orifices.

Sur l'écran, l'homme a fini de jouir et se retire, la face écarlate, tandis que Céline, le visage ravagé par les larmes, les lèvres et le menton luisants de semence, grimace de dégoût et d'humiliation mêlés.

Je libère ses bras de leurs entraves et l'aide à se redresser.

« La salle de bain est au bout du couloir… Si vous voulez vous rafraîchir avant de rentrer chez vous… »

Sans un mot ni un regard, elle relève sa culotte et son collant, prend son pull et son soutien-gorge sur la table et disparaît rapidement.

La cassette s'arrête.

Je souris en regardant Sophie qui essuie ses larmes. Ses seins toujours redressés par l'ingénieux système de fils et les pastilles autocollantes oscillent sur son buste à chaque infime mouvement de son corps.

– Allons, ma chère Sophie... rajustez-vous... et rentrez chez vous... Vous avez juste le temps de prendre une douche de vous changer... Nous allons déjeuner au restaurant à midi... et ensuite je vous garde avec moi jusqu'à ce soir... Je passerai vous chercher à 11 h 45... faites-vous belle... Ha... Conservez cet ingénieux redresse sein sous votre soutien-gorge... je trouve ça très élégant...

Sophie

Le souffle court et la poitrine étreinte d'une intense émotion, Sophie reste immobile sur le pas de la porte qui vient de s'ouvrir, devant Pascal vêtu strictement d'un pull col roulé et d'un pantalon noir. Elle le laisse la dévisager tout à son aise, ressentant sous son examen impitoyable un émoi l'envahir. Elle sent le regard gris acier la scruter attentivement. Un frémissement la parcourt alors que les yeux glissent lentement le long de ses jambes, remontent et s'attardent imperceptiblement sur son ventre avant de s'arrêter impudemment sur ses seins. Sophie sent ses joues s'empourprer et une chaleur diffuse se propage en elle. Sous le regard inquisiteur, Sophie prend soudain conscience de tout ce que sa tenue, malgré sa simplicité, peut avoir d'érotique avec le tissu du jogging qui se plaque contre son corps moite de transpiration mettant en valeur ses formes souples et voluptueuses.

Elle éprouve subitement une joie sourde à être ainsi détaillée, appréciée, possédée... dépossédée d'elle-même par la simple magie de ce regard qui se promène sur elle et qu'elle reçoit comme une caresse brûlante. Ses yeux brillent d'une excitation qu'elle a de plus en plus de peine à contenir et à cacher sous une apparente indifférence. Elle ressent dans tout son corps une impatience sauvage qui la pousse toute entière et irrésistiblement vers Pascal. Son regard se pose involontairement sur les mains fines et racées de Pascal et elle ne peut réprimer un tressaillement au souvenir de leur douceur, de leur fermeté presque brutale dont sa chair garde l'empreinte. Elle a envie de les sentir de nouveau sur elle, en elle, la posséder, la faire défaillir d'un plaisir sauvage. Une vague de désir l'envahit soudain et une contraction étreint son sexe mouillé.

Déjà, quoiqu'elle y fasse et d'ailleurs a-t-elle vraiment le souhait de se soustraire à cette volonté qui la subjugue, elle sait au plus profond d'elle-même qu'elle ne pourra pas résister à cet appel qui l'entraîne vers cet homme qui a ce pouvoir étrange de la soumettre et de la faire sienne sans qu'elle en éprouve un véritable ressentiment. Comme si cela était dans l'ordre des choses. Comme si cela était inéluctable. Sophie sent son corps se tendre vers Pascal prête à succomber et à se plier à toutes ses exigences.

Mais soudain, du fond de l'appartement résonne une quinte de toux qui la ramène brutalement à terre. « Il n'est pas seul ! », songe brusquement affolée Sophie. Bizarrement, elle n'avait pas pensé à cette possibilité dont Pascal l'a pourtant averti. « Pas ce matin, pas maintenant, se dit de plus en plus angoissée Sophie. Il ne peut pas exiger cela de moi aujourd'hui. Pas comme cela ». Les yeux hagards elle regarde, implorante, Pascal qui, insensible à son appel muet, s'efface devant elle pour qu'elle pénètre dans l'appartement. Comme un animal pris au piège, Sophie esquisse un discret mouvement de retraite prête à s'enfuir mais le regard impérieux de Pascal la cloue sur place. Nul besoin de dire le moindre moi ? Résignée à l'inéluctable, Sophie s'avance dans le hall d'entrée. Furtivement, au passage, ses yeux s'attardent un bref moment sur le porte-parapluie et recherchent la cravache qui s'y trouvait ce premier soir et qui s'y trouve encore. Lentement, retardant autant qu'elle le peut l'instant où elle va se retrouver face à cet inconnu qui l'attend, Sophie se dirige vers le salon. Alors qu'elle pénètre dans la pièce inondée ce matin de soleil, Sophie a un nouveau mouvement de recul en découvrant l'homme bedonnant vêtu d'un costume défraîchi qui se vautre dans le canapé. Mais son mouvement est arrêté par Pascal qui est juste derrière elle lui bloquant de sa large silhouette le passage. Ecœurée, elle détaille plus attentivement l'individu à la propreté plus que douteuse dont les cheveux gras retombent en mèches hirsutes dans le cou qui l'observe sans aucune gêne d'un air égrillard. Elle frémit de dégoût sous le regard impudent et obscène qui la déshabille et la jauge. Sophie est de plus en plus affolée. Ses pensées se télescopent et tout désir a disparu. Elle ne ressent plus qu'une forte répugnance à l'idée que Pascal puisse exiger qu'elle se donne à cet homme abject qui la révulse. A cette pensée, Sophie ne peut réprimer un haut de cœur. Pourtant, elle se sent totalement incapable de formuler à haute voix ses craintes.

Dans un brouillard confus, Sophie entend Pascal la présenter à l'individu. Machinalement, dissimulant à grand-peine son dégoût, elle saisit la main molle et moite que lui tend l'homme qui s'enserre en une pression obscène autour de la sienne. Complètement tétanisée et abasourdie, Sophie observe l'individu sortir d'une mallette éraflée en faux cuir disposée à ses pieds tout un attirail d'objets qui lui semblent plus étranges les uns que les autres. Incrédule, elle écoute l'homme détailler l'usage de ces objets bizarres qui, elle le comprend vite, lui sont en fait destinés : bracelets en acier molletonnés à l'intérieur « pour ne pas blesser la peau » lui entend-elle dire en frissonnant d'appréhension, anneaux divers recouverts de caoutchouc, tiges, chaînettes de différentes dimensions...

Incapable de toute réaction, Sophie sans pouvoir esquisser le moindre geste de résistance, toute volonté propre annihilée, se laisse manipuler par l'horrible individu. Un long frisson la parcourt alors qu'elle sent les doigts boudinés aux ongles noirs entourer son fin poignet puis ses chevilles afin d'en prendre l'exacte mesure et profiter de l'occasion pour frôler subrepticement sa peau frémissante de répulsion. Suppliante, elle jette un regard vers Pascal, l'enjoignant silencieusement à faire cesser cette caresse répugnante. Mais Pascal, à son grand désespoir, ignore sa supplique. Une rage froide envahit soudain Sophie. Mais, elle reste figée sur place comme si un poids énorme lui pesait sur les épaules empêchant tout mouvement. A toute force, elle s'exhorte en silence à réagir. Mais, quelque chose en elle qu'elle ne comprend pas le lui interdit. Elle a tout de même un brusque élan de rébellion, lorsque Pascal d'un mouvement rapide devançant son refus, lui dénude le buste et expose sa poitrine. Le visage empourpré de honte et d'humiliation, Sophie sent le regard salace de l'individu reluquer avidement ses seins. Des larmes d'impuissance mouillent ses yeux. Jamais encore elle ne s'est sentie aussi mortifiée, aussi dégradée. Sa peau se hérisse de dégoût sous ce regard lubrique qui la salit. Son corps est parcouru de vagues frémissantes de colère alors que Pascal étire ses tétons à l'aide d'un fil accroché à de petits disques translucides pour y fixer l'objet que vient de lui tendre l'individu.

Tout en elle refuse cet avilissement auquel la contraint, sans aucune pitié, Pascal devant cet inconnu. Elle le déteste soudain, a envie de le gifler, de l'insulter pour cet affront qu'il lui inflige. Mais les mots se bloquent dans sa gorge et elle ne peut que subir, muette de réprobation, l'offense qui lui est faite. Elle se déteste soudain pour cela, pour son incapacité à réagir, pour le plaisir pervers qu'elle éprouve, quoi qu'elle fasse pour se convaincre du contraire, à être traitée de la sorte. Aussi, quand elle entend l'individu proposer d'une voix égrillarde d'appareiller lui-même du même style d'attirail les lèvres de son sexe, Sophie, résignée, n'a aucune véritable réaction. Il lui semble avoir franchi le dernier degré d'avilissement où tout peut maintenant arriver sans qu'elle y puisse quoi que ce soit. A-t-elle d'ailleurs véritablement envie de se soustraire à cette situation qui, quoiqu'humiliante, engendre en elle, elle le sent bien à l'humidité de plus en plus dense qui sourd entre ses jambes, une excitation croissante? Elle n'est plus devant ces deux hommes qu'une pauvre chose soumise qui a perdu toute fierté et toute dignité et qui se complaît dans cet état dégradant. Une vague de détresse l'envahit et elle n'éprouve qu'un fugitif soulagement lorsqu'elle entend Pascal décliner l'offre qui vient d'être faite et lui enjoindre de partir.

Dans un état second, elle regarde l'homme sortir à regret l'appartement non sans lui lancer un dernier regard concupiscent. Epouvantée, elle se rend compte qu'elle éprouve en fait un léger regret à le voir partir. Non pas qu'elle ait ressenti le moindre désir pour cet homme en qui tout la répugnait mais pour quelque chose de plus diffus qu'elle n'arrive pas ou ne veut pas admettre pour ce que c'est. Elle sait que, si Pascal le lui avait demandé, elle se serait donnée à cet homme. Avec dégoût, certes, mais elle se serait donnée sans restriction! «Comment, pense-t-elle, puis-je éprouver du plaisir à être ainsi humiliée? Ce n'est pas possible. Ca ne peut pas être possible!» Encore sous le choc de cette ambivalence de sensations qui l'écartèlent, elle entend Pascal s'approcher d'elle un sourire narquois sur les lèvres, lui assénant à haute voix, comme s'il lisait en elle comme il le ferait dans un livre ouvert, des vérités qu'elle voudrait à toute force ignorer et nier. Mais ce qu'il dit est vrai. Elle aurait, elle le sait, joui de cet homme malgré ou à cause du dégoût qu'il lui inspirait.

Sa curiosité est mise en éveil et la tire des pensées contradictoires qui la torturent quand Pascal lui propose de visionner une cassette. Soudain, elle revoit sur l'écran de la télé le même individu toujours aussi douteux et répugnant alors qu'une jeune et jolie jeune femme suivie par Pascal pénètre dans le salon. Les yeux fixés sur l'écran, elle voit la jeune femme qui, à la demande exigeante de Pascal, remonte lentement, en rougissant, sa jupe le long de ses hanches et dénude ses longues jambes gainées de soie et ses fesses rebondies. Un tressaillement parcourt Sophie à ce strip-tease auquel tout à l'heure Pascal aurait pu la contraindre également. Sur le visage empourpré de la jeune femme, Sophie lit les mêmes hésitations qu'elle-même ressent lorsqu'elle se soumet aux exigences de Pascal, les mêmes appréhensions, les mêmes contradictions. Elle se sent soudain proche de cette jeune femme à laquelle elle s'identifie, écartelée entre le désir de se soustraire à cette humiliation et son incapacité de le faire.

Malgré les collants qui les gainent, les fesses sont admirables de douces rondeurs et de fermeté et Sophie devine à travers le voile transparent la finesse du gain de la peau. Le souffle court, Sophie voit Pascal faire glisser d'un mouvement impatient, tout en marquant sa profonde désapprobation, le collant jusqu'à mi-cuisse dévoilant la vulve parfaitement épilée de la jeune femme. Complètement hypnotisée par le spectacle qui lui est offert, Sophie se rend à peine compte que Pascal opère de la même façon sur elle et baisse son jogging jusqu'aux genoux. Une bouffée de désir la submerge, lorsqu'elle sent Pascal tirer brusquement son slip vers le haut pour l'immiscer entre ses lèvres excitées et sa raie fessière. Involontairement, Sophie écarte légèrement les jambes pour faciliter l'insertion contre sa vulve frémissante du fin tissu et amplifier la sensation de plaisir qu'elle éprouve soudain à être ainsi écartelée. Mais déjà, Pascal fait glisser sa culotte le long de ses cuisses alors que sur l'écran il oblige la jeune femme à se cambrer davantage et exhiber, sous le regard fasciné de Sophie, ses lèvres charnues entre lesquelles il insinue ses doigts. Sophie ne peut quitter des yeux ce qui se passe à l'écran alors que Pascal lui écarte un peu plus les jambes et introduit de la même façon ses doigts entre ses lèvres mouillées de désir. Les deux mouvements se répondent. Sophie éprouve une étrange sensation à voir sur l'écran ce que Pascal lui fait au même moment. Elle est à la fois elle-même et cette jeune femme qui se cabre sous la caresse envahissante. A la fois spectatrice et actrice ! Son souffle s'accélère sous le désir qui l'envahit et la fait soudain défaillir. Les doigts de Pascal profondément enfoncés dans son vagin détrempé la maintiennent fermement en place. Elle retient un cri de douleur quand son pouce s'empare de son cul et plonge dans son intimité brûlante de désir contenu.

Les doigts de Pascal toujours enfoncés en elle, elle le voit forcer la jeune femme à se redresser puis, sous les yeux exorbités de convoitise de l'homme à la mallette, la dénuder complètement avant de lui attacher les mains dans le dos à l'aide de sangles faisant saillir ses seins en poire. Il la contraint de nouveau se courber, la croupe offerte, insensible à ses suppliques éplorées, sur la table du salon. Sophie ne peut réprimer un gémissement à voir ainsi traitée, sans souci de ses dénégations, la jeune femme qui n'a plus aucune possibilité de s'échapper. Une onde de désir la transperce soudain et, à sa grande confusion, la pensée fugitive qu'elle aimerait être à sa place être forcée, offerte de la même façon, la traverse. Elle se voit dans la même position courbée, entravée, à la merci de Pascal et de cet ignoble individu. Elle ressent alors que les doigts de Pascal la fouillent, un violent désir qui fait jaillir du fond de son vagin une vague chaude et humide qui inonde son sexe palpitant d'une coulée brûlante. La sensation brutale de plaisir qu'elle éprouve s'amplifie encore quand elle voit Pascal abattre sèchement sur la croupe offerte les lanières du martinet que lui a tendu l'homme. A chaque coup qui marbre la peau fine de zébrures rouges, Sophie laisse échapper un petit cri comme si c'était elle-même qui était flagellée. Sophie sent le plaisir l'envahir à ce spectacle qui l'horrifie et la fascine tout à la fois alors que le pouce de Pascal tournoie à l'entrée de son anus. Elle a un léger mouvement de recul quand le doigt force le passage étroit mais déjà son sphincter se détend, s'assouplit sous la poussée continue. Honteuse du plaisir qu'elle éprouve au spectacle de cette femme, qui pourrait être elle, en train de se faire méthodiquement fouetter mais aussi de celui qu'elle ressent à être sodomisée par les doigts de Pascal, Sophie tente fugacement de reprendre le contrôle de ses sensations. Mais elle est déjà trop loin dans la dérive du plaisir pour vraiment prétendre le contrôler ou même l'apaiser et son corps en émoi ne lui obéit plus.

Mais sur l'écran, Pascal s'est arrêté de cravacher la jeune femme qui sanglote éperdue de douleur et d'humiliation. Sophie sursaute lorsqu'elle entend Pascal d'un ton désinvolte offrir sa jeune proie à l'horrible individu. Haletante, Sophie regarde l'homme sortir de son pantalon une verge qui, bien qu'épaisse, est flasque. Un frisson de dégoût la traverse à la vision de ce membre obscène que l'homme introduit sans ménagement, aidant de ses mains son érection défaillante, dans le vagin délicat de la jeune femme. Céline pousse un hurlement de douleur sous l'intrusion conjuguée et brutale des doigts et du pénis qui la fouaillent. Sophie ressent dans son corps l'ignominieuse pénétration. La scène est horrible de lubricité. L'homme s'obstine en vain à s'introduire dans la jeune femme qui se débat désespérément sous lui essayant de se soustraire à cette pénétration qui la viole et la profane. Sophie voudrait à toute force pouvoir fermer les yeux et

282

échapper à cette vision qui la révulse mais qui éveille aussi en elle une intense excitation qui la mortifie et la paralyse. Le paroxysme est atteint quand en désespoir de cause, l'homme renonce à pénétrer la femme et dirige son membre flasque vers sa bouche. Au comble de l'outrage, celle-ci essaye en balançant frénétiquement son visage de gauche à droite de refuser l'intrusion abjecte de ce membre. Mais Pascal sans pitié, bouche les narines de la jeune femme et maintenant fermement son visage immobile, la contraint pour retrouver son souffle à entrouvrir ses lèvres ente lesquelles l'homme s'empresse de s'engouffrer. Les joues inondées de larmes, Sophie reste pétrifiée devant le spectacle abject qui la subjugue par sa violente lubricité. Ses mains se crispent et elle sent ses ongles s'enfoncer dans ses paumes. Involontairement, sa bouche s'entrouvre et sa langue s'agite en cadence accompagnant sans qu'elle en ait conscience les mouvements de reins de l'homme qui va et vient entre les lèvres violentées. Malgré l'horreur qu'elle ressent à assister au viol de a bouche de la jeune femme, les doigts de Pascal toujours profondément enfoncés dans son vagin et son anus, le plaisir monte en elle en une vague irrépressible et jaillit soudain. Elle tremble convulsivement de tous ses membres alors que l'homme dans un dernier coup de hanche s'épanche longuement. Sophie s'affaisse sans force dans le canapé en sanglotant. « Comment, pense-t-elle affolée et l'esprit en déroute, a-t-elle pu prendre un tel plaisir à ce spectacle ignominieux ? Et surtout comment a-t-elle pu éprouver de dépit à ne pas être à la place de la jeune femme ? » Tout en elle, refuse cette réalité qui l'affole et Sophie sanglote de plus belle, brisée par cette évidence qui l'horrifie et l'attire irrésistiblement tout à la fois. « Que m'arrive-t-il ? Qu'a donc cet homme pour ainsi me faire perdre toute retenue ?» Désespérée, elle se raccroche soudain à l'image de Fabien, à tout ce qu'il représente de quiétude et de sécurité mais qui, elle doit bien se l'avouer, paraît s'éloigner de plus en plus et se fondre dans un brouillard.

Pascal en souriant la regarde. Il semble éprouver une secrète fierté de lui avoir révélé, en pleine lumière, cette réalité à laquelle Sophie, quoi qu'elle y fasse, ne peut plus désormais échapper.

D'un ton léger, il lui enjoint de se rajuster et de retourner chez elle pour se préparer à l'accompagner pour le déjeuner au restaurant.

Les jambes flageolantes, Sophie se redresse. Rapidement, incapable de rassembler ses idées, elle remonte sa culotte et son pantalon de jogging tirebouchonnés autour de ses chevilles. D'un mouvement sec, elle ferme jusqu'à son cou, dans un geste dérisoire de défense, la fermeture éclair de sa veste et s'enfuit sans un mot de l'appartement.

Chapitre 13
Le déjeuner

Pascal

Il est plus de midi trente quand je sonne chez Sophie. (Puis-je encore dire chez Sophie ET Fabien... ?)

La porte s'ouvre très vite, comme si Sophie attendait mon arrivée juste derrière le panneau de bois. Comme toujours, elle est magnifique, vêtue d'un tailleur en daim beige très clair. La matière très fine et souple épouse le moindre de ses mouvements. Elle colle comme une seconde peau au corps de Sophie.

La jupe portefeuille descend jusqu'aux chevilles et est retenue par seulement quatre boutons pression qui s'alignent verticalement jusqu'au milieu de la cuisse gauche. La veste légèrement cintrée, au col tailleur, recouvre les hanches.

La tenue est complétée par un chemisier en crêpe fluide au motif chamarré dans un camaïeu de beige et vert avec une encolure en V volantée.

Je la précède au salon. Lorsqu'elle marche, sa jupe s'ouvre largement. Sophie est chaussée de bottes en cuir marron glacé aux bouts effilés avec des talons d'environ 10 cm. Elles remontent jusqu'à ses genoux. Elle prend sur la table, un minuscule sac du même cuir, à bandoulière.

– Vous êtes superbe, ma chère Sophie... réellement délicieuse... vous allez faire sensation... Même si « la closerie des Lilas» accueille souvent les plus belles femmes de Paris... Allons-y...

Elle passe son sac à l'épaule, et se dirige vers la porte du salon. Mon œil à l'affût détecte sous le cuir qui moule ses fesses à la perfection, la trace presque imperceptible de l'élastique, de la forme caractéristique d'un tanga très échancré.

– Sophie... On voit la marque de votre slip... ce n'est pas très élégant...

Elle s'arrête et se retourne d'un bond et me fixe avec ce regard absent et ce visage figé par le trouble que j'aime tant déclencher chez elle.

Je sais qu'elle se doute de ce que je vais lui demander. Je souris et je reste un long moment silencieux.

Ne jamais être prévisible, ne jamais lui laisser deviner ce qui va lui arriver... Toujours la prendre à contre-pied... Qu'à force d'imaginer et craindre le pire, elle arrive à être soulagée de subir « le presque pire »...

– Je devrais vous demander de l'ôter... Seulement, je n'ai pas prévu que vous soyez nue sous votre jupe, ce midi... Vous veillerez simplement à l'avenir à vous munir de dessous plus discrets... Nous irons d'ailleurs bientôt renouveler vos parures de dessous...

Mon portable se met à sonner

– Pardonnez-moi...   Oui, j'écoute... Ha... je vous remercie de me rappeler... Oui, c'est ça... ... ... Oui...

Tout en parlant, je me suis approché de Sophie, et de ma main libre, je fais glisser le sac de son épaule et le repose sur la table. Puis, j'écarte négligemment les pans de sa jupe. Au-dessus de ses bottes, d'où émergent ses genoux, je découvre les cuisses de Sophie et ses dessous. Elle a choisi, comme je l'avais pressenti, un tanga en tulle pêche brodé de délicates fleurettes d'un ton plus soutenu, qui laisse deviner le relief de sa vulve. Les bas sont tenus par de fines jarretelles et

286

j'aperçois, juste au-dessus de la ceinture du tanga, l'arrondi inférieur d'un porte-jarretelles assorti à l'ensemble. Ses bas fantaisie sont dans les mêmes coloris que son chemisier, à dominante (sans jeu de mots) beige.

– Oui, c'est cela... vers 21 heures...

Je relâche sa jupe, et tout en continuant ma conversation, je la prends par le bras et la pousse vers la table. Ma main sur la nuque la fait ployer en avant. Elle se penche et prend appui sur ses coudes, et je ne note aucune résistance de sa part. Tout juste laisse-t-elle échapper un soupir qui pourrait être d'angoisse, si elle ne savait très bien que je souhaite juste fouiller son ventre.

Je relève sa jupe dans son dos, pour bien dégager ses cuisses. Mon majeur glisse en frôlant le sillon des fesses visible en transparence sur le tulle du slip. Décidément, Sophie a les fesses les plus attirantes qu'il m'ait été donné de voir. Mon doigt suit le périnée et atteint la boursouflure des lèvres. Elle se cambre (par crainte ou pour mieux s'offrir... ou les deux à la fois...) Mon doigt repousse sur le côté le fond du slip et s'insinue entre les lèvres très légèrement humides. Je masse les nymphes et enfonce mon doigt au fond de son vagin. Je l'entends étouffer une plainte.

– Non... cet après-midi, je suis pris... Oui... ... ... Comme vous voudrez...

Je m'accroupis derrière Sophie et je cale le téléphone entre ma joue et mon épaule. A l'aide du pouce et du majeur, placé de part et d'autre des grandes lèvres, je mets au jour les fragiles nymphes dentelées qui se déplissent lentement. Les deux anneaux brillent autant que la chair veloutée du sexe entrouvert. Je plonge mon autre main dans la poche de ma veste et en sors un minuscule cadenas doré. Je dois m'y reprendre plusieurs fois pour faire passer le fermoir dans l'un puis l'autre anneau. Je sens Sophie tressaillir sous cette manipulation inédite. Elle casse même sa cambrure un instant, pour soustraire sa vulve à cette étrange pratique. Je tire alors sur le petit cadenas, auquel sont déjà assujettis les deux anneaux, et la vive tension qui étire ses petites lèvres la rappelle bien vite à la raison. Elle projette de nouveau son bassin vers l'avant, en poussant son ventre devant elle, comme elle sait désormais si bien le faire, pour m'offrir au mieux sa vulve et sa croupe idéalement fendue par la position.

   – Ca ne devrait poser aucun problème… … … oui… … Ah… Oui… je crois que vous devriez l'apprécier…

Il me reste alors à tirer un peu l'anneau qui perce la base du capuchon clitoridien et à le faire passer à son tour dans le fermoir. Un «clic» imperceptible et l'appareillage est terminé.

Le poids du cadenas pèse légèrement sur les petites lèvres et étire le capuchon, forçant son clitoris à demeurer sorti.

Je relâche ma pression sur l'extérieur des grandes lèvres. La vulve lisse se referme, par le haut et le bas, mais en leur centre, elles s'arrondissent, épousant la forme du cadenas, qu'on croirait serti dans cet écrin de chair.

Je reste accroupi derrière la croupe tendue et tremblante pour admirer mon œuvre. Je glisse mon index sous le cadenas que j'attire doucement vers l'extérieur. La traction fait saillir les grandes lèvres et accentue l'érection du clitoris, que j'agace un instant de l'ongle du pouce. Sophie plaque son ventre contre la table et respire bruyamment, comme si l'air lui manquait.

Je fais ressortir mon doigt, en relâchant le cadenas qui, magie de l'anatomie féminine, reprend instantanément sa place au milieu du bourrelet des grandes lèvres.

– Oui… c'est mieux… ce sera sa première fois… … non… elle n'a jamais subi ça… … … Mais bien sûr…

Je repousse le tulle du slip du bout du doigt de façon à dégager entièrement un globe fessier, puis je glisse mon index dans le sillon et remonte jusqu'à l'anneau plissé de son anus. Le corps de Sophie se tend sous la menace de l'intrusion. Je me contente de suivre le contour froncé du petit œillet brun que je sens frémir.

– C'est d'accord… à ce soir… Oui… moi aussi… Au revoir…

Je flatte une dernière fois l'arrondi de la croupe offerte dont un lobe est encore dénudé par mon inspection. Tout en rangeant mon portable, je remets en place le slip sur ses fesses et dis à Sophie, toujours courbée, la tête enfouie entre ses bras :

– Allons, Sophie, rajustez-vous… nous allons être en retard…

Mon ton est teinté de reproches, comme si Sophie était fautive d'être si désirable et désormais toujours si disponible.

Le feu aux joues, elle se redresse, remet en place ses cheveux, dont une mèche barrait le visage, et lisse sa jupe sur ses flancs. Tandis qu'elle saisit son sac par la bandoulière, je la regarde en frottant mon pouce contre mon index, recouvert d'un corps légèrement gras.

– C'est bien Sophie… je vois que vous avez suivi mes conseils… Si vous devez être sodomisée, ça vous évitera, sinon de souffrir, d'être déchirée…

Alors que nous marchons vers l'ascenseur, je sens dans sa démarche, la gêne que doit provoquer le cadenas. Mais à peine arrivée dans la rue, nous dirigeant vers ma voiture, elle a repris une allure tout à fait normale.

Cette jeune femme m'étonne : soit elle s'adapte vite à de nouvelles contraintes physiques, soit elle fait l'effort de paraître naturelle, car elle sait que je la veux totalement soumise au fond, mais sous une apparence irréprochable. A-t-elle compris que l'équilibre de notre relation tient à l'intensité de ce contraste?

Durant le trajet jusqu'au restaurant, je lui expose évasivement le programme des prochaines heures.

– Vous resterez avec moi toute la journée et probablement une partie de la nuit... Après le déjeuner, nous avons un rendez-vous... et ensuite, nous retournerons chez vous pour que vous choisissiez une tenue pour ce soir... Je vous aimerais plus... « jeune »... mais que vos formes soient mises en valeur... notamment vos jambes... Soyez impudique, mais attention... JE VEUX que cela paraisse involontaire... Ingénue ou distraite, mais jamais salope... Vous avez compris? dis-je en écartant les pans de sa jupe pour découvrir ses cuisses plus haut que la lisière des bas.

Je la vois instinctivement jeter un coup d'œil sur le trottoir, pour regarder si quelqu'un peut apercevoir son indécence, ainsi dévoilée sur le siège de la voiture.

– Vous pouvez commencer à réfléchir à votre tenue pour ce soir... trois mots d'ordre... jeune..., sexy et... pratique... Je ne veux pas mettre une heure pour atteindre vos seins ou vos fesses...

Je distingue l'effort que Sophie fait pour avaler sa salive, en entendant ces mots. Je ne mentionne pas le cadenas.

J'arrête ma voiture devant La Closerie à la hauteur d'un voiturier qui manque de s'étrangler en voyant les cuisses de Sophie et ses bas. Elle se rajuste vivement, tandis que je descends et tends les clés au jeune homme.

J'ouvre sa portière et lui jette un regard furieux. Elle baisse les yeux et, comme pour se rattraper, sort une jambe puis l'autre écartant largement le compas de ses cuisses, offrant, un instant, la vue de sa vulve moulée dans le tulle translucide de son slip, la légère protubérance du cadenas est même perceptible... Mais le jeune homme est déjà en train de faire le tour de la voiture.

Tandis que nous entrons dans le restaurant, je lui murmure à l'oreille :

– Vous serez punie pour votre excès de pudeur...

Le maître d'hôtel nous conduit vers notre table, au fond de la verrière. Sophie est assise face à la salle. Le serveur prend notre commande, deux soles meunières que nous accompagnerons d'un Bourgogne Aligoté.

Pendant le repas, je raconte à Sophie quelques anecdotes vécues en salle d'audience. Elle se détend, et je la surprends même quelques fois à rire franchement. Elle est si belle quand elle rit... peut-être aussi belle que quand elle jouit... ou quand elle souffre. Elle est de ces femmes auxquelles les larmes vont aussi bien que les rires. J'ai du mal à me détacher de son sourire et du brillant de ses yeux, alors qu'elle me questionne sur le métier d'avocat, une main sous le menton, l'autre décrivant des cercles du bout du doigt sur le bord de son verre. Ses doigts sont longs et fins, les ongles soigneusement manucurés recouverts d'un vernis émeraude assorti à ses yeux.

Je soupire, baignant dans un bien être savoureux. Sans réfléchir, je tends la main vers la sienne et frôle ses doigts. L'instant est magique. Elle me regarde, pensive. Puis elle me demande de sa voix, suave, lente et grave que j'aime déjà tant :

– Lorsque vous défendez quelqu'un, êtes-vous meilleur quand votre intime conviction vous dit qu'il est innocent... ?

Je la regarde en souriant.

– Vous mettez du sentiment là où il n'y en pas... la plaidoirie est la même... je dirais même que plus l'accusé est chargé, meilleur doit être le défenseur... Et puis d'ailleurs, innocent, coupable… quelle importance ! Dominer ses sentiments est indispensable pour garder la tête froide et être efficace… Celui qui est gouverné par ses émotions ne dirige plus sa vie… il est assailli de questions… il faut y prendre garde… regardez-nous… On jurerait deux amants qui roucoulent. Bien des hommes dans ce restaurant doivent m'envier. Si en plus ils savaient… il faut maîtriser sa vie… Avoir les réponses quand on se pose des questions…

Son sourire se fige. Elle est soudain plus grave.

– Comme vous… quand vous pensez à Fabien… à vous… à moi…

Elle sursaute.

– Comment avez-vous… ?

Je lui souris à nouveau, ravi de mon effet. J'ai dit ça au hasard et j'ai visé juste.

– Ce soir, vous serez fouettée… ce sera dur… exceptionnellement, vous ne serez pas bâillonnée… vous pourrez crier tout votre saoul…

Il était temps pour moi de recadrer notre relation qui prenait un tour trop… sentimental.

Ne pas se laisser prendre au piège… sous peine de…

Ses yeux s'assombrissent à nouveau cette couleur indéfinissable ou on lit à la fois, angoisse, peine et exaltation.

Le serveur débarrasse la table.

– Vous mettrez un rouge à lèvres plus brillant…

Elle n'ose me répondre, le feu aux joues.

Le serveur s'éloigne. Je la sens tendue. A nouveau la surprendre. Accélérer… lui faire perdre pied… à nouveau…

– Vous voyez derrière moi… ? La troisième table en partant du mur…

J'ai parlé, sans jamais m'être retourné.

Son regard fouille la salle et s'arrête. Je reprends à voix basse :

– Il y a un homme, d'une soixantaine d'années, en complet gris, très maigre... vous le voyez...?

Elle acquiesce sans un mot puis pose ses yeux sur moi.

– Vous allez prendre votre sac et vous rendre au sous-sol, vous entrerez dans les toilettes pour handicapés... les plus spacieuses... il va vous y rejoindre...

Elle me regarde, paniquée :

– Mais.... Vous... je....

Imperturbable, je poursuis en haussant légèrement la voix. De peur que notre conversation soit entendue par nos voisins, elle se tait, et m'écoute, anéantie.

– ... Vous fermerez la porte derrière lui... Ensuite, vous retirerez votre veste, votre chemisier et votre jupe... vous les accrocherez au porte-manteau... Vous le laisserez alors vous examiner, vous toucher et vous caresser comme il le souhaite... vous prendrez les positions qu'il vous demandera pour faciliter ses gestes... Quand il en aura assez, vous retirerez votre slip et vous vous assoirez sur le siège des toilettes... genoux écartés... Vous sortirez sa verge et la caresserez à la main et avec vos seins... Lorsqu'il sera dur, vous lui ferez goûter un moment la douceur et la profondeur de votre bouche... Et pour finir... vous le masturberez dans votre slip... vous le ferez jouir dedans... Il sait qu'il n'a pas le droit à autre chose... Vous replierez votre slip souillé et vous le rangerez dans votre sac... ensuite, vous attendrez qu'il soit parti et vous vous rhabillerez et vous viendrez me rejoindre... je vous commanderai un café... est-ce clair ?

Elle lève vers moi ses yeux brillants de larmes, ouvre la bouche, mais est incapable d'articuler une seule parole. Elle déglutit plusieurs fois et secoue la tête en signe d'acceptation.

Je pose ma main sur la sienne un instant.

– Allez-y, maintenant… il est déjà presque 14 heures…

Elle saisit son sac, prend une grande inspiration et se lève.

Elle traverse la salle, attirant l'œil des nombreux hommes présents. Le vieil homme la regarde passer très discrètement, le nez dans son café. Sophie tourne la tête à l'opposé lorsqu'elle passe devant sa table. Je la vois disparaître dans l'escalier qui mène au sous-sol.

Je commande un café et allume un cigare. A travers la fumée, je vois le vieil homme finir sa tasse et se lever, en défroissant sa veste et son pantalon. Il est grand et décharné. Il est chauve. Son costume et son allure ne laissent aucun doute : cet homme est distingué et sûrement de la meilleure société.

Le serveur m'amène mon café.

Sophie

A peine arrivée chez elle, l'esprit encore en déroute par ce qu'elle vient de vivre et d'éprouver en ce début de matinée, Sophie se précipite dans la salle de bain. Fébrilement, elle se défait de son jogging mouillé de transpiration dont elle sent l'entrejambe humide et collante plaquer de façon obscène, lui semble-t-il, contre son sexe détrempé d'un désir qui lui fait soudain horreur. Elle jette en boule le vêtement dans un coin de la pièce et se précipite sous la douche dont elle fait couler sur elle un jet brûlant. Rageusement, elle frotte son corps avec un gant de crin comme si elle voulait par ce geste effacer la souillure dont elle a failli être l'objet. Comme si par ce geste, elle pouvait effacer de son esprit, les pensées dérangeantes qu'elle a eues lors de la vision de cette vidéo dont le souvenir l'obsède. «Comment, songe-t-elle affolée, a-t-elle pu réagir aussi intensément à ce spectacle dégradant? Surtout comment a-t-elle pu regretter de n'être pas à la place de cette femme qu'on humiliait?» La pensée de la queue visqueuse de cet horrible individu dans sa bouche la révulse, et pourtant... Oui, bien sûr, si Pascal le lui avait demandé elle l'aurait sucé. Elle aurait avalé son sperme. Et elle aurait joui du regard ardent de Pascal posé sur elle. Quel pouvoir a donc cet homme pour l'emmener à accepter l'inacceptable? Elle voudrait être capable de le rejeter, l'oublier. Mais voilà... impossible... Elle est attirée par lui comme le papillon est attiré vers la lumière au risque de se brûler les ailes! Prête à le suivre là où il voudra l'emmener aussi difficile que cela puisse être. Quitte à perdre toute dignité! Comment expliquer ce sentiment de révulsion incommensurable et d'attirance irrésistible qu'elle ressent vis-à-vis de Pascal? Et Fabien que devient-il dans tout cela? Quelle va être sa place? Mais a-t-il encore une place auprès d'elle ? Tant de choses se sont révélées à elle en si peu de temps. Sophie se sent perdue. Trop de questions. D'interrogations. Confusément, elle pressent la femme que Pascal est en train de faire naître. Cette femme qu'elle a toujours été sans jamais vouloir la voir. Qui l'effraye et la fascine tout à la fois ! Qui ne demande qu'à s'épanouir. Pauvre Fabien qui n'a pas su l'accompagner sur ce chemin et a délégué à un autre cette tâche ! Il a pris là un risque énorme. Par amour ? Par incapacité ? Sa vie avec Fabien lui paraît si fade soudain... Elle l'aime tant pourtant !

Toute à ses pensées qui la perturbent et la troublent, Sophie frotte de plus en plus vigoureusement son corps qui, sous l'effet conjugué de l'eau brûlante et du gant, prend une couleur pourpre. Peu à peu, Sophie sent ses muscles tétanisés se détendre et une douce langueur l'envahir. Ses gestes se font plus lents. Ses mains plus caressantes. Sophie s'offre au chaud ruissellement qui se déverse sur elle et s'immisce entre ses seins, entre ses cuisses. Sans qu'elle en ait vraiment conscience, sa main effleure tendrement le souple arrondi de son buste avant de descendre inexorablement le long de son ventre plat et s'égarer au creux de son pubis. Ses doigts trouvent sans hésitation le chemin de son plaisir et se referment sur son clitoris gorgé de désir. Elle les fait rapidement tourner sur son bouton d'amour qui s'épanouit et éclot. Dans un gémissement, Sophie sent une jouissance fulgurante la secouer et la faire hoqueter de plaisir alors que les images du corps violenté de Céline ressurgissent devant ses yeux. Mais c'est son visage qui se superpose sur celui de Céline.

Quelque peu apaisée, Sophie retourne dans sa chambre et commence à s'apprêter. Comme par défi, voulant impressionner Pascal, Sophie choisit dans sa garde-robe une tenue qui, elle le sait, la met particulièrement en valeur. A la fois très sobre mais d'une exquise et troublante féminité. La fluidité des matières qui colle à son corps comme une seconde peau, la douceur des couleurs qui s'harmonisent parfaitement à son teint lumineux et ambré, le décolleté, savamment ajusté, qui laisse deviner l'arrondi de ses seins, la pare d'un aura d'érotisme qui parce que discret n'en est que plus émouvant. Après une brève hésitation, elle choisit dans son coffret à bijoux de longues boucles en métal doré ornées à leur extrémité de boules oblongues en ambre qui descendent presque jusqu'à ses épaules. Puis elle ceint autour de son cou un fin jonc rigide en or et enserre pour finir son poignet droit d'une large manchette en or finement ciselée. Pour compléter sa tenue, Sophie sélectionne enfin parmi les nombreux flacons de parfum «Addict» de Dior aux senteurs enivrantes et sensuelles de jasmin et santal où pointe, délicate, une note plus fraîche de mandarine qui lui semble pour l'occasion tout à fait approprié. Avec un sourire, Sophie se demande si Pascal sera sensible à ce discret clin d'œil qu'elle lui envoie.

Enfin prête, Sophie s'installe dans le canapé du salon et attend son amant et Maître tout en se remémorant ce qu'elle a subi il y a quelques jours sur ce même canapé. Un moment, elle se dit qu'elle devrait téléphoner à Fabien pour le prévenir de son déjeuner avec Pascal. Puis y renonce. «A quoi bon!, pense-t-elle fataliste. Il comprendra bien très vite où je suis et avec qui. Et franchement, je n'ai pas envie de me lancer dans une nouvelle discussion. Pas maintenant, en tout cas.» Cela l'emmène de nouveau à songer à la tournure qu'a prise leur relation depuis ce soir fatidique où Fabien lui a fait rencontrer Pascal. «S'il avait su où cela nous mènerait, aurait-il eu cette initiative? Je ne pense pas.» Car s'il y a une chose certaine c'est que Fabien au cours de ces derniers jours, a perdu tout réel ascendant sur elle. Quoiqu'il ait pu lui dire pour la dissuader et malgré toute la justesse de ses appréhensions à leur égard, elle sait qu'elle ne peut plus faire marche arrière. Quoiqu'il arrive et quoique Fabien puisse lui demander, elle suivra Pascal même si cela, pense-t-elle en réprimant un frémissement de remords, doit mettre un terme au couple qu'elle forme avec Fabien. « Mon dieu, songe-t-elle, soudain épouvantée par la force de ce qu'elle ressent pour Pascal, que m'arrive-t-il ? »

Il est plus de midi trente quand, enfin, la sonnette de l'entrée retentit la faisant se précipiter, éperdue d'attente, vers la porte. Sophie sent son cœur tambouriner sa poitrine alors que Pascal la précède dans le salon. Elle se demande soudain avec appréhension si la tenue qu'elle a choisie lui conviendra. Elle s'en veut pour cette réaction de petite fille apeurée et craintive. Après tout, que lui importe son avis. Mais rien n'y fait. Le regard de Pascal qui la parcourt d'un air appréciateur, la rassure et elle rosit de contentement en l'entendant commenter sa beauté. Mais son soulagement est de courte durée lorsqu'elle sent les yeux se poser désapprobateurs sur ses fesses sur lesquelles on devine, imperceptible, à travers le fin tissu qui les recouvre, la marque discrète de son tanga. Elle esquisse un mouvement pour l'ôter qu'interrompt pourtant Pascal. « Je n'ai pas prévu que vous soyez nue sous votre jupe ce midi », lui dit-il avec un sourire ambigu qui la plonge dans un désarroi total. « Décidément, songe-t-elle, il ne fera jamais rien comme je le crois... »

Anxieuse, elle le fixe un moment et va pour lui demander quelques explications quand la sonnerie du portable de Pascal retentit. Insoucieux de sa présence, il commence à dialoguer tout en se rapprochant nonchalamment d'elle. Avec désinvolture, comme il le ferait d'un objet qu'on manipule sans vraiment y prêter attention, il écarte, tout en continuant sa discussion au téléphone, les pans de la jupe de Sophie et observe un moment ses jambes parfaitement galbées gainées dans de fins bas en soie retenus par des porte-jarretelles. Tout aussi négligemment et sans lâcher son téléphone, il la pousse vers la table basse du salon. Puis il l'oblige d'une ferme poussée sur la nuque à se courber en deux afin de lui offrir le libre accès à ses fesses que dissimule à peine le minuscule tanga. Sans opposer la moindre résistance, Sophie se laisse faire. Elle ressent à être ainsi manipulée un doux fourmillement la parcourir et une impatience humide affluer entre ses cuisses qu'elle desserre pour que la main de Pascal l'investisse à sa guise. D'une oreille distraite, complètement concentrée sur ce qui se passe entre ses jambes et qui lui procure un plaisir ineffable, elle écoute la conversation de Pascal, maintenant accroupi derrière elle, qui lui parvient par bribes. Vaguement, elle croit comprendre que Pascal parle d'elle. Soudain en alerte, elle voudrait avoir la force de se dégager de l'emprise de sa main, de juguler ce désir qu'il sait si bien faire naître en elle et lui demander des explications sur ce qui se dit. Mais elle en est totalement incapable. Seule compte la pression des doigts de Pascal qui se promènent sur sa vulve enflée et palpitante et s'enfoncent en elle lui arrachant un soupir de contentement. Sans qu'elle y prête attention, Sophie instinctivement se cambre davantage, s'offre sans retenue à cette caresse voluptueuse. Les doigts de Pascal écartent la chair délicate de ses lèvres charnues et dégagent les anneaux qui les percent de part en part. Sophie tend sa croupe rebondie anticipant l'intrusion des doigts en elle et le plaisir qu'elle va éprouver à être ainsi prise et investie.

Mais soudain au lieu de la caresse espérée et tant attendue, elle sent contre sa chair chaude un attouchement plus froid qui la fait sursauter de surprise et elle ne peut réprimer un léger mouvement de recul. Une vague d'appréhension mêlée de curiosité la parcourt alors que Pascal s'affaire minutieusement entre ses cuisses tout en continuant sa discussion téléphonique dont les propos se font de plus en précis. Sans conteste possible maintenant, c'est bien d'elle qu'il parle.

Elle éprouve l'intense tentation de tourner la tête afin de voir ce que Pascal est en train de faire mais elle sait intimement qu'il réprouverait cette curiosité et y résiste à grand-peine. Seul un léger clic la renseigne quelque peu sur l'appareillage que Pascal dispose sur son sexe. « Je ne le crois pas, songe-t-elle soudain incrédule, une ceinture de chasteté. Il vient de me mettre une ceinture de chasteté ou, en tout cas, quelque chose qui y ressemble fort. Pas ça... » Mais incapable de se rebeller, elle laisse Pascal opérer sans lui opposer la moindre résistance. Elle s'offre même davantage à la caresse insidieuse de ses doigts qui s'amusent à l'émouvoir en esquissant sans le terminer un frôlement vers son orifice anal qu'il agace du bout de l'ongle tout en tirant vers le bas l'appareillage qu'il vient d'installer. La sensation que ressent Sophie est inédite et chargée d'un érotisme troublant. Comme si un poids était suspendu à ses lèvres, pâte molle et malléable à souhait, et les étirait indéfiniment. Sophie ne prête plus aucune attention à ce qui se dit au téléphone trop occupée à maîtriser le plaisir qui menace de la submerger et de l'emporter. Mais soudain tout en lui assénant, désinvolte, une légère tape sur ses fesses, Pascal la fait se redresser et insoucieux de sa frustration, lui intime d'un ton badin de se rajuster.

Elle éprouve alors un intense sentiment d'insatisfaction à être ainsi ramenée sur terre. Son corps réclame encore des caresses. Son corps réclame la jouissance dont Pascal vient de la priver. Le feu aux joues et le ventre en ébullition, Sophie se soulève et se rajuste rapidement lissant sa jupe d'une main que sa frustration rend fébrile. Lentement, elle passe devant Pascal et se dirige vers la porte essayant à grand-peine d'ignorer le renflement dur qui se loge maintenant entre ses cuisses et donne à sa démarche une allure malaisée et incertaine mais qui, surtout, amplifie le désir qu'elle ressent. Discrètement, alors que l'ascenseur les descend au rez-de-chaussée de l'immeuble, elle se tortille afin que l'appareil prenne sa place au creux de son entrejambe et c'est d'un pas plus assuré qu'elle prend la direction de la voiture de Pascal.

A peine assise, dans le véhicule, elle ressent de nouveau, impérieuse, la présence de l'objet inséré au creux de son sexe qui maintient, quoi qu'elle y fasse, ses lèvres écartées. Mais loin de la déranger, la sensation qu'elle éprouve qui garde son corps en éveil, est d'une extrême sensualité. Comme si un sexe de fer était logé à l'orée de son vagin prêt à s'enfoncer en elle. Elle éprouve soudain une envie irrépressible d'être pénétrée, prise, de s'ouvrir à cette pénétration et de se laisser emporter par la jouissance. De nouveau, elle sent le désir qu'il y a un instant elle a eu tant de peine à maîtriser, la parcourir et que Pascal, en dévoilant impudiquement le haut de ses cuisses, prend un malin plaisir à intensifier. Au bord de la jouissance, Sophie se trémousse désespérément sur son siège et essaye tant bien que mal à se soustraire à cette intrusion qui l'habite et menace de la faire défaillir. Mais chacun de ses mouvements rend au contraire la présence du dispositif plus prégnante. Et c'est dans un instant second, qu'elle écoute d'une oreille distraite Pascal commenter le planning de leur journée. Lorsqu'enfin ils arrivent au restaurant, oubliant, toute à ses sensations, les ordres formels de Pascal, elle referme instinctivement sur ses cuisses dénudées les pans de sa jupe alors que voiturier lui ouvre galamment la portière. L'œil courroucé de Pascal accompagné d'une remarque acerbe sur son excès de pudeur qui, lui dit-il, mérite punition, lui fait brusquement comprendre sa bévue. Elle essaye tant bien que mal de se rattraper en écartant obligeamment ses jambes offrant son anatomie la plus intime au regard du jeune voiturier. « Mon Dieu, songe-t-elle au bord des larmes, qu'a donc cet homme pour me faire faire des choses aussi insensées. »

Encore déboussolée, Sophie suit le maître d'hôtel et s'installe face à Pascal à une table légèrement en retrait qui lui offre une vue d'ensemble sur la salle. Au cours du repas, ses appréhensions refluent lentement. Les mets délicieux qu'accompagnent des vins capiteux, lui font même oublier la teneur exacte de ses relations avec Pascal. La discussion est enjouée et vive, passant avec à propos d'un sujet à l'autre. Peu à peu, Sophie se détend et se laisse subjuguée par le charme qui émane de Pascal et qui l'envoûte de plus en plus. Sophie oublie toutes ses craintes et ses interrogations. Il n'y a plus qu'un homme et une femme qui se découvrent des passions communes, des goûts similaires et s'apprécient. Un homme et une femme attirés irrésistiblement l'un par l'autre. Un frémissement subtil la parcourt lorsque, comme par inadvertance, les doigts de Pascal effleurent tendrement son poignet. Mais soudain, Pascal, abruptement comme s'il voulait se défendre de cet instant de tendresse et de complicité, la ramène à la réalité de ce qui les lie.

– Ce soir, vous serez fouettée… ce sera dur… exceptionnellement, vous ne serez pas bâillonnée… vous pourrez crier tout votre saoul… lui assène-t-il brusquement

Surprise par la violence du ton et des mots, Sophie le regarde éberluée. Lentement, les paroles font leur chemin dans son esprit embrumé d'émotions contradictoires alors qu'un froid glacial l'envahit et que la panique la submerge. Elle lui en veut intensément d'avoir rompu le charme tendre de cet instant magique qui soudain prend l'aspect d'un piège dans lequel, insouciante et désarmée, elle s'est enferrée. Fouettée. Ce soir, elle va être fouettée. A en hurler.... Tout en elle se révolte à cette idée et Sophie sent son corps saisi d'un irrépressible tremblement alors que la nausée menace d'avoir raison d'elle. Dans un geste puéril de défense, elle prend de son verre autour duquel elle resserre désespérée ses doigts fins faisant blanchir leurs jointures.

Incrédule, sans avoir la force de proférer le moindre son, elle écoute dans un brouillard Pascal lui commenter le programme de la soirée. Mais alors, la perspective d'être fouettée, peut-être à cause de ce qu'il vient fugitivement de se passer entre eux et qui laisse une trace indélébile dans son cœur, l'emplit soudain d'une exceptionnelle exaltation. Pour cet homme, elle veut bien subir les pires sévices si cela lui permet de toucher le secret de son cœur. Elle désire intensément lui prouver la force de son attachement et de sa soumission car, elle en a l'intime conviction, ce n'est que par ces chemins tortueux qu'elle l'atteindra et le fera sien.

Aussi est-ce sans avoir la volonté de formuler le moindre mot de réprobation, encore sous le choc de la découverte de ses sentiments pour Pascal, qu'elle se lève pour, ainsi qu'il vient de l'exiger, aller se donner à un inconnu. La chose lui paraît inconcevable, inqualifiable et pourtant elle va le faire. Pour lui. Parce qu'elle ne peut... ne veut plus rien lui refuser. Parce qu'il est le Maître et elle, sa soumise.

Les jambes flageolantes un sourire de circonstance accroché à ses lèvres crispées, Sophie se dirige anéantie de honte mais déterminée à faire ce que lui a ordonné Pascal, vers le fond du restaurant où se trouve les toilettes. Au passage, elle jette un regard furtif à l'homme à qui Pascal vient de le livrer et qui, dans un instant, songe-t-elle en réprimant un frisson de dégoût, va prendre possession d'elle. Car c'est bien de cela qu'il s'agit. Elle a été prêtée comme un vulgaire objet. Elle voudrait être capable de se rebeller contre cette situation humiliante pour elle. Mais cela lui est impossible. Comme si une volonté extérieure avait pris les commandes de son esprit et la maintienne dans un état de dépendance totale. Sauf, doit-elle bien en convenir, que cette volonté provienne du plus profond d'elle-même. Elle est totalement assujettie aux exigences de Pascal mais, en même temps, jamais encore, elle ne s'est sentie aussi libre. Sinon comment expliquer l'excitation qu'elle ressent à l'idée de s'offrir à cet homme qu'elle ne connaît pas et obéir à Pascal ?

La soixantaine bien sonné, l'individu n'est pas franchement repoussant quoique sa maigreur excessive lui confère un air cadavérique. « Il est quand même mieux, songe-t-elle pour se donner le courage qui lui fait soudain cruellement défaut, que cet ignoble individu de ce matin qui a failli.... » Sophie réprime un haut de cœur au souvenir des mains salaces qui l'on palpée. « Au moins, celui-ci est propre et bien habillé. » Il est vrai que l'allure de l'homme vêtu d'un strict costume Armani est irréprochable. Celui-ci à son passage se lève et la suit quelques pas derrière elle.

Suivant les instructions de Pascal, arrivée dans les toilettes Sophie se dirige vers la cabine la plus spacieuse dans laquelle l'homme la rejoint. Les mains tremblantes, Sophie referme doucement la porte derrière eux et fait basculer dans un déclic qui semble sonner le glas définitif de son indépendance, le loquet. Sans un mot, réprimant à grand-peine le tremblement convulsif de ses mains elle se dévêt et suspend soigneusement ses vêtements au porte-manteau accroché sur une paroi. Elle retarde autant que possible l'instant où elle devra faire face à l'homme et affronter son regard qu'elle sent fixé sur elle épiant le moindre de ses mouvements. Intimidée et ne sachant quoi faire, Sophie se résout enfin à se retourner tout en se plaquant en un geste de repli contre la porte. Un moment, elle observe l'homme qui se tient debout et la domine de sa haute taille. De son côté, il se contente de la dévisager sous toutes les coutures de ses yeux proéminents amplifiant le trouble qu'elle ressent.

Sans proférer un mot, l'homme esquisse un geste impératif de sa main droite tavelée de marques brunes et lui intime de s'avancer vers lui. Au bord de l'évanouissement, la poitrine soulevée par un halètement d'angoisse qui la rend sans qu'elle en ait conscience encore plus désirable, Sophie s'approche lentement de l'homme et s'immobilise devant lui les bras le long du corps. Un frémissement la parcourt lorsque l'homme referme comme des serres ses doigts sur ses seins qu'il étreint fermement. Puis, sans ménagement, il commence à les malaxer comme s'il voulait en éprouver la texture et la fermeté avant d'insérer ses doigts sous la fine dentelle du soutien-gorge et se saisir de ses tétons. Sans se soucier de la douleur qu'il fait naître, il pince les fragiles mamelons entre ses doigts noueux tout en tirant sur les anneaux qui les transpercent. Sophie gémit doucement, mais complètement tétanisée, elle est incapable d'esquisser le moindre mouvement de défense. Un long moment l'homme fait tourner entre l'étau de ses doigts les tétons de Sophie qui sous l'effet conjugué de l'appréhension et de la rude caresse, se dressent et durcissent. Comme s'il était satisfait du résultat, les doigts toujours accrochés aux anneaux, l'individu exerce sur eux une brutale traction vers le bas qui oblige Sophie à se courber pour échapper à la douleur fulgurante qui soudain la taraude. Le souffle de l'individu s'accélère. D'un geste rapide, il défait son pantalon et enfouit sans autre préambule dans la bouche de Sophie son membre tendu par une formidable érection. Sophie n'a d'autre alternative que de gober le sexe démesurément long et épais de l'homme qui d'un mouvement de hanche l'enfonce au fond de sa gorge qui la fait hoqueter.

Délaissant enfin ses seins, les mains de l'individu se posent sur les fesses de Sophie sur lesquelles il assène de franches claques qui la font sursauter avant de s'immiscer entre sa raie culière qu'il griffe du bout de ses ongles. Incapable de réagir, Sophie sent une main descendre plus bas, glisser sous le mince slip et trouver son orifice étroit dans lequel il enfouit d'abord un index investigateur puis son majeur. Sophie exhale un sourd gémissement quand les doigts pourfendent sans précaution son intimité la plus délicate. Sous la pénétration simultanée de sa bouche et de son cul, Sophie, malgré la honte qu'elle éprouve d'avoir été ainsi jetée en pâture à un inconnu qui use d'elle sans vergogne, sent ses sens s'éveiller. Une douce moiteur jaillit au creux de son vagin alors qu'une onde de plaisir aussi imprévisible que surprenante en de telles circonstances, la transperce. Un bref moment, elle oublie le sexe qui emplit sa bouche ce qui a pour effet de lui faire perdre son souffle et d'éructer désespérément. Insensible à ses efforts pour retrouver l'air qui lui fait cruellement défaut, l'homme au contraire accentue sa pénétration et Sophie sent le membre tendu heurter le fond de sa gorge. Complètement affolée, Sophie se débat brusquement essayant en vain d'échapper à la double intrusion. Brutalement, l'homme enfouit les doigts de sa main restée libre dans la longue chevelure de Sophie et d'un geste rageur lui intime un mouvement de va et vient tout en proférant d'une voix sourde :

– Applique-toi, salope. Je veux que tu me suces, tu as compris et tu as intérêt à le faire le mieux possible. Tu es là pour ça, sale pute.

Fouettée par les mots injurieux que vient de proférer l'homme qui la cinglent par leur dureté, Sophie se sent envahie d'une énorme détresse. Elle voudrait trouver en elle la force de se redresser, de dire à cet homme ce qu'elle pense de son attitude. Mais, au contraire, elle se courbe davantage vers lui et distend au maximum ses lèvres pour lui permettre de s'enfoncer au plus profond de sa gorge. Les fesses écartelées par les doigts toujours plantés en crochet en elle, Sophie, complètement matée, s'active avec soin sur la verge. Après un moment qui lui semble interminable, l'homme se dégage enfin et la fait se redresser.

– Va t'asseoir sur la cuvette des w.c., lui ordonne-t-il. Voilà comme ça.... Ote ton slip et écarte tes jambes. Je veux tout voir de toi. Bien.... Je veux voir ta chatte. Hmmmmm, je vois que Pascal a pris ses précautions. Te voilà cadenassée.... Maintenant, je veux te voir te masturber. Mieux que ça, voyons. Ne joue pas les timides, sale garce... Ecarte bien tes lèvres. Voilà comme cela. Insiste sur ton clito. Il ressemble à un abricot bien mûr. Très tentant, je dois dire. Oui, comme cela. Tu aimes ça hein..., continue-t-il tout en se branlant. Hmmmmm, tu es bandante, tu sais.... Pousse ta main. Laisse-moi te toucher.

Rouge de honte, Sophie sent les mains de l'homme investir son sexe et s'insinuer entre ses lèvres d'où sourd une humidité sans ambiguïté. Autant tout à l'heure l'homme était brutal, maintenant sa caresse est d'une extrême douceur. Sans une hésitation, il trouve l'endroit le plus sensible du corps de Sophie qui sent ses doigts s'activer avec dextérité sur l'extrémité de son clitoris dégageant bien les chairs tendres qui entoure son bouton qui se dresse soudain, à sa totale confusion, gorgé de désir.

– Oh ! oui, tu aimes ça... Tu es une vraie salope.... comme je les aime. Et ma queue... tu en as envie hein.... T'inquiètes ! tu vas l'avoir....

Désespérée, Sophie tente de résister à la sensation qui est prête à la submerger. Fébrilement, elle regarde autour d'elle, détaille les murs ocrés de la cabine. Ses yeux s'arrêtent sur le porte-manteau où sont suspendus, vestiges de sa reddition, ses vêtements avant de se poser sur le miroir disposé au-dessus d'un petit lavabo. Celui-ci lui renvoie, comme un outrage supplémentaire, l'image d'une femme au regard hagard et les joues ravagées de larmes, la chevelure en désordre dans une posture, jambes écartées et offertes à un homme en train de la fouiller. L'indécence extrême de sa position lui arrache un râle de détresse. «Cette femme ne peut pas être moi», songe-t-elle affolée. L'esprit enfiévré, Sophie, dans un vain effort pour échapper à cette vision qui la révulse et la séduit tout à la fois, pense à Pascal et essaye d'imaginer ce qu'il est en train de faire. Mais comme irrésistiblement attiré, ses yeux se posent à nouveau sur le miroir et détaille la scène de cet homme âgé qui use d'elle proie offerte et consentante à sa lubricité.. Les doigts de l'individu s'activent de plus en plus ardemment sur son sexe, glissent sous le cadenas qui ferme son vagin, la fouillent impudemment. Sophie se cabre soudain alors qu'une flèche de plaisir la transperce, la faisait haleter et gémir. Elle voudrait échapper à ces doigts qui la violent et pourtant elle est incapable de bouger. La main de l'homme se fait plus insidieuse et atteint le seul orifice qui lui est ouvert et dans lequel il engouffre ses doigts mouillés du plaisir de Sophie.

– Jouis salope... Vas-y... Laisse-toi aller sale pute...

D'une poussée, il la fait se pencher davantage en arrière afin de pouvoir plonger plus aisément en elle. Sophie sent l'appareillage de la cuvette mordre cruellement ses épaules. Convulsivement, elle serre ses lèvres, essayant de toutes ses forces de retenir cette jouissance inconcevable qui est prête de la submerger.

– Hmmmmmm, tu es une magnifique salope, continue l'homme tout en maintenant la pression de ses doigts sur son clitoris en feu. Je dois dire que Pascal à l'art de trouver des putes comme toi qu'un rien allume et que je n'ai jamais été déçu.

Un sourire narquois aux lèvres, l'homme relève sa main d'où se s'étire en un long filament huileux, preuve sans équivoque du plaisir de Sophie. Lentement, la fixant dans les yeux, il approche ses doigts de sa bouche :

– Suce ta mouille. Je suis sûr que tu en meurs d'envie. Allez, tends ta langue dont j'ai pu apprécier l'exquise douceur et lèche mes doigts. Puis, il continue, passant brusquement du tutoiement au vouvoiement, vous êtes très belle, Sophie. Ce rôle de putain vous va à ravir. Allez-y continuez à me téter... goûtez votre suc. Vous voyez l'effet que cela a sur moi.

Sans force, incapable de réagir, le cœur chaviré de désarroi par ce qui lui arrive, Sophie exécute comme une somnambule chacun des ordres qui lui sont donnés. Elle ne peut toutefois réprimer un faible sursaut de révolte quand il lui ordonne en revenant au tutoiement.

– Je veux te voir pisser maintenant. Entendre le son de ton urine. Tsssssss, je suis sûr que tu en es capable et que tu as à cœur de me donner ce petit plaisir, ajoute-t-il quand Sophie esquisse de la tête un piteux geste de dénégation.

– Mais.... je.... je ne peux pas... pas ça.... souffle Sophie éperdue de honte dans un faible sursaut de révolte.

– Tss tsss, mais si tu peux. Il suffit que tu te laisses aller. Ecarte bien tes cuisses. Je veux voir le jet jaillir. Mais avant dégage bien tes seins. Ils sont somptueux... Cambre-toi bien. Fais-les bien saillir. Prends-les dans tes mains. Mieux que cela voyons. Mais peut-être préfères-tu que je m'en occupe moi-même, lance-t-il tout en étreignant fermement les seins de Sophie qui laisse échapper un gémissement de crainte et appréhende qu'il tire à nouveau sur les anneaux qui les sertissent.

Mais celui-ci se contente de les malaxer.

– Alors, qu'attendez-vous, ma chère ? Faut-il que j'use de persuasion pour vous convaincre ? ajoute-t-il en tirant perfidement sur les anneaux. Dois-je insister ?

Comprenant qu'elle n'a pas d'autre choix que de s'exécuter et voulant à tout prix échapper à la douleur qui violente ses seins, Sophie se détend au maximum et laisse enfin couler un fin jet doré qu'elle entend tomber en un bruissement léger dans l'eau de la cuvette. Bizarrement, alors que le flux s'épaissit et jaillit maintenant en abondance d'elle en un flot qui semble intarissable, Sophie sent la honte qui l'étreignait il y a un instant s'éteindre et laisser place à une excitation dont l'intensité l'étonne. « Mon Dieu, songe-t-elle effarée par ce qui lui arrive, comment puis-je prendre du plaisir à une chose aussi dégradante ? »

– Ohhhhhhh, tu es superbe ainsi en train de pisser, continue l'homme. Ca m'excite... Je veux de nouveau goûter à ta bouche. Ouvre-la bien grand ma salope. Oui, comme cela. Et maintenant, serre tes lèvres. Hmmmmmmm, ta langue est délectable. Fais-la bien tourner. Aspire oui.... Tu aimes sucer, je le sens..... Tu es une merveilleuse suceuse. Je vais jouir sur toi, ma belle. Sur tes seins. Ou sur tes joues... Oui.... ouvre bien les yeux... regarde ma queue..... Tends tes mamelles.... Ca vient.... Mmmmmmhhhh.... C'est bon....

Comme hypnotisée par le ton à la fois doucereux et injurieux de l'homme, Sophie, le ventre étreint d'un désir irrépressible, ne peut quitter des yeux la verge gonflée dont soudain jaillit un jet liquoreux qui se déverse sur ses seins et coule sur eux les nimbant d'une blanche onctuosité. Une brusque contraction de son vagin la fait gémir alors que les dernières gouttes de l'orgasme de l'homme se répandent sur ses joues. Sophie ressent au plus profond d'elle une intense jouissance qui remonte jusqu'à ses seins qui se dressent enflés de plaisir. Machinalement, ses mains se posent sur eux et d'un geste délicat elle étale la liqueur de l'homme sur eux prenant un plaisir diffus à les enrober du sperme odorant.

– Et bien, ma chère, vous méritez amplement tout le bien que l'on peut dire sur vous. Mais vous avez grand besoin de vous nettoyer quelque peu, reprend enfin l'homme tout en lui tendant son slip. Cela devrait faire l'affaire ne pensez-vous pas?

Sans un mot, l'esprit encore en déroute par ce qu'elle vient d'éprouver, Sophie se saisit de la mince étoffe et, avec précaution, s'essuie soigneusement avec l'imbibant du sperme de l'homme qui, de son côté, se rajuste rapidement.

– Je pense que nous aurons l'occasion de nous revoir, ma chère. Voudriez-vous avoir l'amabilité de féliciter pour moi Pascal pour votre prestation et bien sûr le remercier? lui lance-t-il avant de sortir de la cabine.

Encore sous le choc de ce qu'elle vient de vivre, Sophie se rhabille à son tour. Fébrilement, elle enfouit son slip détrempé et souillé au fond de son sac et sort à son tour. Les joues en feu et le corps encore en ébullition par le plaisir qu'elle vient de connaître et qui la remplit de confusion, Sophie rejoint la salle de restaurant où pense-t-elle Pascal doit l'attendre sirotant nonchalamment un verre de cognac. Son regard fait lentement le tour de la vaste pièce qui baigne dans une douce quiétude. Tant bien que mal, elle tente désespérément de cacher son désarroi et sa honte sous un sourire de circonstance. Jamais encore elle n'a été humiliée à ce point ni traitée de la sorte. Son ventre se serre au souvenir des mots injurieux de l'horrible individu auquel Pascal l'a jetée en pâture qui, peut-être plus que ses actes pourtant dégradants pour elle, l'ont profondément heurtée et blessée. Elle ressent l'affront qui lui a été infligé et qui, ce qui la désespère, l'a si intensément excitée qu'elle a été incapable de retenir sa jouissance. Peut-être a-t-il raison, songe-t-elle en réprimant un sanglot de désespoir, peut-être n'est-elle que cela, une putain dont on peut user et abuser? Une salope qui se complaît dans cet avilissement qu'on lui impose et qui, comble de l'horreur, en redemande et y trouve un plaisir pervers et dévoyé. Elle se sent souillée, sale et elle n'a qu'une envie retourner chez elle et se plonger dans un bain brûlant afin d'effacer de son corps les traces infamantes qui a déposé l'horrible individu. Tout oublier de cette épouvantable expérience.

D'un regard fébrile, elle cherche dans la salle du restaurant Pascal qui lui apparaît soudain comme un sauveur. Elle le voit nonchalamment assis portant d'un geste recherché à sa bouche un de ces cigares qu'il affectionne. Il semble plongé dans ses pensées, le regard fixé sur la rue, un vague sourire flottant sur ses lèvres. Un flot de tendresse pour cet homme qui pourtant ne la ménage pas la submerge soudain. Elle a si envie de se blottir dans ses bras, de se serrer contre son corps musclé et se rassurer à sa chaleur. D'entendre sa voix aux chaudes inflexions si persuasives qui la laisse sans force, la réconforter.

Sentir ses mains la parcourir. Une onde de désir irrépressible l'étreint alors qu'elle l'observe. Il est si beau. En même temps, elle ne peut juguler une vague de ressentiment à son égard. Il semble si calme, si serein. «Comment, songe-t-elle, peut-il être aussi détendu, aussi indifférent alors que je viens de vivre la pire expérience de ma vie.... et tout cela pour lui plaire ? Mais pour qui se prend-il pour oser me faire subir cela ?»

D'un pas que sa rancœur rend soudain plus déterminé elle s'avance vers lui qui feint, elle en est sûre, de ne pas la voir. Au passage, elle aperçoit l'homme qui tout à l'heure s'est amusé d'elle, à nouveau attablé à sa table sirotant tranquillement un café un sourire satisfait et béat aux lèvres. Il la dévisage d'un air égrillard et d'une façon obscène qui découvre ses dents jaunies par le tabac, il fait lentement glisser, dans un geste odieux de lubricité, sa langue sur ses lèvres charnues. Sophie l'ignore dédaigneusement et ne lui lance au passage qu'un bref regard de mépris tout en rejetant fièrement en arrière ses épaules retrouvant, sans qu'elle en ait vraiment conscience, sa démarche de reine à qui tout est dû.

Arrivée à la table où Pascal condescend enfin à s'apercevoir de sa présence, elle s'assoit avec précaution en face de lui, les doigts serrés sur son sac afin d'en cacher le tremblement. Sous le regard acéré de Pascal qui la dévisage d'un air inquisiteur, elle perd peu à peu de sa superbe et se sent redevenir une petite fille qui craint le jugement de ses parents. «Comment, pense-t-elle éperdue d'une honte rétrospective, expliquer à Pascal ce qu'elle a dû endurer par sa faute. Comment revivre cette scène qui la glace de dégoût ?»

Sous le feu de ses questions, rouge de confusion, elle décrit néanmoins à Pascal en un flot saccadé par l'émotion ce qu'elle vient de vivre s'accrochant comme à une bouée à son sac qu'elle tient serré contre elle. Les mots ont de la peine à franchir ses lèvres. Elle omet toutefois de lui avouer le plaisir qui l'a fait défaillir tout à l'heure. Cela non, elle ne peut le dire. Elle a trop honte de cette jouissance dont le souvenir la révulse. Lui, la regarde impassible alors qu'elle bafouille piteusement espérant vaguement qu'il comprendra son désarroi et la consolera. Mais plus encore, elle attend sinon un mot de réconfort au moins des paroles qui lui prouveraient qu'il est satisfait d'elle, de son obéissance. Mais au contraire, il la regarde avec colère, lui fait des remontrances sur son attitude, sur sa désobéissance ajoutant au désarroi de Sophie qui se sent sombrer dans un gouffre sans fond d'incompréhension. Sophie ne comprend pas. Elle a pourtant obéi à ses ordres. S'est soumise à cette humiliation. Si elle n'était pas si désemparée, Sophie laisserait libre cours à la colère qu'elle sent gronder en elle devant tant d'insupportable incompréhension et qui anime son teint et fait briller au fond de ses yeux une lueur d'orage. Elle voudrait trouver en elle la force de se lever et lui dire ce qu'elle pense de son attitude, de son air suffisant, de son arrogance. Se libérer enfin du joug dans lequel il la tient. De cette attraction magnétique. Retrouver sa vie d'avant, si calme. Son corps frémit d'indignation sous les remontrances si imméritées et injustes. N'est-ce pas uniquement pour lui complaire qu'elle a accepté de se soumettre à cet individu et de le laisser faire ces choses ignobles ? Mais elle reste assise, baissant pitoyablement la tête, approuve ses critiques qui la blessent au plus profond d'elle-même et la déconcertent. Elle retrouve néanmoins un semblant d'assurance quand Pascal après s'être concerté quelques minutes avec l'individu, lui indique qu'elle n'aura plus jamais affaire avec lui puisqu'il a outrepassé les limites qui lui avaient été fixées. Elle lui en est si reconnaissante qu'elle en oublie miraculeusement toute rancœur. Ainsi donc, finalement, Pascal prend soin d'elle, et c'est d'un cœur plus léger qu'elle le précède alors qu'ils quittent le restaurant.

Tout aussi docilement, elle obtempère machinalement lorsqu'il lui enjoint d'exhiber ses jambes au jeune voiturier qui vient de leur ramener la voiture. « Un pourboire qu'elle se doit de lui octroyer » lui lance impitoyable Pascal. Elle sent le regard du jeune garçon glisser le long de ses longues cuisses dénudées. A dessein, comme par défi, elle écarte plus largement ses jambes et découvre au garçon, toute honte bue, son sexe encore mouillé de son émoi de tout à l'heure. Une vague humiliation lui transperce le cœur en se sentant ainsi observée dans ce qu'elle a de plus intime par ce jeune inconnu. Fugitivement, son regard croise alors les yeux du garçon qui se détachent difficilement du spectacle somptueux qu'elle vient de lui accorder et dont les joues se colorent d'une vive rougeur. L'intense désarroi qu'elle y lit fait écho à ce qu'elle ressent. Elle lui adresse un léger sourire semblant vouloir lui dire que cela n'a pas grande importance, qu'il n'a pas avoir honte de ce qu'elle lui offre et qu'il peut en profiter tout à son aise.

Pascal

Je fume un de mes éternels cigares en buvant un café. Je lève les yeux et vois Sophie qui revient vers moi. Son pas rapide et ses joues rouges, les mains crispées sur son sac, on dirait qu'elle arrive à un rendez-vous avec beaucoup de retard. Elle s'assoit précipitamment.

Je la regarde d'un œil inquisiteur.

Sa chevelure est légèrement en désordre et son chemisier est froissé. Le décolleté est même plus ouvert que tout à l'heure, d'un bouton. L'arrondi de son sein posé dans la corbeille du balconnet, attire le regard, ainsi qu'une longue trace plus mate sur le haut de son buste. Ses yeux sont brillants, mais le maquillage reste correct, sauf sur ses lèvres où il a totalement disparu. Elle semble essoufflée et énervée ou, en tout cas, en proie à une émotion intense.

Je repose ma tasse vide et hèle le serveur, lui commandant deux cafés et deux Cognacs.

– Vous êtes restée longtemps aux toilettes... Trop longtemps... c'est regrettable...

L'air lui manque. Elle me regarde offusquée. Je poursuis :

– Il a été satisfait j'espère...? et sans lui laisser le temps de répondre. Ce soir, vous mettrez non seulement un rouge à lèvres plus brillant mais aussi plus résistant... S'il suffit que vos lèvres servent une fois pour qu'il disparaisse, ça ne sert à rien... Alors, il a été content de vous ?

Elle me regarde, jetant des regards affolés sur les tables alentour, heureusement désertes à l'exception de celle de l'homme avec qui elle était aux toilettes qui boit son café tranquillement.

– Je... vous... je ne... Enfin, je crois, oui...

316

– Il a joui... ? Dans votre slip... comme je vous l'avais demandé... ?

Elle me regarde suppliante et se penche vers moi en chuchotant :

– Je vous en prie... parlez moins fort... on pourrait vous entendre...

Je lui souris et répète un peu plus fort :

– A-t-il joui dans votre slip... comme je vous l'avais demandé... ?

Seul l'homme derrière a pu entendre. Le barman affairé à ranger des verres sur une étagère est trop loin. Je ris en voyant son regard désemparé.

– Contentez-vous de me répondre et de m'obéir... quoiqu'il arrive... Ca vous évitera bien des déboires, je vous assure... Alors... ?

Elle avale difficilement sa salive. Et se lance, le feu aux joues :

– Il a joui, oui... sur mes seins... et je me suis essuyée avec mon slip... il est dans mon sac...

Je la fusille du regard.

– C'est sans doute ce que vous appelez obéir... ? Je vous avais dit de le faire jouir dans votre slip... pas sur vos seins... d'ailleurs, on voit des traînées de sperme sur vos seins, c'est abject !

Sophie baisse les yeux et secoue la tête, dépassée par ce que je lui assène. Elle est visiblement désemparée de m'avoir déçu.

– Bon, n'en parlons plus... mais votre manque d'obéissance va nous faire prendre du retard cet après-midi ! Vous vous en rendez compte ? Et cet homme, lui, a-t-il fait ce que je vous avais demandé... ? S'est-il comporté exactement comme je vous l'avais dit ?

Elle baisse les yeux et répond d'une voix éteinte :

– Oui... sauf qu'il a voulu que j'urine devant lui et...

– Ca, ça n'est pas bien grave... Et... ?

– Et... il m'a insulté...

– Comment ça ?

– Il m'a... il m'a traitée... de putain... et de... salope...

– Ah bon... excusez-moi un instant...

Je me lève et me dirige vers l'homme. Je m'assois à sa table. Sophie nous observe par le biais du miroir face à elle. Elle me regarde parler et l'homme remuer la tête et faire des signes de dénégation répétés. Puis, elle me voit me relever, et presque aussitôt derrière moi, le vieil homme se lève et se dirige précipitamment vers la caisse, paye et sort, sans un regard.

Je me rassois face à Sophie.

– Personne n'a le droit de vous insulter... On peut vous utiliser de la manière dont on souhaite, dans les limites que je fixe, mais jamais vous insulter... Je ne présenterai plus aucune femme à cet individu... Allez venez, nous partons...

Je me lève et nous nous dirigeons vers la sortie du restaurant.

Sophie me murmure à l'oreille :

– Nous ne payons pas... ?

Je lui réponds en poussant la porte, alors que le voiturier s'avance vers nous en souriant :

– Vous avez payé le repas tout à l'heure... Et n'oubliez pas, en montant dans la voiture, le pourboire du voiturier...

Sophie ferme les yeux et se mord la lèvre inférieure.

Quelques instants plus tard, la voiture s'arrête et le voiturier sort et me tend les clés. Je lui fais un clin d'œil en lui donnant un billet :

– Voilà la première partie de votre pourboire, ouvrez l'œil pour le reste, je crois que madame a un faible pour vous... Profitez-en et à bientôt peut être...

Le jeune garçon me regarde, feignant de ne pas comprendre. Ses joues constellées d'acné rougissent me prouvant qu'au contraire, il a très bien saisi le sens de mes paroles. Le gros garçon se dandine vers la portière passager qu'il ouvre, n'osant regarder Sophie en face. J'entre dans la voiture et attends qu'elle s'assoie.

Elle pose le pied gauche à l'intérieur du véhicule et prend place. La jambe à l'extérieur largement écartée et le siège très bas font glisser un pan de la jupe et dénudent sa cuisse droite jusqu'à l'aine. Le tissu se tend et dévoile au voiturier la vulve nue et cadenassée de Sophie, encore luisante de cyprine. Puis, Sophie rentre l'autre jambe, laissant néanmoins son sexe exposé. Elle se tient droite, raide comme une statue, regardant droit devant elle.

Il se penche par la portière, pivoine et jetant un dernier coup d'œil sur la cuisse dénudée, faisant provision de souvenirs pour sa soirée.

– Au revoir, monsieur, madame... A bientôt...

Je démarre sans répondre. Sophie regarde toujours droit devant elle et lâche sèchement :

– Vous êtes content... ?

Je suis surpris de cette réaction. Je marque un silence et réponds d'un ton neutre :

– Non, je ne suis pas content... Ecarter les cuisses devant un jeune homme obèse et boutonneux, ça n'a rien d'un exploit... Faire jouir un vieillard dans votre slip non plus... Alors non, je ne suis pas content... d'autant plus que votre manque d'obéissance va nous retarder... Mais cela dit, nous allons néanmoins faire une bonne action...

En chemin, Sophie songeait à la nouvelle épreuve qui l'attendait et que je lui avais présentée comme une bonne action. De quoi pouvait-il s'agir ?

Sophie

Figée, le corps tendu, Sophie se blottit contre le siège du véhicule. Une intense fatigue la submerge alors que la voiture s'élance souplement dans le flot de la circulation. Elle ne sait quelle contenance avoir. Elle en veut terriblement à Pascal mais, malgré tous ses efforts, elle n'arrive pas à trouver en elle le courage de vraiment se rebeller. Mais en a-t-elle réellement l'envie? Elle hait cette dépendance dans laquelle il la maintient mais en même temps cette soumission lui est devenue indispensable.

En fait, pour le moment, elle n'a plus qu'une envie rentrer chez elle, retrouver le confort douillet de sa chambre, se glisser dans un bain brûlant et se laver de la souillure que le l'ignoble individu à qui Pascal l'a livrée lui a infligée. Mais cet espoir est vite anéanti par Pascal qui lui indique qu'auparavant ils doivent faire une visite à une de ses connaissances.

Chapitre 14
Un après-midi de folie

Pascal

Nous nous garons devant une maison de ville, cossue, en banlieue. Avant de descendre de voiture, je dis à Sophie qui semble visiblement anxieuse d'en savoir plus :

– Cette fois-ci, descendez de voiture sans vous exhiber... Je n'ai pas envie de voir votre sexe pour l'instant... Nous n'en aurons pas pour longtemps... Je devais passer aujourd'hui...

Et je sors de la voiture.

Sophie, le rouge aux joues, descend, sans un regard pour moi, alors que je lui tiens la portière.

C'est une femme sans âge qui nous ouvre, vêtue de gris.

Manifestement, elle avait été prévenue de notre visite, car, sans un mot, elle nous fait entrer dans un vestibule aux meubles anciens et à la décoration désuète. Elle nous précéda, traînant ses vieilles savates sur le parquet ciré.

Il flotte dans l'air des relents d'odeur de cuisine indéfinissables mais très présents.

Elle ouvre une porte, nous laisse entrer, puis disparaît en refermant derrière elle.

Nous pénétrons dans une chambre qui sent les médicaments. Un vaste lit trône au centre de la pièce. Il est défait et quatre ou cinq oreillers tassés s'amoncellent à sa tête. Un portique avec une poignée à mi-hauteur est disposé sur un des montants. A côté du lit, recroquevillé sur son fauteuil roulant, un vieillard famélique presse frileusement autour de lui un plaid. Son visage décharné et livide semble sans vie. De lui, on voit seulement deux mains osseuses qui étreignent fébrilement la couverture.

Son regard s'anima quand il nous aperçoit, Sophie et moi.

Je m'approche du vieillard et dis d'une voix forte :

– Ca va, Armand...? Ca fait longtemps que je voulais venir te voir... mais tu sais comment c'est... le temps passe... Je te présente Sophie... mon amie...

Le vieillard met un moment à réagir et, tournant ses yeux chiasseux et rougis par la fièvre vers Sophie, bredouille :

– Bonjour, mademoiselle...

Il nous prie ensuite d'une voix chevrotante de nous asseoir sur les deux chaises qui se trouvent près de lui.

Sophie s'assoit les cuisses serrées, prenant garde de ne pas laisser sa jupe s'ouvrir.

Il nous regarde tour à tour, mâchonnant sa langue dans sa bouche édentée.

Il fournit un effort pour parler :

– Heureusement que tu n'as pas trop traîné, Pascal... Je n'en ai plus pour longtemps maintenant...

– Allons, Armand... Ne dis pas de bêtise... Tu es un vrai jeune homme..., dis-je d'une voix émue par la décrépitude d'un homme que j'avais connu dans la force de l'âge, il y a des années.

– Ne dis pas de bêtise..., ajoute Armand avec difficulté

Sophie le regarde en souriant, à la fois attristée par l'état de l'homme et par sa lucidité (et peut-être même par mon émotion face au vieillard mourant...)

322

– Elle est vraiment charmante... Comment m'as-tu dit qu'elle s'appelait...? me demande-t-il en tournant avec effort la tête vers moi.

– Sophie... Elle se prénomme Sophie, mon cher Armand...

Sophie vit cette visite au mourant comme toutes celles que nos devoirs familiaux et la vie nous obligent à faire de temps à autre. Ni plus ni moins pénible qu'une autre.

Elle se sent néanmoins détaillée par le regard du vieillard. Elle en est gênée et se tourne vers moi. Je lui souris, rassurant.

– Elle a l'air très jolie..., murmura Armand.

– Elle n'a pas seulement l'air..., répondé-je en faisant glisser d'une main le pan de la jupe pour dévoiler ses jambes au-delà de la lisière des bas.

Sophie se raidit et se mord les lèvres en fermant les yeux, agitée d'un long tremblement nerveux.

D'un air pensif, le vieillard contemple longuement les cuisses offertes. Je tire le genou de Sophie vers moi et l'ouvre plus aux regards d'Armand.

– C'est vrai qu'elle est belle..., ajoute-t-il en secouant la tête de haut en bas.

Ainsi examinée longuement, elle a le sentiment que le vieillard imaginait déjà son corps nu.

– Et attends... tu n'as encore rien vu..., dis-je d'un ton enthousiaste, comme un enfant fier de son nouveau jouet. Je me lève en demandant à Sophie d'en faire autant.

Elle se redresse à contrecœur. Ses yeux désespérés scrutent mon visage.

– Sophie a les plus jolies jambes qu'on puisse imaginer... Tu vas voir...

J'approche mes mains des cuisses de Sophie pour dégrafer les quatre pressions qui retiennent sa jupe. Sophie a un mouvement de recul.

– Non... Pascal... Arrêtez ça...

Je feins la surprise et, hochant la tête, je lui dis d'un ton navré :

– Ma chère Sophie... Vous faites tout de travers aujourd'hui... Ne faites pas l'enfant...

Et je tire sur les pressions. Sophie se raidit mais n'esquisse pas un geste et laisse tomber la jupe à ses pieds. Impuissante, elle voit le vieillard admirer ses cuisses dorées gainées de bas gris, puis ses yeux remonter sur son pubis nu et glabre et s'arrêter un long moment sur l'étrange cadenas qui orne et maintient les lèvres du sexe.

Sans qu'elle réagisse, je lui ôte sa veste et m'attaque rapidement aux boutons du chemisier.

Je l'en débarrasse. Elle se tient bien droite, légèrement tremblante, secouée de frissons. Elle ne porte plus que ses bottes, ses bas, son porte-jarretelles et son soutien-gorge.

– Elle est magnifique... vraiment magnifique..., murmura le moribond.

Sophie se sent exposée, et me demande, ou plutôt, me supplie d'arrêter là.

– Sophie... vous avez fait bien pire aujourd'hui... et Armand est mon parrain... si vous saviez tout ce que je lui dois...

Elle me répond d'une voix tremblante « qu'Armand était malade... que ça n'était pas convenable... que... que... »

Elle n'eut pas le temps de continuer son argumentation. Armand, d'une voix essoufflée, dit :

– J'aimerais bien voir ses seins...

Sans attendre sa réaction, je dégrafe le balconnet, et le lui ôte dans un geste quelque peu théâtral, comme si je dévoilais une œuvre d'art.

Sophie, surprise et honteuse recouvre ses seins de ses mains.

324

– Ah ! non s'écrie Adrien d'une voix forte dont on l'aurait cru incapable, ne me cachez pas ces merveilles. Mettez vos mains derrière la tête...

Sophie reste interdite, en entendant cet ordre, dans la bouche d'un homme si vieux et si faible. Ma voix la sort de son étonnement.

– Allons, Sophie... faites ce qu'Armand vous demande...

Lentement, Sophie lève les bras et laisse voir ses seins fermes et délicieux, au galbe lourd et harmonieux.

Son visage s'empourpre à la pensée d'être ainsi exposée devant ce vieillard exsangue. Après avoir longuement admiré sa poitrine, il dit :

– C'est toi qui l'as fait anneler...?... , il s'interrompt un instant, essoufflé, puis reprend, c'est une bonne idée... tu as bien fait... Elle est superbe ainsi... très excitante...

Je le regarde affectueusement :

– Tu aimerais qu'elle te masturbe ?

Le visage d'Armand s'éclaire.

Sophie sursaute et a un mouvement de recul.

– Oh non ! épargnez-moi cela... j'aurais trop honte ! ... je ne pourrai jamais...

– Mais si, vous allez le faire... Pour me faire plaisir et pour être agréable à mon parrain..., dis-je en prenant la chaise de Sophie et en la plaçant le long du fauteuil d'Armand. Celui dit doucement :

– Arrête, mon petit Pascal... Bien sûr que j'aimerais... mais dans mon état... je crains que cette douce enfant ne tire rien de moi...

– Allons, Armand... Non seulement je suis sûr que tu vas prendre du plaisir, mais en plus d'être belle, Sophie est une experte... ses mains feraient jouir une statue... (J'avais failli dire « un mort », mais cela aurait été déplacé)

– Bon... je veux bien essayer..., dit-il en repoussant

au sol la couverture écossaise qui recouvre son ventre et ses jambes. Il apparaît dans un pantalon de pyjama bleu délavé. Ses jambes faméliques flottent dans le vêtement. La braguette bâille.

Je pousse Sophie vers la chaise :

– Asseyez-vous à côté d'Armand, vous serez plus à l'aise... vous êtes droitière n'est-ce pas... ?

Sophie s'avance le rouge aux joues. Oui, elle est droitière, donc prendre place à gauche d'Armand est tout indiqué pour prodiguer au vieillard la caresse qu'on attend d'elle. Elle s'assoit nue.

– Allez, Sophie... sortez le sexe d'Armand.

Je vois la main manucurée, sur laquelle brillent de nombreuses bagues, avancer en tremblant légèrement vers l'échancrure du pyjama.

Elle glisse ses doigts fins à l'intérieur. Armand repose sa tête fatiguée sur le dossier de son fauteuil. Elle ressort au bout d'un court instant une longue queue, épaisse et tout à fait flasque. Elle commence un mouvement de va-et-vient très lent et presse la chair molle entre ses doigts.

Armand laisse échapper un râle continu. Sophie s'arrête brusquement en regardant le visage décharné aux yeux fermés et à la bouche ouverte sur une absence totale de dentition. Sans ouvrir les yeux, il souffla :

– Continuez ma petite... c'est très bon...

Elle reprend sa masturbation, en se mordant la lèvre inférieure, les yeux rivés sur le pénis qui ne réagit toujours pas.

Elle caresse le vieillard depuis un bon quart d'heure et, si le membre a pris un peu de volume, il est toujours aussi flasque. Le gland s'est coloré d'écarlate et son diamètre était bien plus imposant que le corps de la verge.

Sophie m'interroge du regard. Je m'approche d'elle

et la prenant aux épaules je la fais se lever. Pour garder la main sur la verge qu'elle masturbait, elle doit se pencher en avant. En tournant la tête, Armand a sous les yeux, les superbes rondeurs de la croupe nue et juste en dessous, les lèvres lisses du sexe de Sophie, cadenassées.

Elle continue ainsi sa caresse, immobile sous nos regards, silencieux. Seule sa main bouge lentement, de haut en bas. :

Elle se sent alors totalement livrée aux yeux du vieillard qui peut détailler les moindres plis de sa vulve.

Comme dans un rêve, elle entend les deux hommes parler de lèvres, de vagin et de clitoris. La fin d'une de mes phrases la fait sursauter :

– ... la caresser, si tu veux...

Je me penche sur son flanc et, contournant ses fesses, je m'affaire un instant sur son sexe pour le débarrasser du cadenas.

Sophie avale lentement sa salive, tandis qu'Armand me remercie dans un souffle.

Elle sait qu'Armand se repaît de son intimité et que je prends plaisir à la livrer ainsi à la convoitise de ce vieillard en fin de vie.

Armand passe ses mains osseuses sur la peau douce des fesses cambrées à côté de lui. Les caresses se font plus insistantes. Puis les doigts s'immiscent entre elles, le pouce suit le fond du sillon et bute contre l'anneau plissé qu'il force. Le corps de Sophie se raidit un instant et l'oblige à interrompre sa masturbation. Ma main sur son épaule, je lui fais signe de continuer.

Les autres doigts d'Armand écartent les lèvres de son sexe et trois d'entre eux s'introduisent facilement dans son vagin, tandis que son auriculaire masse son clitoris. Prise ainsi dans cette pince perverse, elle se met à pleurer silencieusement, secouée de sanglots.

Le sexe d'Armand, plus volumineux, mais toujours

aussi flasque, palpite dans la fine main de Sophie. Il râle :

– Je crois que je vais y arriver... Mais je vais en mettre partout... Mathilde va encore hurler...

Sophie, les yeux pleins de larmes, me regarde et son menton tremble sous ses lèvres serrées.

J'ouvre son sac et lui tends son slip en le dépliant :

– Prenez ça... il a déjà servi, mais ça ira...

Elle saisit doucement le slip en tulle, maculé de longues traînées visqueuses, devenues jaunâtres depuis deux heures qu'elles sont au contact de l'air. Elle enveloppe le gland dans la douce étoffe, frôle la peau, tout en continuant à le masturber d'une main experte.

Le vieillard jouit en râlant, secoué de spasmes. Il se vide des interminables années d'abstinence dans un flot visiblement intarissable. Ses doigts qui fouillent le ventre et l'anus de Sophie se crispent, arrachant à la jeune femme un gémissement de douleur. Puis sa main quitte les orifices et repose inerte sur l'accoudoir du fauteuil. Sophie le masturbe encore quelques instants, puis nettoyant une dernière fois la verge dans son slip, la remet délicatement en place dans le pyjama d'Armand, en la tenant, toujours aussi flasque, entre deux doigts. Mon parrain garde la bouche ouverte et les yeux clos, la tête rejetée en arrière sur le dossier du fauteuil. Je fais signe à Sophie de se rajuster. Elle enfouit d'abord son slip plié dans son sac et commence à se rhabiller. Le feu aux joues, elle n'ose regarder qu'à la dérobée le vieil infirme à qui elle vient de donner un ultime plaisir. Je dis doucement à Armand :

– Ca va, Parrain...?

Il souffle encore un moment, puis prenant une profonde inspiration, il répond d'une traite :

– Oui, ça va, merci, Pascal, pour ce merveilleux cadeau... merci du fond du cœur..., en me fixant de ses yeux délavés.

Je l'embrasse sur la joue. Il serre la main tremblante de Sophie et, tandis que nous gagnons la porte, je me tourne vers lui et lui dis :

– Au revoir parrain... A bientôt...

Il me sourit tristement et me répond :

– Adieu, Pascal, prend soin de toi...

Je parcours d'un pas vif le couloir qui mène vers la porte d'entrée et sorts précipitamment. Je marche jusqu'à la voiture et ouvre la portière pour Sophie avant de monter côté volant. Elle s'assoit silencieusement et me regarde, tandis que je démarre. Je ne sais pas si elle voit alors mes yeux brillants de la violente émotion que je viens de ressentir.

Tout en roulant en silence, je me souviens des années d'enfance durant lesquelles mon parrain fut mon tuteur en tout, à l'école, en sport et en éducation sexuelle. Il me paya mon dépucelage avec une professionnelle à 16 ans. Je sens à nouveau l'émotion m'envahir et je me promets de retourner seul demain, le voir une dernière fois vivant.

Pour chasser cette émotion, je dis à Sophie :

– Si je vous avais demandé de faire jouir mon parrain dans votre bouche, vous auriez refusé... ?

Elle marque un long silence, regardant la route devant elle, puis dit d'une voix qu'elle veut assurée :

– Oui...

Sans me tourner, je lui réponds d'une traite, très calmement :

– Bien, Sophie... cette fois, j'ai compris... c'est la deuxième fois aujourd'hui que vous allez contre ma volonté... Je crains que vous ne soyez pas celle que je cherche... Je vais donc vous déposer chez vous et nous allons cesser là cette relation qui ne mène à rien...

Je la sens se raidir et tourner la tête vers moi. Le silence dure longtemps dans la voiture. Je mets la radio en marche. Les notes d'un concerto de Schubert envahissent l'habitacle. Nous approchons du quartier où habitent Sophie et Fabien. Je conduis tranquillement, attentif et sûr, comme si le sujet était clos. Je l'entends murmurer :

– Pascal… ?

– Oui… ?

– Je ne vous désobéirai plus… plus jamais…

– Ah… et qu'est ce qui me prouve que vous auriez fait jouir Armand dans votre bouche si je vous l'avais demandé

– …

Je m'arrête brusquement dans une place en épi. J'éteins le moteur et je me penche pour saisir le sac de Sophie.

J'en sors le slip et le déplie lentement, du bout des doigts, dévoilant l'épaisse couche visqueuse des spermes mélangés de ses deux partenaires de la journée.

– Léchez ça Sophie… qu'il n'en reste pas la moindre trace… Ensuite, nous monterons chez vous… pour que vous vous changiez… vous vous souvenez… pour ce soir je vous veux plus « Jeune », sexy et pratique mais surtout plus jeune… ce soir, je veux que vous soyez une vraie Lolita… Vous faites si jeune… nous trouverons bien ça dans votre si vaste garde-robe…

Je lui tends le slip maculé de semence froide.

Sophie

Pendant tout le trajet, alors que Pascal discourt tranquillement auprès d'elle lui notifiant ses instructions pour la soirée, elle ne l'écoute que d'une oreille distraite. Déjà, elle anticipe cette nouvelle rencontre et essaye d'imaginer ce que Pascal lui réserve. Il ne fait jamais rien, elle le sait, d'anodin. Une bonne action a-t-il dit? De quoi peut-il bien s'agir? Jamais elle ne pourra endurer une nouvelle épreuve. Pas si vite. Elle a besoin de reprendre des forces, de rassembler ses idées. Elle se blottit plus profondément au creux du siège moelleux de la voiture recherchant un réconfort qui ne vient pas.

Lorsque l'automobile se gare en douceur devant une demeure au charme bourgeois, Sophie sent son cœur étreint par une sourde anxiété. L'esprit enfiévré elle suit sans un mot, incapable de proférer la moindre interrogation, Pascal dont les dernières paroles qui l'enjoignent de conserver, pour une fois une attitude décente, la cinglent à l'instar d'une gifle.

La maison dans laquelle ils pénètrent est cossue. Une vague odeur de renfermé à laquelle se mêlent des relents de médicaments fait frémir les narines de Sophie. Curieuse elle regarde autour d'elle tout en suivant dans un long couloir la vieille femme qui les a accueillis.

Ils pénètrent dans une grande pièce aux fenêtres masquées de lourds rideaux qui ne laissent passer qu'une lumière parcimonieuse. Un vieillard décharné par l'âge et la maladie est assis dans un fauteuil et semble dormir. Sophie se sent soudain rassurée même si la vision de ce vieil homme au seuil de la mort la met mal à l'aise. A leur entrée, celui-ci ouvre les yeux et son visage s'anime quand il voit Pascal. Malgré la faiblesse de sa voix qui la fait trembler, il les accueille chaleureusement tout en lançant à Sophie un regard appréciateur qui accentue son malaise. «Voyons, se morigène-t-elle, ce n'est qu'un vieillard. Dans l'état où il est, il ne peut rien me faire si ce n'est me regarder. Après ce que je viens de subir, ce n'est vraiment pas grand-chose».

Apaisée par cette pensée, elle s'assoit sur la chaise que lui tend Pascal et referme soigneusement les pans de sa jupe sur ses jambes. Aux paroles que Pascal et le vieil homme qui lui a été présenté comme s'appelant Armand, échangent, elle comprend que celui-ci est un ami très cher. Peut-être même un parent. Soudain, plus attentive, elle dévisage Pascal. L'émotion sincère qu'elle lit sur son visage la surprend et le rend plus humain, plus proche, plus accessible en tout cas. Le regard qu'il porte sur le vieillard reflète une chaude affection empreinte de tristesse. «Ainsi donc, songe-t-elle, il est donc aussi capable de sentiments». Avec une pointe de chagrin, elle se dit que jamais Pascal n'a eu pour elle ce regard. Sophie sent son cœur déborder de tendresse pour cet homme en apparence si dur et qui pourtant sait aussi faire preuve d'attention. Sophie, l'esprit embrumé par la chaleur qui règne dans la pièce, n'écoute qu'à demi les paroles qu'échangent les deux hommes. Son corps s'avachit imperceptiblement dans son siège et elle a du mal à garder les yeux ouverts. Elle se sent si fatiguée. Elle se détend, rassurée par l'ambiance de chaude complicité qui règne et qui ne laisse place à aucun sous-entendu. Elle reprend néanmoins pied dans la réalité lorsqu'elle entend qu'on prononce son nom et le vieillard vanter, avec un ton de regret, sa beauté. Elle se redresse attentive, les sens soudain en alerte.

Un léger jappement de surprise s'échappe de ses lèvres quand Pascal fait prestement glisser un des pans de sa jupe et dénude ses cuisses. Il découvre dans la foulée l'attache de ses bas et invite le moribond qui la détaille avidement, à admirer le galbe parfait de ses jambes. Incrédule, elle regarde Pascal. Il est fou songe-t-elle. Mais Pascal, loin de s'arrêter là, tire légèrement sur ses genoux l'obligeant à ouvrir plus largement ses jambes et montrer au vieillard son intimité. Un tressaillement la parcourt alors qu'elle sent les yeux du vieil homme se repaître du spectacle de son sexe dénudé et cadenassé. Ainsi donc, Pascal ne l'a amené ici que pour cela la jeter en pâture, une nouvelle fois, à un vieillard à moitié mort... Eperdue de honte, ses mains s'agrippées à sa chaise, Sophie ferme les yeux tout en se mordant les lèvres comme si elle voulait s'abstraire de la réalité qu'elle est en train de vivre.. Mais elle ne peut faire fi du regard du vieillard qu'elle sent peser sur elle lourd d'un désir inassouvi depuis trop longtemps. Une vague de dégoût irrépressible la parcourt à être ainsi livrée au regard de ce vieillard qui la détaille fiévreusement. La sensation qu'elle ressent est horrible et lui donne envie de vomir. Impression qui est décuplée quand Pascal lui enjoint de se lever. Elle le regarde. Suppliante. Mais l'expression qu'elle lit sur son visage empreint d'un enthousiasme enfantin la sidère et la subjugue et elle est incapable de vraiment réagir alors qu'il dégrafe les pressions qui retiennent sa jupe qui tombe en corolle à ses pieds. Sophie a l'impression de s'engloutir dans un gouffre sans fond qui l'aspire et, une soudaine faiblesse, la fait tituber sur ses jambes qui la soutiennent à peine. Son cœur s'affole et bat à tout rompre dans sa poitrine. Elle a soudain très chaud et elle sent une sueur brûlante et glaciale en même temps couvrir sa peau qui se met à luire d'un ton mordoré dans la demi-obscurité de la pièce.

Elle est maintenant à moitié nue sous le regard du vieillard qui s'anime d'une flamme de lubricité. Elle entend sa respiration devenir sifflante sous le désir que la vision enchanteresse qu'elle lui offre engendre.

Sophie retient de plus en plus difficilement les spasmes nauséeux qui étreignent sa poitrine à être ainsi livrée au regard de ce moribond. Insoucieux de son malaise, Pascal continue à la dévêtir lui ôtant lentement sa veste et son chemisier. «Mon Dieu, pense Sophie, faites qu'il arrête là! Que surtout il ne me demande pas davantage!» Encore une fois, elle voudrait trouver en elle la force de réagir, de dire non mais, à nouveau, elle en est totalement incapable. Et cette impuissance la désespère. La situation lui échappe entièrement. Désespérée elle essaye en vain de raisonner Pascal. De lui faire comprendre l'énormité de ce qu'il est en en train de lui faire. Mais rien n'y fait. Dans un effort surhumain, elle lance à Pascal d'une voix que la tension rend chevrotante. «Je vous en prie... Cela suffit.... Arrêtez cela...» Mais bien évidemment, Pascal reste sourd à sa supplication éperdue et, loin d'y répondre au contraire, il continue de la dévêtir et lui ôte son soutien-gorge dévoilant au vieil homme sa poitrine qui se soulève rapidement au rythme de son souffle haletant. D'un mouvement incontrôlable, Sophie recouvre de ses mains, dans un futile geste de défense, ses seins au creux desquels une goutte de sueur coule lentement. Jamais elle ne s'est sentie aussi nue que sous le regard lubrique du vieillard, aussi vulnérable et démunie. La tête lui tourne. Elle se sent vaciller. Il lui semble qu'elle va s'évanouir. Dans un brouillard confus, elle entend la voix soudain autoritaire et forte du vieillard lui enjoindre, d'un ton sans réplique qui la fait sursauter, d'enlever ses mains de ses seins et de les poser sur sa nuque. Interdite, elle le regarde et instinctivement lui obéit.

Elle est maintenant debout entre les deux hommes qui l'observent en silence seulement revêtue de son porte-jarretelles, les bras relevés ce qui a pour effet d'accentuer les courbes voluptueuses de ses seins que des ondes d'émoi font tressaillir. Ses cheveux défaits, encadre son visage pâle et tendu qui met en valeur la forme pulpeuse de ses lèvres. De légers frémissements parcourent sa peau dorée. Elle a de la peine à respirer et sa poitrine se soulève faisant à chacune de ses courtes et rapides respirations tressauter ses seins aux pointes serties par les anneaux. Fascinés par sa beauté que son extrême vulnérabilité rend encore plus émouvante, les deux hommes l'observent un moment en silence. Puis Pascal comme s'il voulait s'échapper au sortilège de son charme lance d'un ton abrupt au vieillard :

– Tu aimerais qu'elle te masturbe.

A ses mots, Sophie sort brusquement de sa léthargie. Hagarde, elle ouvre les yeux et regarde Pascal, complètement affolée par l'énormité de ce qu'elle vient d'entendre. Il ne peut pas lui demander une chose pareille, pas avec ce presque mort répugnant. Médusée, son regard se pose sur le vieillard et l'expression qu'elle lit sur son visage faite à la fois de lubricité et de regret la terrorise. Malgré les faibles dénégations du vieil homme, elle sait au plus profond d'elle-même qu'elle va devoir s'exécuter. Un sanglot lui échappe et un haut-le-cœur lui tord le ventre à l'idée de ce qu'elle va devoir faire. Tout son corps se refuse à cette épreuve qui la répugne mais qui est inéluctable.

Sans force, elle se laisse amener auprès du vieillard par Pascal qui la fait asseoir tout près de lui. Une puanteur de mort et de médicament la submerge portant à son paroxysme son écœurement. Sa nausée se fait plus violente et elle doit se faire violence pour retenir son envie de vomir. Avec répugnance, elle saisit entre ses doigts délicats la verge ratatinée et fripée d'Armand et commence un lent mouvement de va-et-vient. La sensation de cette chair flasque et froide qui lui donne l'impression d'avoir une limace au creux de sa main est écœurante. Mais, malgré son aversion, comme hypnotisée, Sophie ne peut quitter des yeux ce pénis pitoyable qui en dépit de tous les efforts qu'elle déploie pour le ramener le plus rapidement possible à la vie, ne réagit pas. Les minutes s'égrènent. Interminables. Les doigts tremblants de Sophie vont et viennent mécaniquement. Le sexe du vieillard reste toujours aussi mou au plus grand désespoir de Sophie qui n'a qu'une envie que cesse au plus vite cette épreuve horrible. Elle voudrait tellement que Pascal lui dise d'interrompre cette caresse obscène. Suppliante, elle le regarde. Un bref instant elle éprouve un soulagement quand elle le voit enfin s'approcher d'elle. Mais loin de vouloir l'arrêter, il la fait se lever l'obligeant à se pencher en avant et offrir, après l'avoir libérée du cadenas, sa croupe rebondie au regard brillant d'une convoitise lubrique d'Armand.

Les larmes ruissellent sur le visage de Sophie qui continue malgré tout à masturber le vieil homme. A toute force, elle essaye de se convaincre qu'elle fait preuve de charité en octroyant à cet homme que la maladie ronge un dernier plaisir. Que cela n'est qu'un mauvais rêve ! Un désespoir sans fond l'habite. Elle se sent souillée, salie par ce regard qui scrute impudemment son intimité. Elle sursaute de dégoût quand les doigts décharnés d'Armand se posent sur ses fesses et s'immiscent, sans ménagement en elle se frayant un passage au creux de son anus et de son vagin. La sensation est horrible et pourtant, sous la caresse experte des doigts qui s'enfoncent en elle, une sourde chaleur envahit soudain Sophie. Comment, se dit-elle désespérée, son corps peut-il réagir à cette caresse contre nature qui la révulse au plus profond d'elle-même ? C'en est trop. Il lui semble atteindre la limite de ce qu'elle est capable d'endurer. Pourtant, elle ne bouge pas et laisse les doigts maigres l'explorer.

Seules les larmes qui coulent silencieusement sur ses joues et son regard à l'éclat fixe font état de la tension extrême qui tend son corps et de l'effort qu'elle doit faire sur elle-même pour rester stoïque et ne pas se mettre à hurler. Lentement, elle sent entre ses doigts, le pénis du vieillard bien que toujours aussi flasque devenir néanmoins plus volumineux et un frémissement, annonciateur de sa jouissance, le parcourir. Déterminée à aller jusqu'au bout de cette infamie et d'en terminer au plus vite, Sophie accentue sa caresse tout en se saisissant avec répugnance de son slip maculé de sperme séché que lui tend Pascal.

Dans un spasme pitoyable, le vieil homme s'épanche enfin en minces et parcimonieux filaments visqueux dans son slip. Dans un état second, Sophie nettoie soigneusement avec le fin sous-vêtement la verge redevenue d'une immonde mollesse et la replace délicatement dans le pyjama. Puis elle se redresse et avec d'infinies précautions comme si elle doutait de ses propres réactions, elle s'éloigne et se rajuste sans un mot. Elle a l'impression de se mouvoir dans une bulle informe où plus rien ne peut l'atteindre. Un intense désespoir l'étreint. Désespoir d'avoir été ainsi humiliée. Désespoir de ne pas avoir été capable de refuser. Elle se dit que si Pascal le lui avait demandé, elle aurait fait davantage encore et se serait donnée entièrement aux caprices du vieil homme, quels qu'ils aient pu être. Elle aurait accepté cette dégradation supplémentaire. Tout simplement parce que Pascal a maintenant tous les droits sur elle et qu'il peut user d'elle comme bon lui semble. Cette épreuve à laquelle il l'a soumise lui a fait perdre les derniers vestiges de rébellion qui lui restaient. Elle a la sensation que quelque chose s'est brisée en elle. Qu'une ultime résistance vient de se rompre définitivement! Elle n'est plus rien. Seul Pascal compte. Seule la volonté Pascal a d'importance.

Enfin ils quittent la maison. Alors qu'ils roulent dans la voiture, Sophie reprend lentement pied dans la réalité et mesure l'horreur répugnante de ce qu'elle vient de vivre. Elle revoit comme dans un cauchemar la dernière vision qu'elle a eue du vieillard, le corps avachi dans son fauteuil, un filet de bave glissant le long de son menton. Elle a la sensation que son odeur de mort s'est incrustée en elle, que ses doigts avides la fouillent encore. Mais étrangement, elle n'en veut pas à Pascal qui l'a contrainte à subir cette abomination dont le souvenir lui arrache un spasme nauséeux. Au contraire, elle attend avec impatience la nouvelle épreuve qu'il lui imposera ce soir lui a-t-il dit et qu'elle aura à cœur de réussir pour lui complaire. Sophie se rend compte qu'elle n'a plus de volonté propre ou plutôt que celle-ci n'est plus que le prolongement de celle de Pascal qui peut désormais tout exiger d'elle.

Elle reste sans voix quand Pascal lui demande d'un ton autoritaire si elle aurait refusé de faire jouir Armand dans sa bouche. Surprise, elle s'entend, comme si elle voulait, dans une ultime tentative, se soustraire à une réalité qui l'effraye, lui répondre oui alors qu'elle sait, au plus profond d'elle-même que bien sûr, passé le premier geste de dénégation, elle se serait exécutée. C'est cela qu'elle souhaiterait faire comprendre à Pascal. Que ses réticences ne sont pas, ne sont plus des refus d'obéissance, juste, tout au plus, les dernières manifestations de vaines et futiles velléités de se libérer de son emprise. Mais qu'elle a besoin d'être guidée, forcée même. Qu'elle a besoin de sentir ses limites reculer sous ses directives ! Et, surtout, que plus que tout la perspective de ne plus le voir lui est insupportable. Effrayée, elle se demande jusqu'où il l'entraînera. Jusqu'où, surtout, son besoin impérieux de se perdre en lui et de lui appartenir totalement qui est, maintenant, lui semble-t-il, sa seule raison d'être, l'amènera-t-il ? Mais Sophie n'est plus capable de mettre des mots sur ses pensées et les exprimer. Elle se sent perdue dans un monde nouveau où tous ses anciens repères et valeurs ont disparu. La seule chose dont elle soit convaincue est qu'elle ne peut plus concevoir sa vie sans Pascal, sans cette contrainte à laquelle il la soumet et qui l'enveloppe et la rassure et l'effraye tout à la fois. Aussi, quand Pascal lui repose la question, sa réponse laconique change. D'une voix faible, elle ne peut que l'assurer de son obéissance. Puis, la gorge serrée, elle saisit d'une main tremblante le slip maculé de sperme qu'il lui tend méprisant. Faisant fi de toute dignité et renonçant définitivement à toute fierté, elle le porte, vaincue, à sa bouche malgré la répulsion qui lui tord le ventre et le lèche consciencieusement se repaissant jusqu'au dégoût des salissures poisseuses qui le souillent.

Pascal la regarde d'un air surpris comme étonné du pouvoir qu'il comprend maintenant détenir sur elle et du lien qui l'unit à lui et que, par ce geste d'allégeance extrême, elle vient de rendre tangible et irréversible. Un fugitif sourire emplit de tendresse illumine un bref instant ses yeux. Mais comme s'il s'en voulait de cet instant de faiblesse, il se reprend. D'un geste brusque, il lui arrache l'étoffe souillée et lui lance, méprisant :

— Décidément, ma chère Sophie, vous n'avez aucune fierté. Vous êtes prête à toutes les bassesses pour me complaire. Croyez-vous que c'est cela que j'attende de vous ? Si je vous veux soumise, je ne tolère de vous aucune servilité, vous devez comprendre cela.

— Mais je pensais que... Je ne sais plus où j'en suis, arrive-t-elle à balbutier piteusement en réprimant un long sanglot. Je ne sais plus ni ce que vous voulez de moi ni ce que vous voulez que je sois. Je ne comprends pas. Et je désirerais tellement.....

— Bien, l'interrompt Pascal d'un ton adouci.

Contentez-vous à l'avenir de suivre scrupuleusement ce que je vous dis sans dévier de quelque façon que ce soit. C'est tout ce que je vous demande Sophie. Une parfaite obéissance.

– Pascal, je.... vous promets à l'avenir de vous obéir en tout.

– J'y compte bien Sophie. Mais vous allez avoir dès ce soir, l'occasion de me le prouver. Vous rappelez-vous ce que je vous ai dit au restaurant, tout à l'heure ?

– Oui... que.... j'allais être fouettée... arrive à balbutier dans un souffle Sophie

– C'est cela. Vous allez ce soir connaître votre véritable première épreuve. J'ose espérer que vous aurez à cœur de ne pas me décevoir... devant les amis auxquels j'ai l'intention de vous présenter.

– ....

– Je vous écoute Sophie.

– Oui Pascal, je vous le promets.

– Bien.

Le reste du trajet jusqu'à l'appartement de Sophie s'effectue en silence. Seule la musique qui emplit l'habitacle de la voiture les enveloppe et apaise lentement Sophie. Elle ferme les yeux et se laisse porter par les harmonies mélodieuses de la mélodie. Son corps s'alanguit dans le siège confortable dans une pose d'une innocente mais puissante sensualité. Du coin de l'œil, Pascal l'observe étreint par une émotion dont il tente en vain de se défendre. Il regarde cette femme pétrie de contradictions à la fois docile et rebelle, confiante et craintive. Son regard parcourt le fin visage aux lèvres pulpeuses délicatement ourlées que ses longs cheveux dénoués cachent en partie, s'attarde un moment sur le renflement de ses seins que sa respiration tranquille fait doucement se relever. Ses yeux effleurent ses cuisses gainées de soie le long desquelles les pans de la jupe ont glissé, découvrant, plus haut que la lisière des bas, la peau soyeuse et dorée. « Jamais se dit-il une femme n'a eu jusqu'à ce jour un tel effet sur lui. » Il prend soudain conscience d'un sentiment qui jusqu'alors lui était inconnu ou du moins, dont il s'était, jusqu'à présent, soigneusement gardé et dont la force le surprend. Emotion du maître vis-à-vis d'une soumise douée et pleine de promesses certes. Mais aussi, une émotion plus subtile qui fait battre, quoi qu'il fasse, son cœur pourtant aguerri. Tout à coup, il réalise que ce qui n'était pour lui, au départ, qu'un simple jeu, une expérience de plus, se résumant à éduquer la femme d'un autre, est devenu beaucoup plus que cela. Cette femme qui allie en elle force et vulnérabilité le touche au plus profond. Il ne s'agit plus pour lui de simplement discipliner Sophie mais entreprendre avec elle une véritable initiation qui les amènera tous les deux, comprend-il soudain, à mettre à jour ce qu'ils recèlent en eux et qu'ils ignorent encore. Avec un regret fugitif, il se dit qu'il va devoir s'astreindre à faire taire ces sentiments qu'ils éprouvent et qui ne pourront que polluer leur relation. « Qu'importe Fabien, ce piètre époux qui a eu la négligente imprudence de me confier une femme telle que Sophie, songe-t-il. Cette femme est à moi désormais. Et je la garderai. Mais cela va être plus difficile que ce que je pensais... Surtout ne pas me laisser émouvoir par ses pleurs... ses cris... Et être encore plus dur que je ne prévoyais... Plus intransigeant.... C'est la seule façon de ne pas échouer... et ... de ne pas la décevoir ».

Arrivé au bas de l'immeuble, Pascal se gare en douceur et sort rapidement du véhicule qu'il contourne pour ouvrir, avec une galanterie qui laisse Sophie sans voix, sa portière et l'aider à s'extirper de la voiture.

– Allons, Sophie dépêchez-vous. Nous avons peu de temps devant nous. Et je n'ai pas que ça à faire...

Rapidement, il la précède jusqu'à l'immeuble et s'engouffre à sa suite dans l'ascenseur dont il presse impatiemment le bouton d'étage.

A peine ont-ils pénétré dans l'appartement, qu'il l'entraîne jusqu'à sa chambre et ouvre, sans plus de manière, les portes de son dressing.

— Voyons voir, ce que vous allez mettre ce soir. Comme je vous le disais, je vous veux à la fois jeune et sexy. Mais surtout, je veux une toilette qui soit pratique. J'entends qui donne un accès commode et sans entraves aux différentes parties de votre corps. Sans être vulgaire, bien sûr.

Rapidement, il fait coulisser sur les cintres les vêtements, rejette sans appel de nombreuses tenues, s'arrête sur certaines qu'il examine un moment avant de les écarter à leur tour.

— Il vous faudra faire un tri dans vos affaires. Cette robe, par exemple, ne convient absolument pas à la femme que vous êtes en train de devenir. Beaucoup trop guindée.

Sophie est restée debout au milieu de la pièce, figée dans une attitude d'attente, et le regarde faire fascinée par la dextérité de ses gestes autoritaires. Un frémissement la parcourt au souvenir de ces mêmes doigts l'explorant et investissant son corps. Enfin, le choix de Pascal se porte sur une robe en voile de soie vert mousse. La jupe très courte au-dessus des genoux est évasée en corolle et le corsage ample n'est retenu autour du cou que par une mince lanière. Sur le devant, une longue échancrure dissimulée dans les plis du tissu laisse entrevoir, au moindre mouvement, les seins. Normalement, l'ensemble, transparent, se porte avec une sous robe en satin d'un vert plus soutenu mais Pascal ignore dédaigneusement cet accessoire.

— Vous n'aurez pas besoin de ceci, lance-t-il d'une voix narquoise. En revanche, vous devez très certainement avoir dans vos sous-vêtements une guêpière dans les tons de vert... ou, mieux encore, un corset qui laisse libre vos seins et affine davantage, si besoin en est, votre taille.

Sans un mot, Sophie se dirige, comme une automate, vers sa commode dans laquelle elle fouille un moment avant d'en sortir un somptueux corset en dentelle et soie fleuri ton sur ton, fermé avec des agrafes sur le devant et lacé au dos avec un ruban ainsi qu'un string minuscule assorti.

– Voilà qui est parfait. A la fois dénudé ce qui est approprié.... pour le fouet auquel vous goûterez ce soir et très seyant. Je vous laisse vous préparer, ma chère. Prenez donc un bon bain, vous puez le sperme.... Je reviendrai vous chercher à 19 h précise. Ah ! dit-il avant de quitter la pièce ravi de l'effet que ses derniers mots ont eu sur Sophie dont le visage a brusquement pâli à l'évocation du fouet, si j'ai un conseil à vous donner pour ce soir, pensez à lubrifier correctement votre anus. La sodomie à sec, ai-je besoin de vous le rappeler, n'est agréable pour personne...... Encore moins pour vous.... L'épreuve que vous connaîtrez ce soir sera suffisamment dure sans que vous rajoutiez des souffrances inutiles..... ni, ce qui est encore plus important, pour ceux qui vont prendre vos reins.

Pascal se dirige rapidement vers la porte et s'apprête à sortir quand il se retourne et tend à Sophie une boite qu'il vient de tirer de la poche de son manteau.

– J'allais oublier... prenez ces bijoux dont vous parerez vos seins ce soir. Je vous veux particulièrement en beauté Sophie. A tout à l'heure...

Puis il sort laissant Sophie seule, la boite à la main. Machinalement, elle l'ouvre et retient un cri de surprise en découvrant la parure qu'elle contient. Il s'agit en fait d'un tour de cou assez large en lourd argent incrusté d'hématites qui ressemble quelque peu, songe-t-elle avec un pincement, à un collier de chien. La ressemblance est d'autant plus frappante qu'à l'arrière du jonc sur la partie qui repose sur la nuque est fixé un petit anneau qui paraît tout-à-fait approprié pour y accrocher une laisse. Du jonc rigide partent en arrondi, sur le devant, une paire de trois fines chaînes. A l'extrémité, les chaînes de chacune des paires sont reliées entre elles par un large anneau en argent finement ciselé en étoile transpercé par une fibule qui, comprend-elle, doit recouvrir complètement les mamelons et mettre ainsi en valeur les tétons. La parure, malgré ou à cause de son aspect sauvage, est, elle doit bien le reconnaître, très belle. Mais un frisson d'angoisse la traverse au souvenir des derniers mots de Pascal.

Avec un soupir fataliste, Sophie repose la boite et se dirige lentement vers la salle de bain faisant taire l'appréhension qui lui tord le ventre.

Chapitre 15
Une soirée entre amis

Sophie

Alors qu'elle se glisse avec délectation dans son bain, Sophie songe aux évènements de ces derniers mois qui ont tant bouleversé son existence. Sa rencontre avec Pascal a non seulement mis à jour des zones d'ombres dont elle ignorait la réalité (et qu'elle aurait, pour sa tranquillité d'esprit, toujours voulu ignorer) mais surtout a fait vaciller toutes ses certitudes jusqu'à remettre en cause sa vie avec Fabien. Fabien... Sophie éprouve à son encontre une intense colère d'avoir été l'instigateur de tout cela. « Maintenant, il est bien avancé, pense Sophie avec amertume, lui qui était le centre de ma vie, que j'aimais, ne représente pratiquement plus rien. » En fait, Sophie ne sait plus où elle en est. Ce qu'elle veut vraiment. Retrouver son confort antérieur où il lui semblait gouverner sa vie ou, au contraire, s'en remettre totalement à Pascal quitte à y perdre son identité. Se laisser glisser dans cette servitude qui la rebute tant mais qui... aussi.... est si tentante... source de bonheur et de jouissance infinis dont elle n'a, elle en est sûre, fait qu'effleurer la frontière. Non, vraiment elle ne comprend plus rien... Tout ce qu'elle sait, c'est que si elle continue dans cette voie, Pascal ne pourra qu'occuper toute la place au détriment de Fabien. Et cela la terrifie. Ce qu'elle sait, c'est qu'elle se perdra. Pour mieux renaître... peut-être? Etre une femme différente.... celle qu'elle a toujours été sans vouloir se l'avouer?

Il lui semble être attirée dans une spirale sans fin ou désir et crainte se mêlent. Elle voudrait s'échapper. Fuir cette servitude dont elle pressent l'aspect destructeur. Mais elle s'en sent incapable. Malgré l'aversion profonde qu'elle éprouve à être ainsi asservie par un homme, elle ne peut nier l'attraction que cette situation exerce sur elle. Oui, elle doit bien en convenir, elle aime être humiliée, battue, avilie. Elle aime être une chose dont on se sert. Elle aime être ce jouet sexuel et n'être que cela. Elle aime être le centre de toutes les attentions, même si ces attentions sont avilissantes, humiliantes ou douloureuses. Sophie pressent confusément qu'au bout de compte c'est elle et non Pascal, et encore moins Fabien, qui mène le jeu. Ces pensées seules suscitent en elle un émoi profond. Alors que son corps s'alanguit dans l'eau chaude et parfumée du bain, elle sent son sexe se mettre à palpiter aux souvenirs des choses dégradantes qui lui ont été infligées. Une impatience diffuse se propage en elle. Sans qu'elle y prête attention, sa main droite se pose sur son clitoris. Ses doigts impatients s'immiscent entre ses lèvres, trouvent le point névralgique, source des plaisirs les plus fous. Elle se revoit agenouillée devant ce vieillard indigent. Elle ressent encore au creux de sa paume la sensation visqueuse de sa queue flasque. Ses doigts s'agitent frénétiquement sur son clitoris tandis que ceux de sa main gauche pincent sauvagement la pointe de ses seins. Elle sent le plaisir monter. Irradier en elle en ondes brûlantes. Une jouissance qui la fait haleter, la tête rejetée en arrière, yeux fermés. Son corps s'arque alors que dans ses pensées défilent les images de son dos, lacéré par le fouet, courbé en deux, cul offert à l'assaut sans pitié de Pascal. Elle revoit cette jeune femme que Pascal a jetée en pâture à cet individu si répugnant. Elle entend le sifflement des lanières du martinet qui ont fustigé ce corps fragile. Elle sursaute à ses cris éplorés. Ses gémissements de douleur. De plaisir. Elle jouit dans un râle. Une jouissance qui lui laisse un goût amer et qui la fait éclater en sanglots. Non, elle ne veut pas être cela. Ce n'est pas possible.

Fébrilement, elle sort de son bain. Sans un regard pour le miroir vers ce corps qui lui fait horreur, elle se précipite dans sa chambre et s'écroule en sanglot sur le lit. Quand enfin elle reprend ses esprits, sa décision est prise. Quoiqu'il puisse lui en coûter et ce que son choix a de difficile, Sophie sait que cette soirée sera la dernière qu'elle passera avec Pascal. Qu'ensuite, tout sera terminé entre eux !

Rapidement, après s'être soigneusement maquillée et coiffée, elle revêt les vêtements que Pascal lui a indiqué devoir porter. Un moment, elle s'observe dans le miroir. Il lui semble que jamais elle n'a été aussi belle. Les yeux brillant de détermination, le teint rosi par l'émotion, les épaules fièrement rejetées en arrière, le cou serti du collier de seins offerts par pascal. Oui, ce soir, elle supportera toutes les servitudes même les plus dégradantes.

Mais parce qu'elle le veut et non parce que Pascal le lui impose.

A 19 h précise, la sonnette retentit. Lorsque Pascal découvre la fière jeune femme qui lui ouvre la porte, il ne peut s'empêcher de pousser un soupir d'admiration. Son regard parcourt les courbes voluptueuses de ce corps parfait que la courte robe en soie vert mousse profondément échancrée à la poitrine met en valeur. Il remarque avec plaisir que Sophie a suivi à la lettre ses instructions. La tenue est à la fois de très bon goût de par sa matière soyeuse mais aussi très sexy découvrant presque intégralement les longues jambes de Sophie. Elle est surtout extrêmement pratique n'étant retenue que par un cordon qu'il suffira de dénouer pour la dévêtir. A travers la transparence du tissu, il devine le corset qu'elle a étroitement resserré autour de sa taille et laisse libres ses seins qui reposent sur les balconnets. Son cou quant à lui est ceint du collier qu'il lui a donné tout à l'heure et dont les fines chaînes disparaissent dans l'échancrure du corsage.

Une émotion diffuse le transperce qu'il jugule en lui jetant brusquement :

– Très bien Sophie. Vous êtes très en beauté ce soir. Mais il vous manque néanmoins un accessoire pour que cette tenue soit vraiment parfaite. Veuillez vous approcher s'il vous plait.

Sans un mot, Sophie avance d'un pas vers Pascal qui sort de sa poche une longue laisse en maille dorée qu'il accroche au mousqueton du collier.

– Voilà... maintenant, nous pouvons y aller. Ce soir, vous prénommerez Diane, un prénom parfait pour une jeune chienne, vous ne trouvez pas ?

– ......

En disant ces mots, Pascal éprouve un fugitif regret. Comment peut-il prendre plaisir à humilier cette femme qui l'émeut par tant de côtés ? Mais l'heure n'est pas à l'émotion. L'heure ne sera jamais à l'émotion. Il lui est totalement inadmissible de se laisser attendrir par une femme. Il est le Maître et elle est son esclave.

– Je ne vous ai pas entendu, Sophie. N'êtes-vous pas d'accord avec moi ?

– Oui, bien sûr, murmure Sophie. Diane c'est parfait......

– Ravi de vous l'entendre dire ma chère. Alors... allons-y. Avez-vous pensé à bien lubrifier votre anus ainsi que je vous ai conseillé de le faire ? continue-t-il en se dirigeant vers l'ascenseur tout en tirant Sophie par la laisse.

– Oui Pascal

– Parfait. Je dois vous prévenir qu'il va être longuement et à de multiples reprises sollicitées ce soir. Mais vous en avez maintenant l'habitude.

– Oui, vous m'aviez prévenu.

– Un dernier détail, Sophie... ou plutôt .... Diane, ce soir vous m'appellerez Maître. Vous conviendrez avec moi qu'une jeune chienne ne saurait s'adresser autrement à celui à qui elle appartient et doit obéissance.

– Oui, vous avez raison, P...... Maître, acquiesce Sophie

– Très bien.

Comme à son habitude, lorsqu'ils atteignent la voiture, Pascal ouvre galamment la portière du véhicule et aide Sophie à monter dans l'habitacle avant de s'installer au volant et de démarrer en douceur.

Un moment, le trajet se fait dans le silence bercé par la musique douce qui sort des haut-parleurs. Sophie lance, par intermittence, de brefs coups d'œil à Pascal concentré apparemment sur la conduite. Elle sent la laisse que Pascal a lâchée se balancer entre ses cuisses légèrement écartées lui rappeler sa condition de chienne. Un moment, elle ferme ses yeux et pousse un long soupir. D'accablement. De résignation... Elle se demande si elle doit faire part à Pascal de sa décision de mettre un terme à cette histoire qui la met au supplice ou attendre la fin de la soirée. A plusieurs reprises, ses lèvres s'entrouvrent puis se crispent retenant les mots irréversibles qu'elle ne peut, malgré son désir, se résoudre à prononcer. Comme cela lui semble soudain difficile. Le quitter. S'éloigner cet univers qui lui fait horreur mais qui exerce sur elle une attractivité qu'elle ne peut nier... Il vaut mieux qu'elle attende. Plus tard... après....

– Auriez-vous quelque chose à me dire Sophie, lance soudain Pascal d'une voix forte qui la fait sursauter

Surprise, Sophie balbutie :

– N... n... on, pas du tout

– Pourtant il me semble que depuis un moment, vous tentez de me dire quelque chose sans oser aller jusqu'au bout.

– Non. Non, je vous assure...

– Peut-être souhaitez-vous avoir quelques précisions sur le déroulement de la soirée et sur ce que j'attends de vous ?

– Oui, en fait c'est cela, dit Sophie rassurée par cette excuse que lui tend Pascal

– C'est tout à fait normal. Vous ne devez pas craindre de me poser des questions. Dans la mesure du possible et si j'y ai convenance je vous répondrai toujours.... Pour ce qui est de cette soirée, tout ce que vous avez besoin de savoir pour le moment est que nous allons rejoindre un groupe de mes amis à qui je vais avoir le plaisir de vous présenter. Bien évidemment, je compte sur votre parfaite docilité et votre coopération à satisfaire tous, je dis TOUS, leurs désirs. Me suis-je bien fait comprendre ?

– Oui..... Maître

– Vous aurez également une surprise qui, je l'espère, vous sera agréable. Mais ne m'en demandez pas davantage. Sinon où serait la surprise ?

Le reste du trajet se fait dans le silence. Les yeux dans le vague, Sophie se laisse bercer par la musique et le ronronnement du moteur. Toute appréhension l'a quittée. Oui, ce soir elle se soumettra. Elle fera ce qu'on exige d'elle. Ensuite, elle reprendra sa liberté. Et c'est bien...

A la dérobée, Pascal l'observe. Il sent confusément que, d'une certaine façon, malgré son apparente soumission, cette femme lui échappe et il en éprouve un sentiment mitigé de frustration et de colère. Plus vis-à-vis de lui-même d'ailleurs que vis-à-vis de Sophie. Il ne peut nier que Sophie lui est devenue indispensable et que des liens autres que ceux simplement de Maître et soumise l'attachent à elle. Il la veut passionnément. Amoureusement même.... «Non, songe-t-il, il ne laissera pas partir. Ce soir, quoi qu'il puisse lui en coûter de la faire souffrir et de l'humilier, il devra la casser. Détruire en elle les derniers vestiges de son indépendance afin de se l'approprier totalement et inverser ce mouvement indicible qui fait de lui, malgré les apparences, le soumis et d'elle la Maîtresse».

Simplement, ce que Pascal n'a pas encore compris c'est qu'en fait plus Sophie se donne à lui, plus il lui appartient et non l'inverse.

Lorsque la voiture s'arrête, elle ouvre spontanément la portière et sort sur le trottoir attendant que Pascal la rejoigne. Elle saisit entre ses doigts soigneusement manucurés de laque rouge, la longue laisse et la tend sans un mot à Pascal, ses yeux, dans lesquels luit une lueur équivoque qu'il n'arrive pas à décrypter, plantés dans les siens. Que lui importe qu'on la voie ainsi, tenue en laisse par un homme....

Elle le suit à travers les rues, insensible aux regards interloqués des passants qui les croisent. Ils pénètrent dans ce qui semble être un restaurant à la seule différence près qu'on leur a demandé de décliner leur identité avant d'ouvrir la porte. Ils entrent dans une vaste salle, au plafond voûté, parcimonieusement éclairé par des appliques.

Un groupe d'hommes et de femmes, une vingtaine de personnes, est déjà là sirotant, devant un comptoir, tout en devisant calmement, un verre. Le fond de la salle est occupé par une vaste table dressée pour le repas.

Pascal se dirige vers le groupe tirant toujours Sophie

par sa laisse. A leur approche, l'assemblée fait silence pour les accueillir.

– Ah ! Pascal, enfin vous êtes là, dit une femme à la cinquantaine resplendissante vêtue d'une courte robe moulante en cuir rouge, tout en s'avançant souriante vers eux une coupe de champagne à la main, vous commenciez à nous manquer...

– Bonsoir, Claire, comment allez-vous ? lui répond Pascal en se saisissant de la coupe qu'elle lui tend.

– Très bien mon ami. Vous connaissez tout le monde, je pense.

– Oui, bien sûr. Bonsoir, lance à la cantonade Pascal à l'assemblée

– Ah, vous nous avez bien amené votre nouvelle protégée... reprend Claire en fixant un regard perçant sur Sophie, montrez-la nous...

– Je vous présente Diane, ma jeune chienne.... qui sera la vôtre aussi pour ce soir, dit Pascal tout en poussant Sophie au milieu de groupe.

– Elle est absolument divine, dit un homme bedonnant d'une soixante d'années vêtu d'un strict costume noir. Cette jeune chienne est-elle bien dressée ?

– Son dressage est en cours, Charles, elle a de bonnes prédispositions. Mais je compte sur vous, pour le parfaire.

– Vous pouvez, lance d'une voix forte un homme à la stature imposante. Vous savez que c'est toujours pour nous un grand plaisir que d'aider un ami... Mais serait-il possible d'admirer plus avant cette jeune chienne qui me semble magnifique ?

– Bien sûr, mon cher Benoît, répond Pascal tout en défaisant le lien qui retient la robe. Celle-ci glisse le long des épaules, des hanches de Sophie et tombe en corolle à ses pieds découvrant à l'assemblée les courbes voluptueuses de son corps mises en valeur par le corset dont il est gainé.

Un murmure admiratif brise le silence qui s'est établi. D'une traction sur la laisse, Pascal fait alors tourner sur elle-même Sophie afin de présenter à l'assistance sa taille fine enserrée étroitement par le corset, ses seins aux tétons transpercés d'une fibule, émouvants de douceur, sertis comme des joyaux précieux par le bijou, ses longues jambes ombrées par des bas en voile noir, ses hanches rondes, son pubis soigneusement épilé. Il détaille la perfection de ses fesses, la cambrure de ses reins. « Des reins d'un accueil d'une exquise élasticité et profondeur », déclare-t-il d'un ton gourmand à l'assemblée subjuguée par le spectacle somptueux qui lui est offert. Il fait courber Sophie en deux et lui écarte les fesses pour exposer aux yeux de tous l'œillet fripé de son anus afin que chacun puisse s'assurer du bien fondé de ses dires.

Le corps frémissant Sophie se laisse exhiber sans un mot. Seul un léger halètement trahit son trouble. Elle ressent au fond d'elle, quoiqu'elle s'en défende, une intense jubilation à sentir ces regards qui convergent ravis vers elle et la détaillent. L'habituelle et chaude humidité sourd au creux de son vagin. Pascal attentif à son émoi lance alors :

– Benoît, venez donc vous rendre compte par vous-même de l'extrême disponibilité de Diane.

Sophie entend l'homme s'approcher d'elle et elle retient un sursaut lorsqu'elle sent une main indiscrète se glisser entre ses cuisses légèrement écartées et s'humecter à la cyprine qui s'écoule de son vagin palpitant. Puis, les doigts remontent le long de sa fente, entre ses lèvres, et s'introduisent sans ménagement dans sa gaine anale. Sophie se crispe sous l'intrusion et étouffe un gémissement de douleur alors que les doigts repliés de Benoît s'enfoncent profondément en elle en un mouvement tournant qui écartèle l'étroit orifice pourtant bien lubrifié. Stoïque, malgré la gêne qui l'étreint d'être ainsi inspectée par un inconnu, Sophie se laisse faire sans esquisser le moindre signe de refus.

– Hmmmm, Pascal vous avez raison..., dit Benoît tout en accentuant la poussée de ses doigts, elle est trempée et ses reins, quoiqu'étroits, ce qui d'ailleurs est loin d'être un défaut, sont néanmoins d'une souplesse très prometteuse. Mon ami, vous nous faites ce soir un cadeau de roi.

– Je vous remercie pour le compliment. Mais qui est cette personne que j'ai vue à vos côtés? Il me semble ne pas la connaître, lui demande Pascal en posant ses yeux sur une toute jeune fille revêtue pour seul vêtement d'un fourreau en voile noir transparent qui ne cache rien de ses formes fines.

– Non en effet. Laissez-moi vous présenter, Aurélie dont j'ai entrepris l'initiation, lui répond Benoît tout en continuant à besogner vigoureusement Sophie. Aurélie a tout juste 20 ans et m'a été confiée par sa maîtresse pour que je complète son éducation et surtout lui apprenne l'humilité. Laurent aussi nous a amené une nouvelle recrue. Nicolas, viens par ici que Pascal te voit.

Un jeune garçon au visage effarouché, torse nu, s'approche alors. Dans ses yeux brille une lueur inquiète qu'il tente en vain de cacher.

– Nicolas quoi que très docile généralement, dit le prénommé Laurent, un homme d'une quarantaine d'années au teint blafard et à la sature quasiment squelettique, s'est montré désobéissant. Il sait que ce soir, il devra subir le prix de sa désobéissance. Je compte également sur vous, mon cher Pascal, pour m'aider dans cette tache...

– Pas de problème Laurent.

– Bien, reprend Claire, puisque tout le monde est arrivé... ou presque, je pense que nous pouvons commencer. Nous allons passer à table, si vous le

354

voulez bien et.... si Benoît consent enfin à délaisser les fesses de Diane.

– Ma chère, cette jeune chienne a un cul absolument délicieux. J'ai vraiment hâte, Pascal, d'en explorer plus avant toutes les richesses.

– Vous aurez toute la soirée pour cela, mon cher, soyez rassuré. Mais je vous conseille de goûter aussi à sa bouche. Diane est une fellatrice hors pair et, qui plus est, qui adore sentir une verge bien tendue emplir sa gorge.

– Hmmmm, de mieux en mieux. Une véritable perle que vous avez là.

Tout en continuant à discuter de la sorte, le groupe s'avance vers la table. A la dérobée, Sophie, rouge de honte aux propos qui s'échangent sur son compte et qui dévoilent ses secrets les plus intimes, observe les deux autres participants qui, elle l'a compris, ont le même statut qu'elle. Si Nicolas a un air apeuré, le visage d'Aurélie reflète au contraire la sérénité. Très jeune, elle est très grande. Un corps longiligne aux petits seins sertis d'anneaux fièrement érigés. De magnifiques cheveux dorés se déversent en cascade sur ses épaules. Dans ses yeux brille une lueur d'impertinence. «Qui sera vite éteinte j'en suis sûre», songe Sophie

Chacun prend place à table. Mais quand Sophie s'apprête à s'asseoir, une tension sur sa laisse la ramène brutalement en arrière.

– Diane, lance Pascal, où avez-vous vu qu'une chienne pouvait s'attabler ?

Surprise, Sophie jette un regard interloqué à Pascal. Qu'attend-il d'elle ? Autour d'eux le silence s'est fait.

– Alors ? reprend Pascal.

– Non, bien sûr, se résigne à répondre Sophie, mais... je...

– Où mange habituellement une chienne ?

Lentement, Sophie devine où Pascal veut en venir.

Non... pas ça... Mais elle ne peut que répondre, d'un ton incrédule :

– ..... A.. a...au pied de son Maître.... m.. mais....

– Exactement Sophie, la coupe Pascal. Aux pieds de son Maître dans une gamelle. Donc....

Pascal laisse sa phrase en suspens. Un moment, Sophie hésite. Jette un regard hagard autour d'elle. A tous ces gens suspendus à ses lèvres qui ne la quittent pas des yeux. De nouveau, elle regarde Pascal. Elle lit dans son regard une détermination froide qui la fait frémir. « Il a compris, songe-t-elle, il a compris et il va me le faire payer. »

Enfin, dans un souffle, sentant qu'aucune alternative ne lui est possible, elle murmure :

– Donc.... je vais me mettre à vos pieds pour prendre mon repas

– Pourquoi ?

– P....p...parce que je suis.... v.. v... votre chienne docile

En disant ces mots, Sophie se sent mortifiée de honte et un étau serre son cœur gonflé d'amertume. Est-ce bien elle qui prononce ces paroles ?

– C'est bien Diane. Alors, AUX PIEDS !, tonne Pascal avant de continuer sur un ton courtois, Claire, s'il vous plait, pourriez-vous faire enlever cette assiette qui ne sert à rien et apporter une gamelle pour Diane ainsi qu'un peu d'eau.

– Mais bien sûr mon cher Pascal. Mais vous auriez dû me prévenir, répond Claire d'une voix narquoise, que vous emmeniez avec vous une petite chienne fort agréable au demeurant et dont j'ai hâte de goûter aux trésors... que je pressens délectables !

Pétrifiée de honte, Sophie se blottit accroupie au pied de Pascal et tente de se faire oublier. Sa confusion atteint son paroxysme quand une serveuse impassible vient déposer devant elle une jatte remplie d'eau ainsi qu'une gamelle dans laquelle est disposé un assortiment de légumes et de morceaux de viande en sauce.

Sans bouger Sophie regarde les deux plats. Comment manger ? Car il va bien lui falloir manger. Cela est une certitude. Pascal ne va pas laisser passer cette occasion de l'humilier encore davantage.

— Et bien Diane, qu'attendez-vous, dit alors Pascal comme en écho à son interrogation muette, tant qu'à manger comme une chienne n'attendez pas que votre repas refroidisse.

— O... o.. ui Maître, répond Sophie d'une voix que la tension rend chevrotante

— J'ai bien dit : manger comme une chienne. Vous savez donc ce qu'il vous reste à faire...

Oh oui, elle a compris ce qu'il attend d'elle. Et qu'elle va faire, bien sûr....

Les mains fermement posées à plat sur le carrelage ocre en grès ciré, Sophie se plie vers la gamelle et délicatement saisit entre ses lèvres un premier bout de viande qu'elle se met à mâcher consciencieusement. Puis un fragment de légume. Autour d'elle, elle entend le brouhaha des conversations qui a repris. Personne ne semble plus faire attention à elle qui méthodiquement happe tous les morceaux qui emplissent sa gamelle.

De temps en temps, Pascal lui jette un regard. « Peut-être, pense-t-il, s'est-il trompé. Sophie semble faire preuve de la plus parfaite obéissance. » En fait, il s'était attendu à une rébellion de sa part à être ainsi traitée, elle femme fière et si convaincue de son importance, comme un simple animal de compagnie. Quelque peu soulagé, il flatte alors la croupe rebondie de Sophie et lui lance, intransigeant :

— Bien sûr, il ne doit absolument rien rester dans la gamelle...

Résignée Sophie se penche sur le plat qu'elle se met

à lécher consciencieusement et efface toute trace de sauce. Puis, sur un nouveau commandement de Pascal, elle lape à petits coups de langue, l'eau qui est placée devant elle. Une humiliation sans fin lui broie le ventre. Mais, décidée à aller jusqu'au bout de cette ignominie qui lui est faite et de ne donner prise à aucune remontrance, elle boit jusqu'à la dernière goutte d'eau. Puis elle s'accroupit en rond au pied de Pascal pendant que celui-ci termine, de son côté son repas. Le flot des conversations au-dessus d'elle lui parvient comme dans un brouillard et elle finit par tomber dans une léthargie agitée dont elle brutalement tirée par une brusque tension sur sa laisse.

– Allez, Diane, réveillez-vous et venez donc nous rejoindre, lui ordonne Pascal.

Encore hébétée par l'engourdissement dans lequel elle a sombré, Sophie cligne rapidement des yeux et lève un regard hagard vers Pascal. Ses yeux se plantent dans les siens dans lesquels elle lit une froide lueur inflexible qui la fait frémir d'appréhension.

«Ca y est, songe-t-elle, on y est...» Soudain, dans un éclair, elle comprend que tous les jeux auxquels il l'a soumise jusqu'à maintenant n'étaient en fait que des préliminaires. Que ce soir, et ce soir seulement, elle va vraiment faire l'apprentissage de la véritable soumission.

Un souvenir fugitif et incongru lui revient brusquement en mémoire. Elle se revoit petite fille — elle ne devait pas avoir plus de treize ans — déjà fière et faisant preuve d'une assurance farouche qui la poussait aux pires intrépidités pour épater son entourage et se sentir au-dessus d'eux. Cet après-midi là, accompagnée de son groupe habituel d'amies, quatre autres gamines de son âge qu'en secret elle trouvait bien timorées, elle s'était rendu dans un jardin public. A un moment, leurs jeux les avaient menées devant un mur d'escalade de granit, véritable petite falaise verticale. Elles s'étaient plantées au bas de la paroi abrupte se disant, en gloussant, que jamais elles n'oseraient s'y hisser. Sophie avait alors, plus par bravade que par réelle envie, décrété qu'elle, elle pouvait. Qu'elle en était tout à fait capable ! Puis, sans plus réfléchir, elle s'était élancée à l'assaut du mur qui se dressait devant elle comme un défi à remporter, tout en sachant pertinemment qu'elle n'avait ni l'expérience et encore moins la capacité physique pour le relever avec succès. Mais qu'importe... Déjà, malgré son jeune âge elle savait que ce qu'il y a de pire n'est pas d'échouer mais de ne pas avoir essayé. Faisant fi de l'angoisse qui nouait son ventre, elle avait commencé l'ascension de la paroi. En fait plus que de l'escalade en elle-même, ce dont elle se souvient soudain avec précision, c'est l'instant où elle était arrivée à mi-parcours de la montée, à environ trois mètres du sol mais encore à six du sommet. Le ventre plaqué contre la pierre chaude, sa joue droite frottant la paroi, ses mains désespérément agrippées à la roche, ses pieds chaussés de simples espadrilles écartés au maximum. Trop effrayée pour bouger, pour monter ou descendre. Adorant ce rocher et la haïssant. Complètement pétrifiée, le cœur tambourinant dans sa poitrine en pulsations assourdissantes. En équilibre entre deux espaces. Ses yeux s'étaient fermés et elle avait pensé qu'elle allait rester là indéfiniment. Pour la première fois de sa jeune vie, elle s'était sentie au-dessus du monde réel, prête à prendre son envol. Si elle ouvrait les yeux et regardait en bas tout lui paraîtrait petit et insignifiant. Elle savait qu'elle vivait là un instant crucial. Puis le bruit au fond de sa poitrine s'était estompé. Dans un brouillard, elle avait entendu les cris affolés de ses amies qui appelaient au secours. Elle avait alors ouvert les yeux et avait, dans un soupir de renoncement, lâché prise. Une chute rapide. Terrible...

De nouveau, alors que lentement elle se redresse, elle ressent la même sensation d'être en suspens entre deux états. Comme si ce qu'elle était se recomposait en elle à une vitesse vertigineuse pour faire place à une nouvelle entité. Elle sent une force extraordinaire l'envahir, couler dans ses veines, amplifiant sa détermination à aller au bout de cette renaissance. Cette fois, elle n'ouvrira pas les yeux et ne se laissera pas tomber. Cette fois, elle se sent prête à renaître et à devenir, enfin, ce qu'elle est.

Lentement, Sophie fait face à l'assemblée. Son regard parcourt la table jonchée des restes de victuailles que des serveurs s'occupent de débarrasser. Hommes et femmes ont le teint rosi par l'alcool et la chaleur ambiante et dans leurs yeux étincelle une lueur concupiscente. Les voix se sont faites plus fort. Les propos moins policés. Du coin de l'œil, Sophie voit Aurélie, le buste plaqué contre la table, les bras étirés en avant et les poignets maintenus par une femme, être durement besognée par un énorme individu obèse. Il passe de son vagin à son cul, une main fermement appuyée sur la nuque fragile. Le regard d'Aurélie reflète une stupéfaction apeurée d'être ainsi traitée et elle a perdu sa superbe de tout à l'heure. Son corps tressaute en cadence sous les coups de boutoir vigoureux que lui inflige l'homme dont les yeux exorbités laissent deviner le plaisir qu'il prend à outrager ainsi Aurélie. Nicolas quant à lui a disparu. Fugitivement, elle se demande où il a bien pu passer puis n'y pense plus alors que Pascal, d'une traction sur la laisse, lui intime de monter sur la table. Avec un sursaut de surprise, elle reconnaît soudain parmi les convives le docteur Debacker. Elle ne l'avait pas vu tout à l'heure. « Sans doute, songe-t-elle, est-il arrivé alors qu'elle s'était assoupie ». Pascal a remarqué son coup d'œil.

– Oui, ma chère, notre ami nous a rejoint. Je pense que vous n'avez pas oublié que vous avez une dette vis-à-vis de lui que vous aurez certainement à cœur d'honorer pleinement.

– Je compte bien, en tout cas, me faire payer, s'exclame le docteur avec un sourire égrillard. Et qui plus est avec les intérêts de retard....

Maladroitement, Sophie se hisse sur la table, le ventre étreint dans un étau de fer qui l'empêche de respirer normalement. Puis, suivant docilement les ordres de Pascal, elle s'accroupit à quatre pattes au centre de la grande tablée et présente aux convives sa croupe rebondie. Elle remarque alors qu'une caméra a été placée un peu en retrait et comprend, avec un pincement, que la suite de la soirée va être filmée.

– Votre dessert mes amis, claironne Pascal avec fierté, dégustez-la à votre guise...

Un bref instant Pascal plonge son regard qui luit d'une dureté qu'elle n'y avait encore jamais vue, dans les yeux embués de crainte mais déterminés de Sophie. Elle lui rend son regard puis, comme si elle abdiquait, consciente de sa faiblesse, baisse la tête tandis que Pascal s'éloigne de quelques pas de la table.

Des mains impatientes, dénuées de toute douceur, s'affairent déjà sur elle, délacent prestement les lacets qui maintiennent son corset et dénudent son dos. Puis on lui écarte largement les jambes après avoir fait glisser le long de ses cuisses fuselées, son minuscule string. Sophie sent qu'on engouffre dans son vagin qui se dilate sous l'intrusion et se referme sur lui, un objet assez long et glacé à l'extrémité effilée et qu'elle comprend être une bouteille. Elle voit alors Claire s'approcher tenant dans ses mains deux bougeoirs qu'elle tend à Pascal. Celui-ci s'en saisit et se positionne devant Sophie à qui il ordonne, d'un ton sans réplique de relever le visage et d'ouvrir la bouche. Il y enfonce l'extrémité renflée comme un sexe d'homme d'un des chandeliers et y plante une bougie en cire blanche :

– Je ne saurais trop vous conseiller de bien serrer vos lèvres, ma chère, afin de maintenir bien droit ce bougeoir si vous ne voulez pas sentir quand la bougie sera allumée, la cire couler sur votre joli minois, souffle-t-il sarcastique à Sophie avant de passer derrière elle et de solliciter, à son tour, son anus.

Pascal y introduit profondément le deuxième bougeoir dont le diamètre conséquent la fait grimacer de douleur avant d'y planter également une bougie.

– Voyez, dit-il à Benoît qui s'est rapproché, comme son muscle anal répond bien. Il a l'élasticité et la tonicité voulues.... Vous constaterez plus tard, mon cher, sodomiser Diane est un vrai régal... On s'y sent à la fois à l'aise et enserré.... Docteur, approchez-vous aussi. Regardez comme les anneaux que vous avez posés sont du plus bel effet.

– Effectivement, la cicatrisation est parfaite. Mais vous devriez passer me voir... J'ai reçu quelques nouveaux ornements qui iraient parfaitement à cette jeune personne.

Puis Pascal s'éloigne à nouveau entraînant à sa suite Aurélie que l'homme obèse a finalement délaissée. Sophie le voit, après avoir vérifié l'angle de prise de vues de la caméra, s'installer confortablement dans un fauteuil situé à quelques mètres de la table qui lui offre une vision panoramique de ce qu'il s'y passe. Aurélie s'accroupit à ses pieds et lui présente ses fesses entre lesquelles il engouffre une main inquisitrice.

– Mon cher Laurent, m'autorisez-vous également à utiliser Nicolas ? demande-t-il.

– Mais bien sûr, lui répond Laurent. Vous pouvez en user à votre guise. Il est là pour ça....

Sophie aperçoit alors Nicolas s'extirper de dessous la table où il était relégué et s'avancer vers Pascal qui le fait s'agenouiller à ses pieds. D'un geste, Pascal lui enjoint de dégrafer son pantalon puis il agrippe la chevelure de Nicolas et lui fourre, sans plus attendre, son sexe dans la bouche.

Pendant ce temps, le dos dénudé de Sophie est recouvert d'une crème épaisse aux senteurs de vanille qui s'agglutine aux creux de la cambrure de ses reins et dont le trop-plein coule entre ses fesses. Puis différents fruits, fraises, cerises, abricots, pêches juteuses sont parsemés sur elle et dans son vagin encore disponible... Elle n'ose plus bouger. Pétrifiée. La bouche et l'anus distendus par les lourds bougeoirs. Elle se sent envahie de honte. Ses yeux, fixés sur Pascal dont les doigts sont maintenant plongés dans les reins d'Aurélie, suivent le mouvement régulier d'avant en arrière de la tête de Nicolas sur sa verge. A ce spectacle, elle éprouve soudain, une bouffée de jalousie qui lui fait oublier un instant ce qu'elle-même est en train de vivre comme si elle était frustrée de quelque chose qui lui revient de droit.

– Quelle jolie table avons-nous là, claironne Claire d'une vois enjouée tout en allumant les bougies plantées dans le cul et la bouche de Sophie. Mes amis mangez et buvez.... Régalez-vous....

Sophie, malgré elle laisse échapper, un faible jappement étouffé. Elle ressent une intense humiliation d'être ainsi disposée et utilisée, comprend-elle médusée, comme un simple plat de présentation. Une part d'elle se rebiffe violemment à cette idée, mais elle ne bouge pas, et fait taire cette petite voix raisonnable qui l'implore de se redresser et de fuir. Il lui est tout à fait inconcevable de rebrousser chemin maintenant ce qui reviendrait à admettre sa défaite. De cela, il ne saurait en être question ! Et puis, il y a aussi, cette autre voix, de plus en plus forte, qui bourdonne et l'enveloppe, qu'elle ne peut plus feindre d'ignorer, et qui lui dit son bonheur d'être ainsi exhibée, soumise et utilisée comme un simple objet. D'être la proie offerte et consentante à ces désirs concupiscents qui convergent vers elle. De n'être plus qu'un objet dont on peut user à sa guise.

Commence alors sur Sophie un étrange banquet qui la pétrifie dont elle est à la fois le support et le mets principal. Elle sent des langues avides lécher avec gourmandise la crème qui poisse son dos, s'immiscer impudemment entre sa raie culière pour y chercher les coulées qui y ont dégouliné, s'insinuer entre ses lèvres et happer, gourmandes, les fruits parfumés du nectar qui suinte de son vagin distendu et les enrobe. De temps en temps, un des convives ôte le bouchon de la bouteille plantée en elle et glisse entre les cuisses de Sophie une flûte de champagne en cristal qu'il remplit à cette source incongrue qui jaillit d'elle pétillante. Dès que la crème ou les fruits se raréfient, ils sont immédiatement renouvelés par des serveurs qui en déversent sur son dos des bols emplis à ras bord. La bouteille enfoncée dans son intimité est, elle aussi, régulièrement remplacée. Le cœur de Sophie bat à tout rompre. Pourtant, la situation bien qu'humiliante ne lui déplaît pas. Au contraire... Elle se sent étrangement bien. Comme détachée d'elle. Elle se voit, friandise exquise offerte à la luxurieuse gourmandise de ces hommes et femmes. Elle éprouve soudain un intense sentiment de fierté d'être à ce point désirée qu'on se nourrit de ses sucs.

Les esprits s'échauffent de plus en plus. Les mains se font plus insistantes, plus caressantes, plus violentes aussi, se glissent sous son torse. Elles empoignent ses seins et en étirent démesurément les mamelons. Les enrobent à leur tour de crème onctueuse avant de les téter goulument. Certains y plantent voracement leurs dents sans se soucier de la douleur qu'éprouve Sophie à leur morsure. Les langues se font plus hardies et s'aventurent autour de l'œillet fripé de son anus distendu par le bougeoir. Sophie sent grandir en elle une flamme de plus en plus chaude qui la fait vibrer. Une nouvelle fois, la bouteille fichée dans son vagin maintenant détrempé de désir se vide mais au lieu d'être remplacée, ce sont des fruits enrobés de crème qui sont enfoncés en elle. A tour de rôle, chacun vient cueillir dans cette coupe aux saveurs musquées les fruits enfouis soit du bout de la langue soit en plongeant sans ménagement en elle leurs doigts. La cire chaude des bougies coule sur elle, sur ses joues, enrobe son anus d'une gangue.

Hypnotisé, Pascal regarde le spectacle que lui offre cette femme superbe qu'il a jetée en pâture à cette meute lubrique dans le vain désir de la briser et la faire entièrement sienne. Un bref instant, leur regard se croise et ce qu'il lit dans les yeux de Sophie, mélange de fierté et de plaisir, le sidère. La bouche de Nicolas s'active toujours sur son pénis et sa main toute entière s'engouffre violemment dans le cul d'Aurélie sans se soucier des gémissements de souffrance qu'elle émet qui sont, pour lui, comme un baume apaisant. Il se sent partagé par des sentiments contradictoires. Orgueil d'offrir à ses amis le corps somptueux et consentant de Sophie mais aussi regret de ne pas en user également. Surtout, et c'est ce qui le dérange le plus, il ressent un remords diffus de lui faire subir cet outrage qui éveille en lui le désir l'en soustraire. Il ne peut s'empêcher de penser que cette femme est pour lui et uniquement pour lui. Qu'elle lui appartient! Que personne d'autre que lui ne peut y avoir accès! Rageusement, il fait taire ses pensées. Il appuie fermement sur la tête de Nicolas et enfonce son sexe tendu au plus profond de la gorge du jeune homme qui hoquète désespérément. Mais il n'en a que faire! Un jet abondant de sperme gicle enfin alors que le corps de Sophie est parcouru de frémissements de plus en plus violents. Il la voit se retenir de gémir. Il ressent sa honte et s'en repaît. Oui, il la fera fléchir. Il devine le plaisir qui monte en elle. Irrépressible. Incontrôlable. Un plaisir plus cérébral que vraiment physique. Une vague qu'elle ne peut plus contenir malgré tous ses efforts qui déferle et la submerge quand, après lui avoir fermement écarté les fesses, une main toute entière s'introduit dans son vagin détrempé et écrase en une purée qui se mélange à sa propre liqueur les fruits qui y sont enfouis. Dans un cri éploré, la jouissance l'emporte alors. Une jouissance brutale faite à la fois de plaisir et de haine pour ce qu'elle est devenue et qu'elle ne peut plus ignorer. Un moment, le silence se fait autour d'elle. Chacun admire le corps voluptueux s'arc-bouter sous l'orgasme qui le ravage. Ivre de plaisir et de honte confondus, Sophie sent dégouliner le long de ses cuisses le coulis de fruits mélangé à son propre suc. Oubliant, le bougeoir fiché entre ses lèvres, Sophie envoie sa tête en arrière. La brûlure de la cire qui coule sur ses joues la brûle mais, loin d'apaiser son orgasme, au contraire l'amplifie. Son corps exulte, libéré de toute contrainte. I

Après avoir brutalement rejeté Nicolas et Aurélie tels des objets devenus inutiles et sans plus s'occuper d'eux, Pascal se lève et s'avance vers Sophie. D'un geste autoritaire, il écarte loin d'elle l'assemblée et retire de sa bouche et de son cul les deux bougeoirs engendrant en Sophie une impression à la fois de soulagement et de vide. Puis il la fait descendre de la table et s'agenouiller à ses pieds.

– Et bien, Diane, il semblerait que vous ayez apprécié ce traitement, entend-elle Pascal lui dire d'une voix dans laquelle elle perçoit un léger tremblement ému. L'humiliation vous va à ravir...

Mais déjà, il continue d'une ton plus assuré

s'adressant à l'assemblée qui les entoure :

– Diane était jusqu'à ce que son époux me la confie une soumise qui s'ignorait. Ou, plutôt, qui voulait l'ignorer. Je dois dire que ses progrès en la matière ont été extraordinaires.

Puis s'adressant à nouveau à Sophie :

– Ce n'est, vous vous en doutez, qu'un début et nous allons passer à des choses plus sérieuses et...beaucoup plus dures pour vous qui me permettront de juger de votre motivation. Rappelez-vous ce que je vous ai dit... vous allez souffrir, ma chère. Mais vous connaissant, vous allez, j'en suis sûr, adorer cela.... quoi que vous en pensiez.

Un frémissement d'angoisse parcourt le corps de Sophie encore palpitant de la jouissance qu'elle vient d'éprouver.

– Mais avant tout, il faut vous nettoyer. Vous êtes poisseuse... et pas seulement de crème..., lui lance-t-il méprisant avec un regard dégoûté. Claire pouvez-vous faire apporter un baquet d'eau à ma jeune chienne qu'elle puisse faire ses ablutions et se rendre présentable.

– J'ai déjà fait préparer ce qu'il faut dans le petit salon où nous devons continuer la soirée, lui répond Claire.

– Ma chère Claire vous êtes un ange. Eh bien il ne nous reste plus qu'à nous y rendre. Allez Diane, avancez...., dit Pascal en imprimant une traction sur la laisse et entraînant à sa suite Sophie toujours à quatre pattes.

Chapitre 16
L'initiation

Sophie

Incapable de réagir, Sophie, sous les regards réjouis des convives dont certains au passage palpent, appréciateurs et les yeux brillants de convoitise, les globes pulpeux de ses fesses, se laisse entraîner à travers la vaste salle par Pascal qui tire sans ménagement sur la laisse, insoucieux de la difficulté qu'elle a à se mouvoir ainsi à quatre pattes.

Elle sent ses joues s'empourprer de honte à être traitée de la sorte. L'assurance qu'elle éprouvait en début de soirée s'envole et il lui semble sombrer dans un puits sans fond de détresse. Mais elle serre les lèvres déterminée à ne rien laisser transparaître du désarroi qu'elle ressent.

Toujours à la suite de Pascal, elle pénètre enfin dans une pièce aux proportions moins grandes que la précédente. Le plafond soutenu par d'épais piliers en fonte noire en est voûté et, déjà, une partie des convives y a pris place et les attend. Des projecteurs diffusent dans toute la salle une lumière crue qui se répercute contre les murs et en met en valeur les moindres détails. Son regard fait le tour de la pièce meublée d'armoires et commodes en bois sombre disposés contre les parois de pierre. Une dalle de marbre agrémentée d'anneaux qui trône au centre et qui ressemble à s'y méprendre à un autel, songe Sophie, laisse deviner la destination de cette pièce à vrai dire assez banale dans sa décoration. Du coin de l'œil, elle voit Aurélie et Nicolas. Les tétons distendus par les pinces où sont accrochés des poids, ils sont déjà installés, accroupis à même le sol carrelé, nuques et bras immobilisés dans des carcans en bois poli positionnés de part et d'autre de la dalle de pierre. Des barres fixées par des menottes d'acier à leurs chevilles les obligent à garder les jambes largement écartées en équerre. Sophie constate, avec un pincement d'appréhension, que leur anus est orné par de magnifiques rosebuds en argent ciselé dont le diamètre conséquent écartèle l'entrée étroite. Leurs bouches sont maintenues elles aussi grandes ouvertes par des muselières attachées autour de leur nuque. Sophie comprend aux coulées de spermes qui maculent leurs joues que déjà elles ont servi de réceptacle à la jouissance de certains des hommes. Son regard croise les yeux d'Aurélie embués de larmes dans lesquels elle lit une peur animale alors qu'une femme s'apprête à fixer de nouvelles pinces à ses lèvres. Nicolas dont le gland et les bourses sont déjà ornés de pinces en acier, garde lui les yeux baissés, et semble résigné à ce tout ce qui va se passer et contre lequel il ne peut rien que subir.

Au centre ainsi que l'a annoncé Claire, est disposé un vaste baquet en porcelaine blanche rempli d'eau.

– Allez, Sophie, lui intime Pascal tout en lui lançant une éponge. Nettoyez-vous et rendez-vous présentable...

Eplorée, elle lui jette un regard suppliant. Mais, comprenant qu'elle n'a aucune alternative possible que de lui obéir, elle enjambe le rebord du baquet. Elle réprime un tremblement en sentant l'eau glacée se refermer sur ses jambes fuselées. Mais, comme si de rien n'était, elle commence à se laver sous les regards attentifs de l'assemblée. Lentement, elle fait aller et venir l'éponge sur son corps que grêle d'une fine chair de poule. L'eau froide ruisselle sur elle et fait se dresser, durs, ses tétons sertis par les anneaux. Docilement, ainsi que Pascal le lui ordonne, elle écarte ses cuisses et ôte soigneusement les traces de crème qui se sont agglutinées sur son pubis et son anus. Elle se sent comme détachée d'elle. Ses gestes sont mécaniques. Pascal commande. Elle obéit. Incapable de la moindre pensée cohérente et encore moins de la moindre rébellion alors qu'une boule comprime de plus en plus fort sa poitrine et l'empêche de respirer normalement. Autour d'elle, tout le monde s'est tu et l'observe dans un silence quasi religieux. Sophie sent, malgré elle, un plaisir diffus l'envahir à être ainsi détaillée dans ces gestes si intimes. A dessein, comme par défi, elle cambre davantage ses reins et fait saillir fièrement ses seins et ses fesses. Ses mains se font caressantes, langoureuses, s'attardent sur ses mamelons, glissent lentement sur la courbure de ses hanches, effleurent le renflement délicat de son pubis. Peu à peu, elle reprend confiance. Retrouve ses attitudes habituelles de séduction. S'offre toute entière au regard de ces hommes et femmes qui le convoitent, elle le sent au plus profond d'elle-même, intensément. Et, elle doit bien en convenir, elle aime cela. Elle aime ce désir, si puissant qu'il en devient palpable, dont elle est l'épicentre et qui est à la fois sa force et sa faiblesse.

De nouveau Pascal, sent un tressaillement le parcourir à observer la jeune femme. Elle est si belle et paraît si vulnérable dans la lumière qui l'éclaire. Mais il doit, il le sait, faire taire ce sentiment de tendresse qui n'a pas sa place ici. La possession de Sophie est à ce prix. Il sait intimement qu'au premier signe de faiblesse de sa part, elle lui échapperait irrémédiablement et définitivement. Comme elle a échappé à Fabien ! Et cela, il ne peut le concevoir car, il doit bien l'admettre, Sophie lui est devenue indispensable. Il lui faut quoi qu'il puisse lui en coûter, affirmer son ascendant sur elle et lui refuser toute échappatoire. C'est cela, il en est convaincu, que Sophie attend de lui. Et rien d'autre. L'aimer n'est pas suffisant pour elle. Il se doit de l'amener à plier pour la dominer toute entière. La faire se tordre de plaisir, de douleur. De honte. L'entendre le supplier. La pousser dans ses ultimes retranchements et annihiler en elle toute résistance. Il veut son abandon total et sans aucune restriction. Il veut la façonner, double inversé de ce qu'il est. Alors seulement, Sophie se donnera toute entière à lui et le reconnaîtra comme son maître incontesté. Alors seulement, ils pourront s'aimer.

– Bien Sophie, cela suffit maintenant, dit-il enfin rompant le charme dans lequel chacun est tombé.

Sans un mot, Sophie lâche l'éponge qui retombe dans l'eau et sort du baquet le corps scintillant de fines gouttelettes. Sophie, à son grand étonnement, constate alors qu'elle ne ressent plus ni peur ni honte. Ni résignation non plus. Au contraire, un calme souverain l'envahit et elle est maintenant impatiente de la suite des évènements qu'elle attend sereinement. Un léger sourire étire sa bouche et ses yeux brillent d'un éclat jubilatoire. Elle se sent forte. Déterminée à aller jusqu'au bout de cette épreuve.

– Comme je vous l'ai déjà dit, lui assène alors froidement Pascal comme s'il avait deviné sa nouvelle assurance, vous allez souffrir ce soir. Vous allez avoir le privilège d'être véritablement initiée aux plaisirs de la soumission absolue. Vous allez, Sophie, comprendre, dans votre chair, ce que signifie se donner. Vous allez être fouettée... longuement... puis chacun ici utilisera à sa guise votre bouche, votre vagin et bien sûr votre anus sans que je vous concède le moindre droit de vous plaindre ou de vous refuser de quelque façon que ce soit. N'attendez de moi aucune pitié ni aucune complaisance. Chaque cri de votre part, chaque plainte vous vaudra au contraire une contrainte supplémentaire. Maintenant, suivez-moi afin que je vous prépare à recevoir votre première séance de fouet.

Malgré son assurance, un spasme d'angoisse l'étreint soudain alors que son cerveau assimile ce que Pascal vient de dire. Dans un éclair, elle revoit le corps cravaché de la jeune femme de la vidéo que Pascal, le matin même (il y donc si peu de temps?) lui a fait visionner. Elle se souvient du trouble qu'elle a ressenti en voyant le martinet s'abattre cruellement sur la croupe offerte et du désir qu'elle avait éprouvé alors d'être à sa place et être forcée de la même façon. Désir qui l'avait fait jouir les doigts de Pascal profondément enfoncé dans son vagin. Cet instant est maintenant arrivé et elle sent, nauséeuse, la peur l'envahir. Et si elle n'en était pas capable? Et si elle décevait Pascal?

D'une traction sur la laisse qui ceint toujours son cou, Pascal la fait se diriger vers un angle de la pièce et l'installe entre deux piliers. Deux longues chaînes où sont fixées des menottes en fer sont accrochées à des anneaux plantés dans les poteaux.

– Tendez vos bras Sophie, ordonne Pascal, que je vous attache.

Un moment Sophie reste sans mouvement, les bras le long de son corps. Incapable, dans son affolement, d'obtempérer à l'ordre de Pascal. Tout en elle soudain se rebiffe à ce qui l'attend. Elle ne veut pas souffrir. La seule idée de la souffrance la révulse.

– Tendez vos bras, répète d'une voix dure Pascal. Comprenez, Sophie que vous n'avez plus aucune possibilité de me refuser quoi que ce soit.

    Domptée par le ton de Pascal et incapable de la moindre pensée cohérente, Sophie lève machinalement ses bras vers lui. Pascal enserre prestement les fins poignets dans les entraves de fer avant de tirer sur les chaînes et les fait s'élever en croix au-dessus de sa tête. Puis, Pascal l'oblige à écarter largement ses jambes et fixe à ses chevilles une barre d'écartement qu'il accroche également aux piliers. Sophie sent la panique l'envahir faisant voler en éclat sa fragile détermination d'être, victime offerte sans défense, immobilisée étroitement entre les deux colonnes de bois. Pascal se recule et regarde Sophie ainsi écartelée, le souffle court et le corps palpitant d'émotion contenue. La position l'oblige, pour conserver son équilibre à cambrer ses reins ce qui met en relief la courbe plantureuse de ses fesses ainsi que la galbe parfait de ses seins étirés vers le haut et qui, lui semble-t-il, n'ont jamais été aussi désirables. Des tressaillements d'inquiétude font frémir la peau cuivrée de Sophie qui ferme les yeux dans un dérisoire réflexe de défense.

    Lentement, Pascal se dirige vers une des armoires qui meublent la pièce, en ouvre les deux battants et fixe les fouets, martinets, cravaches qui y sont accrochés à l'intérieur. Un moment, il observe les instruments. Puis, finalement, il se saisit d'un fouet au court manche en cuir tressé d'où pend une seule longue et fine lanière en cuir également. Un moment, il soupèse l'instrument, le fait aller d'une main à l'autre. Puis, comme s'il voulait l'essayer fait siffler la lanière de cuir dans l'air. Au bruit, Sophie ouvre les yeux. Un cri lui échappe quand elle voit le fouet que Pascal tient dans les mains. Complètement affolée, elle se débat et essaye en vain de se libérer de ses entraves. Des yeux, elle cherche un illusoire secours. Elle parcourt l'assemblée des convives qui, dans un silence tel qu'il

374

en devient palpable, s'est refermée autour d'elle et l'enserre, comme dans un piège. Leurs regards impassibles ne reflètent aucune malveillance, aucune cruauté, mais seulement une attention soutenue. Elle sursaute quand elle aperçoit dans un coin, Fabien qui l'observe le visage livide et les yeux hagards. Implorante, elle le regarde, quémande silencieusement son aide. Mais lui, scellant ainsi son impuissance à arrêter le cours des évènements, détourne ses yeux et la laisse seule face à Pascal qui s'approche. Presque à la toucher.

– Etes-vous prête Sophie à recevoir le prix de votre soumission ? l'interroger-il d'une voix forte qui la fait sursauter

Incrédule, elle le regarde. Comment ose-t-il lui demander une chose pareille ? Comment être prête à endurer ce qu'il a l'intention de lui faire subir ?

– Pascal, halète-t-elle éperdue d'angoisse, vous n'avez pas vraiment le désir de me ...f.. f... ouetter ?

Le mot est si énorme qu'il a de la peine à franchir ses lèvres.

– Mais bien sûr Sophie, lui répond-il tout en faisant glisser le manche du fouet entre les seins de Sophie. C'est une étape nécessaire et obligatoire de votre initiation. Vous allez connaître une expérience qui va certes vous meurtrir dans votre chair et contre laquelle vous allez vous rebeller mais qui va vous permettre d'atteindre l'extase ultime. Celle pour laquelle vous êtes faite et que votre corps... et votre tête, quoi que vous en pensiez, réclament. Vous êtes faites pour vous soumettre. Et vous le savez même si vous avez encore des difficultés à l'admettre. Vous me remercierez ensuite, j'en suis sûr. Alors êtes-vous prête Sophie ? Je veux vous l'entendre dire.

– Pascal, essaye piteusement une dernière fois Sophie, je... je... v... vous en supplie. Je ... je ferai tout ce... que... vous voulez...mais pas ça... Je vous en supplie.

– ....

– Non... je ne peux pas, sanglote Sophie le corps étreint par une folle angoisse. J...j...je vous en prie....

– ....

Un moment ils se dévisagent sans un mot. Malgré son affolement terrorisé, Sophie soutient sans ciller le regard dur et froid de Pascal. Puis, comprenant qu'elle n'a pas d'autre alternative, qu'elle s'est trop engagée pour que Pascal la laisse se rétracter maintenant, Sophie s'entend répondre dans un souffle.

– ...O... oui Pascal, je suis prête

– Bien. Je n'en attendais pas moins de vous Sophie. Alors je vais commencer....

Pascal se recule de quelques pas. Un instant, il observe le corps pâle et frémissant de la jeune femme écartelée devant lui, si désirable dans sa vulnérabilité et sa perfection. Dans un instant, il va martyriser ce corps si tendre et doux et y apposer sa marque. Il en éprouve une vague bouffée de regret vite réprimée par l'excitation qu'il ressent qui fait durcir son sexe d'un désir incoercible à l'idée de voir le corps de Sophie se zébrer de stries mauves qui lui seront la plus belle des parures qu'il puisse lui offrir. Sophie l'aperçoit lever le bras qui tient le fouet. Le temps paraît s'immobiliser. Son corps se raidit dans l'attente du coup imminent. Son souffle se bloque. Elle sent ses ongles s'enfoncer d'effroi dans la chair tendre de la paume de ses mains. Une terreur animale l'étreint. Elle n'est plus que palpitation affolée. Animal pris au piège de son propre jeu. Son cœur tambourine au fond de sa poitrine. Instinctivement, elle ferme les yeux dans un signe de refus de ce qu'elle sait inévitable. Pourtant, au fond d'elle, de manière inconcevable, elle s'en poindre, sous la peur qui la tenaille, une sourde chaleur qui lentement prend de l'ampleur et fait palpiter son sexe.

– Ouvrez les yeux Sophie, lui ordonne Pascal. Voir est aussi important que ressentir et je ne voudrais pas vous frustrer d'une partie de votre plaisir. Vous m'en voudriez et vous auriez raison.

Les yeux ruisselants de larmes, Sophie fixe implorante Pascal. Une sourde plainte continue s'échappe sifflante de ses lèvres alors que le fouet s'élève plus haut et que la lanière dans un sifflement s'abat une première fois sur elle et s'entoure, cinglante autour de son torse offert la faisant tressauter. Un autre sifflement et une deuxième fois le fouet retombe allumant sur son dos une gerbe de feu. Encore et encore. Sur son ventre, ses reins. La lanière lacère sans pitié ses seins à la peau si tendre et délicate. Ses jambes. Ses cuisses. Son sexe, non plus, n'est pas épargné. Le fouet s'enroule et la cingle. La déchire de plus en plus violemment. Tout son corps brûle sous ce déluge de feu. A chaque coup, son il s'arque et Sophie hurle sa douleur. Il lui semble sombrer dans un brouillard rouge où seule la lanière de cuir n'a d'existence. Tout le reste a disparu, englouti par la souffrance qu'elle éprouve. Elle sanglote, supplie Pascal d'arrêter cette torture qui marbre son corps de stries violacées, se débat dans ses liens, essaye en vain de se soustraire à la lacération. Mais lui, insensible à ses suppliques, continue imperturbable à la fouetter prenant plaisir à voir ce corps admirable se tordre.... se tendre vers le coup suivant. Aussi impensable que cela paraisse, c'est maintenant Sophie qui s'offre aux coups de fouet. Pascal, un moment, suspend son geste. Il observe le visage ravagé de douleur rejeté en arrière de Sophie. Ses joues sont inondées de larmes mais un sourire d'extase étire ses lèvres et illumine son visage d'une clarté radieuse. Elle lui paraît flotter, presque irréelle, dans un état second, au-delà de toute contrainte. Son corps pâle parcouru de frémissements semble, sous la lumière crue qui l'éclaire, irradier sa propre clarté. De ses lèvres, s'exhalent non plus des plaintes mais des soupirs de félicité. Sophie, elle-même, malgré l'hébétude dans laquelle elle a sombré, est surprise par ce qui lui arrive et qu'elle voudrait à toute force retenir. Sous la douleur atroce qu'elle ressent, une chaleur plus forte encore se diffuse au creux de son ventre et l'envahit. Elle a mal mais un plaisir comme elle n'en a encore jamais connu monte inexorable en elle. Chaque lacération qui déclenche une explosion de souffrance est comme une décharge électrique qui résonne au creux de son corps et se propage vers son sexe qui se contracte sous l'excitation qu'il reçoit et se liquéfie. Chaque coup de lanière qui mord cruellement la peau fragile y laissant son empreinte mauve est comme une caresse. Une caresse violente, brutale mais... délectable. Une caresse d'une incommensurable puissance. Une caresse qui la fait geindre de stupeur. Sophie ne comprend pas ce qui lui arrive. Ce plaisir si incroyable qui jaillit du cœur de la douleur et s'épanouit impérieux. Spasmodiquement, sa tête va de gauche à droite dans un signe désespéré de dénégation de ce ravissement inconcevable qu'elle ressent à être fouettée. Elle va jouir. Elle le sait. Son sexe pulse en contractions de plus en plus violentes. Elle sent sa liqueur couler en chauds filaments le long de ses cuisses. Plus rien, ni la douleur qu'elle éprouve, ni la honte qui l'habite à être fouettée publiquement ne peuvent retenir cette jouissance qui gronde en elle de toute sa sauvage puissance. Dans un éclair de lucidité, Sophie comprend soudain que le plaisir qu'elle ressent loin d'être un aboutissement fait partie d'un tout, qu'il n'y a pas de frontières. Pas de différence. Plaisir et douleur se mêlent intimement et sont en fait la même chose. Plus rien ne les différencie. Qu'elle ne doit pas avoir honte de cette jouissance qui la foudroie et la fait hurler ! Qu'elle ne doit pas refuser et se rebeller contre cette évidence qui fait vibrer chaque parcelle de son corps comme si elles étaient dotées d'une vie propre ! Elle se sent soudain en parfait accord avec elle-même. Avec ses désirs. Ses fantasmes les plus fous et les plus improbables deviennent enfin réalité. Elle est Une. A la place qui lui est dévolue. Toutes ses appréhensions s'envolent balayées par le flot de sensations extraordinaires qu'elle ressent. Pascal reprend la fustigation. A dessein, il vise le sexe de Sophie qu'il sait être l'endroit le plus sensible. Elle hurle de douleur.... de plaisir, s'ouvre plus encore, s'approprie cette souffrance qui annihile toute résistance alors qu'un orgasme formidable la submerge avec une violence qui la fait s'arc-bouter dans ses liens. Ivre d'allégresse.

– Et bien mon ami, perçoit Sophie dans le brouillard de volupté dans lequel elle a sombré le corps encore agité de soubresauts de jouissance, il n'y a pas à dire cette jeune chienne a apprécié le traitement. Vous avez trouvé là une élève d'une exceptionnelle qualité..... C'est tellement rare... Je vous envie Pascal.

– Oui, Sophie est une soumise très douée, répond, d'un ton qui a perdu de son assurance habituelle, Pascal à l'homme qui vient de parler. Je ne l'ai prise en main à la demande de son mari que depuis peu de temps, mais elle fait effectivement preuve pour une novice de dispositions surprenantes en matière de soumission. Sophie aime quoi qu'elle en pense cela et n'attendait en fait qu'à être révélée à elle-même.

– Il faut dire, rétorque Claire tout en s'approchant de Sophie, que vous êtes, mon cher Pascal, un Maître hors pair et de plus un expert dans le maniement du fouet.... j'en parle en toute connaissance de cause... N'avez-vous pas été mon initiateur ? Voyez comme sa peau s'est admirablement marbrée... sans pour autant être blessée... C'est magnifique....

Doucement, avec mille précautions, Claire glisse ses doigts sur les stries mauves qui zèbrent le dos de Sophie. Celle-ci, encore sous le choc de la jouissance qu'elle a éprouvée, reprend lentement conscience de ce qui l'entoure. Tout son corps la brûle et la caresse pourtant délicate de Claire provoque des élancements douloureux qui la font frémir. Malgré tout, elle se sent extraordinairement bien. Son corps comblé exulte et la pousse à désirer ressentir encore ces sensations inédites et surprenantes d'intensité qui l'ont emportée dans un désordre des sens qui a fait voler en éclat ses habituels repères et qui la laisse désorientée et troublée. Elle voudrait, en vain, trouver une bonne raison de mettre fin à cette situation qui l'embarrasse autant, elle doit bien en convenir, la palpitation encore affolée de son clitoris en est le témoin impartial et indéniable, qu'elle lui plait. Il lui semble si incroyable d'avoir pu éprouver un plaisir aussi dévastateur alors que Pascal la fouettait. Son souffle s'apaise lentement et, indécise, elle regarde Pascal ne sachant plus très bien si elle doit le haïr ou l'adorer. Si elle doit s'enfuir aussi vite qu'elle peut loin de lui ou, au contraire, se blottir dans ses bras et s'abandonner. Elle a la sensation d'être en haut d'une pente vertigineuse. Tout en elle, la pousse à se laisser glisser et entraîner par ce vertige qu'elle ressent face à ce monde fascinant qui s'ouvre devant elle. Ne pas tenter d'y résister. Pourtant un vague sentiment de prudence la retient car elle sait qu'alors il n'y aura plus, pour elle, de retour possible.

– Encore un peu, reprend Claire d'une voix rauque, je regretterais de n'être pas à la place de Sophie et découvrir pour la première fois ce qu'elle vient de découvrir.

Les doigts de Claire se font plus aventureux. Sophie les sent entourer tendrement les globes plantureux de ses seins et en pincer délicatement les tétons avant de glisser le long de son ventre et s'immiscer dans la fente trempée de son sexe encore palpitant. Les muscles noués de son corps endolori se détendent sous la caresse apaisante des doigts habiles de Claire. Effarée, elle regarde ses seins et son ventre marbrés de striures violacées. Pourtant loin de l'effaroucher, ces marques la ravissent. Et elle se sent belle ainsi ornée de cette parure barbare.

– Hummmmm, reprend Claire tout en enfouissant, dans un clapotement sans ambiguïté, son index plus profondément entre les lèvres de la jeune femme offerte, Sophie me semble à point pour la suite de son initiation. Son sexe est comme un lac qui ne demande qu'à être troublé... C'est fort appétissant, je dois dire...

– Alors, continuons, lui répond Pascal en s'approchant à son tour de Sophie qu'il libère de ses liens.

Les jambes flageolantes, Sophie titube et son corps s'avachit sans force contre Claire qui s'est placée derrière elle et la retient.

– Mais, si vous le permettez, continue Pascal, je souhaiterais octroyer un peu de repos à Sophie qui le mérite bien. Et puis, elle n'en sera que plus réceptive pour la suite de notre soirée qui ne fait que commencer... Je crois me souvenir que nous devons également nous occuper des deux autres esclaves que Benoît et Laurent ont amenés avec eux.

– Vous avez raison, lui répond Benoît. Laissons Sophie reprendre son souffle. Elle n'en sera, effectivement, que plus disponible pour nos prochains jeux.

Les deux hommes s'éloignent tandis que Claire continue à masser le sexe de Sophie.

– Si vous n'y voyez pas d'inconvénient Pascal, dit Claire, je vais pour ce qui me concerne m'occuper de

Sophie et faire en sorte de nous la conserver bien chaude.

– Pas de problème Claire. Vous pouvez bien sûr en user comme bon vous semble, lui répond Pascal.

Sophie éprouve un pincement en entendant parler d'elle de sorte comme si elle n'était plus qu'un simple objet. Pourtant, elle ne ressent plus la moindre rébellion. Elle se sent flotter dans un état euphorique proche de l'ivresse où toutes ses inhibitions s'évanouissent pour laisser place à une fantastique sensation de liberté. Sa tête lui tourne et elle est incapable d'aligner deux pensées cohérentes. Il lui semble n'être plus qu'un corps dénué de toute capacité de raisonnement. « Qu'il en soit ainsi, songe-t-elle fataliste alors que Claire l'entraîne vers un vaste canapé recouvert d'épais coussins disposé dans un angle de la pièce, puisque c'est cela que je suis devenue »

Du regard, elle suit les deux hommes qui se sont approchés de Nicolas et d'Aurélie toujours étroitement attachés à leur carcan.

– Comme je vous l'ai dit, dit Laurent, Nicolas a fait preuve de désobéissance et doit être puni. Figurez-vous qu'il s'est catégoriquement refusé à un de mes amis sous prétexte que son sexe était trop gros.... Pour ce qui est d'Aurélie, cette esclave a été impertinente et doit être aussi punie.

– Nous devons donc le convaincre que son cul est capable de se dilater plus qu'il ne le pense, si j'ai bien compris, lui répond goguenard le Docteur.

– Exactement.

– Qu'à cela ne tienne, reprend le médecin tout en se dirigeant vers une des commodes dont il tire un plug d'un diamètre impressionnant. Mon cher Laurent, me ferez-vous l'honneur de me laisser punir Nicolas ?

– Mais bien sûr, lui répond Laurent, je connais trop votre goût pour la punition pour vous en priver.

Sophie croise le regard affolé du jeune homme quand il voit le plug énorme que le docteur fait obligeamment aller et venir devant ses yeux se repaissant visiblement de sa peur. Elle éprouve un vague sentiment de compassion pour le garçon vite oublié alors que la langue de Claire se pose langoureuse sur son clitoris encore frémissant de sa jouissance.

– Une belle taille, n'est-ce pas mon jeune ami ? dit le docteur. Vous allez voir ... ou plutôt, devrai-je dire, sentir... que cet engin va pouvoir s'introduire en vous sans problème.... Enfin pas trop.... Mais cela ne tient qu'à vous.

Sans plus attendre, le docteur ôte de l'anus qui reste ouvert, le rosebud qui y est planté et le remplace par l'énorme plug. Le corps de Nicolas, au toucher du monstrueux instrument, se rétracte sans pouvoir néanmoins y échapper.

– Allez, écartez donc bien vos cuisses... et détendez-vous. Cela ne pourra que faciliter l'introduction qui en sera moins douloureuse, reprend Laurent qui s'est positionné devant Nicolas. Pendant que le docteur s'occupe de votre anus, prenez ma queue dans votre bouche, cela nous évitera d'être importunés par vos cris de pucelle effarouchée et vous avez intérêt à vous appliquer à bien me sucer.

Sophie frémit en entendant le long ululement de détresse de Nicolas étouffé par le sexe que Laurent vient d'enfourner entre ses lèvres. De son côté, docteur d'un mouvement ferme et continu, commence à enfoncer le plug dans les entrailles du jeune homme sans se soucier de la douleur intolérable que celui-ci doit éprouver d'être ainsi perforé par le monstrueux instrument.

La bouche de Claire toujours posée sur l'intimité de Sophie se fait plus insistante et elle aspire entre ses lèvres gourmandes étroitement resserrées le clitoris de

Sophie tout en le mordillant délicatement. Sophie gémit de contentement. Elle se sent fondre sous cette caresse d'une insoutenable douceur qui est le contre point diamétralement opposé à la séance de fouet qu'elle vient d'endurer. Elle s'alanguit plus profondément dans les épais coussins et ses cuisses s'ouvrent largement. Des yeux, elle suit hypnotisée le cheminement du god qui s'enfonce inéluctablement dans Nicolas dont le corps s'arque désespérément. Loin de l'effrayer, la vision de cet anus écartelé à se fendre ainsi que les geignements plaintifs du jeune homme étouffé par la verge enfoui dans sa bouche exacerbent son excitation. Elle s'imagine à la place du docteur. Elle se voit forcer le cul du jeune homme et cette image, qui lui paraît pourtant monstrueuse la fascine et la fait gémir de plaisir. Lentement, son corps se met à onduler et accompagne le mouvement de la bouche de Claire qui, tout en lui maintenant grandes ouvertes les cuisses, enfonce sa langue dans le vagin coulant de désir de Sophie qui défaille de bonheur.

Insensible aux plaintes de Nicolas, le docteur de son côté s'active à introduire inexorablement le plug jusqu'à ce que celui-ci soit entièrement fourré dans son cul. Le garçon halète comme une bête blessée tout en continuant malgré tout à s'affairer sur le sexe de Laurent qui dans un râle décharge au fond de sa gorge.

– Vous voyez, on y est arrivé, dit d'un ton sardonique le docteur tout en se frottant les mains de contentement. Estimez-vous heureux que votre Maître ne m'ait pas demandé de le faire aller et venir en vous. Cela aurait été beaucoup plus douloureux. Mais, voyez, Laurent, votre soumis semble aimer ce traitement.

Effectivement, malgré ce qu'il vient d'endurer ou peut-être à cause de cela, songe Sophie, une superbe érection tend le sexe de Nicolas. Subjuguée, elle ne peut détacher ses yeux de la scène qui se déroule

384

devant elle alors que la langue de Claire glisse encore plus profondément au fond de son vagin et lui arrache des râles de plaisir,

– Sale chien, crie Laurent en cravachant le dos de Nicolas avec la badine dont il vient de se saisir, qui t'a donné la permission de bander ? Mais bon, tu t'es bien comporté et je pense que nous pouvons t'octroyer une petite récompense. Benoît, verriez-vous un inconvénient à ce que Aurélie vienne soulager cet esclave ?

– Pas du tout, Aurélie a besoin je vous l'ai dit d'une leçon d'humilité, lui répond Benoît qui détache la jeune fille de son carcan et la fait s'accroupir devant Nicolas. Allez soumise, exécute ce qu'on attend de toi et suce ce chien.

Le visage blême, Aurélie se penche vers Nicolas et l'embouche avec précaution du bout des lèvres.

– Mieux que ça soumise. Avale-le complètement. D'ailleurs, je vais t'y aider, crie Benoît tout en agrippant les hanches de la jeune fille et la sodomise d'un seul coup de reins.

Sous le mouvement, la tête d'Aurélie part en avant et sa bouche engloutit entièrement la hampe turgescente de Nicolas. En même temps, le docteur d'un geste assuré appuie brutalement sur le plug empalé dans l'anus du jeune homme qui hurle de douleur et éjacule au fond de la gorge d'Aurélie. Le jet jaillit puissant, abondant et dégouline sur le menton d'Aurélie qui déglutit avec peine. Impossible pour elle de se reculer avec le cul rempli par la verge de Benoit qui la besogne frénétiquement avant, lui aussi, d'éjaculer. Une fois vidé, il s'éloigne mais est immédiatement remplacé par Laurent qui, à son tour, encule sans égards la jeune fille. D'un geste brutal, le docteur écarte Nicolas et engouffre sa queue dans la bouche d'Aurélie. Les yeux écarquillés de détresse, le corps de la jeune fille ballotte entre les deux hommes qui abusent sans égards de ses orifices buccal et anal.

Mais Sophie se désintéresse du spectacle. Seul compte, la caresse insidieuse de la langue de Claire qui s'enfonce toujours plus profondément dans son vagin noyé de sève. De nouveau, elle sent une houle de plaisir déferler en elle qui lui fait oublier les élancements endoloris qui parcourent son corps. Dans ses oreilles retentissent les plaintes éplorées d'Aurélie. Sa voix se joint à ce concert alors que la jouissance l'emporte une nouvelle fois.

– Suivez-moi Diane.

Les yeux encore chavirés d'émoi, Sophie regarde Pascal qui s'est approché en silence et se tient debout devant elle. Depuis combien de temps est-il là ? Elle n'en a aucune idée. Elle a perdu toute notion de temps et il lui semble se mouvoir dans un espace où tous ses repères habituels se sont évanouis. Du coin de l'œil, elle constate que Nicolas et Aurélie ont de nouveau été enchaînés à leur carcan dans une position qui permet aux maîtres et maîtresses d'user d'eux au gré de leurs envies.

D'un mouvement autoritaire, Pascal lui saisit une main, la fait se redresser et sans plus attendre, l'entraîne vers la dalle de pierre qui trône au milieu de la pièce sur laquelle il la contraint de se coucher sur le dos. Sans un mot, il referme autour de ses poignets et de ses chevilles d'épais bracelets en cuir munis de mousquetons en acier. Il lui fait ensuite ployer les jambes sur son torse et, à l'aide des mousquetons, lie ensemble chacune de ses chevilles à ses poignets. Sophie se laisse manipuler et s'abandonne complètement, incapable de la moindre réaction, aux mains expertes de Pascal qui resserrent étroitement les liens étirant sans ménagement ses muscles. Ainsi attachée, dans une position quasi fœtale, Sophie a conscience d'exposer son intimité la plus secrète aux membres de l'assemblée qui l'entoure et l'observe. Un voile rouge de honte l'enveloppe et son cœur bat à tout rompre au fond de sa poitrine qui lui paraît sur le point d'exploser, mais elle se sent totalement incapable de proférer le moindre mot de dénégation. Toujours aussi silencieusement Pascal fait passer sous son dos et ses reins deux larges courroies de cuir qu'il accroche également aux mousquetons. Il fixe enfin à l'aide d'un solide crochet l'ensemble du dispositif à une chaîne reliée à une poulie qui pend du plafond voûté.

– Laurent, dit alors Pascal, pouvez-vous mettre en marche le mécanisme d'élévation ?

– Bien sûr, Pascal

Un sourd ronronnement retentit et Sophie sent son corps harnaché s'élever lentement dans les airs. Sous le poids, sa tête bascule vers l'arrière. Le souffle de Sophie s'accélère d'un cran. Son cœur tambourine de plus en plus fort. Une angoisse subite l'étreint. Ainsi suspendue et attachée elle est complètement offerte sans aucune possibilité de se soustraire de quelque façon que ce soit à ce qu'on entendra lui faire subir. Elle sursaute quand elle sent un liquide froid et huileux s'immiscer entre la raie de ses fesses.

– Comme je vous l'ai toujours dit, lui murmure Pascal qui a repris le ton doctoral qui lui est habituel tout en commençant à masser lentement l'œillet fripé de son anus bien exposé, il convient que vous soyez, pour notre confort bien sûr et non le vôtre bien évidemment, parfaitement lubrifiée. C'est le moins que vous devez à nos amis qui vont honorer votre rectum dans un instant. Ne croyez-vous pas ?

Sophie sent la chaleur irradier en elle alors que Pascal continue son lent massage avant introduire en un mouvement circulaire un puis deux doigts dans son anneau culier afin de bien dilater l'orifice étroit qui instinctivement se resserre. Lentement, les mots que Pascal vient de prononcer cheminent en elle. Affolée, elle regarde hagarde l'assemblée des hommes et des femmes qui l'entourent observant attentivement le cheminement des doigts de Pascal entre ses fesses. Ils sont combien ? 20, 25 personnes au moins ? Peut-être plus... « Ce n'est pas possible, songe-t-elle tétanisée d'effroi, Pascal ne peut pas me livrer à tous ces gens »

– Votre anus a beau être très souple, continue-t-il imperturbable tout en introduisant un troisième doigt, vous êtes néanmoins très étroite et à force cela engendrerait une gêne pour ceux qui vont vous honorer. Voilà, vous êtes maintenant prête. Votre cul est parfait. Pour ce qui est de votre vagin, je fais confiance à Claire pour l'avoir préparé comme il se doit. Quant à votre bouche, elle est, je le sais, naturellement accueillante. Mes amis, Sophie est à vous. Je vous l'offre. Son cul, son vagin, sa gorge sont à votre disposition. Usez-en à votre guise et comme bon vous semble.

Sophie frémit en entendant ces mots qui la consacrent de manière irréfutable dans sa qualité d'esclave. Elle voudrait trouver en elle la force de se rebeller. Reprendre le contrôle de son corps. De ses désirs. De ses pensées. Juguler la panique sensuelle qui l'étreint devant l'imminence de ce qui l'attend. Mais au lieu de cela, elle sent son sexe palpiter d'impatience et s'ouvrir. Son corps et son esprit lui semblent soudain obéir à un ordre plus puissant que sa raison, plus puissant qu'elle-même. Elle n'est plus que désir interminable. Prête à tout accepter. Un tremblement incoercible l'étreint alors que des larmes de défaite coulent le long de ses joues.

– Cher Docteur, peut-être à vous l'honneur, reprend Pascal. Sophie a une dette vis-à-vis de vous qu'elle a à cœur d'honorer.

388

– Puisque vous me le proposez si obligeamment, Pascal, je me vois contraint, mais avec beaucoup de plaisir bien sûr, d'accepter.

Un gémissement échappe à Sophie quand elle sent les mains rudes du docteur écarter plus largement ses cuisses encore endolories par la flagellation qu'elles ont subie et son gland épais se poser sur son anus. Il en force sans ménagement l'entrée et s'introduit, sans plus de préambule, d'une puissante poussée, au fond de ses reins. Malgré la soigneuse lubrification effectuée par Pascal, elle ne peut réprimer un gémissement de douleur d'être ainsi pourfendue. Son corps se rebelle contre cette intrusion qui la distend mais à laquelle elle ne peut ni ne veut se soustraire. Elle éprouve à la fois de l'horreur à être ainsi utilisée et, en même, une profonde satisfaction.

– Hmmmmmm, son cul est adorable, halète la voix du docteur qui accentue sa poussée. Délicieusement étroit et accueillant. Vous aviez raison mon cher, un cul de reine. C'est un véritable régal....

Le souffle de Sophie se précipite. Elle a mal. Mais elle éprouve une intense excitation d'être ainsi emplie par le sexe du médecin qui amplifie ses mouvements de va-et-vient. Il se retire parfois presque des reins de Sophie avant de s'y enfoncer chaque fois plus profondément la faisant se balancer, tête rejetée en arrière, dans les airs. Un sourd gémissement sort de ses lèvres serrées. Mais au lieu de calmer l'ardeur du docteur, cela semble au contraire l'accroître. Sophie l'entend ahaner alors qu'il la crucifie ses mains solidement arrimées à ses hanches pour mieux s'enfoncer en elle. Enfin dans un cri, elle sent un chaud liquide se répandre dans ses entrailles et ruisseler le long de ses cuisses quand, après avoir longuement éjaculé, le docteur s'écarte. Mais déjà, un deuxième homme le remplace et s'enfonce à son tour dans l'anus maintenant béant de

Sophie. De nouveau les mêmes mouvements de va-et-vient. Mais cette fois-ci, l'homme va de son cul à son vagin et emplit à tour de rôle chacun de ses deux orifices. A peine s'est-il retiré après avoir éjaculé, qu'un troisième individu le remplace. De nouveau, Sophie sent son anus se dilater sous la poussée du sexe volumineux de l'homme qui peine, malgré la béance de son œillet, à s'introduire en elle. Le souffle court, Sophie subit sans broncher la laborieuse progression du pénis de l'homme qui la distend démesurément. Il lui semble qu'elle va se fendre sous la poussée. Malgré la douleur qu'elle éprouve exacerbée par son affolement incontrôlable qui lui arrache des gémissements de détresse, une sourde chaleur l'envahit peu à peu d'être ainsi pourfendue. Elle sursaute et ébauche un vague signe de refus quand elle voit un des membres de l'assemblée se positionner devant son visage et introduire son sexe entre ses lèvres et l'enfoncer au fond de sa gorge. Sophie est tétanisée. Deux hommes la possèdent à l'unisson, synchronisant leur mouvement, l'un dans son cul, l'autre dans sa bouche, pour l'emplir. Mais cela n'est pas assez. Le dernier orifice de son corps encore disponible est à son tour occupé par un troisième qui vient se positionner à califourchon au-dessus d'elle. Trois hommes la possèdent.

Jamais, Sophie n'a eu à ce point la sensation d'être prise. D'être ouverte. Ses seins non plus ne sont pas oubliés et des lèvres avides et gourmandes en gobent les tétons fièrement érigés par l'excitation qu'elle ressent d'être si totalement investie. A tour de rôle ou simultanément, chacun vient ainsi user de son corps offert à leur convoitise. Les femmes ne sont pas en reste qui présentent leur sexe à la caresse de la langue de Sophie. Le corps de la jeune femme se balance, virevolte dans les airs. Elle n'est plus que béance, onctuosité. Des mains l'empoignent, la palpent, malaxent ses seins, pincent durement ses tétons, tirent sur les anneaux qui sertissent ses mamelons, s'engouffrent dans son vagin dégoulinant de sperme, y introduisent des instruments froids qui en distendent les parois, forcent de leurs doigts resserrés son cul, y enfoncent leur poing refermé. De temps en temps, la brûlure d'un coup de badine asséné sur ses cuisses ou son torse la fait sursauter plus violemment. Sophie se laisse faire. Incapable d'opposer la moindre résistance. Au-delà de toute pensée cohérente, au-delà de toute honte.

Pascal regarde la scène qui se déroule devant lui auquel il a décidé, se faisant violence, de ne pas participer. Il est debout derrière Nicolas et méthodiquement, avec rage, le sodomise à grands coups de reins. Il flagelle sauvagement le dos sans défense du jeune garçon comme s'il voulait, par cette brutalité lui faire expier la frustration qu'il ressent de s'être exclu de cette fête de la chair et des sens dont Sophie est le centre.

Le corps de Sophie disparaît sous un amas d'hommes et de femmes qui se disputent ses faveurs en une bacchanale orgiaque. Combien l'ont-ils prise, enculée, fistée, l'ont contrainte, victime consentante, à les sucer ? Combien de sexes se sont-ils épanchés au fond de sa gorge ? Combien se sont-ils branlés entre ses seins l'ont aspergée de leur foutre ? Combien de vagins odorants sa langue a-t-elle léchés ? Combien de clitoris a-t-elle tétés ? Sophie n'en a aucune idée. Mais qu'importe. Elle voudrait que cela ne s'arrête jamais. Sophie ne sait plus où elle en est d'être ainsi sollicitée par toutes ces mains, ces sexes certains épais, d'autres fins. Certains caressants. D'autres violents et sauvages. Elle jouit sans discontinuer et cette jouissance se transforme en douleur. Puis la douleur disparaît à son tour. Un calme blanc la submerge alors que son corps ballotte entre ces hommes et ces femmes qui se repaissent, insatiables, d'elle. La boucle est bouclée. Elle sombre dans un délire sensuel qui la fait divaguer loin de toute réalité. Elle ne ressent plus rien. Elle est au-delà de toute sensation perceptible. Au-delà aussi de toute jouissance. Elle navigue dans un monde de pure émotion. Elle n'est plus que gémissements et volupté, dépossédée d'elle-même mais enfin complète. Ivre de honte pour ce qu'elle est devenue. Pour cette jouissance obscène qu'elle ressent à être utilisée comme un simple objet sexuel. Mais fière de ce qu'elle représente. Heureuse du plaisir que l'on s'octroie d'elle. Elle se sent femme. Totalement. Elle est femelle en rut. Elle est objet de volupté. Des larmes glissent sur ses joues et un sentiment de bonheur l'envahit d'être ainsi possédée. Par ce vertige des sens où douleur et plaisir, humiliation et fierté se mêlent et se confondent. Elle est le désir fait femme. Son corps exulte et s'offre consentant et avide à ces caresses multiples qui la comblent et qui lui donnent la sensation vertigineuse de perdre véritablement pour la première fois sa virginité.

Du coin de l'œil, elle voit Pascal qui a délaissé Nicolas engouffrer son sexe dans la bouche d'Aurélie et en cravacher méthodiquement et sauvagement la croupe de la jeune fille qui hurle de douleur. Leurs yeux s'accrochent. Pascal se retire de la bouche d'Aurélie et, sans quitter Sophie du regard, asperge de son foutre le visage de la jeune femme. Instinctivement, Sophie ouvre sa bouche comme si de là où elle était elle pouvait boire ce sperme qui lui semble lui revenir de droit. Un immense sentiment de reconnaissance mêlé d'un profond ressentiment vis-à-vis de Pascal l'étreint. Elle lui en veut et pourtant elle est maintenant prête à le suivre. A tout accepter. Dans un éclair de lucidité, elle comprend qu'en fin de compte et malgré les apparences c'est elle qui mènera toujours le jeu. Que

Pascal n'est là que pour lui monter le chemin et lui ouvrir la voie! Elle sourit. Enfin réconcilié avec elle et sûre de son choix.

Lorsqu'au bout de ce qui lui semble une éternité, elle quitte ce lieu, elle se blottit rompue de fatigue et de sensations contre Pascal qui la serre tendrement contre lui dans un geste inhabituel de douce protection. Il ne peut refluer la vague d'émotion qui l'envahit à sentir le corps frissonnant de Sophie irradier en lui sa chaleur et rechercher la sécurité de ses bras. Il le devine si vulnérable mais si déterminée aussi. Il la serre plus fort tout en lui faisant lever son visage défait vers lui. Ses traits sont tirés et de larges cernes mauves marquent ses yeux noyés d'une brume de langueur. Son teint est pâle. Lentement, il caresse de ses doigts ses lèvres tremblantes qui gardent encore l'odeur de tout le sperme qui s'est déversé sur elles avant d'y poser sa bouche et l'embrasse pour la première fois depuis qu'ils se connaissent. Sophie se laisse aller contre lui alors que leurs langues se mêlent dans un baiser passionné. Quand enfin ils se séparent, il lui murmure d'une voix rauque, son visage enfoui dans la longue chevelure soyeuse de Sophie :

– Tu m'appartiens autant que je t'appartiens, tu sais cela n'est-ce pas?

– Oui, je le sais maintenant, lui répond Sophie d'un ton vibrant d'émotion contenue.

– Tu ne m'en veux pas alors?

– Comment le pourrais-je Pascal? Je vous en ai voulu c'est vrai... mais maintenant... non... Ce que j'ai vécu ce soir est si.... je ne sais pas comment dire... si fort? C'est plus que cela....

– Une révélation de ce que tu es, de ce que tu as toujours été?

– Oui, c'est ça. Ce que je ressens est si étrange.... Mais je vous suis infiniment reconnaissante de m'avoir fait découvrir cela... et je t'aim....

– Chtttttt, l'interrompt Pascal, pas de mots que tu risques de regretter.

– Laisse-moi alors au moins te dire que je me donne à toi et que j'accepte d'être ta soumise. Apprends-moi à être ce que je suis.

Un moment, Pascal observe cette femme qui se livre sans condition à lui. Dans ses yeux brille une flamme fiévreuse qu'il n'y avait encore jamais vue. Il se sent soudain investi vis-à-vis d'elle d'une énorme responsabilité qui le fait hésiter, lui l'homme fort et toujours si sûr de lui. Il a tout à coup peur de la décevoir. De n'être pas à la hauteur de son attente. En fait, en se soumettant ainsi à lui, il comprend dans un éclair que c'est elle qui l'attache à elle. Il sera le maître certes. Il la soumettra à toutes ses volontés, la fera pleurer d'humiliation et de souffrance, la fera hurler à pleine gorge son plaisir, la fera plier sous sa loi et se tordre de douleur sous ses coups de fouet, mais toujours il sera, lui, assujetti à son désir. Il n'a, de ce fait, pas droit à l'erreur sous peine de la perdre irrémédiablement. La domination de Sophie est à la mesure de sa propre capacité à satisfaire complètement sa volonté de soumission. Dans un éclair, il revoit toutes ses femmes qu'il a asservies et dont il a joué et usé prenant un plaisir pervers et gratuit à les humilier et à les faire pleurer. Sophie n'est pas de la tempe de ses femmes trop serviles pour être véritablement soumises. Elle est beaucoup trop fière pour se laisser ainsi manipuler contre son gré. Et c'est cette fierté qu'il aime avant tout et qu'il se doit de protéger.

Il se décide enfin à dire, incapable de se résoudre à laisser partir cette femme qu'il lui semble chercher depuis si longtemps :

– Bien, j'accepte ta soumission. Mais promets-moi de ton côté de me faire toujours confiance car moi je te promets de toujours veiller sur toi et de te protéger des autres comme de toi-même.

– Je te fais confiance mon Maître chéri, lui répond Sophie avec un sourire radieux.

– Rentrons maintenant, ma douce soumise. Tu as besoin de repos... et moi aussi. Demain est un autre jour et nous avons un monde à découvrir ensemble.

Table des matières